Daucus Carota Mordet

i

Svaneke

»Der er intet nyt. Ikke andet end det, vi har glemt.«

Marie Antoinette
Dronning på Versailles.

Kim Michael Olesen

Daucus Carota Mordet

i

Svaneke

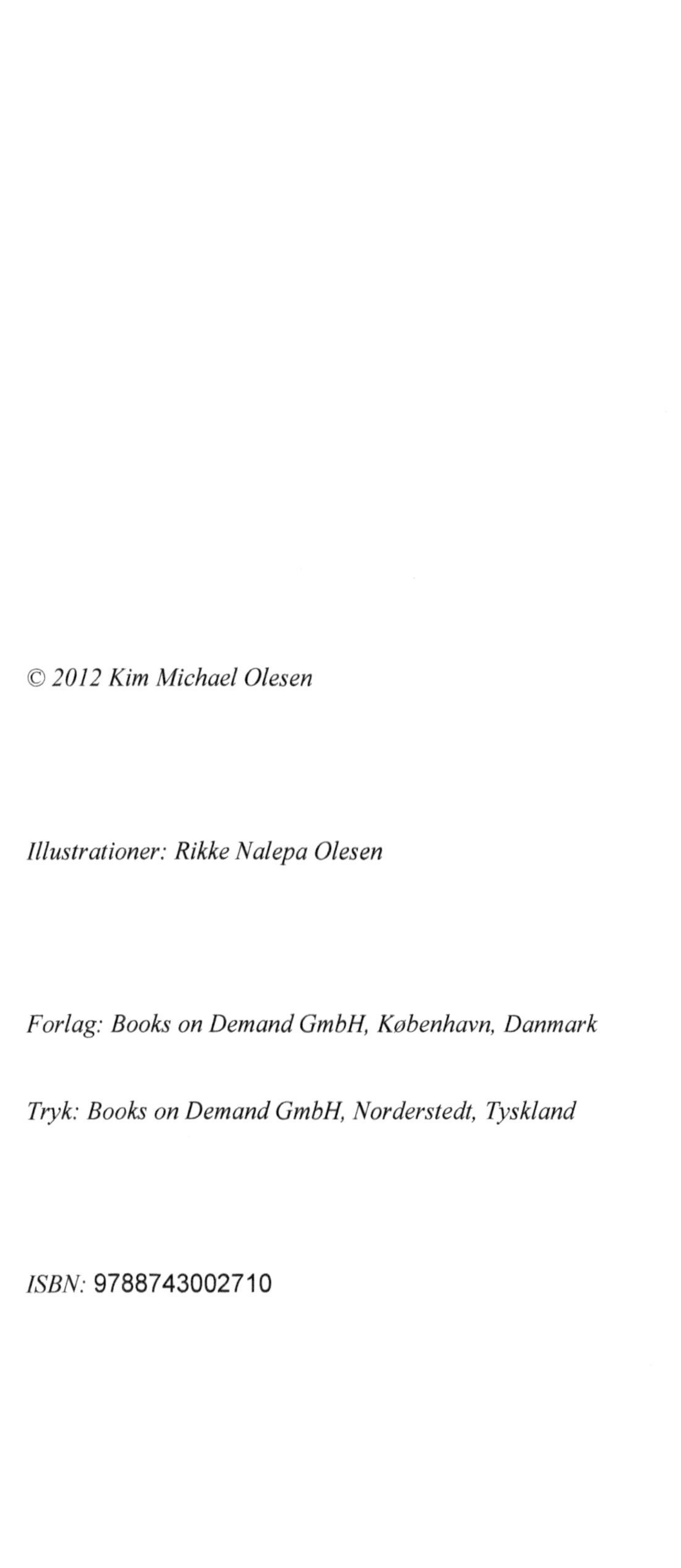

Illustrationer: Rikke Nalepa Olesen

Forlag: Books on Demand GmbH, København, Danmark

Tryk: Books on Demand GmbH, Norderstedt, Tyskland

ISBN: 9788743002710

Romanen er fiktion. Navne, personer, visse steder og hændelser er produkter af forfatterens fantasi, eller bruges fiktivt og skal ikke opfattes som virkelige. Eventuelle ligheder med faktiske begivenheder, lokaliteter, eller personer, levende eller døde, er fuldstændig tilfældig.

Prolog

En Kjøbenhavner tager til Svaneke med en traumatisk oplevelse i bagagen. Famlende søger han efter oprejsning for den fornedrelse, han har været udsat for i virkeligheden eller i det djævelske hjernespind, der har fortæret ham i de sidste 8 år.

Men det viser sig, at de personer og dæmoner, han har kæmpet imod, eksisterer i virkeligheden og ikke kun i hans værste mareridtsagtige drømmesyn.

En uhyggeligt forbrydelse på Havnen i Svaneke ripper op i hans altfortærende traumer, og der dukker flere og flere chokerende lighedspunkter op i han erindring.

Samtidig med at den lokale betjent roder rundt i bevismaterialet i sin katastrofale enfoldighed, finder Kjøbenhavneren en lille sort notesbog ved slæbestedet. Bogen indeholder navne og særdeles belastende notater på en lang række personer i Svaneke og omegn. Personer der alle på den ene eller den anden måde kan have tilknytning til den bestialske forbrydelse på Havnen. Han beslutter derfor selv at igangsætte efterforskningen som en del af sin egen hævngerrige plan

Men djævlens netværk vikler ham ind i det ene mordforsøg efter det andet, og hans kamp for at overleve og slippe ud af byens dræbende fangarme synes forgæves.

Det var ikke kun en enkelt mistænkt, der var tale om i denne tilsølede købstad, hvor sildefedtet løb de medskyldige ned ad mundvigene, når de fortalte deres sildebens sammenflettede intrigeaftalte løgnehistorier.

Den mandlige sygeplejerske, der 8 år tidligere havde aftenvagten på skadestuen på Rønne sygehus, kiggede indgående på Kjøbenhavneren, da han kom kravlende i underbukser smurt ind i blod fra top til tå.

"De kan sætte Dem her og vente på en ledig læge," sagde sygeplejersken.

Kjøbenhavneren forsøgte at kigge op, men på grund af nakkestivhed som følge af alle hans kvæstelser, kunne han ikke se højere op end til den mandlige sygeplejerskes livrem, som havde et stort spænde i blankpoleret messing med to baseballkøller over kors. Han ventede i ca. to en halv time, før der kom en læge for at tilse ham. Lægen lugtede som om, han havde været til et større sildeskalas med øl og brændevin og efterfølgende kaffe og cognac. Han havde en 1,5 liters vandflaske, som han konstant bællede af.

"Hvad er der så sket med dig?" spurgte lægen og kiggede på hans hånd, der havde en lille hudafskrabning på overfladen.

"Ja, den kan vi lige rense lidt, så er du klar igen," udbrød han og så op på uret på væggen.

"Det er muligt," mumlende Kjøbenhavneren undrende uden at være i stand til at åbne munden på grund af den brækkede kæbe i venstre side.

"Men kan du ikke også se på mine andre skader? Skaden på hånden er en skade fra en, der forsøgte at køre mig ned på Svaneke Torv," sagde han med hånden oppe på den brækkede kæbe for at holde den på plads, når han talte.

"Han lignede øvrigt ham der Don King."

"Nå, ja, jeg kan godt se, at du har et par andre småskrammer," sagde lægen og så op på uret samtidig med, at han tømte halvdelen af indholdet i hans vandflaske.

"Hvordan er det sket?" spurgte lægen efterfulgt af et større opstød.

"Jeg er vist faldet ned ad en trappe," mumlede Kjøbenhavneren

"Vist? Det må du da vide," udbrød lægen forundret. "Du er sikker på, at du ikke har været involveret i et værtshus-slagsmål?"

"Jeg er ikke helt sikker. Det kan også godt være, at de var tre om det, der var i hvert fald ingen der hjalp mig," svarede Kjøbenhavneren.

Men da ordene blev blandet med falsk luft fra de mellemrum, hvor de fem manglende tænder havde siddet, så lød det for lægen, som om han sagde, de var tre til at hjælpe ham

Mens lægen undersøgte Kjøbenhavneren, blev han ved med at udspørge ham.

"Er du nu sikker på, at du ikke har fået en ordentlig omgang tæsk?" Og han blev ved. "Bare sådan en fire fem flade, efterfulgt af en på bærret og så ud af klappen." Nu var han lidt spydig.

Inderst inde tænkte Kjøbenhavneren: "Hvad ved du om det dit røvhul? Du er måske en af dem, de tilkalder, hvis de på Svaneke Bodega skulle have flikket en stakkels turist sammen, en som havde vundet over dem i kortspil eller rafling, og som de bagefter havde beskyldt for falskspilleri og sønderbanket i oprejsningens navn?"

"Har du været fræk og provokerende, for så får man lov at smage her på Øen, især hvis man er en ovrefra," sagde lægen med en alvorlig mine og en stor rynke i panden, som nu nok mere skyldtes, at han sikkert havde en dundrende hovedpine fra weekendens druk kalas.

"Ja, man kan i hvert fald ikke føle sig sikker i Svaneke," mumlede Kjøbenhavneren. Han glemte at støtte kæben, så ordene blev blandet med falsk luft, og lægen forstod det som et kompliment til Svaneke.

"Det har du ret i. Der er dejligt i Svaneke, og sikke noget herligt slik de laver," replicerede lægen samtidig med, at han var ved at gabe kæberne af led.

"Ja, det varer sikkert ikke længe, før man kan få fårelort overtrukket med chokolade," afsluttede Kjøbenhavneren surt og gnavent.

Han humpede ud fra skadestuen med gips på begge ben og næsen plastret til med gips helt op til panden og ud til begge sider for at støtte næsen, så den ikke skulle skride ud igen, havde sygeplejersken sagt, hvorefter han fik stukket en tyk tampon op i hvert næsebor. Til sidst fik han også bundet en rulle gagebind på størrelse med en kinesisk forårsrulle under næsen, hvilket fik ham til at snøvle og lyde som en søløve, der søger mage.

Med lægejournalen i hånden følte han sig som et menneske, der ikke havde været på ferie i sytten år.

Han havde lånt en trøje og et par lange underbukser af hospitalet. De havde nægtet at låne ham noget overtøj eller et par bukser og en skjorte med den begrundelse, at når han var ovrefra, så ville de sikkert aldrig få tøjet tilbage.

I lægejournalen stod der følgende:

Tilsyneladende fald fra stor højde. Patienten lider af forbigående hukommelsessvigt. Han har fået en svær hjernerystelse, begge knæ læderet, knæskallen flækket på begge knæ, fem tænder slået ud, kæben brækket i venstre side, og næsen er brækket.

Virker utrolig frustreret og aggressiv, hadefuld og blodtørstig samt hævngerrig, og han er helt sikkert til fare for sine omgivelser.

KAPITEL 1

Liget på Havnebryggen

Liget af kvinden lå omkring en meter fra bolværket og lidt til højre for den store vægt og næsten lige over for det lille transportbånd, som fiskerne bruger, når de lodser fiskekasserne fra bådene op på kajen. Transportbåndet var tilsølet i størknet næsten sort blod. Det var ikke til at sige, om det var fiskeblod eller blod fra kvinden, som nu lå livløs på kajen som en anden slatten torsk på vej til fiskesalgsen.

Det var ifølge flere pålidelige kilder ikke første gang, der var fundet en død person i Svaneke. Et rygte, som senere skulle vise sig at være sandt, eller i det mindste holde vand modsat kvinden, som nu lå på kajen.

Kvinden lå på ryggen, livløs og drivvåd. Hun havde en stor lærredstaske med skrårem hængende ned over maven. Skråremmen var en gammel påsyet læderlivrem, hvor bæltespændet var faldet af for mange år siden. Tasken var helt proppet med gulerødder, og skønsmæssigt måtte den veje et sted mellem 3 og 4 kg. At skønne ud fra hendes hænder og påklædning så var kvinden et sted mellem 55 og 60 år gammel, og med et slag på tasken vejede hun vel mellem 82 og 88 kilo uden tasken.

Kjolen, hun havde på, var en grå lige op og ned kjole uden ærmer og uden nogen form for figursyning, formentlig fordi den så kunne skjule hendes store vom af en mave og den alt for store røv på en og samme tid. På fødderne havde hun et par gule fodformede plastictræsko med hælrem også kaldet Crocs Classic. Hvis alle kvinder på Bornholm gik i den type plastictræsko, ville det medføre, at omsætningen af Viagra skulle stige med 85 %, hvis den bornholmske menneskerace skulle bestå. Hun havde faktisk kun en Crocs Classic plastictræsko på, og da den anden var forsvundet, kunne man se, at hun havde flere overlagte tæer med nedgroede negle, og hælen på hendes bare store fod lignede en hønserøv af hård hud. Det var tydeligt, at hun havde været blottet for enhver form for personlig forfængelighed.

Omkring hendes alt for fede venstre arm havde hun et snoet armbånd fremstillet af noget udefinerbart metal, det kunne ligne messing. Som en del af armbåndet var der påmonteret en plade på ca. 3x1 centimeter, hvorpå der var graveret Asshole. Ikke noget prangende men måske et stille indre oprør mod tilværelsens mangfoldige ubrugte muligheder, eller måske en hentydning til et røvhul af en hypokonder til ægtemand, der sad derhjemme og spillede syg, hver gang opmærksomheden gled ham af hænde.

Der var allerede stimlet omkring 25 til 30 nysgerrige mennesker sammen nede på Havnen, hvoraf en del af dem var lokale Svanekeboere, som samtykkende gav udtryk for, at nu skete der da endelig noget på Havnen, og efter alt at dømme ud fra udseende og påklædning var der også nogle forvildede turister, som stod blandet sammen med de lokale. De var alle lettere forvirrede og stod nu rundt omkring kvinden i en tyk kødrand. De mumlede i munden på hinanden, uden at de naturligvis præcis vidste, hvad der var sket med kvinden eller vidste, hvordan hun var havnet der, bortset fra at hun var fundet drivende rundt inde i det inderste havnebassin. Ved første øjekast kunne det godt se ud som om, de havde forsøgt at veje hende på vægten.

Et par af turisterne havde fået hende bugseret over i hjørnet til transportbåndet ved hjælp af en bådshage, som de havde lånt fra en af de lokale fiskerbåde. De havde på samme måde som fiskerne fået hende op på kajen, ved at de med stort besvær havde bakset hende op på transportbåndet som en anden fiskekasse, der bliver transporteret op fra båden og op på kajen for derefter at få smidt en skovlfuld is over sig.

Hvorfor de havde lagt hende på transportbåndet med benene opad, var der i øvrigt en naturlig forklaring på, skulle det senere vise sig.

Det var tidligt torsdag formiddag, og der blæste en let brise denne lidt regnfulde forårsdag. Klokken var fem og tyve minutter i otte, og den lokale politibetjent Palle Ib var mødt ind på politistationen i Svaneke langt tidligere end normalt.

Efter nedlæggelsen af en større politistyrke på 3 mand oppe på Rådhuset i Svaneke var politistationen nu indrettet i et ydmygt kontor beliggende i Madvigsgade nr. 4. Det irriterede for øvrigt Palle Ib grusomt, at det, der skulle gøre det ud for en politistation, der signalerede autoritet og stor myndighed, nu var blevet til et sparsomt indrettet kontor i stueetagen på bagsiden af den bygning, hvor byens bibliotek også lå og så med udsigt til en legeplads.

Kontoret var på størrelse med et lille pigeværelse på tre gange to meter. Det var sparsomt møbleret med et skrivebord og en gammel kontorstol, hvor det polstrede ryglæn manglede, så metalstangen gnavede Palle Ib ind i ryggen, hvis han lænede sig for kraftigt tilbage. Langs væggene stod en række reoler på gulvet, og der stod en gammel sofa i rødt nappa for endevæggen, hvor der ovenover hang to billeder - et farvebillede af dronning Margrethe og et sort hvidt af Kong Frederik. Han havde heldigvis via Politichefens forbindelser fået lov til at bruge bibliotekets køkken, som han kunne komme ind til via en bagindgang. Køkkenet var tre gange så stort som hans kontor, og der stod heldigvis et stort ramponeret spisebord midt på gulvet med otte vakkelvorne stole omkring. Det var uundværligt, når han hver fredag skulle holde møde med ledelsen ude fra Rønne.

Palle Ib var hurtigt gået i gang med at forberede en stor prætentiøs frokost til dagen efter, fordi fredagen var ugens højdepunkt i en ellers sædvanligvis udramatisk uge.

Han var ved at læse opskriften på den ret, han havde bestemt sig for, at de skulle have om fredagen. Det skulle være lidt anderledes på denne særlige fredag nemlig noget eksotisk og fremmedartet.

Mens han læste opskriften, skrev han samtidig ned på et stykke papir, hvordan han nemmest kunne udføre enhver handling i køkkenet uden at skulle bevæge sig for meget. Han var et hundrede procent fokuseret på kun at foretage sig noget, som kunne udføres samtidig med en anden bevægelse. Hvis den ene hånd skulle foretage sig noget, så skulle den anden også foretage sig noget og det uanset hvad, arbejde det skulle den. Han havde fundet ud af, at det var fuldstændig spild af energi ikke at tage en kop og en sidetallerken til morgenkaffen ud af skabet samtidig med frokosttallerkenen, selv om begge dele stod i vejen hele dagen til den næste morgen, det var energibesparelsen, der var i højsæde hos ham. Når han lå hjemme på sofaen, var stort set alt, hvad han skulle bruge inden for rækkevidde, så han ikke behøvede at rejse sig, før han skulle i seng, hvis han da ellers nåede i seng.

Frokosten skulle stå på Asiatisk And, fordi han ville overraske politiledelsen ude fra stationen i Rønne. De kom altid 4 mand til en traditionsrig frokost hver eneste fredag. Det havde de i øvrigt gjort igennem mange år, og da han mødte op på den første arbejdsdag og skulle til et introduktionsmøde med Politichefen ude fra stationen i Rønne, var fredagsfrokosten det eneste, han var blevet sat ind i. Politichefen havde gentagne gange sagt, at det skulle der ikke laves om på, og han havde også prentet ind i hovedet på ham, at de som oftest kom fire mand kl. 12.00, og at de var forvent med, at der som minimum var fire retter, hvoraf den ene skulle være en varm ret. Dertil skulle der serveres øl og brændevin i rigelige mængder, og en lille avec til kaffen var ikke at foragte. Ellers havde han ikke rigtig haft noget at sige bortset fra, at han sagde: " Resten finder du nok selv ud af hen ad vejen."

Han havde skaffet nogle dejlige fede ænder oppe fra landet ved at true en landmand til en byttehandel med en gammel rusten cykel, som havde stået henslængt op ad det hvide gelænder nede på Havnen i mere end 8 dage.

Han var mødt tidligere, fordi han skulle nå at være færdig med frokostforberedelserne, inden han skulle med bussen til Rønne klokken 9.51. Det var blevet en fast tradition, at han tog bussen til Rønne hver tirsdag, onsdag og torsdag formiddag for at få formiddagskaffe med vandkringle og så være med til at spille et slag kort med kollegaerne, inden han igen tog bussen tilbage til Svaneke klokken 13.05, hvis der altså ikke var penge i puljen, så tog han bussen en time senere. Han var så tilbage i Svaneke klokken 13.51, hvorefter han så lige kunne nå at smutte hjem og spise en let men sen frokost, der for det meste bestod af en rest fra forrige dags aftensmad. I øvrigt spiste han maden direkte fra gryden eller fra stegepanden. Det gjaldt jo om at spare på opvasken. Mandag brugte han til at opsummere den forgangne uges begivenheder og til at planlægge næste fredagsfrokost. De dage, hvor han tog til Rønne, passede ham helt fint, for så var arbejdsdagen ved at være forbi, når han var færdig med at vaske op efter den lidt sene frokost. Han sluttede altid alle dage af med en eftermiddagslur på den røde nappasofa på kontoret fra klokken 15 til 16 for derefter at gå en hurtig runde i byen ned forbi Den gamle Gartners baglokale, hvor han slukkede sin tørst efter en lang dag med en fire til fem bajere, inden han bevægede sig hjemad til sit lille lejede hus oppe bag kirken.

Men fredag var og blev ugens store dag. Det var mulighedernes dag, nu hvor ledelsen fra Rønne politistation kom i samlet flok til Svaneke for at spise frokost, så han brugte altid det meste af torsdag formiddag på at tilberede menuen til fredagens planlægningsmøde, som de kaldte det ude på stationen i Rønne. Politichefen fra Rønne havde sågar sagt, en dag da han havde disket op med det helt store fiskebord, fisk han i øvrigt havde købt sort nede på Havnen:

"Hvis du fortsætter på den her måde, så skal du nok blive til noget stort ovre på hovedkontoret en dag." Hvorefter han løftede den dobbelte snaps til en skål.

I opskriften stod der:

- Skær 2 ænder i små stykker. Skær andelårene fra. Der skal bruges et lår pr. person. Lårene skal som det første svitses i en tør gryde.
- Tilsæt: stjerneanis, peber, fennikelfrø, nelliker og kanel samt salt efter behag.
- Kom lidt frisk ingefær i med lidt sukker.
- Hæld derefter straks vand på til lårene er dækket.

Palle Ib var ikke helt tilfreds med opskriften, så for en sikkerheds skyld snittede han lige to hele Røde Savina Habanero Chili og smed dem ind i ænderne for at give dem lidt mere kant og smag. Han ville sætte sit eget helt personlige præg på retten, fordi det ville sikkert imponere chefen fra Rønne.

Det viste sig senere, at Politichefen efter frokosten havde konsumeret det meste af fjorten bananer for at tage den brændende svie i halsen.

Palle Ib var gået helt i stå, da han nåede til punktet i opskriften, hvor der stod, at man skulle fylde vand på til lårene var dækket. Det virkede for ham helt og aldeles uforståeligt. Han kunne da ikke fylde kontoret halvt op med vand! Der stod jo flere reoler langs væggen proppet med ringbind indeholdende alle hans ansøgninger om diverse remedier sendt til politigården i København. De havde dog altid sendt det samme afslag tilbage med besked om, at sagen var sendt videre til behandling i økonomiudvalget. Han skulle ikke have ødelagt alle disse dokumenter på grund af en eksotisk frokostret fra Østen. Mange af de ansøgningerne, han havde sendt til politiledelsen i København, var om en ny computer, for dem ovre fra havde kort efter hans tiltrædelse i jobbet, sendt ham en gammel Commodore 64 uden ledning. Han havde i øvrigt kæmpet med den dag ud og dag ind for at forstå logikken i det der med at gemme oplysningerne og så finde dem frem igen. Han havde flere hundrede disketter liggende i en skotøjsæske med en ansøgning på hver disk. Han gemte intet på computerens harddisk, da han ikke havde tillid til, at oplysningerne kunne hentes tilbage.

Han havde også en del kasser stående på gulvet indeholdende sagsmapper med uopklarede sager, mange af dem var sager, han selv havde startet op. Der var bl.a. to sager ude fra skolen, hvor et par elever havde fået frastjålet deres huer, men han havde endnu ikke kunne afse tid til at starte eftersøgningen, og i øvrigt var det også begyndende forår, så ungerne havde ikke brug for de huer før engang til efteråret.

Efter at han havde siddet og grublet et stykke tid over opskriften uden at kunne komme videre, gjorde han sig klar til at gå ned på Torvet for at tage bussen til Rønne. Idet han gik ud ad døren, blev stilheden flænset af, at telefonen ringede. Han lod altid telefonen ringe 4 til 5 gange for at give indtryk af, at han var travlt beskæftiget med andre vigtige sager.

"Det er hos Politiet i Svaneke," svarede han myndigt og lidt vrissent ind i røret, samtidig med at han skænkede sig en ny kop kaffe, lettere irriteret over afbrydelsen.

"Ja, hallo. Jeg hedder Jørgensen. Jeg er turist og vil gerne anmelde et mord på Svaneke havn."

"Nå, og hvad så? Der ligger også to lig her i mit køkken," var den første tanke der slog ham.

"Hvilket mord?" lød det surt fra Palle-Ib, som var mere optaget af ænderne ude i køkkenet.

"Der ligger en død kvinde her på kajen i Svaneke," sagde turisten lettere chokeret.

"Det har jeg ikke hørt noget om. Er du nu sikker på, at det, du der siger, er rigtigt, eller er du lige så bedugget som mange af de andre turister, der ringer i tide og utide?" spurgte Palle Ib vrissent og surt samtidig med, at han tænkte på ænderne, der stadig lå vandret på skærebrættet med begge fødder strittende i vejret. Han noterede opkaldet på låget fra en skotøjsæske: "Torsdag kl. 9.38. Opkald fra Havnen". Han slog en stor streg under med den stump blyant, en Viking nummer 2, som han ofte sad og gnavede godt og grundigt på, når han grublede over den billedkryds- og tværs, som han ofte lå og kæmpede med på sofaen lige inden eftermiddagsluren for at falde i søvn.

"Vi ser på det lidt senere. Vi har en meget vigtig sag, som vi arbejder på lige i øjeblikket," sagde han med tanke på ænderne. "Måske skulle jeg bare grydestege dem, så kan de stå og småsimre, mens jeg lige cykler ned forbi Havnen og får løst den forbandede drukneulykke, eller hvad det nu er," tænkte han for sig selv.

"Hvad var det, du sagde, at du hed?" Telefonen var allerede død og tavs som kvinden på Havnen.

Hver gang, han skulle rykke ud, irriterede det ham grænseløst, at han endnu ikke havde fået et positivt svar på alle sine ansøgninger om en tjenestebil. Han var nu oppe på det meste af to ringbind med ansøgninger om en mindre tjenestebil med et stort bagagerum. Det var godt nok den samme ansøgning, han sendte hver gang, men var der noget, han havde behov for, så var det en tjenestebil, dog mest til privatkørsel så som bortkørsel af haveaffald, transport af begge sine drenge rundt på Øen, når de skulle til fodbold, for slet ikke at tale om kørsel i forbindelse med de småforretninger han havde rundt om på øen, de skulle jo også passes.

En time efter at turisten havde ringet til politistationen, dukkede Palle Ib op på Havnen. Han kom kørende på sin gamle sorte politicykel. Klokken var nu 10.38. Ja, ja, han skulle jo også lige have drukket lidt mere af sin kaffe, inden han kunne køre, og han havde måttet ringe op til flere gange, de tog ikke telefonen, for at informere dem ude i Rønne om, at han nok blev lidt forsinket. Og så var der også lige det med, at hans cykel var flad på baghjulet, så han kunne ikke køre så stærkt i svingene, men han havde lært sig at kompensere for problemet ved altid at tage den vej, der gik lige ned ad en bakke til gerningsstedet, også selv om det var en større omvej, og det tog jo også lidt tid, men heldigvis gik det altid ned ad bakke, når han skulle ned til Havnen. Præcision havde altid været hans varemærke, så han noterede ankomsttidspunktet i sin lidt krøllede notesbog, og han valgte en helt blank side uden æselører for hurtigt at kunne finde tilbage til siden.

Han lod altid sin cykel stå ulåst på Havnen, for han gik hjem. Han havde nemlig fundet ud af, at der altid var èn, der stjal den for at køre op på Bodegaen på Torvet, så på den måde slap han for at køre op ad bakke den dag, og så stod den klar, når han skulle hjem fra bagbutikken hos Den gamle Gartner.

"Nå, endnu en person der er druknet i Havnen," sagde han igen til sig selv lettere irriteret med tanke på æderne, der nu lå i gryden uden hoveder og simrede uden opsyn.

Han stillede sig op på en sildekasse og råbte ud over hele forsamlingen.

"Hallo, det er Politiet, som I kan se." Han tog sig for en sikkerheds skyld lige en gang i skridtet.

"Hvem har hevet hende der op fra Havnen?" spurgte han uden at få noget svar. Han havde alligevel heller ikke tid til at vente på svaret, så han skred til handling med det samme.

Han sprang ned fra sildekassen og forsøgte med stor myndighed i stemmen at sprede den endnu større forsamling af nysgerrige mennesker, der nu havde samlet sig rundt om den døde kvinde.

"Passér gaden!" sagde han myndigt.

"Venligst passér gaden!" sagde han igen. Der var nu ikke tale om nogen gade, men det var en af de tre sætninger, han kunne huske fra politiskolen.

Han trak hele tiden op i sine bukser, som blev presset ned af hans store mave samt af et kæmpestort nøgleknippe med mere end 25 forskellige nøgler, som hang i hans livrem. Det var tilsyneladende en meget vigtig del af hans autoritet at have mange forskellige nøgler hængende i bæltet, og han undlod ikke at tage sig til nøgleknippet efter enhver sætning og bevægelse, dog tog han sig også i skridtet hver anden gang for at styrke sit ego og samtidig signalere, at her stod byens øverste myndighed.

I nøgleknippet havde han bl.a. to nøgler til sin cykel, en til sit skab, en til kassen med glemte sager, en til sit cykelskur, en til kortkassen og en til kaffekassen. Han stolede ikke på nogen af de ansatte på den lokale station, der i øvrigt kun bestod af ham selv og en jysk bonderøv af en ferieafløser, som kom på ferie hvert år to uger i juli måned.

Ledelsen i Rønne stolede for den sags skyld heller ikke på, at han kunne sikre den lokale station, så de havde endnu ikke givet ham nøglen til stationens hoveddør, så derfor kom der altid en betjent fra Rønne og åbnede døren, når han alligevel var på vej til Rønnestationen, han boede i Nexø. Det var for ham samtidig en god anledning til at få en tår kaffe i fred og ro, selv om han ofte måtte lave den selv, fordi Palle Ib aldrig mødte før klokken kvart over 9. Stationen var således uaflåst indtil Palle Ib indfandt sig.

Når Palle Ib så endelig mødte på stationen kunne han så glæde sig over en kop firsk brygget kaffe, inden han enten cyklede ned på Torvet for at tage bussen til Rønne, eller han gik igang med den store fredags frokost, alle dage blev dog afsluttende med et besøg i gartnerens baglokale.

De øvrige nøgler, som han havde i nøgleknippet, var nogle, han havde sat i for at give nøgleknippet mere fylde og tyngde. Han kunne godt lide den raslende lyd og den fornemmelse det gav, når de hang tungt ned foran. Det var virkeligt noget, der styrkede hans image og potens. Hans to sønner ledte stadig efter nøglerne til deres penalhuse og til deres cykler, men han havde ikke i sinde at give disse potensfremmende nøgler tilbage til de to knægte. Deres cykler havde nu stået oppe ved gymnastiksalen i mere end to måneder, men han mente, at potensen var vigtigere end tohjulede trafikanter i en by som Svaneke.

Palle Ib forsøgte at skabe sig et overblik, men han havde problemer med at se noget, fordi Politikasketten, som han havde på, var mindst to numre for stor. De kasketter, som hovedkontoret i København havde sendt over til Bornholm, var dem, der normalt aldrig var brug for på nogen af de andre stationer i landet. Det var de helt små eller de helt store numre, og som de sagde på hovedkontoret i København: "Dem sender vi til Bornholm, hvor der alligevel aldrig sker noget. De kan sådan set lige så godt hænge på knagerne derovre i stedet for at ligge nede i kælderen og flyde."

Han plejede normalt at lade kasketten hvile på det højre øre og så trække den ud over det venstre. Det så mere myndigt ud, syntes han, men da der var en lidt kraftig vind den dag, det blæste et sted mellem 5 - 9 sek. meter, havde han trukket den ned over begge ører, så den sad bedre fast, men det betød så samtidig, at han havde et mindre udsyn på grund af skyggen, der næsten hvilede på næseroden, så han derfor måtte lægge nakken tilbage for at få bare en smule udsyn.

Da det ikke lykkedes ham at få tilskuerne til at rykke så meget som en halv meter tilbage, begyndte han at trække et rød og hvid stribet plasticbånd op af lommen for at afspærre stedet, hvor kvinden lå lige foran næsen af de nysgerrige tilskuere.

"Jeg må sikre gerningsstedet," sagde han til sig selv med tanke på, at det var den anden sætning, han kunne huske fra Politiskolen. Han gentog den for sig selv flere gange, for han følte, at det var noget af det sejeste, han kunne komme på at sige. Det var virkelig noget, der stivede ham af, men for en sikkerheds skyld tog han sig lige i skridtet bare en enkelt gang.

Han så sig omkring for at finde et egnet sted, hvor han kunne fæstne det rød-hvide afskærmningsbånd, men der var ikke rigtigt nogle ideelle steder, så han besluttede sig hurtigt og resolut for at binde båndet fast på bagagebæreren på en blå herrecykel. Cyklen stod på sit støtteben tæt ved kvindens afsjælede legeme. Det var med stor sandsynlighed en lokal Svanekeboer, der ejede den, for cyklen var låst, og det selv om ejeren tilsyneladende kun var nede for at se til sin kutter eller oppe i kiosken for at købe Bladet. Ejeren var helt sikkert bekendt med, at det kun ville tage en fulderik en brøkdel af et sekund at stjæle en ulåst cykel her på Havnen for så at køre op på den lokale Bodega.

Da han begyndte at trække båndet ud fra cyklens bagagebærer, var der ikke en eneste tilskuer, der gjorde tegn til at ville flytte sig bare en halv meter tilbage. Han bukkede sig derfor ned og pressede med enden i vejret tilskuerne en halv meter bagud en for en samtidig med, at han trak båndet ud. Da han trak det rundt om et par gule fiskekasser, fik han øje på, at kvindens hoved lå ca. halvanden meter fra kroppen.

Han kunne med det samme regne ud, at plasticbåndet ikke var langt nok til at nå over til den store vægt eller boldværket og dermed sikre hele gerningsstedet. Da han langt om længe nåede hen til hovedet, havde han kun ca. en halv meter bånd tilbage. Han kastede et hurtigt blik på kvindehovedet, som lå der og stirrede direkte på ham, og han kunne med det samme konstatere, at hovedet havde kort mørkt slikket og fedtet hår og en bred fladtrykt næse med to udspilede næsebor, så man kunne se de store sorte næsehår. Næseryggen havde et rødt mærke på hver side, hvilket kunne tyde på, at hun havde brugt briller. Hun havde store flyveører, og i øvrigt var hun i det hele taget ikke særlig køn, ikke en der passede til hans smag, hvilket ikke sagde så lidt.

Med en halv meter bånd tilbage traf han en hurtig genial beslutning, syntes han selv. Han viklede resten af plasticbåndet rundt om kvindens hoved. Ørerne stabiliserede båndet, så det ikke faldt af men blev på plads, og så førte han det ind gennem den åbenstående mund. Hun manglede heldigvis en kindtand, så båndet blev holdt godt fast af mellemrummet og de udstående ører.

"Ingen må forlade gerningsstedet," beordrede han igen og tog sig i skridtet uden at ane hvorfor og uden en plan for, hvad han skulle stille op med alle de mennesker, der efterhånden havde samlet sig på Havnen. Det ville tage det meste af 2 til 3 dage, hvis han skulle afhøre og registrere dem alle sammen og få klarhed over deres færden denne torsdag formiddag.

Hans tanker gik igen til de ustegte svitsende ænder i gryden. De lå også uden hoved.

"Ingen må forlade gerningsstedet," sagde han en gang til. Det lød så godt, syntes han, og så var det den bedste læresætning af de tre, han kunne huske fra Politiskolen. Det var den sætning, han huskede bedst, fordi Politiledelsen dengang som straf havde idømt ham, at han skulle skrive

"Ingen må forlade gerningsstedet" 100 gange på tavlen som følge af, at han efter en fugtig tur i byen var kommet tilbage til Politiskolen kl. halv fem om morgenen i den største brandert, man nogen sinde havde set på de kanter. På vej tilbage til sit værelse havde han samtidig gjort tilnærmelser over for en 62- årig rengøringsassistent ved at svinge sit lem som en anden helikopter lige op i hovedet på hende, mens hun lå og tørrede nogle paneler af. Hun havde dog handlet resolut og havde givet ham et ordentligt slag på hans lem med en mellemopvredet gulvklud, hvilket efterfølgende fik ham til at lade sit vand på den del af gulvet, hun lige havde vasket. Det kunne vel betragtes som en slags bavianistisk hævn. Det ville hun dog ikke finde sig i, hvorfor hun med stor autoritet besluttede sig for at vise det føl, hvem der bestemte her på skolen. Hun vred med en hurtig håndledsbevægelse gulvkluden hårdt op for i så godt som samme bevægelse at sno den 8 gange omkring sig selv, og i en motoristisk ottetalsbevægelse lod hun gulvkluden forvandle sig til en huggende kongekobra. Slaget ramte ham rent på hovedet af hans slappe lem, og han knækkede sammen som en foldekniv med et skrig, der blev efterfulgt af et vræl, som vækkede det meste af Politiskolen:

"Jeg er blevet bidt! Jeg tror jeg dør. Jeg tror jeg dør."

Palle Ib kom sig aldrig siden over nederlaget, og det var aldrig lykkedes ham at fralægge sig vanen med at tage sig til skridtet, hver gang han følte sig på usikker grund eller på et vådt glat gulv.

Da han hævdede, at han var færdig med at skrive "Ingen må forlade gerningsstedet," 100 gange havde ledelsen dog nægtet at tro på, at han havde skrevet det 4 gange 25 og havde visket det ud efter hver 25. gang. Som årsag havde han nævnt, at det skyldtes, at sætningen ikke kunne stå på tavlen mere end 25 gange ad gangen. Han var derefter blevet idømt yderligere 4 ugers heldags køkkentjans i opvasken på Politiskolen. Ledelsen havde efterfølgende sagt, at han selv måtte læse de 4 ugers tabte pensum op, så han kunne komme op på samme niveau som alle de andre elever, hvilket han efterfølgende ikke fandt nødvendigt.

En lille halvfed, blegsotig og lavstammet gråhåret turist af en mand, som stod inde blandt de andre tilskuere, lirede en teori af omkring, hvordan kvinden var havnet i Svaneke Havn uden hoved.

"Hun har været udsat for en speedbådspropel, som har ramt hendes hoved. Hvirvlen har derefter dannet en stærk strøm, som dem der kan komme oppe fra den Botniske Bugt, men som især kommer tidligere efter at båden har passeret, så der opstår en malstrøm, der har tvunget hende ned i en strømsnævring, hvorefter de fremilende strømhvirvler har transporteret hende her ned i Havnen. Årsagen er forbedret cupping på bladene, mindre cavitation, hubs med formindsket vibration og forbedret effekt, så det er derfor, at propellen er det bedste bud på den sag."

"Hvor får du dog alt det forblommede ævl fra, dit store Lalle-hoved? Kan du ikke se, at det hoved slet ikke passer til kroppen?" spurgte en af de andre, tilsyneladende en lokal fisker, som stod og så på.

Den lille fede gråhårede turist så misfornøjet på fiskeren og mumlede noget uforståeligt om den omvendte propels nedadgående opdrift, hvorefter han begyndte at humpe væk fra Havnen med en fornærmet mine. Mens han humpede væk, ævlende han fortsat om sin teori, og han vendte sig gentagne gange om for at vise sin utilfredshed med den manglende respekt over for hans teori og store viden. Han forlod Havnen i sin store enfoldighed for at finde nogle andre, der måske gad høre på hans lalle-vås.

"Må jeg komme til? Det er pressen," var der en, der udbrød. Han maste sig gennem den kødrand af nysgerrige mennesker, der efterhånden havde samlet sig omkring kvindeliget.

Den lokale journalist var iført rød tophue og hvide ridebukser. På fødderne havde han et par gamle sorte ridestøvler, som havde set sine bedste dage. Den højre hånd havde han nede i lommen på en halvlang hvid snusket kittel. Med venstre hånd viftede han med en lille laset lommebog og resten af en rød Viking blyant nr. 2, hvor stiften var slidt helt ned. Rundt om halsen havde han et gammelt Konica kamera hængende med en elastik omkring kamerahuset for at holde sammen på det hele.

Da han kom hen til liget uden hoved, kiggede han på den lokale betjent og spurgte:

"Hvad er der sket her?"

"Hun er druknet. Kan du ikke se det?" svarede Palle Ib surt.

"Hun???" udbrød journalisten forundret.

"Hvordan ved du, at det er en kvinde, liget mangler jo hovedet?" spurgte journalisten og så en ekstra gang op under kjolen.

"Ja, men det ligger jo der," sagde Palle Ib og pegede på det løse hoved.

"Hvorfor tror du, at hun er druknet?" spurgte journalisten.

"De har jo hevet hende op af vandet," sagde Palle Ib med en myndig mine og tog sig samtidig i skridtet.

"Man kan vel ikke drukne uden hoved?" fortsatte journalisten uden at få svar fra Palle Ib.

"Må man tage et billede til bladet?" spurgte han, efter at han havde taget et par billeder.

"Ja, det er ok," sagde Palle Ib og strakte hals med hovedet godt bagud på grund af skyggen på kasketten, så han bedre kunne følge med.

Journalisten tog endnu et par ekstra billeder til avisen, hvorefter han løftede lidt op i kvindens kjole og begyndte at tage nogle billeder til sig selv i forskellige vinkler.

"Kan du ikke taget et, hvor jeg er med?" spurgte Palle-Ib og stillede sig i positur ved siden af kvinden med den ene fod plantet på hendes mave, så foden sank så dybt ned, så man ikke kunne se sålen på skoen.

"Det kan jeg godt, men det vil se bedre ud, hvis du i stedet tager fat omkring nøglerne," mumlede journalisten ind i kameratasken, uden at Palle Ib opfattede det.

Kvindeliget på Havnen passede faktisk Palle Ib særdeles godt. Han så det nemlig som den største mulighed for et gennembrud med efterfølgende avancement til en lederstilling i København, en stilling hvor han kunne øse ud af sin nytilførte store erfaring med sin succesfulde opklaring af et mord.

I de to et halvt år, han havde været betjent i Svaneke, havde han kun haft et par reelle sager at arbejde med. Senest havde han efterforsket et cykeltyveri i fire en halv måned, indtil han helt tilfældigt tog stelnummeret på den damecykel, som han havde stående ude i sin garage. Det var en cykel, som han i en stor brandert havde lånt på Havnen i Årsdale en lørdag nat under den årlige havnefest. Efterfølgende skrev han med en vis stolthed rapporten, som skulle sendes til København, naturligvis med visse rettelser tilpasset omstændighederne, og så stemplede han den med det stempel, hvor der med store bogstaver stod OPKLARET og satte til sidst sin underskrift på rapporten med så store svaj som muligt.

Han foldede ikke rapporten sammen men puttede den i en stor A4 konvolut, hvorefter han gik ned på Torvet for at sende brevet. Inden han postede brevet sikrede han sig, at der var en del lokale Svanekeboere, der så, at han puttede brevet i postkassen. Han brugte altid den postkasse, der hang til højre for vinduerne på den lokale Bodega. Idet han slap brevet, sagde han højt:" Så er den sag også opklaret!" Samtidig med at han rakte begge hænder i vejret og børstede hænderne i luften, så han sig omkring for at få øjnekontakt med så mange forbipasserende som muligt.

Inde på Bodegaen sad den engelske Beskænker altid på bænken ved stambordet helt ud til vinduet, så han sad så tæt på postkassen, så han tydeligt kunne se modtageradressen på alle de breve, der blev afsendt, adresser som han som det naturligste i verden altid noterede sig. På den måde havde de altid noget at tale om på de stille vinteraftner, hvis de løb tør for rygter.

Ellers var de sager, som Palle Ib arbejdede med, nogle han selv havde opdigtet og skabt på baggrund af de løse rygter, som altid svirrede i byen. Han havde udviklet sin helt egen spørgeteknik, når han uanmeldt gik på besøg hos forskellige familier.

Han indledte altid alle besøg med at sige med stor myndighed i stemmen:

"Ja, det er Politiet, som I kan se," efterfulgt af den altid enslydende ytring:

"Det er dog en værre sag, der går rygter om i byen!" Hvorefter manden eller kvinden i huset som regel gik i forsvarsposition med det samme og med stor sikkerhed plaprede ud med, at det var da rigtigt, men at det ikke var noget, som de havde været med til eller kendte noget til overhovedet, men de havde godt nok hørt, at det var dem og dem, der stod bag eller havde været med til det." Men nu ikke vores ord igen," sagde de altid. Selv om de så ikke havde været med til noget som helst, så var alle de udtalelser, han fik fisket frem, til stor gavn og tilfredshed for Palle Ib, for han vidste, at alle havde noget på hinanden i byen, og det kunne han altid bruge til et eller andet.

Da Palle Ib brugte den politinotesbog, han havde fået fra ledelsen i Rønne til at holde regnskab med alle sine små forretninger rundt omkring på Øen, noterede han alt, hvad han hørte, ned på en eller anden lap papir, han enten havde i lommen, eller han bad om at låne et stykke papir og en blyant, så han kunne skrive oplysningerne ned. Som oftest spurgte han derefter videre ind til, hvad det var, manden eller kvinden refererede til for at få lidt mere kød på historien. Han gik derefter hjem og oprettede en sag baseret på de løse rygter. Det han manglede tilførte han selv, for senere at bruge det som et nyt løst rygte uden hold i virkeligheden ved det næste hjemmebesøg. Det var alt sammen brugbart i hans daglige opklaringsarbejde med alle de sager, han selv havde startet, og det var et kærkomment supplement til den daglige trummerum med at finde bortkomne cykler og forsvundne vanter oppe på skolen. Derudover kom så de store forberedelser til den specielle fredagsfrokost.

Han havde mange informanter i byen, som alle som en talte med to tunger, hvilket gav næring til alle de igangværende sager, han så småt arbejde med. Sager hvor han håbede, at bare en af dem kunne holde vand, så den efterfølgende kunne føre til en anholdelse og dermed blive starten til hans store gennembrud som kriminalbetjent med et efterfølgende avancement til den ledende stilling på Politigården i København, en stilling, som han selv mente, han fortjente og havde evner til.

Men nu lå hans store chance for et avancement mundlam og uden hoved på Havnen i Svaneke.

Han gik i gang med at identificere kvinden uden at ane, hvad han skulle se efter.

"Er der nogen, der ved, hvor alle de gulerødder i tasken kommer fra?" spurgte han ud i forsamlingen endnu engang og så rundt for at se, om hans spørgsmål skabte den tilsigtede respekt og frygt omkring hans person.

"Dem har hun købt af mig på klods. Der er mindst 4 kilo," udbrød Den gamle Gartner, som nu også var dukket op på Havnen.

"Hvor ved du fra, at der er fire kilo? Har du haft hende oppe på vægten?" spurgte Palle Ib hurtigt og pegede på den store vægt, som blev brugt til at veje fiskekasserne på, men Gartneren svarede ikke på hans spørgsmål.

"Hun har i øvrigt nægtet at betale for dem, og nu ligger hun der og kan aldrig betale sin regning," sagde Den gamle Gartner og tog sig automatisk til sin store fede tegnepung i inderlommen.

"Hvordan kan du kende hende, hun har jo ikke noget hoved?" spurgte Palle Ib Den gamle Gartner og fortrød med det samme sit spørgsmål, da han så at Gartneren rynkede panden og så truende på ham, som om han sagde:" Skal du have livsvarig karantæne til bagbutikken?"

"Hvordan skal jeg nu få mine penge?" sukkede Den gamle Gartner og så bedrøveligt ned på kajen samtidig med, at han rystede på hovedet og kløede sig i skægget.

"Ja, du får dem i hvert fald ikke af mig," triumferede Palle Ib, selv om han godt vidste, at han skyldte Den gamle Gartner 246,00 kroner for de billige bajere, han havde fået i løbet af måneden inde i baglokalet i Gartnerens butik oppe på Torvet.

"Jeg vil have de gulerødder tilbage. De er som mine egne børn," mumlede Gartneren grådkvalt og tog sig til panden for på den måde at tilskrive gulerødderne større værdi.

"Det kan ikke lade sig gøre! Det er det vigtigste bevismateriale, jeg har i sagen. Det er sikkert vægten fra gulerødderne, der er årsagen til, at hun er druknet," erklærede Palle Ib og tog sig i skridtet.

Idet journalisten gik tæt forbi Den gamle Gartner på vej hjem for at skrive historien om den druknede kvinde på Havnen, huggede Den gamle Gartner lynsnart journalisten i armen som en Brun Mamba, der ikke havde spist i flere måneder, og trak ham tæt ind til sig, idet han med en lavmælt indsmigrende stemme hviskede ham ind i øret:

"Der er et stort bundt friske porrer til dig, hvis du skriver i din artikel, at de gulerødder der er fra Gartneren i Svaneke. Skriv også, at gulerødderne er så friske, at de kan holde sig, selv om de har ligget i vand i 14 dag. Du har jo beviset liggende der!" Han pegede med sin store lettere vibrerende pegefinger hen på lærredstasken med gulerødderne, som den hovedløse kvinde stadig havde liggende på maven.

"Jeg kan smide et par dejlige solmodne tomater oven i, hvis du kan få historien på forsiden af "Bladet" og kalde kvinden Gulerodskvinden. Jeg ser for mig en overskrift, der hedder *"**Gulerodskvinde druknet i Svaneke Havn**"*. Hvad siger du til det tilbud?" spurgte Gartneren lettere smiskende.

"Det er sgu en aftale," svarede journalisten lettere forundret, fordi Den gamle Gartner ikke havde for vane at give noget ved dørene.

"Alle tiders. Det vil også give din historie meget mere kant og indhold, ja, folk vil endda begynde at læse dine skriverier," sagde Gartneren tilfreds.

Da Palle Ib bemærkede, at Den gamle Gartner havde lavet en studehandel med journalisten, som de også kaldte "Små nyt", sprang han, syntes han selv, med stor myndighed op over den druknede kvinde og lige hen foran Den gamle Gartner. I springet glemte han ikke at tage sig til nøgleknippet og i skridtet samtidig med, at han viftede med sin sorte notesbog. Springet var at sammenligne med det spring, som luftakrobaten udførte i det omrejsende Albanske Cirkus, der for 2 – 3 år siden havde besøgt Svaneke. Luftakrobaten udførte næsten det samme spring, men han slog sig uheldigvis ihjel, da han skulle indøve sit spring over en forhindring samtidig med, at han skulle holde en bakke med 6 glas i venstre hånd og så tage sig i skridtet med højre hånd for at komme over forhindringen, som bestod af rødglødende spir i ca. halvanden meters højde med et 3 meters fald på den modsatte side lige ned på rødglødende kul.

"Må jeg bede om Deres navn?" spurgte Palle-Ib Den gamle Gartner med al den fasthed i stemmen, han kunne mobilisere. Han så sig samtidigt omkring for at sikre sig, at så mange som muligt af de nysgerrige tilskuere havde bemærket hans store autoritet.

Den gamle Gartner så forundret på betjenten, som han havde kendt, lige siden han var flyttet til byen for otte år siden. De første halvandet år havde han søgt tre forskellige stillinger på Bornholm og fået afslag på dem alle, hvorefter han fik den geniale ide at søge ind på Politiskolen, fordi han så kunne bruge den samme ansøgning gang på gang til samtlige politikredse i Danmark. Efter Politiskolen havde han i de to efterfølgende år søgt alle opslåede stillinger

inden for Politiet, før han omsider var blevet tilbudt stillingen som lokalbetjent i Svaneke.
Under ansættelsesinterviewet havde han over for personalechefen på politigården i København fremhævet, at han var særdeles god til multitaskning, han var erfaren med at have flere sager i mange tasker, som han sagde.

"Det er nok ikke lige noget, du vil få brug for i Svaneke, men vi vil gerne tilbyde dig stillingen, selv om du nok er overkvalificeret," sagde personalechefen og rakte ham ansættelseskontrakten og en Parker kuglepen til brug for underskriften. Han nævnte ikke, at Palle Ib var den eneste ansøger til jobbet.

"Så er der basis for et hurtigt avancement," sagde Palle Ib samtidig med, at han skrev under på kontrakten og stak kuglepennen i inderlommen.

"Det ved du jo godt. Jeg har kendt dig længe, og jeg kan huske den gang, du sked i bukserne til byfesten," sagde Den gamle Gartner og begyndte at grine højt ud over forsamlingen:

"Ha ha ha ha ha ha a ha ha ha haaaaaa."

"Sked i bukserne???" gentog Palle Ib for sig selv. Bemærkningen fik Palle Ib til at rette på kasketten, tage sig til nøgleknippet og i skridtet i en og samme bevægelse, uden at det havde den styrkende effekt, som han normalt fik.

"Hvad skal du i øvrig bruge mit navn til?" spurgte Gartneren nysgerrigt. "Jeg er en meget kendt personlighed, så du kan ikke sådan gå og strø om dig med mit navn. Det kommer til at koste penge," tilføjede han smågrinende.

"Kan du ikke se, at der ligger en død kvinde på kajen?" spurgte Palle Ib Den gamle Gartner med en alvorligt mine på og tog sig i skridtet.

"Død???" udbrød Gartneren.

"Hvor ved du fra at hun er død?" spurgte han.

"Det kan du da se," sagde Palle Ib og pegede på hovedet.

"Hun har ikke sagt et ord de sidste tyve minutter," tilføjede han myndigt og bestemt sådan rigtigt politimæssigt, syntes han selv.

"Du har vel ikke hørt det, hvis hun skulle have sagt noget, hovedet ligger jo også to meter fra kroppen," sagde Gartneren og skævede ned til sine gulerødder. "Men jeg kender en videnskabelig bevist metode inden for den medicinske verden om hvordan, man kan få opklaret, om en person virkelig er afgået ved døden," proklamerede Gartneren lettere hovmodigt, idet han bemærkede, at han nu havde Palle Ib i sin hule hånd. "Du skal bare blæse tobaksrøg, helst fra pibetobak, op i endetarmen på den druknede kvinde. Det er et godt gammelt trick, som lægerne bruger, når de skal forsøge at genoplive en person, der har lidt druknedøden. Hvis det ikke virker, så kan du være sikker på, at den pågældende person er sten hamrende død." Han tog en dyb indånding og pustede luften direkte ud i hovedet på Palle Ib, så skyggen på hans politikasket blafrede op og ned.

Palle Ib tog sig i skridtet for at hente den fornødne styrke, inden han udbrød: "Aldrig i livet! Gud forbyde det! Så hellere lade hende blive begravet skindød som alle de andre her i byen." Han sagde det henvendt til Gartneren, men han lod sig slet ikke mærke af den bemærkning.

"Må jeg bede om Deres navn?" spurgte Palle Ib igen meget højt og så sig omkring.

"Du kan få den her at skrive mit navn med," sagde Gartneren og gav ham en gulerod.

"Den blyant, du har der, kan du heller ikke skrive mit navn med," sagde han efterfølgende og grinede nu så højt, at det kunne høres ud over hele Havnen.

Palle Ib så på sin egen blyant og bemærkede, at han, på grund af stress da opkaldet om kvinden kom på stationen, ved en fejl var kommet til at putte det stegetermometer i lommen, som han brugte på stationen, når han stegte and eller flæskesteg. I øvrigt købte han altid kødet til en billig penge oppe på landet ved at true bønderne med forskellige former for undersøgelser af deres landbrug og økonomi.

Han kunne mærke, at sulten begyndte at presse sig på. Han var brødflov, men han havde heller ikke spist siden klokken kvart i ti. Han havde kun fået en enkelt skive franskbrød med ost på grund af den alt for tidlige og meget irriterende opringning om den druknede kvinde.

"Du må ikke forlade byen i de næste tre uger," sagde han til Den gamle Gartner, hvorefter han så ud over forsamlingen for at se, om der var nogen, der havde bemærket hans myndige beslutning.

"Du har vel ikke et par mønter til telefonboksen? Jeg skal ringe til Rønne, det er meget vigtigt," spurgte han så Den gamle Gartner, som nu stod og rodede i kvindens taske med gulerødder for at se, om der i bunden skulle ligge nogle håndører, som han kunne fiske som betaling for gulerødderne, som hun jo havde købt på klods.

"Du kan låne tyve øre. Det kan da ikke være noget vigtigt, du skal ringe om." Den gamle Gartner grinende ud over den tilløbende forsamling. "Men jeg skal have dem tilbage senest på mandag," sagde han belært af tidligere erfaringer med Palle Ibs manglende evne til at betale lånte penge tilbage.

Palle Ib gik op ad den lille bakke til telefonboksen. Det var et helvede at gå opad, fordi han havde sine sorte fodformede politisko på dem med lav hæl og dobbelt sål foran. Han blev nød til at ringe til stationen ude i Rønne for at meddele, at han ville blive en halv time forsinket til kortspillet og kaffen på grund af drukneulykken.

Det pinte ham, at han skulle bruge sine egne penge til at ringe for, for var der noget, der irriterede ham, så var det ødselhed med egne penge. Så det passede ham fortrinligt, at han kunne låne af Gartneren, for han havde nemlig ikke i sinde at betale ham tilbage. Han kunne altid finde på et eller andet at true ham med eller noget at beskylde ham for ved en senere lejlighed, hvis han skulle være så fræk at krævede tilbagebetaling.

I øvrigt irriterede det ham også grusomt, at telefonselskabet havde foretaget en modificering af møntboksen. Der, hvor man skulle indføre tiøren, var ændret til, at man nu skulle smide tiøren ind fra siden. Før ændringen gik han altid rundt med en 10 centimeter lang Teknostang, som han satte ned i mønthullet, for så kunne han ringe gratis, lige så længe han lystede.

Hver aften inden han gik til ro, havde Palle Ib gjort det til en vane at tælle sine penge, så der ikke var nogen misforståelser i relation til hans forbrug, hvis han da ellers havde brugt penge den dag.

For nogle måneder siden var hans daværende kæreste flyttet, efter at de kun havde boet sammen i ca. 2 måneder. Da hun flyttede ind, var de blevet enige om, at penge ikke skulle være årsag til et eventuelt brud mellem dem. De havde derfor aftalt, at de skulle dele alle omkostninger fifty fifty.

Den aften, hvor hun var gået med til, at de skulle dele alle omkostninger ligeligt, var Palle Ib blevet helt varm om hjertet, ja, det var lige før, at han var kommet til at holde af hende, også selv om han syntes, at hun faktisk var ualmindelig grim og ucharmerende.

Hun var lille og overvægtig med en stor mave og en bred røv og alt for kraftige skæve korte ben. Hendes hals gik direkte over i hovedet, som ikke havde den naturlige form, for det så ud som om, at hendes hage sad fastlimet på halsen som et andet stykke vingummi.

Palle Ib havde mødt hende en sen nattetime, hvor han efter en særdeles fugtig aften hos Keramikeren i Nansensgade, var kommet kørende ned over Havnebryggen på sin cykel, selv om han kørte uden lygte, så havde han alligevel set, at hun var snublet i sin store brandert, da hun skulle ud fra Kælderstuen, hvor hun havde tilbragt det meste af dagen og natten sammen med de lokale fiskere. Det var tilsynela-dende kommet bag på hende, at det var bælgravende mørkt, da hun skulle hjemad. Hjemad for hende betød en eller anden forladt fiskekutter, hvor hun kunne overnatte og sove branderten ud.

Idet hun snublede, forsøgte hun at redde situationen ved at kompensere sin balance med nogle ualmindelig store skridt, hvilke medførte, at hun fik så meget fart på, at hun kolliderede med gelænderet på den modsatte side af Hav-nebryggen. Hendes motorik var ikke til, at hun kunne gri-be fat i gelænderet, så resultatet blev, at hun røg direkte gennem gelænderet og på hovedet de tre meter ned på selve havnekajen.

Palle Ib stoppede resolut op og sprang af cyklen, men han gik dog uden om gelænderet. Han skulle ikke nyde noget af at springe tre meter ned i lovens navn for at give hende førstehjælp. Da han kom ned til hende, lå hun sammen-krøllet på asfalten og udstødte nogle svært jamrende ufor-ståelige lyde. Hun havde en kort nederdel på, som nu sad et godt stykke oppe på maven, og hun havde slået hul på sine sorte strømpebukser på begge knæ. Han tilbød hende en hjælpende hånd, så hun kunne komme op og sidde. Den anden hånd brugte han til at børste grus af hendes venstre knæ, hvilket fik ham til at børste hende lidt længe-re oppe ad lårene med en bemærkning om, at det var da voldsomt, som hun havde griset sig til, helt op på maven endda.

Han tilbød hende et plaster på knæene og et logi for natten." Så kan du også få en kop styrkende varm kaffe i morgen tidlig," havde han foreslået. Hun fulgte med uden protester af nogen art. Dog havde de et kort stop lige uden for det lille pølse - og ishus, hvor hun tømte det meste af maveindholdet ud over alle fliserne.

Det havde været totalt umuligt at få liv i hende, da han tog af sted til stationen klokken ti minutter over ni, så han havde droppet det med kaffen den morgen. "Det er også billigere at lave kaffe på stationen," tænkte han ved sig selv. Han mente, at der om natten havde været en form for gensidig sympati, selv om han ikke forstod, hvad hun sagde, men hun kunne jo være polak.

Hun var stadig ikke var stået op, da han kom hjem klokken halv fire. Han havde valgt at tage lidt tidligere fri grundet forventningerne til de nye omstændigheder, og han havde resolut taget telefonen og havde bestilt det bedste bord ved vinduet med udsigt ud over Havnen på Hotel Simsens til klokken syv præcist. Han havde på fornemmelsen, at hun ikke ville være i stand til at lave nogen former for mad i den tilstand, hun var i.

Han måtte ringe yderligere to gange for at udsætte middagen, først til klokken halv otte og så lidt senere til klokken ni for at være på den sikre side. Hun kunne ikke få sit hår til at sidde rigtigt, havde hun sagt ude fra badeværelset hver gang, han bankede på døren for at sige, at nu skulle de også se at komme af sted.

Da hun langt om længe kom ud fra toilettet, vrikkede hun om på den ene fod, fordi hun havde glemt at snøre sine støvler. Eller rettere sagt hun havde ikke været i stand til at bukke sig ned for. Palle Ib måtte ned på knæ for at hjælpe med til at snøre støvlerne. Det var ikke muligt at få støvlerne til at sidde oppe under knæene, hvor de var beregnet til at skulle sidde, for hendes ben var for tykke, så de sad som en stor sort pølse lige oppe over vristen. Palle Ib viklede snørebåndene ned omkring svangen på samme måde, som han altid havde gjort, når han snørede sine gamle fodboldstøvler i boldklubben.

"Så er jeg klar," havde hun sagt og svingede sin sorte jakke over den gennemsigtige sorte bluse.

Det forekom Palle Ib, at hun havde taget trøjen omvendt på, for mærket i nakken på trøjen sad nu helt oppe under hendes hage. Hun havde et stort stykke med bart oppe over den korte nederdel, hvor en større delle blev presset ud.

"Nu kommer du vel ikke til at fryse?" havde han spurgt uden at få svar.

De ankom til Simsens tyve minutter for sent, fordi han på det nærmeste måtte slæbe hende ned til Hotellet. De havde også måttet vente på, at de fire Treo brusetabletter, som hun havde smidt i et stort glas vand, skulle blive opløst. Hun havde skyllet dem ned i et par store slurke efterfulgt af et stort gurglende ræb.

Palle Ib havde standsmæssigt iklædt sig sin politiuniform, og kasketten havde han sat ud over begge ører, så den ikke skulle blæse af, når de skulle promenere ned over havnebryggen, hvor der stod en frisk kuling fra nord øst ind over Havnen.

Da de ankom til hotellets restaurant, henvendte han sig straks til den sortklædte servitrice, og med myndig betoning kundgjorde han:

"God aften, mit navn er Palle Ib fra Politiet. Jeg har bestilt det bedste bord her på stedet." Han så sig rundt i håbet om, at der var nogle der bemærkede, at han var ankommet. Den høflige servitrice anviste ham venligt deres bord ved vinduet. Palle Ib tog sig lige hurtigt i skridtet og til nøglerne og så sig omkring i restauranten en gang til.

Derefter sprang han resolut over til bordet og trak galant stolen, som stod tættest ved vinduet, ud og sendte sin kæreste et søgende og forventningsfuldt blik. Hans nye kæreste kom nærmest vraltende over mod bordet som følge af, at hendes ene hæl var halvt brækket af, da hun vrikkede om på foden uden for badeværelset. Da hun var ud for det næstsidste bord, mistede hun balancen, og for at redde situationen kom hun til at sætte det meste af hånden ned i en skål remoulade til de fiskefileter, som to ældre ægtepar netop skulle til at sætte til livs.

"Ups sa sa," fik hun lige sagt og begyndte så at slikke remuladen af fingrene og tørre resten af i sin bluse, hvorefter hun vrikkede og vraltede videre dog uden at sige undskyld til ægteparrene.

Da hun endelig kom hen til bordet, trak hun selv den stol ud, som stod yderst med en bemærkning om, at det var hurtigere, hvis hun skulle ud og pisse. Palle Ib så sig hurtigt omkring i lokalet og fremstammede:

"Det trækker også for meget ved vinduet, skat."

Palle Ib studerede spisekortet med en alvorlig mine. Derefter påkaldte han sig servitricens opmærksomhed ved at snurre sit politiskilt så heftigt rundt i luften, at det gav samme lyd som rotorbladene fra en Sikorsky S-61A helikopter.

Servitricen kom farende over til bordet for at modtage hans bestilling med en ærbødig og interesseret mine på.

"Hvad kunne herskabet tænke sig i dag?" spurgte hun høfligt, og så over på hans nye kæreste, som nu lå halvt inde over den stol, der stod ved vinduet. Han bestilte højlydt to gange Pekingand med rødkål og en flaske Toblerone årgang 1985. Efter bestillingen tog han sig lige en gang i skridtet under bordet samtidig med, at han lod blikket løbe en gang rundt i lokalet.

"Det er ikke lige noget, vi har på kortet i dag, så jeg må lige tale med køkkenet og restaurantchefen," sagde servitricen og satte fart på i retning mod køkkenet.

"Restaurantchefen???" nærmest råbte Palle Ib.

"Jeg ønsker at tale med hotelejeren om manglerne her på stedet!" Han så over på sin kæreste, som nu havde rejst sig halvt op og nu sad i en vinkel på 45 grader med lukkede øjne. Det så ud som om, hun sov.

Efter et par minutter vendte servitricen tilbage for at meddele, at de beklageligvis var udgået for Toblerone årgang 1985, men han kunne få en Amarone della Valpolicella Classico Superiore 1982. Den kostede lidt mere, men smagen var så til gengæld næsten den samme.

Med hensyn til Pekinganden, så var køkkenet kun leveringsdygtig i et par grydestegte bornholmerhaner, som de afslutningsvis kunne smide på panden og switche på begge sider i en gang ketchup og så smide et par løgringe omkring halsen på dem.

"Det lyder også godt," accepterede han med en lettere viften med hånden for på den måde at sende en lille luftstrøm over i hovedet på sin nye kæreste, så hun måske vågnede.

"Vi takker så meget for bestillingen," havde servitricen sagt og var vendt om for at gå ud i køkkenet. I det samme greb hans kæreste fat i servitricen og sagde, at hun gerne ville have to Tuborg FFere inden middagen. De måtte ikke være for kolde." Jeg får så meget luft i maven af kolde øl," havde hun sagt.

Det, der havde slået hovedet på sømmet, og som var årsagen til, at hun resolut havde taget sine ting og var flyttet på en halv time, var, at han havde foreholdt hende, at hun havde for vane at ligge og læse en halv time længere, end han gjorde, når de var gået i seng, så han mente, at det var rimeligt, at hun skulle betale femogtyve procent mere af elregningen, hvilket hun havde nægtet. Ved flere andre lejligheder havde hun også startet opvaskemaskinen, selv om maskinen ikke engang var kvart fuld bare for at vaske sit yndlings kaffekrus af. Det var et krus med et ansigt af en mand med en stor næse, som gjorde det ud for en hank. Det rislede ham koldt ned ad ryggen ved tanke om alt det vandspild, hun udsatte ham for, men det havde han ikke afkrævet hende betaling for.

Han havde også nævnt et andet eksempel over for hende fra den gang, de havde været i seng sammen en af de første gange, og hvor han havde insisteret på, at de skulle have lyset slukket for at spare på strømmen, hvilket hun også havde nægtet på det bestemteste. Da han havde gjort sig færdig, efter hvad han fornemmede havde været den store hede gensidige elskov, og var begyndt at rulle over på sin egen sengehalvdel, havde han stukket hovedet op for at spørge hende, om hun også havde fået noget ud af det. Men han fik aldrig fuldført sætningen, idet hun allerede lå og læste i en bog om, hvordan men steger en kylling i en Römertopf. Det var den slags strømfrås, han harcelerede over.

Den dag hun flyttede, var hendes sidste bemærkning, inden hun gik ud ad døren:

"Sex med dig er som at gå i seng med et Randersreb!" Så havde hun smækket døren i og havde forladt huset.

Dagen efter hun var flyttet, havde han besluttet at droppe den tidlige morgenkaffe klokken kvart i ni. Nu skulle han jo ikke mere lave morgenkaffe til hende længere, men også fordi han dag ud og dag ind ikke kunne overvinde den indre stemme, der talte til ham. Det var en stemme, der sagde: "Du kan godt ligge ti minutter længere, inden du skal lave kaffe." Hvilket medførte, at han gang på gang først vågnede ved ti tiden, og så var det for sent at nå bussen til Rønne for at spille kort med kollegaerne. Nu lavede han først kaffe efter at han var mødt ind på stationen klokken kvart over ni. Det var jo også billigere at bruge det offentliges kaffekonto. Ved titiden var han var klar til at tage fat på dagens dont, undtagen de tre dage hvor han skulle til Rønne for at spille kort.

Palle Ib udviste ikke meget flid i dagligdagen, men månederne efter at hun var flyttet, havde han brugt på at systematisere sine arbejdsgange i hjemmet, så han eksempelvis ikke skulle bukke sig efter en gryde, uden at han tog en ske med op fra en skuffe i samme bevægelse. Det var ikke sikkert, at han skulle bruge skeen, men så var den da klar, hvis han fik brug for den. Kaffeposer, teske og kaffedåse lå og stod i en lige logisk rækkefølge, så han med stor tilfredshed kunne nyde det mindre energiforbrug, når han en enkelt gang lavede kaffe hjemme. På stationen havde han fundet ud af, at han sparede en tur over til kaffemaskinen, hvis han i stedet for at hente kaffekanden tog koppen med over til kaffemaskinen, og da han i gennemsnit drak fire kopper kaffe hver morgen, så var det ikke småting af energi, vi her talte om.

Efter at telefonen havde ringet en seks til syv gange, fik han endelig fat i Svendsen, som var den vagthavende betjent på stationen i Rønne.

"Ja, det er Palle Ib her."

"Hvor bliver du af?" spurgte Svendsen, før han fik sagt et ord.

"Jeg bliver lidt forsinket. Jeg kæmper med en drukneulykke her i Svaneke," sagde han.

"Hvor meget mangler du?" spurgte Svendsen

"Jeg ved det ikke rigtigt."

"Se at få den sag afsluttet. Kofoed er her med varm vandkringle om ca.10 minutter. Det er den, du så godt kan lide, og kaffen er klar," lokkede Svendsen.

"Men jeg har også et andet lille problem," jamrede Palle Ib.

"Hvad er så det?" spurgte Svendsen.

"Den druknede kvinde mangler hovedet," fik han mumlende sagt.

"Mangler hun hovedet?" spurgte Svendsen forundret og lettere ophidset med tanke på, at de også skulle nå at spille kort.

"Ja," svarede Palle Ib.

"Er der slet ikke noget hoved?"

"Jo, jo, det er der skam," stammede Palle Ib.

"Så er det er vel ikke noget problem. Læg hovedet ned i samme ligpose som kroppen, så finder retsmedicinerne nok ud af resten ved obduktionen," kommanderede Svendsen.

"Kan du ikke være her om ca. 50 minutter? Vi skal også nå at spille kort inden frokost!"

"Jo, men der er altså et lille problem mere," fik han fremstammet med svag stemme.

"Hvad er det for et problem?" spurgte betjent Svendsen endnu mere irriteret, fordi han nu fornemmede, at kortspillet var ved at ryge sig en tur, og der var næsten 150 kroner i puljen.

"Jo, det hoved, der ligger her, passer ikke til den kvindekrop, der ligger her på kajen," svarede Palle Ib forsigtigt med en lille stemme, som nærmest bad om løsningen på problemet.

I baggrunden kunne han høre Svendsen tale med Kofoed, som i mellemtiden var kommet tilbage fra bageren.

"Du Kofoed, Palle Ib siger, at det hoved, der ligger på kajen i Svaneke, ikke passer til kvinden som er druknet. Hvad siger du til det?" spurgte Svendsen.

"Så kan hun vel ikke være druknet. Der skal jo et hoved til for at sluge vand, for at man kan drukne," svarede Kofoed i baggrunden. "Det gør det hele meget enklere."

"Enklere???" spurgte Palle Ib og så ned over den store forsamling. Han havde nægtet at forlade Havnen uden at vide, hvad han skulle stille op med alle de mennesker.

"Lige et øjeblik," råbte Palle Ib ind i røret og slap det, så det hang og dinglede i ledningen fra side til side som pendulet i et bornholmerur.

Han sprang ned ad den lille bakke til Havnen, råbende:

"Stop, stop, stop i lovens navn!" Samtidig med at han tog sig i skridtet og til nøglerne.

Ejeren af den blå cykel var kommet gående i sin mørkeblå overlevelsesdragt og havde taget sin cykel, og uden at bemærke det røde og hvide bånd, som Palle Ib havde bundet fast til bagagebæreren, var han steget op på cyklen og var kørt ca. tyve meter med det løse hoved trillende efter sig på samme måde, som man binder en masse konservesdåser efter en bil med et nygift brudepar.

Palle Ib vedblev med at råbe:

"Stop, stop, stop! Det er mit hoved, du kører med. Så stop da i lovens navn!" Han smagte lige på den sætning et kort øjeblik og følte sig lidt stolt.

Manden i den mørkeblå overlevelsesdragt stoppede endelig op og så sig tilbage. Da han fik øje på Palle Ib, der kom springende helt blodrød i hovedet, udbrød han:

"Hvis det er dit hoved, så håber jeg, at det er et, der passer bedre til kasketten."

Hvad han mente med det, forstod Palle Ib ikke, og i stedet sagde han:

"Jeg beslaglægger hermed din cykel som et vigtigt bevismateriale." Han var glad for den bemærkning, fordi han syntes, at den lød virkelig overbevisende, selv om han ikke anede, hvad han nu skulle stille op med den cykel.

Kvindehovedet havde fået så mange rifter og hudafskrabninger på næsen og i panden, at han nu havde brug for nye forklaringer og beviser om årsagen til hendes død. Han kunne ikke så godt skrive, at hun var faldet af en cykel.

"Du må ikke forlade byen i 4 uger," sagde han til manden i den blå overlevelsesdragt.

Manden i den blå overlevelsesdragt så forundret på betjenten og sagde:

"Jeg har boet her i byen i 40 år, og jeg har været både i Årsdale og Hasle, så hvorfor skulle jeg rejse nogle steder hen, især ikke efter at du har beslaglagt min cykel?"

Palle Ib havde ikke noget svar til den bemærkning, men efter en kortere tænkepause sagde han hurtigt:

"Så siger vi tre uger, men så skal du også melde dig på stationen hver tirsdag klokken ti, nej klokken fem minutter over fire!" Han sagde det med tanke på, at så var han færdig med sin eftermiddagslur og var på vej ned til Gartneren. Han viste godt, at han nok aldrig ville være der på den tid af dagen, men han syntes, at det lød godt.

"Nej, fredag skal du ikke komme, der har du fri. Du kan få din cykel igen, men så skal du medbringe den hver tirsdag, når du møder på stationen," sagde han imødekommende til manden i den blå overlevelsesdragt.

"Ingen må forlade Havnen!" råbte Palle Ib ud over forsamlingen og tog sig til skridtet.

KAPITEL 2

Ankomst til Svaneke

Kjøbenhavneren havde besluttet sig for at indlogere sig på Hotel Simsens Gård, da han ikke kunne bo i det sommerhus, som han havde lejet sidste gang, han var i Svaneke for 8 år siden. Han havde endnu ikke betalt sin dengang gode ven for de følgeskader på huset og det ødelagte inventar, han havde været skyld i under sit ophold der. I øvrigt havde han absolut ingen planer om at blive genkendt i byen eller bare så meget som tale med en eller flere fastboende. Han var udelukkende kommet for at få oprejsning og for at smage hævnens sødme for så at forsvinde igen lige så stille og roligt, som han var ankommet.

Han havde planer om at indskrive sig under pseudonymet Jan Sniadecki, som var navnet på hans gode ven fra Krakow i Polen. Det var for at sikre sig, at ingen skulle kunne huske, at man havde kaldt ham Kjøbenhavneren sidste gang, han havde besøgt Svaneke.

På grund af den svinske behandling han mente, at han havde været udsat for, da han besøgte De grummes By, var der sikkert mange, der havde hørt om episoden oppe på Bodegaen, så han ville for alt i verden ikke give sig til kende. Den lokale mafia skulle ikke have et forspring denne gang.

Han havde sin egen plan, og den smagte af blod. En plan som langsomt men sikkert allerede havde taget sin form og de første spæde skridt, da han holdt på parkeringspladsen og ventede på båden til Ystad sidste gang, han havde været i Svaneke. Han havde siddet halvt døsende med hovedet hvilende ind mod sideruden og set på den langsomt silende blodstribe, der løb fra øjenbrynet og ned ad ruden. Blodet fulgte en snørklet vej nedad, det var som en slags vejviser til den fuldkomne hævn, det var blodets vejviser til den endelige og totale blodhævn.

Da blodet ramte det nederste af bilruden og begyndte at flyde vandret ud til begge sider var det som om fundamentet til den endelige plan for hævn blev støbt.

I samme øjeblik han nu 8 år efter satte foden på trappen op til hotellets reception, blev han ramt af et voldsomt flash back, der ledte tankerne tilbage på den bestialske oplevelse, han havde været ude for en weekenden i De grummes By Svaneke for år tilbage.

Det, der for Kjøbenhavneren skulle have været en dejlig fredfyldt og afslappende weekend efter en vinter med altopslidende arbejde fra morgen til aften, endte med en traumatisk oplevelse på grund af en helt naturlig længsel efter en kold formiddagspilsner.

Det hele startede tidligt lørdag formiddag, hvor forårssolens stråler varmede, så selv de gigtplagede fik gang i lemmerne. Han havde besluttet sig for at se lidt nærmere på byens smukke huse med de særprægede gavlknægte, der var en slags signatur fra den håndværker, der havde været med til at opføre huset. Efter en kort spadseretur rundt i Svaneke by hvor han var gået ned om Havnen og så op på Torvet, blev han overmandet af en ubændig tørst, da han stod ude foran et skilt, hvor der stod Bodegaen. Der var ikke en bil eller et menneske at se på Torvet så tidligt på formiddagen, så han stod stille og roligt ude på vejen for at se sig omkring og betragte Torvets butikker, hvor de handlende så småt var begyndt at stille lidt varer og skilte ud foran butikkerne, inden han ville gå ind og forfriske sig i "lastens hule".

En gang imellem kom en mand gående med målbevidste skridt hen mod Bodegaen for at forsvinde ind gennem døren som dug for solen.

Stilheden blev pludseligt fravristet sin evne til fordybelse, da han bemærkede en fræsende lyd, der blev højere og højere, uden at han kunne identificere, hvor den kom fra, indtil han ud af øjenkrogen bemærkede en Don King lignende person, der kom fræsende på en trehjulet knallert med kurs lige imod ham. Han undgik med nød og næppe at blive påkørt ved at kaste sig ind over fortovet foran Bodegaen. Han landede på en sådan måde, at han slog højre knæ ned i kantstenen, og hans bukser og hans højre hånd blev flænset op.

"Hvad fanden er det for en måde at køre på?" råbte han efter den Don King lignende person, som allerede havde kurs mod døren til Bodegaen.

"Du skal være glad for, at jeg ikke var i bil," svarede ham Don King og gik grinende direkte ind på Bodegaen.

Efter 5 til 10 minutter, hvor han stod og sundede sig oven på den usømmelige optræden, besluttede han sig for at gå ind og få sig en kold forfriskning.

De første minutter efter han entrede lokalet, var han ude af stand til at se andet end svage silhuetter gennem tobaksrøgen, og samtidig fik han et voldsomt hosteanfald, som fik ham til at bukke sig sammen som en foldekniv. Da han endelig fik synet tilbage, fik han øje på ham Don King, der allerede var i gang med et spil billard, hvor han efterfulgte hvert stød med en bemærkning om, at det var et uheld.

Han gik op mod baren samtidig med, at han søgende så sig om efter et sted, hvor han i fred og ro kunne sidde og betragte de lokale beboere i byen og på den måde tilegne sig mere viden om dagligdagens liv.

Efter fem til ti minutter, hvor han stod og ventede, dukkede der langt og længe en mand op bag baren. Han var iført et par grå bukser af meget tykt bomuldsstof og en højhalset sømandstrøje samt en lysebrun lammeskindsvest. Han kom helt lydløst, fordi han havde et par brune kraftige vintersko på med tykke rågummisåler.

Han lignede ikke just en tjener, men da han spurgte, hvad Kjøbenhavneren skulle have, svarede han lavmælt for ikke at vække for meget opmærksomhed:

"Jeg vil gerne have en iskold Tuborg." Han indtog en lidt ydmyg attitude.

"Vi har kun kolde øl her på stedet," fik han bryskt svaret tilbage sammen med et par himmelvendte øjne.

"Skal du også have glas?" spurgte tjeneren surt og tog et glas under baren samtidig med, at han så over på det bord, han sikkert havde siddet ved, og hvor der også sad to andre. Det var sikkert stedets stambord. De personer, som sad ved bordet, sagde ikke et ord til hinanden.

"Jeg bestilte ikke mælk, det drikker jeg ikke," sagde han for at være sjov, da han så det mælkehvide glas. Den bemærkning blev besvaret med en demonstrativ bevægelse, hvor bartenderen nærmest slog glasset ned fra baren.

Han valgte at sætte sig ved det midterste bord, så han havde et godt udsyn over, hvem der kom og gik. Han satte øllen op til munden og lukkede øjnene og så for sig den iskolde fos, der ville bruse ned i hans tørlagte hals. Men øllen var i nærheden af 21 grader, og den første slurk skummede så voldsomt, at den pressede sig ud af næsen, og den fortsatte med at skumme så kraftigt ud af flasken, at øllen kunne bruges til at slukke en mellemstor skovbrand.

Han så sig omkring efter tjeneren, men han var ikke til at se nogen steder, så han valgte at gå op i baren igen for at få den udrikkelige skumslukker byttet.

Han trykkede forsigtigt på klokken. Det skete der nu ikke noget ved. Ham med den blå sømandstrøje med rullekrave og en brun lammeskindsvest samt tykke brune sko med rågummisåler vær-

digede ham ikke et blik eller gjorde mine til at ville servere mere for den nye gæst.
Henvendt til stambordet sagde han:
"Jeg vil gerne bestille en kold øl til." Tjeneren hverken rejste sig eller så op.
"Vi har kun kolde øl her," replicerede tjeneren omsider. Han sad ved vinduet og rettede lidt på den blå sømandstrøje med rullekrave med himmelvendte øjne. Et par minutter efter begyndte han at rejse sig langsomt, og så ud som om han antydede:
"Ka' du dog ikke fatte, hva' jeg siger?"
Kvalmen vendte tilbage med fornyet styrke, da han tog om flasken på den nye øl, for den havde en temperatur, som havde den ligget under sådan en varmelampe, som man bruger til smågrise. Da han stod oppe i baren og bekæmpede sin kvalme, var der en af de to andre personer ved stambordet, der henvende sig til ham på jysk.
"Æ do døwdi te à spil à kort, eller æ do à feeler?"
"Tja, jeg har da spillet kort i ny og næ," løj han.
"Vil do spil à spil kort om à øl?" fortsatte han smilende.
"Ja tak, det vil jeg gerne," sagde han, idet han tænkte, at det var en god mulighed for at komme tættere på de lokale bornholmere.
"Hvor kommer du fra?" spurgte den anden person ved bordet.
"Jeg kommer fra København, og jeg er her på en kort ferie for at slappe af."
"Aha, han æ fra Kjøbenhavn, han æ Kjøbenhavner," udbrød jyden begejstret. Han præsenterede sig som fisker fra Harboøre og ekspert i fiskeri på Grønland. Han lignede nu mere en, der var ekspert i "makrel i tomat."
"Hvad så med dig, hvor kommer du så fra?" spurgte Kjøbenhavneren den anden person ved bordet.
"Jeg er styrmand og kommer fra Svendborg. Jeg har sejlet på alle verdenshavene."
"Bodegaværten, det er ham der," sagde han og pegede på ham i den blå sømandstrøje med rullekrave og den brune lammeskinds-

vest og de brune sko med rågummisåler." Han er englænder og kommer fra Blackpool, men han er født i London og påstår, at han oprindelig kommer fra Wales."

"Ja! "sagde Englænderen." Og Bodegaen her er et sobert og respektabelt sted, hvor vi holder en høj standard og et professionelt serviceniveau."

"Ser man det," tænkte Kjøbenhavneren med tanke på den lunkne øl, han lige havde kæmpet sig igennem.

"Kan do hit u à spil Fedtmule?" spurgte Harboørefiskeren

"Det ved jeg ikke. Jeg har aldrig spillet det spil før," sagde han lidt mistroisk.

"Det er inget problem! Reglerne fortæller vi dig løbende, så må vi se, hvordan det går. Det er inget problem," sagde den Engelske Beskænker.

"Nå, så du er Kjøbenhavner. Aha," udbrød Styrmanden og gned sig i hænderne, og efterfølgende strøg han sig i hovedet og op på sin skallede isse.

"Aha, ha ha," udbrød han igen.

"Vi skal have noget øl på bordet," sagde han henvendt til den Engelske Beskænker." En hof til mig. Nej, lad mig få to med det samme."

Englænderen sprang op. Nu var der kommet fart over serveringen. Han lyste op i et smil, da han satte øllerne på bordet samme med fire nye mælkehvide glas.

"Det er min den her," sagde han og trak en Tuborg til side.

"Min mave kan ikke klare de kolde øl," udtalte han bestemt.

Kjøbenhavneren fik kvalme over den bemærkning ved tanken om den øl, han skulle til at kæmpe sig igennem.

"War det Á Kjøbenhavner do war?" spurgte Harboørefiskeren.

"Ja, jeg kommer lidt nord for Køben…"

Han blev afbrudt midt i sætningen.

"A` ska lige haww à øl te på à spil," sagde Fiskeren igen.

"Jaha ha ha ha. Lad også mig få en, nej to til," sagde Styrmanden og gned sig i hænderne og strøg igen begge hænder rundt i ansigtet.
De havde nu fået så mange øl på spillet, at der næsten ikke var plads til at spille kort.

"Vi spiller fra femten og ned. Den, der går sidst ud, betaler alle de øl, vi har fået på spillet. Vi får fem kort hver, og der bliver vendt et kort, som er trumf. Resten finder du ud af. Det er inget problem," fremførte Englænderen.

"Alle øl???" spurgte Kjøbenhavneren.

"Taberen skal vel ikke betale alle de øl, I har bestilt på spillet?" spurgte han uden at få noget svar.

"Nu ska do ett sit der og galpe op din kløvning," sagde Harboørefiskeren og trykkede stemningen ned.
Styrmanden spillede en lille hjerter ud med et blink i øjet til de andre.

"Nu har vi ham," udbrød han.
Englænderen bekendte kulør, Kjøbenhavneren stak med hjerter es, og Harboørefiskeren måtte også bekende. Kjøbenhavneren spillede ruder es ud, som de tre andre bekendte med halvsure miner.

"To stik," tænkte han. "Det begynder godt." Han spillede en lille spar seks ud, spar var trumf, sekseren trak esset hos Harboørefiskeren, som knaldede esset ned i bordet med en bemærkning om sådan en skide Kjøbenhavnersnude, hvorefter han råbte ud i rummet:

"Han æ à kau. À sager han æ à kau."
Styrmanden smed bonden på bordet med et klask, og Englænderen smed hovedrystende sin spar ti på.
Herefter var det en nem sag for Kjøbenhavneren at tage de to sidste stik med konge og dame i spar.

"Fire stik til mig," sagde Kjøbenhavneren.
De havde spillet tre spil, og klokken var blevet hen ad halv to, så det var tid til at sige tak for i dag, tænkte Kjøbenhavneren, selv

om han helt klart følte, at det var nu, han havde fået skovlen under dem. De var alle tre godt halvfulde og sure på hinanden og lige til at plukke resten af dagen.

"Nå, men nu vil jeg sige så mange tak for spillet og hyggeligt samvær," sagde han venligt.

"Det har været meget interessant at møde jer. Nu vil jeg gå ud og nyde det gode vejr."

"Do skal ett nogen stæder," sagde Harboørefiskeren, hvorefter han greb fat i Kjøbenhavneren og pressede ham ned i slagbænken med et voldsomt tryk. Der lød et højt knæk, som om det ene ben brækkede af.

"À vil haww à ny kort," råbte Fiskeren så højt han kunne.

Beskænkeren kom farende med et sæt nye kort, som han studerede nøje ved at tælle dem tre gange.

Fiskeren tog kortene helt automatisk og begyndte at give kort.

Da de havde fået de nye kort og spillet de første tre omgange kort ud, udbrød Kjøbenhavneren:

"Hov, Hov. Lige et øjeblik! Jeg har TO ESSER og du har TRE."

Kjøbenhavneren så på Harboørefiskeren, som havde taget de første tre stik med esser.

"Det passer sørme!" sagde Styrmanden.

"Et af esserne hører ikke med i spillet!"

"Det er helt klart det her," sagde Englænderen og tog et af Kjøbenhavnerens esser og smed det ud på bordet.

"Hallo! Hvordan ved du, at MIT ikke hører med?" spurgte Kjøbenhavneren.

"Alle de andre er mærkede," sagde Englænderen.

"Jep," sagde Styrmanden samtykkende.

"Vil det sige, at I sidder og snyd…?"

Han nåede kun svagt at ane slaget, der kom fra Harboørefiskerens højrehånd, den med alle grønlændertænderaftrykkene. Den ramte ham med en kraft som et jordskælv med en styrke på 5-6 på den åbne Richter skala. Solen stod lige ind ad vinduet, så det var umuligt for Kjøbenhavneren at se nøjagtigt, hvor slaget kom fra.

Han havde ikke en chance for at afværge, men det ramte ham rent på venstre side af kæben, og han mærkede, hvordan fire til fem tænder blev slået ud og nu lå løst raslende inde i munden. Det inderste af han læbe var sprunget op i en kæmpe flænge. Han var et kort øjeblik totalt lammet af slaget, og han mærkede, at han var på vej til at styrte i gulvet. På vej ned ramte Fiskeren ham en gang til direkte på kæben, som brækkede med et smæld. Kjøbenhavneren forsøgte at holde fast i bordet, men Harboørefiskeren kunne ikke få nok. Han hamrede to knytnæveslag mod begge Kjøbenhavnerens øjne med det resultat, at han fik en 5 cm. lang flænge over venstre øjenbryn.

Englændere var sprunget op og rendte ud i baglokalet. Et kort øjeblik efter kom han tilbage med et stort baseball bat. Englænderen smadrede baseballbattet ned på Kjøbenhavnerens højre knæ, og der lød at dumpt knæk, da knæskallen flækkede.

Han turde ikke spytte tænder og blod ud med tanke på, at Englænderen havde sagt, at Bodegaen var et sobert og præsentabelt sted. Han sank noget af blodet. Det havde samme temperatur som øllet, tænkte han.

Da Kjøbenhavneren lå på gulvet, anede han ud af øjenkrogen og det sivende blod, at Styrmandens store sorte sikkerhedssko kom gående ude fra toilettet. Da han stoppede, forestillede han sig Kaptajn Andrea Doria stå og beskue den brændende og synkende fjende, inden han satte det afgørende dødelige stød ind mod ham.

"Så ka' han lære det, ka' han," udbrød Styrmanden samtidig med, at han sparkede ham hårdt i brystkassen med sine store sikkerhedssko. Kjøbenhavneren mærkede en jagende smerte i hele kroppen og var på grænsen til at miste bevidstheden. Det var kun den indre kvasende lyd i hans krop, da 3 til 4 ribben brækkede, der forhindrede han i at miste bevidstheden totalt.

Han bad om Pardon.

"Hørte I det? Han bad om Pardon," sagde Styrmanden.

"Jeg skal give ham Pardon," sagde han, hvorefter han sparkede ham med fuld kraft i skridtet.

"Skal vi ikke ringe efter en ambulance?" var der en enlig kvindelig gæst på Bodegaen, der foreslog.

"Nej, det er li majet," sagde Englænderen hårdt og brutalt. "Vi skal ikke have ødelagt vores respektable og gode renommé."

"Lad os få svinet ud her fra," udbrød Englænderen og hoverede over sin egen bemærkning.

"Ja, han æ movsi og mååve og han lowdår," sagde Harboørefiskeren.

Englænderen tog Kjøbenhavneren i begge arme. En jagende smerte gik gennem kroppen på ham, og der kom et skrig ud af hans søndersmadrede ansigt. Et skrig, der flænsede luften på Bodegaen. Skriget kunne høres over det halve af byen.

"Ud med svinet," sagde Englænderen igen.

De to andre tog fat i hvert sit ben, og de begyndte at slæbe ham ud gennem bagudgangen ved toiletterne. Han fornemmede det klart, idet lugten af urin blev stærkere og stærkere, jo nærmere de kom udgangen. Svagt kunne han ane, at Englænderen nu havde hans nye jakke på.

"Hva' fanden. Han har stjålet min nye jakke," konstaterede han sukkende og opgivende, uden mulighed for at give ham en på skrinet eller gøre modstand.

"Bare smid ham her," sagde Englænderen henkastet, hvorefter de med et hårdt knald smed ham ned på det hårde underlag af sten og mudder.

"Giv han 3 års karantæne, nej 10 år," sagde Fiskeren.

"10 år er for lidt," sagde Styrmanden.

"Så gi ham livsvarigt," råbte Fiskeren hævngerrigt.

"Inget problem, du får hermed livsvarig karantæne, din Kjøbenhavnerskid," erklærede Englænderen.

"Der fik vi ham, den skiderik!" sagde Styrmanden veltilfreds.

"Ja sådan en skide Kjøbenhavner skal eet kom her og spille op," fulgte Fiskeren op. Han var stadig klar til at banke alle på sin vej.

"Hvad sagde han egentlig?" spurgte Englænderen.

"Aner det ikke, men han fik, hvad han fortjente!" sagde Styrmanden.

De gik herefter grinende tilbage til stambordet, klappende hinanden på ryggen.

"Det var rart med lidt frisk luft, man føler sig som født på ny. Jeg er klar," sagde Styrmanden.

"Ja, kan vi ikke få noget øl på bordet?" spurgte Fiskeren.

"Vi skulle måske rafle en gang?" foreslog Englænderen.

"God ide," sagde Styrmanden.

"Er der nogen, der vil være med?" spurgte han ud i lokalet.

"Hvad var de ude på? At bortviske sejrens skyld eller nederlagets forfængelighed."

Kjøbenhavneren mærkede sit hads tidevand vige for at blive erstattet af bevistløsheden.

Da han kom til sig selv igen, var det første, han mærkede, kulden, som steg op nedefra det stenhårde underlag, som han lå på.

"De har kørt mig ud af byen og smidt mig på en øde mødding," tænkte han ved sig selv.

En ting, der undrede ham, var, at han følte en ubændig tørst. Et underligt behov med tanke på alle de øl, han havde drukket ovre på Bodegaen dagen i forvejen. "Det er nok alle de lunkne øl," tænkte han.

Det var nu på tide at forlade denne så berømte ferieby.

Han kravlede tilbage til sommerhuset og fik slæbt sig ind i sin bil. Langsomt og møjsommeligt begyndte han at køre. Han måtte på sygehuset.

På vej ud af byen passerede han et skilt, hvor der stod "Farvel fra Solskinsbyen SVANEKE."

Alt stod nu helt klart for ham! Han måtte tilbage! Han tænkte kun på hævn!

Da han satte kursen mod Rønne Sygehus, slog en tanke ham:

"Hva' fanden havde jeg egentlig gjort de tre røvhuller?"

Det nagede ham stadig, at han måske ikke kunne skelne virkeligheden fra en drøm.
Virkeligheden kan ofte virke som en drøm og drømmen ende som virkelighed, men hjernespindet er djævlens blodige netværk.

Kvinden i receptionen på Hotel Simsens havde godt nok spurgt efter legitimation, da hun så navnet Jan Sniadecki på den udfyldte indskrivningsseddel, men han havde undskyldt sig med, at han havde glemt sine papirer i sin anden bil, hvilket han beklagede.
Hun havde sagt, at det var mere for hans egen skyld, hvis han skulle blive væk eller på anden måde komme galt af sted her i byen, for så havde de ingen mulighed for at identificere ham.
"De har ikke forandret sig en tøddel her i byen, siden jeg var her sidst," tænkte han for sig selv med en gysen og med skærpede sanser.
Han fik udleveret sin nøgle til værelse nr. 12 i den sydlige fløj med en bemærkning om, at han skulle huske at låse døren for sin egen sikkerheds skyld, inden han lagde sig til at sove.
"Sove?" sagde han for sig selv. "Jeg er fandeme ikke kommet for at sove." Det kunne allerhøjst blive til at lægge sig på lur.
At gennemføre den snedigt udtænkte plan ville kræve hans fulde koncentration og totale bevågenhed og tilstedeværelse. Han var som en sort panter på jagt om natten. Ingen ville fremover kunne føle sig sikker i Svaneke og da slet ikke ham selv, hvad han dog på daværende tidspunkt var lykkeligt uvidende om.
Værelse nr. 12 var sparsomt møbleret med to senge, der stod ud til hver side adskilt af et lille natbord. Der var et enkelt vindue, som vendte ud mod parkeringspladsen lige

over for biografen, hvilket han ikke følte sig specielt tryg ved, fordi der kun var ca. 1,5 m op til vindueskarmen fra parkeringspladsen. Når han kiggede ud ad vinduet, så han lige over på et vægmaleri af et afhugget hoved, der på en udefinerlig måde kom op af jorden.

Han besluttede sig dog for at tage den seng, der stod op ad ydervæggen lige under vinduet, så han ifølge sine egne hurtige vurderinger havde bedre mulighed for at overliste en eventuel overfaldsmand, som forsøgte at komme ind på værelset gennem vinduet. Han planlagde lige et hurtigt modangreb for på den måde at være på den sikre side. Hans plan var listig og brutal og gik ud på at tage fat i overfaldsmandens ben, så snart han havde knust ruden og stukket benet ind ad vinduet, herefter ville han rulle rundt i sengen som en anden nilkrokodille. Han så allerede for sig, hvordan, såret af snitsår på det meste af benet og dele af kroppen, ville opgive sig forehavende i samme takt, som blodet forlod hans krop.

Tilfreds med sin plan og med en slet skjult tanke på, hvem der ville blive den første, der forsøgte sig, gik han ud af værelset og låste døren efter sig. For en sikkerheds skyld drejede han nøglen rundt to gange, og han satte et lille stykke papir i klemme øverst oppe over døren. Han overlod intet til tilfældighederne.

Vagtsomt slentrede han ned mod den store terrasse med udsigt over Østersøen. Han gik over, hvor der var servering ved bordene til venstre ud mod Havnen, resten var sikkert lukket af så tidligt på sæsonen.

Der sad kun et enkelt ældre ægtepar med ryggen til Havnen, sikkert fordi det var gråvejr, og der blæste en lidt kølig formiddagsbrise fra nordøst. Han valgte at sætte sig ved et af de inderste borde på terrassen lige der, hvor han regnede ud, at solen ville ramme først, hvis den pludselig skulle finde på at bryde gennem skydækket.

For yderligere at skjule sin identitet bestilte han en Dry Martini. Det var godt nok tidligt på formiddagen til den slags, og det, han trængte mest til, var i virkeligheden en iskold øl og en dobbelt bitter for at få styr på nerverne og de stemmer, der hele tiden vendte tilbage til ham for at mane til forsigtighed.

Mens han ventede på at få sin Dry Martini, følte han en vis lettelse over, at han ikke var startet med at gå op på Torvet og ind på den lokale Bodega for at få en Dry Martini der.

Han kunne høre ham den Engelske Beskænker sige:

"Dry Martini, hvad er det for noget? Sikke noget nymodens vrøvl. Det nærmeste jeg kan komme Martini navnet er på Martini & Henry-riflen, med hvilken det britiske imperium blev konsolideret i perioden 1871 til 1891. Du kan selv slå op i Oxford English Dictionary. De har f.eks. en forklaring, som historisk set slet ikke kan lade sig gøre. Det ved jeg alt om. I øvrigt ved jeg alt, så det har vi ikke her på Bodegaen."

Og så ville han sikkert bare annullere hans bestilling og foreslå en af sine specialiteter, kolde øl direkte fra kassen.

Da han fik serveret sin Dry Martini, følte han, at den kølige formiddagsbrise var ham lidt for kold og klam. Forårsluften lagde ikke kun sin klamme hånd på hans ryg. Han følte det, som om den tog kvælertag på ham og snoede sig som en læderbehandsket hånd om struben og klemte til. Selv om solen langsomt var begyndt at få overtaget på skydækket, så rejste han sig skuttende for at gå over og se ud over Havnen. Han lynede sin nye jakke op til halsen og tog nogle dybe indåndinger, hvorefter han betaget begyndte at nyde udsigten og mågernes elegante glideflugt over det glinsende hav, der tændte og slukkede sine lys. Det var som et morsende advarselssignal, som han endnu ikke forstod.

Dry Martiniens beroligende virkning var ved at indfinde sig hos ham, men som et dræbende kølleslag blev den fuldstændigt spoleret, da han ud af øjenkrogen fik øje på Fiskeren fra Harboøre.

Harboørefiskeren sad afslappet nede på den midterste tværstiver på gelænderet med højre side til Havnen og med front op mod Storegade, så han kunne se, hvem der kom fra Rønne eller oppe nordfra. Han sad lige over for den lille kiosk. Det så lidt akavet ud, som han sad der. Han havde lagt venstre ben over det højre og sad og vuggede det langsomt op og ned, men det var sikkert fordi, han ville undgå at sparke til bilerne, som kørte forbi. Den højre arm hvilede på den øverste del af gelænderet, og hver gang der kom en forbi på cykel eller i bil, løftede han dovent som en slags venlig hilsen en eller to fingre på højre hånd lidt bestemt af, hvem det var, der kom forbi.

Den første tanke, der fløj gennem hovedet på Kjøbenhavneren, var, at årsagen til, at han kun brugte en eller to fingre til hilsen, var, han lige havde haft brækket tre fingre og håndrodsknoglerne efter et kæbestød til en stakkels turist, der havde vundet over ham og hans venner i kortspil oppe på Bodegaen. Han sad roligt med korslagte ben og vippede med den venstre fod, som ventede han på sit næste bytte.

Det besynderlige ved hans attitude var, at han på en eller anden udefinerbar måde ignorerede det opløb, der havde samlet sig nede på selve havnekajen lige uden for transportbåndet, som fiskerne brugte til at få fiskekasserne op fra bådene og op på vægten. Der havde samlet sig en 40 til 45 personer, som alle stod underligt tavse og så sig forvirrede og spørgende omkring.

Det trak voldsomt i Kjøbenhavneren, og til sidst kunne han ikke styre sin nysgerrighed, så han bundede hurtigt resten af sin Dry Martini med en efterfølgende kold rislen gennem kroppen, hvorefter han begav sig ned ad trappen fra terrassen for at se nærmere på, hvad der egentlig foregik nede på Havnen.

Han gik direkte over vejen og ned til gelænderet men stoppede to til tre meter fra Harboørefiskeren uden dog at se på ham. Han turde end ikke kigge i retningen af, hvor han sad.

"À tøws à hå set dig før," sagde Harboørefiskeren og så undersøgende på ham.

Der gik et gys gennem Kjøbenhavneren, som ikke kunne undslå sig for at skulle svare ham på spørgsmålet.

"Det tror jeg ikke, det er første gang, jeg er på disse kanter," løj han og så den anden vej.

"Nå så à tøws bare ....," sagde Fiskeren og beskuede ham endnu mere mistænksomt op og ned igen.

"Ka do drik à kold øl?" spurgte Fiskeren ham.

"Tja, det kan man vel altid," fremstammede Kjøbenhavneren, der på en brøkdel af et sekund blev fuldstændig tør i munden. Tungen klistrede sig fast til ganen, og han havde svært ved at få luft.

"De står længst ned i à kiosk, jen ska ha à varm Hof, husk à saij, at do sit her på à rækværk med mig, så kommer do ett til à betal for à pant." Fiskeren så ud over havet.

"Det var dog lige godt satans! Hvordan fanden kan de blive ved med at tage røven på uskyldige turister?" tænkte Kjøbenhavneren, men han turde ikke andet end at gå ind og købe de to øl, som han i øvrigt kom til at betale pant for, for der var ingen i kiosken, der kendte noget til den aftale, Fiskeren refererede til.

Da han kom tilbage med de to øl, en varm Hof og en iskold Tuborg, stod Harboørefiskeren sammen med en lettere tynd- og rødhåret person, som havde begge hænder dybt begravet i lommerne. Han havde den der attitude, der sagde, at han i hvert fald ikke skulle give den næste.

Da han kom hen til dem, præsenterede Harboørefiskeren ham som sin gode ven og kaldte ham à Maler.

"Det æ min ven à Maler," sagde han igen.

"Nå, og hvad så?" tænkte Kjøbenhavneren. "Jeg skal fanden ædemig ikke have malet noget. Så hvad kommer det så mig ved?" Hvad det kom ham ved, skulle han sande to sekunder efter.

"Han drikker à Tuborg," sagde Harboørefiskeren.

"Do må op i à kiosk igen! Hans Tuborg må heller eet vær for kold." Fiskeren snakkede videre med sin rødhårede Malerven uden at værdige Kjøbenhavneren at blik.

"Do ka lig så godt tag à Hof mie med til mig, den må ett vær for kold," råbte han efter ham.

"Jeg måtte også betale pant for de to her," sagde Kjøbenhavneren, da han kom tilbage.

"Det ska do eet tænk på, à skal nok tage hånd om de tom flasker, så vi eet kom til à glem penge for â pant," sagde Harboørefiskeren.

"Ja, det er jeg ikke en skid i tvivl om," tænkte Kjøbenhavneren med tanke på de tre kroner, som han havde betalt i pant for flaskerne, og som nu forduftede som dug for solen.

"Nå, men så skål da," sagde han.

"Skål," sagde Harboørefiskeren henvendt til Maleren og kiggede ned i den tomme flaske.

"Skål," mumlede Maleren og så den anden vej.

"Hvad er der sket der nede?" spurgte Kjøbenhavneren forsigtigt." Det ser ud, som om der ligger en død person på kajen."

"Det ved à ett, og i øvrigt passer hver mand sit her i à by. Hå do forstået det, din skide bajads?" spurgte Harboørefiskeren bryskt.

"Men man kan vel ikke sådan bare ignorere det, hvis der ligger en død person på Havnen?" fremstammede han lavmælt og skulede over på Fiskeren.

"Hvis eet do kan forstå hva à sajer, så kommer do til à smage à kotelet i à fjæs," vrissede Harboørefiskeren lettere ophidset. "Hver mand passer sit her i à by," sluttede han og så over på Maleren, som nikkede samtykkende.

"Det var ikke sådan ment," mumlede Kjøbenhavneren samtidig med, at han så ned bag Fiskeren og planlagde et modangreb i tilfælde af endnu en smældende højre mod kæben. Han skulle ikke en gang til igennem det, han havde oplevet sidste gang, han var i Svaneke.

Han hjerne arbejde på højtryk som en mekanisk forsvarsmur, en romersk kvadrat. Et hurtigt spark i skridtet på Fiskeren og han ville slippe sit tag i gelænderet, og i samme øjeblik ville han gribe hans flaske og kyle den i panden på ham, inden Fiskeren ville knalde nakken ned i den grønne bænk, der stod neden for på selve havnebryggen. Det var måske ikke nok til at sætte ham ud af spillet, men han regnede med, at det ville give ham ca. 20 sekunders forspring, så han kunne nå at komme op på sit værelse på hotellet og barrikadere sig.

Han var mere end usikker på, hvad hans rødhårede kumpan, ham Maleren, kunne finde på. Han regnede dog med, at det ville tage en del tid, inden han fik hænderne op af lommerne, så med lidt behændighed kunne han vel få et forspring på ca. 10 meter.

Forsigtigt stillede han sin tomme flaske fra sig

"I må hygge jer," sagde han venligt til farvel, hvilket blev besvaret med en kontrol af, om nu også de flasker, der var betalt pant for, var efterladt på kajen. Harboørefiskeren havde allerede skubbet flaskerne ind under sig med den venstre fod, som nu hvilede oven på flaskerne med panten betalt.

"Fåwal. Og nu eet min ord igen!" sagde han truende med højre knytnæve løftet som en slags farvel og tak for øl.

"Hvad fanden mente han med det? Han har jo ikke sagt en skid," tænkte han ved sig selv, da han gik videre.

KAPITEL 3

Den sorte Notesbog

Kjøbenhavneren slentrede langsomt ned på Havnen, hvor der nu havde samlet sig et større opløb. Da han kom ned til de andre tilskuere i den brogede forsamlingen af turister og sikkert også en del nysgerrige lokale beboere, bemærkede han, at den lokale betjent stod og afhørte en mand, som afslappet stod lænet op ad sin cykel. Manden var iført det, man i folkemunde kaldte en blå østersøsmoking. Han bemærkede, at hver gang betjente skulle kigge op på manden, måtte han lægge hovedet tilbage i en vinkel på 45 grader for at kunne se ud under skyggen på kasketten.

"Hvad er der sket?" spurgte Kjøbenhavneren en tilfældig lille duknakket og hulkindet mand med en gammel udgået pibe i munden. Yderst på næsen havde han nogle store brune hornbriller med brilleglas som hinkesten, og på hovedet havde han en hjemmestrikket rød tophue med en stor spraglet kvast.

"Det er en kvinde, der er druknet," svarede han henkastet.

"Hun mangler hovedet," tilføjede han med en typisk bornholmsk attitude af ligegyldighed.

"Der ligger da et derovre," sagde Kjøbenhavneren og pegede over mod boldværket, men manden gad ikke engang se der hen, han var mere optaget af, at hans pibe var gået ud.

"Du har vel ikke en tændstik, jeg kan låne eller et par stykker?" spurgte han og kiggede ned i piben, som han holdt to centimeter fra brillerne.

Kjøbenhavneren kiggede sig rundt og fik øje på en mand iført hvid kittel. Han lå på maven med et gammelt Konica kamera og tog billeder fra alle vinkler af kvinden fra fødderne og opad.

"Det er sikkert en af Politiets teknikere, der allerede er på stedet og i gang med at finde spor til opklaring af forbrydelsen," tænkte han.

Han lod blikket panorere ud over den sammenstimlede forsamling og kunne ikke undgå at få øje på en høstak af gråt hår, som strittede lige op i luften. Der stod han, Den gamle Gartner, med højre hånd dybt begravet i lommen på sine alt for store bukser af holmensklæde. Det så ikke ud som om, at det var bukser, som han selv havde købt, men et par som han måske havde fået som betaling for et bundt slatne porrer. På fødderne havde han et par sutsko, som engang havde været en slags Burberry-ternet, men nu var de overmalede med alskens forskellige farver, hvilket i øvrigt gjorde, at man ikke lige ved første øjekast bemærkede, at han faktisk havde to forskellige sutsko på.

Den ene flip på hans skjorte vendte opad og blafrede svagt i vinden, den anden var ikke synlig, fordi den blev holdt nede af en rødternet charmeklud, som han havde viklet om halsen, sådan for at ligne en kunstmaler eller måske en fransk revysanger.

Den venstre hånd brugte han til at rode rundt i sit skæg med men kun i den ene side, hvilket resulterede i, at han i venstre side af ansigtet havde krøller i sit let grånende skæg og i den højre side strittende skægstubbe. Årsagen kunne også være, at han sov uroligt og altid lå på venstre sid, en iagttagelse som Kjøbenhavneren skrev sig bag øret til senere brug. Han havde stadig en regning liggende på to hundrede ni og firs kroner og femoghalvfjerds øre for kunststopning af sine næsten nye bukser, efter at Den gamle Gartner med uskikkelighed og umådelig kørsel havde forsøgt at påkøre ham oppe på Torvet, sidste gang han havde besøgt Svaneke. Beløbet havde han ikke i sinde af afskrive sådan uden videre.

De to mænd fra Falk spurgte Palle Ib, om det løse hoved skulle i samme pose som kroppen, eller om det skulle i en pose for sig.

"Er det noget, der koster ekstra?" spurgte Palle Ib.

"Ja, det er lige meget, om det kun er en arm eller et ben eller hele kroppen, der skal i, så koster det en ekstra possa," svarede ambulanceføreren og så direkte ind i Palle Ibs chokerede ansigt.

"Samme possa," sagde Palle Ib beslutsomt og tog sig i skridtet. Man kunne ligefrem se, hvordan følelsen af overblik og myndighed gennemstrømmede hans krop, dog var han lettere overrasket over, at han havde svaret på bornholmsk, idet fremmedsprog aldrig havde været han stærke side.

Kjøbenhavneren besluttede sig for at luske lidt rundt på Havnen, efter at de to ambulancereddere var kørt med kvindekroppen og det løse hoved i samme "possa".

Da han kom over til slæbestedet, hvor en mindre kutter fra Chr. Ø var trukket op på bedding, den skulle sikkert have en gang bundmaling og en ny skrue og måske et par nye brædder i lønningen, fangede hans blik en sort notesbog, som lå og skvulpede i den olierede vandkant op mod slæbestedet.

Han så sig hurtigt omkring for at sikre sig, at ingen så hans forehavende vel vidende, at mange skjulte øjne fulgte ham her i Svaneke. Han gik ned ad slæbestedet i skjul af kutteren og fiskede den sorte bog op med en gammel kost, som stod op ad kutteren.

Det første, han bemærkede sig, var, at omslaget var i plastic, og ved første øjekast kunne han se, at den var tæt beskrevet på alle sider, men den var totalt gennemblødt, og skriften på mange af de sider, der tilsyneladende var skrevet med blæk, var løbet mere eller mindre ud, så en del af indholdet var ulæseligt eller meget svært at tyde.

Han besluttede sig for at tage bogen med tilbage på hotellet og så få den tørret, så han kunne få styret sin nysgerrighed. Tilbage på værelset skruede han helt op for varmen og placerede bogen med så mange opslåede sider nedad på radiatoren som muligt. I takt med at de blev lidt tørre, skilte han flere og flere sider fra hinanden så forsigtigt som muligt uden at miste en side. Han brugte det meste af natten på at redde bogen, for han var instinktivt overbevist om, at den indeholdt oprivende og belastende sandheder om betydningsfulde personer i Svaneke.

Da han fik bogen tørret, viste det sig, at der på første side stod et navn: **Frau Irmgard Krüger Ibsker** understreget med en tyk fed blyantstreg.

Han satte sig godt til rette på sengen med begge ben over på natbordet og hovedpuden bag om nakken. Bogen var chokerende læsning. Hans hjerte hamrede så kraftigt efter læsning af bare få sider, at han måtte lægge sig på sengen i tyve minutter eller mere for bare at få en lille smule styr på sin ophidselse og for at få ro på sine nerver, inden han var klar til at læse videre i bogen.

Det her var lige, hvad han havde brug for. Det var lige, hvad han skulle bruge for at tilfredsstille sin hævn- og blodtørst.

Tænk at få foræret en sådan gave, som bare havde ligget lige for fødderne af ham, skvulpende som en anden flydepram i den mest ulækre afkrog af Themsen, hvor Jack the Ripper smed sine kvindelig.

Da han havde læst flere af notaterne i bogen, var han overbevist om, at den tilhørte kvinden uden hoved nede på Havnen. Men notaterne i bogen betød også, at han ikke med det samme kunne gå til Politiet, hvis han skulle bruge den som en del af sin hævngerrige plan over for de tre kombattanter, som havde banket ham, og som alle var nævnt i bogen. Ikke for noget godt så der var rigeligt at tage af til den videre efterforskning, og han ville under alle omstændigheder ikke gå til den lokale betjent Palle Ib, efter at han havde haft lejlighed til at studere hans katastrofale efterforskningsmetoder på Havnen. Han kunne levende forestille sig, at Palle Ib ville bruge bogen til at tænde op med i sin brændeovn.

Han besluttede derfor selv at efterforske et for ham oplagt mord på kvinden, da hendes notater i den sorte bog passede som fod i hose til hans plan om at få oprejsning for den filauterede ærekrænkelse og de tæsk, han havde været udsat for på Bodegaen ved sidste besøg. Det var derfor, han var vendt tilbage til den i hans øjne "De grummes By."

Da han begyndte at nærlæse bogen, kunne han se, at den hovedløse kvinde, som måtte have heddet Irmgard Krüger, med sirlig håndskrift, præcision og systematik havde noteret navne og samt belastende hændelser ned omkring og om en lang række kendte personer i Svaneke og omegn.

Kjøbenhavneren besluttede sig for at starte med at undersøge den person, der stod mest om og som skinnede mest i øjnene under læsningen nemlig Den gamle Gartner og undersøge hans rolle i mordet på kvinden. Det var jo i øvrigt også Den gamle Gartner, der, som den første han mødte, havde forsøgt et attentat mod ham ved at køre ham ned oppe på Torvet, da han en fredelig formiddag uforvarende ville gå ind på Bodegaen for at få sig en formiddagsforfriskning. Kjøbenhavneren var overbevist om, at hans egen efterforskning af sagen ville skabe et klart overblik over de virkelige hændelser i forbindelse med kvindens død, men virkeligheden var, at han skulle blive meget klogere.

På siderne femten til enogtyve havde hun en lang beskrivelse af Den gamle Gartner og hendes oplevelser med ham.

Som overskrift havde hun skrevet "En slambert og en snydepels"

Efterfølgende notater om Den gamle Gartner måtte efterforskes, selv om han ikke havde været direkte involveret i overfaldet inde på Bodegaen.

Ved nærlæsning af den sorte notesbog pegede sporene omkring den hovedløse kvinde på Havnen i en rigtig retning, og det var mod Den gamle Gartner. Den gamle Gartner var ikke til at komme uden om i hans efterforskning.

Men hvilken klemme havde den hovedløse kvinde haft på Gartneren? En klemme som skulle føre til så tragisk en afslutning på et langt liv, som så endda endte uden hoved. Det var et stort ubesvaret spørgsmål, som måtte undersøges og opklares først.

I sin videre efterforskning besluttede Kjøbenhavneren, at han ville benyttede sig af samme spørgeteknik, som den lokale betjent Palle Ib brugte, når han skulle starte en ny sag op, som der ikke var hold i. Han havde forleden formiddag overhørt en samtale inde på kiosken, hvor to ældre kvinder havde nævnt, at Palle Ib altid startede med at kontakte en tilfældig midaldrende kvinde, som han mødte eller besøgte for at opspore personer, der havde et eller flere lig i lasten.

De to kvinder var tilsyneladende velinformerede om alt, hvad der skete i byen, så han tillod sig at afbryde deres samtale for at spørge ind til Palle Ibs gøren og laden i byen.

"Undskyld jeg afbryder de nydelige damer, men må jeg tillade mig at spørge, om der er en politimyndighed i byen, som man kan henvende sig til og stole på?" indledte han.

Prompte tog begge kvinder pegefingeren op til munden med et:

"Schyyyy.... Ikke så højt! Vi skal ikke rodes ind i noget med ham Palle Ib, for så har vi ham rendende i tide og utide. Han er ikke til at blive af med."

"Men som øverste myndighed så har han vel pligt til at reagere på alle ulovligheder her i byen. Har han ikke?" spurgte han nysgerrigt.

"Ja, og lidt til. Men nu skal du bare høre unge mand," indledte den ene af damerne. "Han har ikke opklaret noget som helst i alle de år, han har været betjent her i byen, derfor render han rundt og ripper op i alle folks privatliv for at finde nogle ulovligheder, han måske kan bruge til noget. Palle Ib lægger altid ud med et søgende spørgsmål som f.eks. - Det er da noget værre noget, han er blevet rodet ind i, hvà ? - Ja, sådan indleder han altid samtalen."

Den anden dame nikkede bekræftende, og hun fortsatte med at fortælle, at alle ofte spurgte ham, om hvad han egentlig mente med det. Til det svarede Palle Ib:

"Ja, det må du da vide noget mere om. Eller skal vi gå ned på stationen og tale sagen igennem?" Så var folk på vagt, og de begyndte med det samme at fortælle alt om, hvad de havde hørt om dengang, han eller hun også var med til dit eller dat.

Herefter var kimen lagt til en ny historie, og han kunne begynde at samle alle de oplysninger om den pågældende person, som han ønskede. Oplysningerne kunne derefter skabte grundlag for yderligere efterforskning, ud fra devisen at alle har et eller flere lig i lasten.

"Tak for snakken," sagde han smilende til de to snakkesalige damer.

"Selv tak, og nu ikke vores ord igen," sagde de i munden på hinanden.

Beriget med sin nye viden om den stedlige Politimyndighed var han nu overbevist om, at det ikke var ham den navnkundige Palle Ib, han skulle søge hjælp hos eller anmelde de forbrydelser, han eventuelt opklarede undervejs.

KAPITEL 4

Samtale med Fiskeren

Klokken var ca. 9.45 da Kjøbenhavneren gik ned over Havnen og fik øje på Fiskeren fra Harboøre. Han sad samme sted som sidst, nede på den midterste tværstiver på gelænderet med højre side til havnebassinet og lige over for den lille kiosk, så han sikkert kunne holde øje med, hvem der kom ud med et par kolde øl eller tre. Den højre arm hvilede på den øverste del af gelænderet. Han sad roligt med korslagte ben og vippede med den højre fod. Han havde fået et par helt nye kondisko på, hvilket virkede meget overraskende, da han ikke lignede en, der havde planer om at løbe til Årsdale og tilbage hver morgen.

"God morgen, god morgen," sagde Kjøbenhavneren venligt og med et forsigtigt smil, som fortog sig lige så hurtigt, som det var sat på hans nervøse ansigtsudtryk.

Harboørefiskeren hverken så op eller svarede. Han vendte tværtimod hovedet den anden vej med en afvisende attitude som klart indikerede, at det dog var en helvedes støj og uro her fra morgenstunden.

Kjøbenhavneren forsøgte sig igen med et nyt spørgsmål, idet han var sikker på, at Harboørefiskeren lå inde med vigtig information omkring nøglepersonerne, der var nævnt i den hovedløse kvindes sorte notesbog, han var jo selv en af dem, der var nævnt.

"Hvor længe har Den gamle Gartner egentlig boet her i byen?" spurgte han lidt friskfyragtigt.

Harboørefiskeren kiggede flygtigt på Kjøbenhavneren uden at besvare spørgsmålet.

"Ja, det er ikke for noget," fortsatte Kjøbenhavneren hurtigt. "Men som turist er det altid sjovt at vide lidt om byens historie og dem, der bor her."

"Arrr. Arr." mumlede Fiskeren.

Kjøbenhavneren prøvede sig for med det gode gamle trick:

"Jeg har været plaget af et voldsomt hold i ryggen, som jeg fik her til morgen. Du har vel ikke et par Kodimagnyl?"

Det var et spørgsmål, der fik sat fut under Fiskerens talegaver. Hans svar kom lynhurtigt:

"Jen kender en som ka helbrede dig ved at kilde dig med en fjer under a tæer. Han tager kun 150 kroner for det pr. gang. Do ka giv me 150 kroner, så ska jen fikse à aftal med ham." Han og rakte højre hånd frem som en anden buschauffør.

"Det tilbud tror jeg, at jeg vil sige ja tak til, for jeg har meget ondt i ryggen. Jeg kan vel hæve pengene inde i Kiosken? Kan du drikke en svalende morgenpilsner, nu da jeg alligevel skal derind? Eller det er måske for tidligt?" forsøgte han sig videre.

Han fik ikke noget svar men besluttede sig for at gå ind og hente to øl, selv om han var dårlig ved tanken om den forduftede pant.

"Du ka lig så godt køb jen mie til à Maler med det sam. Han ska hå à varm Tuborg, så vi ska hå tre," sagde Fiskeren uden at vende hovedet i retning af Kjøbenhavneren.

"Jamen, han er her jo ikke," indvendte han.

"Nej, men han ka kom lisse soer!" Svaret kom tilbage som et piskesmæld.

"Skal vi så ikke se tiden an og så købe en til ham, hvis han kommer?" forsøgte han sig med en sund form for logik.

"Do æ så towli` å høre på`. Do snakke jo æt som en mennsk, din kalleprose døgenigt. Når jen sager tre, så men à tre mæ jet, og de to må eet vær for kold, à ska hå à Hof!" vrissede Fiskeren endnu mere gnavent.

På vej ind i kiosken bemærkede Kjøbenhavneren et avisopråb fra Bornholms Tidende, hvor der med store bogstaver stod "GULERODSMORD I SVANEKE"

Der lå bunker af Bornholms Tidende overalt i kiosken, og hele forsiden var om gulerodsmordet i Svaneke. Halvdelen af forsiden var dækket af et stort billede under overskriften "GULERODSMORD I SVANEKE", og Palle Ib stod med den højre fod dybt plantet nede i kvindens mave og venstre hånd i et fast greb i skridtet. Politikasketten var trukket ned over begge ører, og skyggen hvilede på næseryggen, så man ikke kunne se han øjne.

Kvinden lå med fødderne mod kameraet, så det så ud, som om hendes fødder var unaturligt store i forhold til hendes krop. Det var kun den ene fod, der havde en Crocs Classic plastictræsko på. Den anden var helt bar og havde en stor ulækker storetå med en nedgroet negl, som nærmest tredimensionelt stak ud af forsiden af avisen og ud i hovedet på læseren.

Det var en sød ung pige, der ekspederede ham. Hun var afløser, sagde hun, så hun kendte ikke noget til nogen aftale om, at ham Harboørefiskeren på gelænderet ikke skulle betale pant for flaskerne, hun kendte ham i øvrigt slet ikke.

"Han må betale pant for flaskerne som alle de andre," sagde hun og så alvorligt på Kjøbenhavneren.

"Nu er det ikke ham, der skal betale, men han har sku nok aldrig prøvet at betale for sine egne bajere," sagde han surt.

"Det ser han heller ikke ud til," svarede den unge pige med et glimt i øjet.

Han fik sine tre øl mod også at betale pant for flaskerne. "Kan jeg ikke lige få150 kroner oven i?" spurgte han venligt med tanke på, at det var til kurering af hans hold i ryggen.

Da han kom tilbage til gelænderet, rakte han de 150 kroner til Harboørefiskeren, som derefter helt automatisk rakte venstre hånd frem og tog den lunkne Hof og Tuborg`en til Maleren, dem med mindst dug på. Det kom som ikke lidt af en overraskelse, at han først åbnede Malerens Tuborg med sin lille lommekniv med træskæfte og lynhurtigt tog en stor slurk med et efterfølgende stort Ahaa uden at se op på Kjøbenhavneren.

"Ved du om ham Gartneren kendte kvinden, der druknede forleden dag?" spurgte han forsigtigt.

Endelig sagde han noget og så op på Kjøbenhavneren.

"À ved eet noget om det. À tyvs à do sku ta à pas dig selv, din kålhøgen skid," sagde han truende.

"Men du kender ham vel?" spurgte Kjøbenhavneren og tog automatisk et skridt baglæns.

"Arrr. Arr," mumlede Harboørefiskeren og sagde så:

"À ska fame eet ha noget klinket for a` tale med sådan à misliebig skid som do." Nu var samtalen tilsyneladende slut.

"Nå ja, men så tak for snakken, det var hyggeligt," sagde Kjøbenhavneren og rakte hånden frem til et farvel. Harboørefiskeren ikke så meget som reagerede på dette forsøg på imødekommenhed.

Kjøbenhavnerens tanker gled straks over på den betalte pant for de tre flasker, men da han per instinkt ville sikre sig flaskerne, så han, at Harboørefiskeren allerede havde skrabet de tre flasker ind under sig og holdt dem fast med venstre fod uden at fortrække en mine.

Tre kroner fattigere plus prisen for bajerne bestemte han sig for at finde nogle andre personer i byen, som kunne komme med lidt flere oplysninger om Den gamle Gartner end dem, han kunne drive ud af Harboørefiskeren. Det lød ikke som om, at Harboørefiskeren var i et særligt meddelsomt humør her til morgen, og han lod sig slå til tåls med, at vi kan jo alle have en dårlig dag. Han skulle nok åbne op for hemmelighederne som en anden Pandoras æske en anden dag.

Da han vendte sig om for at gå videre, råbte Fiskeren efter ham:

"Nu eet min ord igen."

Kjøbenhavneren var lamslået men gik videre, for der var sikkert nok af snakkesalige personer i Svaneke, som var mere end villige til at pynte på historien. Han besluttede sig for at spørge sig lidt for hos tilfældige personer, som han mødte på sin vej rundt i byen.

Han slentrede stille og roligt væk fra Havnen og valgte så at gå op ad Storegade op forbi den gamle Sparekassebygning, hvor jævne svanekeboere og små erhvervsdrivende i byen for nogle år tilbage sikkert skulle kravle de sidste 50 meter på knæ over til Sparekassen, som tilbad de Jomfru Maria, for at bede om et sølle lån for at kunne opretholde livet eller for at få tag over hovedet og det selv om, at de havde taget deres stiveste puds på.

Han fortsatte op ad Nansensgade, til han kom forbi en forretning, hvor der stod Peters Keramik - Butik og Værksted. Han fik øje på en lille kvinde, som i øvrigt forekom ham bekendt. Hun stod i butiksvinduet og sendte ham et indbydende smil, og hun svingede med den ene hånd for at vise ham, at han skulle komme inden for i butikken.

Han var straks klar over, at her lå en mulighed for at få nogle oplysninger omkring Den gamle Gartner, så han gik ind og lod som om, at han var interesseret i at købe et spisestel til 12 personer med tilhørende sovsekander.

Det tog ikke kvinden mere end to minutter, så havde hun overbevist ham om, at han ikke kunne fortsætte sit liv, eller den tid han måtte havde tilbage, uden en tepotte og 12 tekrus med tilhørende sidetallerkner.

"Sig mig engang, har der ikke ligget en grønthandler her i butikken engang?" spurgte han håbefuldt.

"En grønthandler? Hvordan kan du spørge så dumt?" spurgte hun."Næ du, nu skal jeg fortælle dig om den rigtige gamle Gartner og hans forretning i Svaneke."

Mens hun pakkede alle delene ind i avispapir, begyndte hun på sin historie om Gartneren.

Da hun fik de 1.875,00 kroner og havde lagt dem ned i en cigarkasse, afsluttede hun samtalen med:

"Kan du nu have en rigtig god dag og pas på ikke at komme galt af sted, ja, jeg mener også med varerne." Smilende vinkede hun til farvel.

"Ja, selv tak og tak for handelen," sagde han og begyndte at slæbe sig ud af butikken med to store plasticposer.

"Og husk nu ikke mine ord igen!" råbte hun efter ham.

Med tanke på samtalen med de to snakkesalige damer nede i kiosken besluttede han sig for at slentre lidt rundt i byen for at indsamle yderligere oplysninger om nogle af de personer, der var nævnt i den sorte notesbog.

Slæbende på to store poser keramik, der hver vejede omkring 5 kilo, begav han sig videre ud i byen. Da han kom ud af butikken, drejede han til højre og gik et kort stykke, før han drejede skarpt til venstre ned mod Torvet. Han var ved at dø af tørst, så en kold øl ville gøre underværker og klare hjernen, men han havde ikke en krone tilbage på lommen. Det var måske også lige meget, for kolde øl var ikke til at opstøve i Svaneke, vidste han.

Da han gik forbi den lokale Bodega følte han instinktivt, at mange øjne fulgte hvert et skridt, han tog, så han forlængede automatisk sin skridtlængde for at komme hurtigt ud af skudlinjen og i sikkerhed. Han besluttede at fortsætte op forbi kirken, hvorfor vidste han ikke, men han følte, at det var den sikreste vej for at komme helskindet ned til hotellet på Havnen.

På vej op mod kirkepladsen stoppede han op ved en større udgravning ned til kælderen i et hus, og han kunne tydeligt se de frilagte kloakrør, som stak ud fra kælderen. I det samme kom en ældre dame til syne i døren. Hun rystede på hovedet samtidig med, at hun pegede ned i hullet, og for at komme i kontakt med, sagde hun: "Det er noget værre noget det her."

"Ja, det kan jeg godt se, men det er vel hurtigt overstået, og så bliver hullet lukket igen," svarede han tilbage lettet over, at han lige fik to minutters pause i slæberiet af de tunge poser.

"Nej, nej, så hurtigt går det ikke. Nu har de været to måneder om at grave hullet ud, og nu er de i gang nede i kælderen, så det vil ingen ende tage," svarede hun og vinkede ham inden for, så han ved selvsyn også kunne se hullet i kælderen.

"Vil du ikke have en kop kaffe, nu du er her?" spurgte hun og satte en kop frem på bordet uden at forvente svar.

"Det ville da være dejligt," løj han og sendte et hurtigt blik i retning af køleskabet, da hun åbnede det for at tage kaffefløden ud. Der var ikke skyggen af en kold øl, så han kunne lige så godt blive en stund og så spørge lidt ind til forskellige personer og problemer i byen.

"Vi har ikke kunnet bruge vores toilet i over to måneder, og nu siger de, at der vil gå yderligere en rum tid, inden de er færdige," begyndte hun igen.

"Jamen, hvad er der i vejen med toilettet?" blev han nød til at spørge om, fordi det var det, hun ville have ham til at spørge om.

"Ja, nu skal du høre. Det hele startede med, at ham den der kloakmester, der bor her i byen, kom på uanmeldt besøg under dække af, at det var det årlige kloakeftersyn.

Efter ganske kort tid kaldte han mig ned i kælderen, og med alvorlig mine spurgte han om, hvad det var for en lugt, der var her i kælderen. Og så sagde han, at det blev de nød til at se nærmere på for at udbedre skaden, inden den blev forværret, men han ville sende et tilbud senere," fortalte hun.

"Og det bliver altså en meget dyr affære," nævnte hun efterfølgende. Det vidste hun ud fra andre lidelsesfæller.

"Nå, men tak for kaffe og held og lykke med det fremtidige arbejde. Nu vil jeg gå hjem og pleje mit hold i ryggen," sagde han og rejste sig med sine to poser, og han skulle lige til at sige farvel, da den venlige dame udbrød:

"Jeg kender en, der kan kurere dig ved at kilde dig med en fjer under fødderne. Han tager ikke mere end 25 kroner for det pr. gang."

"Det lyder yderst interessant. Det vil jeg helt sikkert komme tilbage om." Han afsluttede med endnu et tak for i dag og et farvel.

Da han gik videre var han rasende på ham Fiskeren, der lige havde bummet ham for 125,00 kroner. Nu skulle det fandeme være slut med at give ham gratis øl på Havnen.

Han fik senere at vide, at ham den lokale kloakmester havde for vane, når det var småt med arbejde, at besøge især ældre enlige kvinder som boede i et hus med klæder, og under dække af kloakinspektion gik han ned i kælderen og slap en stor stinkende vind, der som oftest skabte grundlag for en større kælderrenovering.

Men som der var en lokal, der sagde:

"Alle slipper varm luft ud her i byen, fra den ene eller anden ende."

KAPITEL 5

Åbenbaringen

Den gamle Gartner havde siddet en kold lørdag aften i slutningen af januar 1975, og med bedrøvet mine havde han set på regnskabet. Det så ikke godt ud! Høstudbyttet fra alle de afgrøder, som han selv dyrkede, var stort set slået fejl året før, ja, om det så var kartoflerne, så havde de også fået for meget regn. Det, der undrede ham, var, at en smule ekstra regn skulle kunne slå alle kartoffelplanterne ud, også fordi var der noget, man vidste noget om i Svaneke, så var det dyrkning af kartofler. Han blev jævnligt frekventeret i bagbutikken af op til flere kartoffeleksperter, som alle havde givet gode råd omkring det at dyrke kartofler.

Der havde stort set ikke været 10 solskinstimer sammenlagt i juni og juli. Ingen jordbær, ingen radiser, ingen porrer eller nogen form for krydderier. Det eneste, han havde fået lidt udbytte af, var gulerødderne, som han dyrkede i sandet jord oppe på landet. Men problemet var, at der ingen efterspørgsel havde været på gulerødder hele vinteren. Og så var der lige hende den halvtyske møgkælling til Frau Irmgard Krüger oppe fra Ibsker, som dagligt kom ind i hans butik og beklagede sig over, at han ikke havde nogle friske varer på hylderne.

Hver gang hun kom i hans butik, var det altid tidligt på formiddagen, og så spurgte hun hver gang efter nyopgravede kartofler, selv om han gentagne gange havde sagt til hende, at kartoffelhøsten var slået fejl.

Hun havde også været der om formiddagen på denne vinterkolde lørdag i januar, hvor hun igen bad om nyopgravede kartofler, og han måtte igen beklage, at høsten var slået fejl, og at det jo heller ikke lige var sæson for nyopgravede kartofler i januar måned

Det svar lod hun sig ikke nøjes med, hun ville have kartofler.

"Men vi har gulerødder. De fås ikke friskere og bedre på hele øen," forsøgte Gartneren sig uden de store forhåbninger.

Hun så på ham med sine små griseøjne gennem de uindfattede briller, der havde en styrke, som betød, at glassene var af samme tykkelse som de hinkesten, de små piger brugte ude på Torvet.

Når hun skulle se noget, måtte hun have tingene helt op foran næsen for tydeligt at kunne se, hvad det var.

"Hvad så med de kartofler som ham der i den hvide rullekravesweater står og skyller der inde?" spurgte hun og pegede ind i baglokalet.

"Det er aspargeskartofler, og dem har han kun to af," svarede Gartneren og brød ud i en rungende latter, som blev besvaret med sjofle grin inde fra baglokalet.

"De er ikke til salg, så dem kan De ikke købe, ha ha ha, ha ha haaa hha," blev han grinende ved.

Det viste sig, at det var den lokale arkitekt, der stod og pissede i håndvasken samtidig med, at han drak bajer sammen med syv til otte andre stamkunder i baglokalet. Det var almindelig kutyme at pisse i håndvasken, som ikke havde noget direkte afløb, så Gartneren havde sat en spand neden under vasken. Gartneren havde gentagne gange påpeget, at det var et vigtigt hensyn at tage til Bodegaforpagteren ikke først at stå og drikke billige bajere i hans baglokale for derefter at gå ind på Bodegaens toilet og lade vandet. Det gjaldt jo om at bevare det gode naboskab.

Storgrinende gik Gartneren over til baglokalets forhæng og sparkede til et par store sorte fodformede ECCO sko med gummisåler, som stak ud under forhænget og ind i butikken. Det var Palle Ib, som havde lagt sig til at sove sin store formiddagsbrandert ud.

"Grin du bare, din gamle slambert," råbte Irmgard ud i butikken, idet hun slog ud efter Gartneren.

"Tror du, at jeg ikke ved, at du flere gange har fyldt gamle tomater i bunden af posen med kartofler? Men jeg skal nok få hævn over dig en dag, din slambert," fortsatte hun. Hun vendte om på hælene og gik demonstrativt ud af butikken uden at lukke døren efter sig.

Så slap han endelig af med hende, men det store problemet var, at han ikke fik solgt hende noget, så han kunne snyde hende og få mulighed for igen at smutte nogle andre grønsager ned i bunden af posen. Det var ikke så tit, at hun opdagede hans lille finte, i øvrigt en finte som han havde lært af en tryllekunstner ved navn Tag-Tuksa, der boede lidt uden for byen. Det var en fantastisk god måde at komme af med de gamle varer på til nogle fantastiske priser i forhold til standarden.

Det var egentlig et simpelt trick, der gik ud på at henlede kundens opmærksomhed på en dejlig frisk grøn agurk eller en anden grønsag, der så frisk ud, en grønsag han kun havde et par stykker af for så at svinge den op foran øjnene på kunden med venstre hånd og samtidig med højre hånd fylde nogle gamle slatne frugter i bunden af den pose, som de skulle have deres vare i. Vægten ville herefter ordne resten.

Det hændte en gang i mellem, at en kunde kom retur og klagede over, at der var nogle slatne grønsager i bunden af den pose med kartofler, som han eller hun lige havde købt dagen før. Men Den gamle Gartner havde flere forskellige parader klar til enhver klage, der måtte komme.

En dame var engang kommet ind og havde klaget over, at de porrer, hun havde købt dagen inden, var blevet særdeles slatne kort tid efter, at hun havde istandgjort dem, hvorfor hun på det bestemteste fastholdt, at hun ville have sine penge tilbage. Men Den gamle Gartner havde paraderne klar. Hurtigt spurgte han hende, om hun havde skåret bunden af porrerne, før hun skyllede dem, og efter en kort tænkepause havde hun sagt:

"Ja, det gjorde jeg."

"Det er det eneste, De ikke må gøre med porrer, for så bliver de altså slatne," belærte han hende om.

Fælles for alle kunderne var, at de efter hans belæring oftest endte med at undskylde deres klage på grund af deres manglende viden og opmærksomhed omkring tilberedning af grønsager.

Han lukkede kolonnebogen og dermed tankerne om det dårlige regnskab, og havde det ikke været for hans gamle ven Kofoed, som hvert år kom med sin fine plæneklipper til service og betalte en halvtredser, selv om den startede hver gang, man trak i startsnoren, så havde det set endnu sløjere ud. Han gik med slæbende skridt ud i drivhuset for at pakke nogle få varer ind i aviser. Varerne skulle ud til plejehjemmet den næste dag. Der var et par gamle spidskål, som havde set bedre dage og så et bundt gulerødder.

"Så må de sgu spise fisk for resten," sagde han for sig selv. Da han var næsten færdig med indpakningen, faldt han over en gammel avis i bunken. Den var fra 1947, og den måtte have ligget på loftet hos en af hans venner, som jævnligt kom med gamle aviser til ham. Han brugte sin store langbladede machete til at sprætte aviserne op med, så de kunne ligge klar i butikken til hurtig indpakning af varerne.

Som der stod på æsken, så var hans machete en "Hickory handle, hemp wrapped, epoxy soaked, Scabbard is poplar/philippine mahogany, hemp wrapped, leather mounted with belt". Macheten var med en 17" æg og en total klinge på 21,8", den var 26 ¾" i total længde med håndtag, og den kunne uden det mindste problem flække en stor selleri eller en sukkerroe i et hug, hvilket han havde bevist op til flere gange over for vennerne, når de var på besøg i baglokalet i butikken oppe på Torvet. Det skete ofte med bemærkningen om at:

"Nu skal hun sgu få, skal hun!"

Han tog eksemplaret af den gamle avis med ind i stuen, for han ville sidde i fred og ro og læse om tiden lige efter krigen. Om dengang der var knaphed på varer, så han kunne presse priserne op med samme hastighed, som alt det han kunne drive op af jorden. Han satte sig i sin store lænestol med fodskammel og lagde fødderne op og begyndte at læse avisen, selv om hans øjne konstant flaksede rund i sin søgen efter den dybe søvn..

Avisen var fra den 28. februar 1947.

Hans hjerte hamrede, og han fik nærmest et ildebefindende, da han læste overskriften på en artikel på side 3.

Er det virkeligt rigtigt, at man kan forbedre sit nattesyn ved at spise mange gulerødder?

Generationer af børn har fået besked på at spise gulerødder, fordi de er sunde, og fordi man ellers ikke kan se i mørke. Der er det rigtige i det, at gulerødder indeholder betakaroten, der er et forstadie til A-vitamin. Dette vitamin er med til at holde øjnene sunde. Men det er en skrøne, at man ligefrem kommer til at se bedre i mørke ved at spise gulerødder.

Det var en vandrehistorie, som det britiske ministerium for luftforsvaret, Air Ministry, helt bevist havde sat i omløb under krigen.

Tyskerne kunne ikke forstå, at piloterne fra Royal Air Force kunne skyde de tyske bombemaskiner ned en efter en om natten.

Folkene fra Air Ministry spredte historien om, at piloterne havde fået bedre nattesyn efter indtagelse af gulerødder. Der stod om en jagerpilot John Cunningham, også kaldet "Cat`s Eyes", som gulerødderne havde givet et eminent nattesyn, og som havde nedlagt utallige fjendtlige bombemaskiner.

Løgnehistorien skulle skjule, at briterne havde opbygget er radarsystem, der kunne lokalisere de tyske bombemaskiner, når de nærmede sig England.

Luftwaffe skulle helst ikke finde på at lede efter radarstationerne.

Tyskerne troede på historien, og Londons borgere tog den også til sig. Alle borgerne i London begyndte at spiste masser af gulerødder, så de kunne finde hjem under mørkelægningen.

Den gamle Gartner læste artiklen tre gange. Da han var færdig med tredje gennemlæsning, var han totalt udmattet men også fyldt med en optimisme og et klarsyn, som havde han fået en åbenbaring.

"Nu skal hun få, den tyske møgkælling," sagde han for sig selv igen og igen. Han var helt på det rene med, hvad han ville sige og gøre næste gang, Frau Irmgard Krüger viste sig i butikken. Hans plan var klar så klar som en krystalklar nat med fuldmåne.

Et par dage efter at han havde fået sin åbenbaring, kom Frau Irmgard Krüger som altid ind i butikken en tirsdag sidst i januar men denne gang lidt sent på eftermiddagen og spurgte til stor irritation for Gartneren efter nyopgravede kartofler.

Der var ingen købende kunder i butikken, men ude i baglokalet stod de sædvanlige syv til otte stamkunder og drak billige bajere. De skulede med jævne mellemrum ud i butikken for at se, om der skulle komme en kunde, som de kunne plukke for en omgang bajere.

Frau Irmgard Krüger havde ikke mere end lige afsluttet sin bemærkning om de nye kartofler, før Den gamle Gartner smed en stor fuldmoden selleri op på disken, og med en hurtig bevægelse tog han sin store machete under disken og flækkede sellerien i et hug, hvorefter han sagde til hende:

"Sådan gør vi med de umulige kunder, der ikke køber noget. Ha ha ha."

Hun stod et øjeblik fuldstændig som lammet, og stammende fik hun fremsagt, at hun da gerne ville have et par slatne porrer, hvis det var det, det kom an på.

"Slatne porrer?" svarede Gartneren hurtigt. "Vi sælger skam ikke slatne porrer her i butikken. Skal De have slatne porrer, så skal De henvende dem ude i baglokalet." Hans svar blev efterfulgt af en bragende latter blandet med sjofle bemærkninger og stor morskab fra dem ude bagved.

"Hvad skal de koste?" spurgte hun.

"De koster 15 kroner stykket her om vinteren," svarede Gartneren med tanke på, at nu skulle han rigtigt tage røven på hende, inden han satte ind med sin store plan.

"15 kroner? Du kan da proppe dine porrer skråt op i røven," råbte hun med næsen to centimeter fra Gartnerens. Hun var nu kommet sig over chokket med sellerien, og hun var kampklar.

"Det kan jeg ikke, for der sidder allerede en agurk til 30 kroner." Gartneren var glad for, at han fik lejlighed til at fyre en af sine gamle vittigheder af.

"Hvad så med de der auberginer? Er de ikke lidt for store?" spurgte hun, og så arrigt på Gartneren. Der var ingen tvivl om, at hun havde fået sin kampgejst tilbage.

"Ikke til at spise," sagde Den gamle Gartner storgrinende. Samtidig lød der et latterbrøl ude fra baglokalet:" Ha ha ha haaaah haaah." Ham, de kaldte for Arkitekten, stak halvdelen af hovedet ud med et halvsjofelt smil over hele hovedet. Han var altid let genkendelig på sin store hvide hjemmestrikkede sweater, som han havde på både sommer og vinter.

Det var nu, hun var moden til at bide på krogen i relation til hans nyudviklede strategi.

Han tog et par dybe indåndinger og så ud i baglokalet for på en eller anden måde at få vennernes accept, hvorefter han satte sin store plan ind over for hende.

"Nu skal De bare se de her gulerødder," sagde han listigt.

"Nu skal De se noget helt specielt Frau Irmgard Krüger ," sagde han med fløjlsblød stemme som en anden smørtenor, selvom han mest havde lyst til at svinge sin machete og hugge hovedet af hende med et præcist hug.

Han havde flere nætter drømt, at han huggede hovedet af hende i et hug, både forfra og bagfra, og også når hun havde stået med siden til. En enkelt gang havde han i drømme hugget hovedet af hende på en sådan måde, at det trillede ud på Torvet. Han var sprunget ud på fortovet med bemærkningen om, at de nye kåltyper var så friske, at de ikke kunne ligge stille, "altid friske grønsager" var jo sloganet for hans butik.

En anden nat havde han drømt, at han ramte hende på siden af venstre arm, ca. 10 centimeter over albuen, og hun havde sat i med skrig og forbandelser over den dårlige og uforskammede, man fik i hans butik. Han vågnede ved, at hans hund også var kommet med et hyl, som ville få selv et sibirisk ulvekobbel til at stikke halerne mellem benene.

Nætternes mange drømme ville ikke forlade ham, langsomt forplantede de sig fra drømmesyn til drømmehug.

Han holdt nu en gulerod helt op foran næsen på hende

"Kan De se den blå ring her?" spurgte han og så op over brillerne. Hele hans krop dirrede, så begge hans knæ bankede mod hinanden.

Hun lurede på guleroden med hovedet lidt på skrå og så derefter spørgende op på Den gamle Gartner uden at forstå et ord af, hvad han mente med det.

"Hvorfor skal jeg se det?" spurgte hun på sin karakteristiske stammende måde uden at fatte Den gamle Gartners snedige plan.

"De her gulerødder er helt specielle. De er fantastiske! De er faktisk helt blå, mens de vokser, og det er først, når man hiver dem op, og de kommer i forbindelse med ilt, at de bliver den her gulerodsfarve, som De kender. Men de mister ikke deres fortryllende og fortræffelige egenskaber. Egenskaber som ingen andre gulerødder har på denne hellige jord," sagde han med et fromt blik.

"Egenskaber?" spurgte hun.

"Ja, egenskaber. De er magiske. De kan bruges til alt, men deres mest fortræffelige egenskab det er, at de forbedrer nattesynet. Det vil sige, at man faktisk vil kunne komme til at se om natten, hvis man spiser dem hver dag i ca. 2 år. ..."

Hun afbrød ham midt i hans beskrivelse.

"Kan de bruges til alt?" spurgte hun.

"Ja, alt," svarede Den gamle Gartner skælmskt og skulede ud til baglokalet. "De er også særdeles velegnede til at stoppe diarré med," tilføjede han og slog en skraldlatter op for samtidig at kigge over mod baglokalet for at se, om der var nogle af stamkunderne, der hørte hans morsomhed.

"Kan man også dø af at spise dem?" spurgte hun med tanke på den idiotiske ægtemand, hun var gift med, og som hun gennem flere år havde forsøgt at tage livet af med alle mulige, syntes hun selv, gennemtænkte snedige planer og medikamenter.

Han var en selvoptaget idiot, som ingen gad høre på. En hypokonder som benyttede sig af enhver lejlighed til at få opmærksomheden rettet mod sit selvovervurderede ego, og ingen kunne holde ham ud. Alle i deres omgangskreds havde ved samtlige større fester flyttet rundt på hans bordkort, fordi ingen gad sidde ved siden af ham, endsige høre på ham en hel aften. Hun ville slå ham ihjel, koste hvad det koste ville, han skulle dø, og det skulle gerne være en pinefuld død.

"Om man kan dø af dem?" Den gamle Gartner så helt himmelfalden ud.

"Ja, det kan jeg forsikre Dem for Frau Irmgard Krüger, hvis man altså bare spiser nok af dem selvfølgelig," tilføjede Den gamle Gartner med tanke på det forgangne års jammerlige regnskab.

"Kunne jeg mon tage livet af min mand med de der gulerødder?" spurgte hun prøvende.

"Ja, ja, men det er som sagt ikke den vigtigste egenskab," svarede han hurtigt.

"Er det ikke det?" Nu var Frau Irmgard Krüger rigtig nysgerrig.

"Nej, nej, nej, nu skal De høre Frau Irmgard Krüger," smiskede Den gamle Gartner med et smørret smil om munden idet han gned sig i skægget. "Som sagt så kan de bruges til alt, men den mest fortræffelige egenskab det er, at de vil forbedre Deres nattesyn, det vil sige, at De faktisk vil kunne komme til at se klart om natten, men det kræver, at De spiser dem hver dag i ca. 2 år. Hvad De har af planer vedrørende det at aflive Deres mand, hvilket jeg i øvrigt godt kan forstå, at De tumler med, så er gulerodens egenskab i den henseende blot et tillæg til alle de øvrige fortræffelige egenskaber, disse gulerødder har. Så det med at aflive Deres mand, det kan De lige så godt begynde på allerede i dag." Han havde liret det hele af med tilbageholdt åndedræt, så endelig trak han vejret dybt og inderligt, næsten som en, der lige var kommet op til overfladen.

"Fire eller seks kilo Frau Irmgard Krüger?" fortsatte han i et lettere overtalende og slesk tonefald.

Hun så op på Den gamle Gartner med sine små griseøjne gennem de tykke uindfattede briller.

"Har du ikke tilbud på dem, din slambert. De er sikkert hunde dyre som alt andet her i butikken," prustede hun og slog med nakken.

"Vi har altid gode tilbud her i butikken. De koster kun 32 kroner for et halvt kilo. De fås ikke billigere, ja, de kan reverenter talt slet ikke fås noget andet sted på denne jord. Det har taget mig et sted mellem femten og tyve år at fremavle dem og nå frem til en gulerod med disse exceptionelle egenskaber, og så står De der og siger, at det er for dyrt…" Han nærmest spruttede ordene ud og vendte ryggen til hende med en antydning af, at han nu slet ikke ville sælge gulerødder til hende, men at han i stedet ville gå ud til de syv andre ude i baglokalet.

"Hvad hvis man køber et kilo?" forsøgte hun sig.

Gartneren lod som ingenting, overhørte bemærkningen og tog yderligere et skridt ud mod baglokalet og ignorerede hende. Han kunne høre, at de var i gang med at åbne endnu en stribe kolde øl. På vej ud mod lokalet sparkede han helt naturligt og nonchalant til et par sorte fodformede ECCO lædersko med tyk gummisål, som stak ud under forhænget. Det var Palle Ib, som havde lagt sig til at sove på gulvet i baglokalet. Han var gået direkte ind til Gartneren, da han ankom til Torvet med bussen fra Rønne kl. 13.51, og han havde været der lige siden. Han var helt forfrossen og rød i ansigtet, fordi han kun havde en tynd sommeruniformsjakke på. Han var kommet stormende ind i butikken under påskud af, at der havde været en del uoverensstemmelser hos byens handlende omkring momsafregningen, så det var han blevet bedt om at se nærmere på af ledelsen i Rønne.

Gartneren havde resolut hevet ham ind i baglokalet og havde sagt til Palle Ib:

"Alt, hvad vi sælger herinde i butikken, er der naturligvis betalt moms af!" Hvorefter han havde trukket to kolde bajere op med bemærkningen:

"Det er naturligvis på min regning." Hvilket Palle Ib var blevet meget benovet over, fordi Den gamle Gartner jo var kendt for ikke at give ved dørene. Da Palle Ib så den store læderindbundne kolonnebog, som Gartneren brugte til at føre baglokalets ølregnskab ind i, udbrød han:

"Der er godt nok god plads til at notere en hel del omgange øl i den bog." Samtidig skulede han over til kassen med bajerne.

Gartneren havde instinktivt trukket et par stykker mere op og havde sat dem på det lille plantebord. Han havde trukket den eneste stol, der var plads til, over til bordet og sagde venskabeligt til Palle Ib, mens han lagde armen rundt om hans skulder og førte ham over til stolen:

"Sid du nu lidt ned og slap af. Jeg ved, hvor meget du slider i det med at holde ro og orden her i byen til dagligt, for slet ikke at tale om det tidskrævende opklaringsarbejde. Du må ikke blive stresset. Det er det ikke værd." Han så lige hurtigt over skulderen på Palle Ib og bemærkede, at han havde bundet den første øl og det meste af nummer to. Tilfreds med sig selv, selv om det smertede, at han måtte fylde øl på Palle Ib for egen regning, gik han igen ind i butikken for at fortsætte betjeningen af Frau Irmgard Krüger og forsøget på at få hende til at købe 5 kilo af de magiske gulerødder.

"Så fem kilo da. Hvad skal de så koste?" spurgte hun i en bedende tone, som passede Den gamle Gartner særdeles godt.

"Kun 32 kroner for et halvt kilo. Kvalitet koster som sagt, men De kan få et par stængler skarntyde og et par duske bulmeurt med oven i, så De kan brygge en varm aftendrik til Deres mand."

Han følte nu, at han havde fået det overtag, han så længe havde drømt om, og det var lige før, han var ved at give en omgang øl ude i baglokalet, men han fik dæmpet sin lyst og gik ud og tog en stor slurk af en øl, som tilhørte en af de andre baglokalegæster. Det skabte dog ikke den store furore, for de var så vant til, at det var dem, der skulle slukke Gartnerens tørst.

"Husk, at De ikke må klippe toppen af, før De vasker dem, for så vil de miste deres magiske evner," sagde han, mens han nøje vejede 5 kilo af ved at tage en gulerod ud og lade toppen blive tilbage i posen.

Fra den dag lage Gartneren sin skiltning på vinduerne om fra gammeldags tilbud med

"Fyld posen for en tier", "Gulerødder er udsolgt", "Garanteret friske ærter om vinteren", til

"Spis magiske gulerødder og se alt om natten!"

"Spis magiske gulerødder i skønhedens navn!"

"Spis gulerødder og bliv brun!"

"Brug magiske gulerødder til alt!"

Han havde også hørt om en undersøgelse foretaget et eller andet sted ude i verden, der beviste, at der sundhedsmæssigt er masser af gode grunde til at spise grønsager og frugter, men det vigtigste var, at de sprøde og farverige mundfulde også kunne bruges i skønhedens navn. Undersøgelsen viste nemlig, at mennesker, hvis kost er rig på carotener, som er en gruppe beslægtede gule og røde farvestoffer, har en sund glød, som giver dem en større tiltrækningskraft end mennesker med en glød fra solens stråler. Undersøgelsen havde også påpeget, at mennesker, som spiser store mængder frugt og grønsager, har en tydeligt mere gullig hudfarve, og det var lige vand på Den gamle Gartners mølle, for han var for det meste vant til at se på alle de rødmossede personer, som kom inde i baglokalet. Hans nytilegnede viden skulle bruges i hans fremtidige markedsføring af grønsager specielt hans nyopfundne gulerødder.

"Vejen til den tiltrækkende gule farve er belagt med gulerødder, tomater, søde kartofler, peberfrugter, cantaloupemeloner, spinat og grønkål," sagde han til alle sine kunder. Problemet var bare, at han kun havde ganske få af de grønsager, som han reklamerede med, og slet ikke gulerødder, men han forklarede de manglende varer med, at de var udsolgt på grund af overvældende succes og efterspørgsel. Han kunne simpelt hen ikke følge med efterspørgslen på gulerødder, selv om han her tidligt på foråret havde forsøgt at drive dem op af jorden ved at lægge plastic over hele det store bed med gulerødder. Kunderne tog ikke hans forklaring til sig. I stedet spredte de det rygte på hele øen, at skulle man handle hos Den gamle Gartner, så var det med at være tidligt på færde. Den gamle Gartner overmalede ikke kun sit eget butiksvindue men bredte sig ved enhver given lejlighed også ind på Bodegaens vinduer med det til følge, at flere ældre agtværdige damer forvildede sig ind på værtshuset. Til Beskænkerens store bestyrtelse satte Den gamle Gartner en dag øllerne ned til to en halv krone, hvilket var skrevet med kalk og med store typer på Bodegaens vinduer, hvorefter han gik ind og krævede sin ret som kunde. Han ville ikke betale mere end to en halv krone for en øl, for det stod der jo udenfor på vinduet.

På et tidspunkt førte han sit exalterede markedsføringsstunt helt ind på Bodegaen, ved gang på gang at komme brasende ind med to af de yderste store hvidkålsblade oven på hovedet og med en bemærkning om, at han skulle hjem og have kåldolmere til middag. Han dukkede naturligvis kun op, når der var mange kunder på udskænkningsstedet. Igennem flere år var Gartneren af den overbevisning, at det var den bedste form for markedsføring, selv

om han skulle betale fuld pris for øllen og kun fik en "lunken øl" ud af det. Han var ikke længere klar over, hvordan en kold øl smagte.
Beskænkeren, som dengang for mange år siden forpagtede Svaneke Bodega hed Hjort, og han var ikke tabt bag en vogn. Han ville ikke finde sig i Gartnerens frækheder, så en dag var Den gamle Gartners butiksvinduer overmalede med billige tilbud på grønsager:
Halv pris på kartofler!
Fyld posen med tomater for en krone!
Gratis porrer og gulerødder fredag og lørdag!
Da Gartneren kom om morgenen for at åbne butikken, lå Beskænkeren på lur inde bag et gardin på Bodegaen for at se virkningen af de nye tilbud på Gartnerens butiksvinduer.
Virkningen udeblev ikke. Den gamle Gartner gik i chok, da han så, hvad der stod. Han tog sig til hovedet og rystede det fra side til side og op og ned, men det var, som om at intet hjalp ham denne tidlige morgen. Men værre skulle det blive senere på eftermiddagen, da avisbuddet kom med Bladet, som han begyndte at læse hurtigt og febrilsk, men kun alle overskrifterne uden egentlig at ænse hvad der stod, lige indtil han kom til side tre øverst, hvor en nyåbnet konkurrent havde indrykket en halvsides annonce med et åbningstilbud.

TATOL SVANEKE

aabner i moderne Omgivelser på Torvet

Tirsdag d. 2. Februar Kl. 9

af det store Vareudvalg nævner vi:

KOLONIAL - KAFFE - TRIKOTAGE - PARFUMERI
- PORCELÆN - LEGETØJ - SÆBEVARER -

Paa Aabningsdagen serverer vi Smagsprøver af den
Landskendte TATOL-KAFFE
Og der er gratis Balloner til Børnene

Et Udpluk af de fordelagtige Aabningstilbud:

Rødbeder 1 1/2 Ltr. Glas, Kun Kr. 3,18
DessertJordbær 1/2 Ds. Kun Kr. 1,98
Agurker 1-1/2 Ltr. Glas, Kun Kr. 4,18
Vita-Ærter, søde !/" Ds. Kun Kr. 1,08
Vita-m/Gulerødder 1/2 Ds. Kun Kr. 1,18
3Par sømløse Net-Nylon Kun Kr.10,00
TRIUMF Sulfo 600 gr. Kun Kr. 2,95
Æg-Shampo 1/2Ltr. Kun Kr. 3.98

* 2 Pakker småkager for 1 Pakkes Pris......Kun Kr. 1,18
* 3 Daaser Ananas eller Fersken eller Abrikoser ...... Kun Kr. 4,50
* Deltag i TATOL~Lotteriet og vind KAFFE, 10 Kr.`s Obligationer
og 25 Kr.`s Gavekort, samt de store Slut~Gevinster.
* Samleplader udleveres gratis.
De får Samlebrikker ved Køb af KAFFE ~THE ~ og CACAO

Paa Gensyn !

TATOL

TORVET ~ SVANEKE ~ TELEFON 81

Det siges stadig, at hans hår aldrig mere ville ligge normalt ind til hovedet efter Beskænkerens infame hævn og angrebet fra endnu en konkurrent.

Den gamle Gartner forblev i chok i flere uger efter den traumatiske oplevelse. Det eneste han kunne, når han kom hjem, var at ligge på sofaen og stirre op i loftet, og han blev ved med at gentage ordene rabat og gratis, rabat og gratis, rabat og gratis, andet kunne han ikke foretage sig.

Efter to en halv måned fik hans kone ham ud af trancen ved at fortælle ham, at der havde været en mand forbi med et rabattilbud på Bladet, halv pris i tre måneder. Han var sprunget op fra sofaen for at få fat i nakken på manden med rabatmuligheden, men han var allerede over alle bjerge.

Men nu var de nye tider kommet, og de var ikke til at stoppe.

Igangsætning og spredning af hans egen historie om de magiske gulerødder havde sat sine spor, og rygtet var allerede ilet Øen rundt flere gange.

KAPITEL 6

Gulerodssuccesen

Da Den gamle Gartner som sædvanlig kom kørende på sin Long John klokken kvart over syv om morgenen, var han glad og opstemt over, at han havde fået skovlen under Frau Irmgard Krüger. Endelig kunne han se frem til at tjene nogle penge på hendes små indkøb i butikken i stedet for dag ud og dag ind at høre på hendes evindelige klager over hans porrer og kartoflers kvalitet, når hun så alligevel ikke købte noget særligt.

Han kom kørende op ad Postgade og rundt i Svinget i retning mod Torvet. Det syn, der mødte ham, da han kom rundt om hjørnet, var som et fatamorgana. Det ramte ham som et lyn fra en klar himmel, som et lansestød i maveregionen, og det bevirkede, at han tabte vejret og måtte stå af cyklen for at komme til sig selv igen, og han måtte sikre sig, at han havde set rigtigt, og at det ikke var hans syn, der spillede ham et puds.

Han stod et par minutter og sundede sig under det store valnøddetræ, som gik helt ind over vejen.

Men denne morgen var det ikke et fatamorgana han så. Der stod allerede femogtyve til tredive kvinder, gamle som unge, uden for hans butik og ventede på, at han skulle komme og åbne.

Det var ikke noget, han var vant til. Der kunne gå dage imellem, hvor der ikke kom mere end en enkelt kunde så tidligt og spurgte efter varer, han aldrig havde haft i butikken eller spurgte efter varer, der for længst var udsolgt.

Det normale var, at der stod to til tre tørstige sjæle, som ville ind i baglokalet for at få slukket deres tørst og halsbrand. Om sommeren kunne han fra klokken ni til klokken fire sidde i fred og ro ude på trappen og tage sig en velfortjent lur under sin sombrerolignende stråhat. Der var ikke en eneste kunde, der havde brug for grønsager, før de kom hjem fra arbejde, og behovet for aftensmad nærmede sig.

Men det, han så nu, overgik hans vildeste fantasi, og han var totalt lammet og havde end ikke kræfter til at drive cyklen frem ved normal pedalkraft. Han måtte stille cyklen fra sig under det store valnøddetræ, som voksede langt ud over Postgade. Træet dannede en triumfbue, som han under normale forhold elskede at køre igennem hver morgen, for det gav ham en følelse, som var han en romersk kejser, der kom sejrrigt tilbage til Rom efter tre år på krigstogt.

Flere kvinder begyndte at løbe ham i møde, skubbende og råbende i munden på hinanden:

"Jeg kom først."

"Hun forsøger at snyde over."

"Ti kilo til mig."

"Det var godt, du kom."

"Hvorfor kommer du så sent?"

"Hov, hov, lad mig nu lige få lejlighed til at åbne butikken," råbte han ud over forsamlingen for at overdøve kvindernes vilde skrigeri.

Men det var umuligt for ham at få nøglen ind i låsen på butiksdørendøren, så han kunne komme ind. Han måtte mase sig ud gennem flokken af skrigende og vilde kvinder for at gå ind gennem porten og så liste sig hen til bagdøren. Han opgav imidlertid, for da han kom ind i gården kunne han se, at der allerede stod ti til femten kvinder ved bagdøren og viftede med deres indkøbsnet og poser, råbende i munden på hinanden.

"Kan man købe bagom, som vi plejer?" var der en, der spurgte.

"Rabat, er der rabat, hvis man køber tyve kilo?"

"Har du flere af de blå?"

"Jeg vil have tyve kilo af de tykke, dem du ved."

"Er der gratis smagsprøver?" Han gøs ved ordet gratis. Det rislede ham koldt ned ad ryggen hver gang, det ord blev nævnt.

"Jeg skal have ti kilo af de røde."

De røde??? Han havde aldrig sagt noget om, at han havde røde gulerødder. Hvor kom det rygte dog fra?

"Ti kilo af de lange tynde med olivenfarve og tyve kilo af de tykke, dem med den ru overflade."

Han sprang tilbage til fordøren men opgav at komme ind.

Han maste sig over til døren på Bodegaen og bankede kraftigt og panikagtigt på den. Han kunne se, at Beskænker Hjort roligt gik rundt og tog stolene ned fra bordene efter morgenens rengøring, inden han skulle åbne Bodegaen klokken ti.

Men der var ingen reaktion, så Den gamle Gartner bankede endnu kraftigt på døren, idet han følte var en overlevelseskamp. Han var ikke vant til at miste kontrollen og tabe kampen mod kunderne.

"Hvem er det?" spurgte Beskænker Hjort og så ud gennem ruden i døren.

"Det er mig, din idiot. Luk mig ind! Kan du dog ikke se, at mit liv er i fare?" Gartneren pressede nu næsen helt op imod ruden.

"Jeg kan ikke kende dig. Hvad hedder du?" spurgte Beskænker Hjort, som ikke genkendte Gartneren med den fladtrykte næse, som nu var næsten helt inde på Bodegaen.

"Vi åbner først klokken ti," sagde Hjort og gik ud for at ordne de overpissede toiletter fra aftenen før.

Gartneren var fortabt. Han havde ikke en chance. Han måtte prøve at mase sig gennem den kødrand af sultne og skrigende kvinder, som blokerede døren ind til hans butik.

"Hvad med alle mine venner? Hvordan skal de nu få deres morgen bajer?" tænkte han.

"Vi har ikke flere kartofler. Høsten er slået fejl i år," forsøgte han sig uden at det hjalp det mindste.

"Reserver 20 kilo af de blå til mig, og du får et tungekys," var der en, der hviskede ham i øret.

Da han endelig efter flere forsøg fik døren åbnet, væltede ikke kun kvinderne ind i butikken, de væltede også Den gamle Gartner, som nu lå på gulvet og så, at hans loft trængte til at blive malet for første gang i tyve år.

Kvinderne råbte og skreg i munde på hinanden. Det var der som sådan ikke noget nyt i, men det var mere det, de råbte:

"Er der ingen betjening her i butikken?"

"Hvor er alle varerne?"

"Vi vil have nogle smagsprøver."

"Hvad er kiloprisen på de tykke?"

"Er prisen med eller uden skræl?"

"Tager det de magiske evner, hvis man skræller dem?"

"Behøver man at spise dem?" var der en, der spurgte om.

Den gamle Gartner var ude af stand til at svare på et eneste spørgsmål. Det svirrede rundt i hans hoved på grund af alle spørgsmålene og det, alle de gale kvindemennesker ævlede om. Og dog, da han hørte kvinden, der spurgte om de magiske evner, var der en klokke, der ringede inde i hovedet på ham. Det måtte være hans ynglings hadeobjekt Frau Irmgard Krüger, der havde sat rygtet om de magiske gulerødder og deres fortræffelige evner i gang.

Den gamle Gartner var ikke sen til at fange tråden, da han øjnede en mulighed for at tjene en ekstra skilling her i den sløve forsommer.

"Vi har kun de orange tilbage, nogle tynde og få tykke, men det er også dem, der giver den største effekt," nærmest råbte han ude i butikken. Det resulterede i et øjebliks dyb tavshed hos samtlige kvinder, hvorefter de brød ud i vilde skrig om antal og pris.

"Hvor mange skal man give ham, før han kradser af?" var der en, der spurgte.

"Det er lidt med forskel. Det kommer an på kropsbygningen, men jeg vil tro, at ca. fem kilo om ugen vil kunne gøre det," lød hans gode råd.

"Jeg vil have nattesyn, og så vil jeg være brun og dejlig, når jeg er sluppet af med min mand, så hvor mange kilo mener du, at jeg skal købe til at starte med?"

"Jeg vil foreslå ti kilo til en begyndelse." Han fortrød straks at han havde sagt det, for han havde snart ikke flere gulerødder tilbage.

"Der er udsolgt! Der er udsolgt! Vi har ikke flere tilbage i dag. I må venligst stille jer op i en lang række, så jeg kan få noteret alle jeres bestillinger ned, så skal jeg sørge for mere stabile leverancer fremover," sagde han med et smil på læben. Klokken var ikke mere end kvart over ni, og han havde allerede udsolgt og havde tjent det samme, som han ellers havde i kassen på en hel uge. Kvinderne havde overbudt hinanden for at få fat i hans magiske gulerødder.

Efterspørgselen var kommet fuldkommen bag på ham. Det overgik hans vildeste fantasi.

Det han frygtede mest, var ikke den manglende vareleverance, men at han på grund af den tiltagende succes skulle gå hen og blive ødsel og for eksempel begynde at give omgange på Bodegaen. Alene tanken kunne få ham til at forudse flere søvnløse nætter.

Han lukkede butikken klokken to minutter over ti og gik veltilfreds ind på Bodegaen og bestilte en Gammel Carlsberg hos Hr. Hjort.

"Tak fordi du ikke hjalp mig her til morgen," sagde han til Hr. Hjort, som ikke forstod Gartnerens beske ironi.

"Jeg giver en øl i dagens anledning, fordi du har gjort denne dag til en af de bedste i mit liv,"

Der gik dog ikke mange minutter, før det blev dagligdag igen, for hans tanker blev ledt i retning af leveranceproblemer. Hvor skulle han få alle de magiske gulerødder fra, som han allerede havde fået ordrer på denne tidlige morgen, og så i alle de farver? Hvordan kunne det rygte dog opstå, at han dyrkede gulerødder i alle mulige farver og med forskellige magiske evner? Han blev mere og mere overbevist og afklaret omkring det faktum, at det måtte skyldes hans tåbelige Frau Irmgard Krüger.

Hans butik blev i de efterfølgende uger hjemsøgt på samme måde hver morgen, og han havde stort set udsolgt hver dag klokken kvart over ni.

Det var ufatteligt, hvilke evner de tillagde hans gulerødder og ufatteligt, hvad de dog skulle bruge dem til.

Han havde efterhånden vænnet sig til at svare, at de kunne bruges til alt, når han blev spurgt om fem kilo til dit og dat. Alt, sagde han, de kunne bruges til alt. Det var hans svar, og pengene fossede ned i hans lommer.

Han måtte have mere jord, og han havde i løbet af ganske få uger forpagtet al jord oppe omkring kirken. Det var en god sandet jord, og han fik dagligt kørt mere sand til jorden, som de spredte ud på de nyforpagtede arealer. Men var det nok jord til at klare efterspørgslen?

Han havde en dag forhørt sig hos graveren for at få mulighed for at dyrke gulerødder inde på selve kirkegården, for som han sagde:" Det kan jo give lidt kolorit på tilværelsen dernede."

Men graveren havde venligt afslået med bemærkningen om, at hvis de skulle betale for gulerødderne ville det blive for meget besvær med byttepengene.

Den gamle Gartner havde skudt sig selv i benet. Han kunne ikke klare efterspørgslen, og det var ved at udvikle sig til et mareridt for ham. Alle de ordrer og så i alle de forskellige farver, tykkelser og forskellige sorter, det var ved at slide ham op. Han havde i de sidste seks måneder ikke haft en halv time, hvor han kunne sidde uden for sin butik og få sig en lille lur, og hvad værre var, så måtte vennerne fra baglokalet dagligt gå slukørede og mere end tørstige ind på Bodegaen for at få slukket deres tørst til det, de kaldte overpriser.

Det var en ganske almindelig mandag aften, hvor han som sædvanlig havde lukket butikken klokken halv seks og med slæbende skridt begyndte at begive sig hjemad. Han støttede sig til sin cykel og gik ned i retning af Postgade, men da han nåede hen til Svinget ved ismejeriet og drejede forbi kunstmaler Hermans hus, hvor flere vinduer stod åbne, kunne han høre flere højrøstede stemmer og befriende latter.

En af byens keramikere, ham med det op og nedadgående overskæg, stak hovedet ud ad vinduet i samme øjeblik, som Den gamle Gartner var lige uden for huset.

"Du ser vel nok ked ud af det, du gamle. Kan vi ikke opmuntre dig med en lille forfriskning, så du får humøret tilbage?" spurgte han og slog over i en rullende latter.

Den gamle Gartner var ikke sen til at tage imod et så fristende tilbud, så han stillede resolut sin cykel op ad den lyserøde væg.

Det var et hus, der altid var værd at gæste, for der var altid nogle mennesker på besøg, som forstod det at leve livet i fulde drag.

Her var der aldrig tale om tåbesnak eller egen profilering, som havde til hensigt at fremhæve sig selv i et forsøg på at få tilhørerne til at godtage ens meninger. Der var ikke plads til en eller anden tåbelig idiot, som skulle stive sine egne manglende evner og selvtillid af med dumsmarte selvforherligende bemærkninger. Den slags klovnehoveder gik altid derfra med nedbøjet nakke for om muligt at vinde gehør i andre kredse i byen.

Husets livsglæde og gæstfrihed var som ætset ind i vinduerne. Ve den dag lyset slukkedes, og husets vinduer ville ligge døde hen som offer for turismens ødelæggende begærlighed.

Da Den gamle Gartner kom ind i den lavloftede stue, var det første han fik besked på, at han skulle passe på hovedet. Det var nu ikke nødvendigt, for han var så nedtrykt og nedbøjet, at han faktisk var ca. femten centimeter lavere end normalt.

"Du ser sørme ked ud af det," sagde Keramikeren igen og lagde sig på knæ foran Gartneren for at se ham ind i øjnene.

"Jeg tror, at du trænger til en kold øl for at komme i godt humør igen." Keramikeren gav venstre side af sit overskæg en opadvendt drejning med ydersiden af hånden som en dirigent, der gav tegn til oboen.

Den gamle Gartner begyndte at græde, først en lille stille gråd for derefter at slå over i en form for stor tuderi.

"Hjælper det mon ikke med en kold øl?" spurgte Keramikeren kammeratligt og tog Gartneren kærligt omkring skulderen.

"Jeg er mere ked af det," sagde Gartneren og fortsatte med et endnu kraftigere tuderi.

"Tror du så ikke, at det ville hjælpe med en lille brændevin?" forsøgte nu kunstmaler Herman sig over for Den gamle Gartner.

"Jo, det tror jeg," snøftede han og forsøgte at tørre tårerne væk, så han kunne se, at Herman skænkede en stor brændevin i glasset foran ham.

Den gamle Gartner fortsatte med at stortude. Han var utrøstelig. Han var ikke gammel amatørskuespiller for ingen ting, og han løftede glasset med brændevinen med påtaget rystende hånd, dog uden at spilde en dråbe, og efter at han havde tømt glasset i et drag, fortsatte han sit klynkeri.

"Tror du ikke, det hjælper med en øl og en dobbelt brændevin til?" spurgte Keramikeren venligt.

"Jeg er meget, meget ked af det," replicerede Gartneren og skævede over mod brændevindflasken med det venstre øje. Keramikeren skænkede ham en dobbelt brændevin for derefter at hente ham en dejlig kold Tuborg. Da han kom tilbage med øllen, rakte Gartneren det tomme brændevinsglas frem med en bemærkning om, at det var dejligt at være blandt venner, der forstod ens problemer.

"Hvad er du så ked af?" spurgte Keramikeren.

"Det skal jeg fortælle jer," svarede han samtidig med, at han begyndte at stortude igen og demonstrativt tog en tår af det tomme snapseglas.

Han lod vente på sig med at fortælle, hvad der var årsagen til hans gråd.

En tidligere tolder, som var en ven af huset, han var i øvrigt en meget klog og vidende mand, kom med en bemærkning om det forkromede synk, som ingen forstod et ord af. Han sad ovre til højre i slagbænken, og med jævne mellemrum lod han vandet gå. Der havde han i øvrigt siddet det meste af dagen uden at sige et ord.

Keramikeren så over på kunstmaler Herman, som nikkede, hvorefter Keramikeren skænkede endnu en dobbelt snaps op til Den gamle Gartner, og Herman kom med en øl til den grådkvalte Gartner, i håbet om, at han ville få munden på gled.

Med grådkvalt stemme begyndte Gartneren at berette om sin store ulykke.

"Jeg kan ikke klare mere. De efterspørger og vil købe alt, hvad jeg kan drive op af jorden. Det er for så vidt meget godt, men de vil kun have de der forbandede gulerødder i alle mulige størrelser, tykke som tynde, runde og flade og så i alle mulige farver. Alle sammen skal de have de der magiske evner," sagde han lettere hulkende."Jeg kan sgu ikke klare det mere. Alle de kvinder... De tager snart livet af mig." Han begyndte at ryste med den venstre hånd, så han kom til at vælte snapseglasset. Alle åndede lette op, da de så, at han havde drukket ud, og at glasset var tomt.

Keramikeren sad og betragtede Den gamle Gartner, og han bemærkede, at hans hår var som en omvandrende reklame for gulerødderne i hans forretningsimperium. Det strittede lige op i luften som toppene på et større bundt gulerødder.

"Jeg kan da hjælpe dig," sagde Keramikeren og gav overskægget en opad og nedadgående tilpasning med oversiden af højre hånd. Bevægelsen var blevet en gammel vane som bevirkede, at hans overskæg aldrig mere kom til at sidde helt lige over munden. Keramikeren øjnede en mulighed for at få del i Den gamle Gartners svimlende forretning.

"Jeg kan dreje nogle nye typer til dig, store og små med og uden glasur. Haa, haaa, ha, ha, ha, oho ha, ha," grinede han og lænede sig tilbage til stolen.

Det var, som om skyerne lettede over Gartnerens hoved, så han skænkede sig lige en snaps til med lettere rystende hånd.

"Det er en mulighed, men du får altså ikke procenter af salget," råbte han højrøstet og tog sig til venstre side af brystet lige der, hvor hans tegnebog lå som bly i inderlommen.

"Er du dårlig? Er det noget med hjertet?" spurgte Keramikeren foruroliget.

"Din jakke hænger helt skævt. Er der noget galt?" spurgte Keramikeren igen.

"Nej, nej, nej. Det er bare min portemonnæ, der vejer så helvedes meget. Jeg får sgu ondt i ryggen af at slæbe rundt på alle de penge." Han tog pungen op af inderlommen for at lette presset på venstre skulder. Pungen var på størrelse med en mellemstor harmonika, og den var proppet med pengesedler. Han var virkelig en holden mand.

KAPITEL 7

Besøg hos Den gamle Gartner

Kjøbenhavneren sad på hotellet med den hovedløse kvindes lille sorte notesbog og gjorde sine notater til den videre efterforskning af, det han nu var overbevist om var et mord begået mod den hovedløse kvinde på Havnen.

Før han gik ind på sit værelse, havde han sikret sig, at den lille lap papir, han havde sat i klemme oppe over døren, stadig sad, hvor den skulle. Da han kom ind på værelset, havde han en knugende fornemmelse af, at der havde været nogen inde og rode rundt, selv hans egen skygge bevægede sig famlende og usikkert rundt i rummet. Der var flere tegn på, at der havde været en eller flere uvedkommende personer inde og gennemrode hans ejendele for slet ikke at tale om, at der også var blevet rodet rundt med hans papirer med alle notaterne omkring dem, han så som mistænkte.

Han var overbevist om, at det var overlagt mord på en sagesløs kvinde. Der var ikke den mindste tvivl i han sind. Det store spørgsmål var naturligvis, hvem der så stod bag mordet.

Når han studerede den lille sorte notesbog og den hovedløse kvindes notater, pegede indicierne på en lang række mere eller mindre kendte personer i Svaneke og omegn. Personerne, som hun havde skrevet stærkt belastende ting om, var alle ifølge hendes notater personer, der kunne have vidt forskellige og personlige interesser i at få hende ryddet af vejen på den hurtigste og mest hensigtsmæssige måde. Det var personer, som hun havde lagt sig ud med, eller personer, som ifølge hende selv, havde lagt sig ud med hende på den ene eller anden ofte ublu eller sjofle måde.

Men det store ubesvarede spørgsmål var nu, hvem af de nævnte personer der var den skyldige. Måske var de alle medskyldige via et udspekuleret net af tilslørede sildebenssammenfiltrede løgnehistorier og sammenspiste aftaler.

Svaneke havde vel sin egen Camorra, Triade eller Cosa Nostra, som styrede livets gang i byen, konkluderede han for sig selv, uden at han fik nogen form for indvendinger.

Han var endnu ikke helt klar over, hvilken rolle Den gamle Gartner kunne have spillet omkring mordet på kvinden, men hans efterforskning af Gartnerens gøren og laden i byen op gennem tiden pegede på, at han havde op til flere bevæggrunde til at få kvinden ryddet af vejen.

Det virkede som om, at han sad som den store edderkop, en slags Svanekes Godfather, og trak i alle trådene, så han kunne få tropperne til at makke ret.

Kjøbenhavneren besluttede sig for som det første at undersøge, hvad Den gamle Gartner egentlig gik og foretog sig i løbet af dagen. En grundig detaljeret analyse ville være det bedste grundlag for hans efterforskning af mordet på den hovedløse kvinde nede på Havnen.

De andre kumpaner, som var nævnt i kvindens notesbog, prioriterede han efter Gartneren, men det var naturligvis bestemt af, hvilke informationer han kunne vride ud af ham Fiskeren, for fik han noget brugbart ud af ham, så kunne alt ske, og prioriteringen ville måske ændre sig.

Han iførte sig et par anonyme grå bukser og en mørklilla skjorte med store lyserøde krokodiller på, en skjorte, som han ikke mente, ville vække den store opsigt, hvorefter han tog sin sorte vindjakke på. Inde i jakken havde han for en sikkerheds skyld fået syet en kanal, der gik fra det ene ærme over ryggen til det andet ærme. Heri havde han trukket en stålwire, som han kunne låse omkring begge håndled, så jakken var umulig at stjæle, mens han havde den på, for en ting var at blive slået ned bagfra, men at vågne fra bevidstløs tilstand uden jakke, det var ikke til at bære. Det havde han prøvet en gang før, sidste gang han var i Svaneke, og det var stort set umuligt at få jakken tilbage, eftersom det var Beskænkeren, der havde stjålet jakken, så det ønskede han ikke at stå igennem en gang til. Til sidst tog han en sort tophue på og satte den godt ned i panden og ud over begge ører.

Han ville starte med at se lidt mere på omgivelserne især området lidt uden for byen og specielt der, hvor Den gamle Gartner boede.

Det var lørdag, og han havde bevidst ventet til sidst på dagen, hvor der ikke var så mange mennesker på gaderne, og hvor han vidste efter nøje studier, at Den gamle Gartner havde tømt baglokalet og lukket sin butik.

Det var en grå, regnfuld og råkold eftermiddag i det tidlige forår med et begyndende tusmørke, som i Svaneke talte sit eget dystre sprog. Det var en af de dage, hvor de fleste i Svaneke lå hjemme på deres sofa og så en af de sædvanlige dødsyge genudsendelser i fjernsynet.

På vej ud til Gartneren mødte han stort set ingen mennesker, bortset fra da han med raske skridt gik over Havnen. Her var der en skummel person, der skulede nysgerrigt efter ham på en sær, lumsk og mistænkelig måde, en måde som ledte han tanker i retning af, at denne person måske var involveret i en sammensværgelse mod ham selv. Da han havde passeret den skumle skikkelse lige ud for, hvor Peterbåden til Chr. Ø lå til kajs med sine beroligende klukkende og vuggende bevægelser, gik luskerøven direkte ind i telefonboksen eller nærmest sprang ind og flåede røret ned af holderen.

På lang afstand nåede Kjøbenhavneren at opfatte en lille del af en sætning, der lød:

"Han er på vej ud mod … …. jeg er helt sikker på, at det er ……..ja i awten klokken … ." Mere kunne han ikke opfange, fordi luskerøven havde sænket stemmen ned til et roligere leje, efter at hans første ophidselse havde lagt sig. Han havde bemærket, at han havde gentaget noget på jysk.

Kjøbenhavneren foretog nu en snedig manøvre og ændrede lynhurtigt sin plan. Han drejede direkte til højre og gik ned på fiskernes stamværtshus, som i øvrigt hed Kælderstuen.

Da han var kommet inden for, bemærkede han, at der kun var en enkelt person, som han sporadisk havde mødt en dag nede på Havnen. Han havde præsenteret sig som Smerle, og da han mødte ham, havde han en sort styrthjelm på, fordi han tidligere på formiddagen havde fået et par på skrinet af servitricen, bare fordi han havde sagt, at han ville knolle hende.

Kjøbenhavneren satte sig ved bordet lige inden for til højre, hvor der stod en lille bænk og et par stole. Inde til venstre i et lidt mindre lokale var der en bar, hvor den navnkundige servitrice, som i øvrigt hed Jytte, havde sit domæne. Hun var en dame med højt opsat hår, og så kunne hun slå en proper næve. Det var ikke ualmindeligt, at fiskerne fik et par flade, hvis de ikke ville makke ret.

Hans nu gode ven Smerle spurgte, om han havde tid til at drikke en øl, hvilket han sagde ja til med tanke på ham luskerøven udenfor, som han skulle have rystet af.

Han følte sig en lille smule tryg, da han nu var sammen med en, han opfattede som sin eneste rigtige ven i Svaneke. Da hans ven Smerle kom tilbage til bordet, havde han en hel kasse med 30 åbnede Tuborg med tilbage.

"Jeg har også lige bestilt en gang tomatsuppe. Jeg har kun drukket kærnemælk i en hel uge, for det er det eneste, jeg ikke brækker mig af, ja, altså lige bortset fra øl," sagde han og tog fire øl op af kassen med det samme.

Da servitricen kom med hans tomatsuppe påpegede hun, at han ikke måtte sidde og spise med styrthjelm på inde på Kælderen. Hun bad ham gentagne gange om at tage den af, hvilket han nægtede, og i stedet spurgte han, om han måtte knolle hende med den på. Efter den forespørgsel fik han en knytnæve lige i ansigtet, hvilket han resolut besvarede ved at hælde tomatsuppen ud over hendes højt toupe-rede hår.

Regnen var taget til, da han lettere beruset kom op fra Kælderstuen. Han svingede til højre og væk fra Havne og ud af byen mod Nexø. Der var ikke skyggen af liv så langt væk fra centrum, og han kunne heller ikke få øje på ham luskerøven. Godt det samme for han ønskede ikke at møde flere personer, før han kom ud til Den gamle Gartner. Han var allerede drivvåd fra yderst til inderst, da han svingede rundt om hjørnet ind på den vej, hvor han havde fået op-lyst, at Den gamle Gartner havde til huse.

Tæernes skygger dansede en slags dødedans i vinduernes spejl, og regnen silede ned ad ruderne som for at vaske beviserne fra alle tidligere ugerninger væk for evigt.

Hvis han havde vidst, hvad han skulle komme til at lære om denne by i den kommende tid, ja, så havde han i en vis fart bestilt en pakkerejse med bus til Harzen.

Han sneg sig forsigtigt langs med de gul - og rødmalede husmure, så tæt ind til murene at han blev både gul og rød på sit højre ærme. Da han var ud for Den gamle Gartners hus, kunne han ved selvsyn konstatere, at der var totalt mørkt i de vinduer, der vendte ud mod gaden, men et svagt lys kom ud fra en lille sprække i en dør, som sikkert var ud til entreen eller køkkenet. Der kom lys fra det, der lignede en anneksbygning med meget store og lavtsiddende vinduer.

Han besluttede sig for at gå over på den modsatte side af gaden for at undgå at blive opdaget på grund af lyset, der strømmede ud fra de store vinduer i anneksbygningen.

Da han kom over på den modsatte side, havde han frit udsyn lige ind i lokalet, og det første, han fik øje på, var Den gamle Gartner. Han gik nærmest i chok. Der sad Gartneren foran sit staffeli, og sikkert for at sløre sin identitet havde han taget en kæmpe stråhat på, så han på det nærmeste lignede en cubansk cigarruller.

På bordet foran ham stod et hoved med en stråhat magen til den, som Gartneren selv havde på hovedet. Det var ikke til at se, om det var et kvindehoved eller en stakkels mands hoved, der for en kort stund måtte leve livet som model, idet ansigtet vendte ind mod Den gamle Gartner.

Her var beviset…. Han måtte tættere på - ind til selve kernen.

Ved nærmere eftersyn kunne han se, at Gartneren sad i noget, der lignede en mellemting mellem et galleri og et pottemageri. Der stod nogle billeder i flere lag langs væggene, men han havde svært ved at se motiverne på grund af afstanden fra den anden side af gaden.

Det var ikke til at se, om han var i gang med at male nogle af sine berømte reklameskilte, eller hvad det var, men hele hans kropssprog viste, at han malede med nogle store roterende bevægelser, som godt kunne passe til det mande - eller kvindehoved, der stod over for ham. En gang imellem lettede han på hatten og roede op i sin hårmanke, der nærmest lignede manken på en islandsk dværgpony.

Han gik længere ned ad gaden for derefter at skrå over vejen for så at gå tilbage mod det lille galleri. I skjul af en rosa xanthina forma hugonis rose kunne han se, at motivet på samtlige billeder var et hoved af Klabautermanden, der kom op af jorden. Store hoveder, små hoveder, nogle med flade næser, nogle med hår i hele hovedet der var sågar et hoved med lange hår ud af næsen. Det er uden for enhver tvivl, at det krævede en sand strøm af nye hovedleverancer for at holde den maleriproduktion i gang. De er sikkert alle sammen hovedjægere her i byen. Nu begyndte han at forstå sammenhængen mellem malerierne og den hovedløse kvinde. Da Gartnerens kumpaner skilte sig af med kvinden nede på Havnen, havde de i farten taget et forkert hoved med i sækken og havde formentlig sænket det ude på 100 favne vand, tænkte han.

Kjøbenhavneren havde svært ved at skjule en snært af lettelse, for nu var han var på sporet. Han havde tænkt rigtigt, da han valgte at starte sin efterforskning med Den gamle Gartner.

Men han måtte tættere på for at se hovedet forfra, og nu kunne han se, at det var sat ned i en gammel natpotte for ikke at trille rundt på bordet men vel også for at opsamle det tiloversblivende blod, som der måtte være inde i sådan et hoved efter afhugningen.

Var det mon det rigtige hoved fra kvinden, som Den gamle Gartner nu sad og malede efter med store penselstrøg. Kvinde hovedet som Palle Ib nu gik rundt og ledte efter. Han lagde sig ned og begyndte i bedste Rambo stil at mave sig hen over fortovet, så han kunne komme ind under vinduet til Gartnerens galleri og videre over mod indgangen til hans have. Da han rejste sig op, stod han lige uden for døren til haven og indgangen til Gartnerens udhus. Der var ingen tvivl i Kjøbenhavnerens sind, han måtte ind i den have for at se på hovedet i en anden vinkel, og så ville Den gamle Gartner sidde med ryggen til. Det var grumt at tænke på, hvad der kunne ske, hvis han blev opdaget.

Han tog forsigtigt i håndtaget, som var så gammelt og slidt, at det føltes, som om det kun hang i en snor. Uden

den mindste lyd fik han trykket håndtaget ned, og han begyndte ganske forsigtigt at åbne døren. Der var kulravende sort inden for. Døren gav en enkelt lille pibende lyd fra sig, som en slags sidste klagelyd fra en, der fik hovedet hugget af. En hund begyndte at gø så højt, at nattens dræbende mørke blev flænset, og han hørte Den gamle Gartner råbe:

"Så hold dog cheftan."

Kjøbenhavneren var ikke klar over, at han havde en vagthund.

Han stod som hugget i marmor i et par minutter med vejrtrækningen sat på et minimum, før han tog de næste skridt i retning mod bagdøren til Gartnerens galleri.

Gennem en lille sprække kunne han skimte omridset af det hoved, som Gartneren malede efter. Det var nu meget smart af ham at sætte det på en gammel natpotte, for engang imellem dyppede han penselen ned i det dryppende blod sikkert for at give billedet den naturlige glød men nok også for at spare lidt penge på malingen. Der var stadig lidt langt hen til hovedet, som til forveksling lignede et gammelt hvidkålshoved, men det var sikkert fordi, han havde malet efter det samme hoved over en længere periode.

Det gav et skarpt klask, da Kjøbenhavneren pludselig bliv grebet om halsen bagfra. En hånd med lange negle borede sig ind i han hals og stoppede for alt blodtilførsel til hjernen.

"Hvad hundan laver du her?" spurgte en usynlig person med en nikotin - og ølånde, der bragte minderne tilbage til en firedages brandert under ølfesten i München.

Kjøbenhavneren forsøgte at vride sig ud af grebet med det resultat, at de lange negle borede sig endnu længere ind i halsen. Så forsøgte han sig med et råb om hjælp, men råbet forstummede i en svag rallen samtidig med, at han mistede bevidstheden.

Da han kom til sig selv, lå han bagbundet med gaffatape omkring håndleddene og begge ankler, og på bedste mafioso maner, var hans arme og ben blevet bundet stramt sammen bag på ryggen med et reb. Benene var trukket op, og fødderne var bundet sammen med hænderne, og derfra gik rebet op og rundt om halsen med en selvstrammende løkke, som langsomt ville medfører ligatur kvælning i takt med, at han ikke kunne holde hovedet tilbage og benene løftede op mod nakken. Hans redning var, at hans hoved havde hvilet på siden af et bordben, for ellers havde han kunnet se frem til en langsom og smertefuld kvælning med efterfølgende forrådnelse, hvis ingen fandt ham inden et par dage efter, at døden var indtrådt.

Han havde ingen fornemmelse af, hvor længe han havde ligget bevidstløs, og han havde slet ingen fornemmelse af, hvor han var, hvad klokken var, eller hvilken dag det var. Han lå på et tilsølet og koldt lerklinet gulv. Der var totalt mørkt i rummet, og temperaturen var vel 5 til 8 grader.

At råbe om hjælp ville være nytteløst, for han var sikker på, at de eneste, der ville høre hans råb om hjælp, var nogle kumpaner, som var trælbundet af de billige bajere i baglokalet i Gartnerens butik oppe på Torvet.

Efter et par timer kom en svag erindring tilbage til hans hukommelse. Det sidste, han kunne huske, var, at han havde set Den gamle Gartner sidde og male et afhugget hoved, og han forsøgte instinktivt at foretage en synkebevægelse, men det var umuligt på grund af løkken omkring halsen.

Hans første indskydelse var:

- Bevar nu hovedet koldt! Det var ikke så svært, idet hans legemstemperatur nærmede sig 30 grader.

Dernæst kom det i en lind strøm:

- Bevar hovedet på kroppen! Det skal ikke ind på bordet hos Gartneren.
- Tænk strategisk og rationelt!
- Hvor er du?
- Hvordan kommer du ud her fra?
- Hvad er deres plan?
- Hvad er min plan?
- Var det her sted et midlertidigt opholdsrum for modelhovederne? Skulle hans hoved også serveres på et fad for Den gamle Gartner, så han kunne smøre ham op på et sofastykke med en gammel ramme omkring?

Han blev pludselig overfaldet af kvalme og svimmelhed, som medførte, at han væltede væk fra bordbenet, så han ikke længere kunne holde hovedet højt, hvilket betød, at løkken omkring hans hals strammede så meget til, at det føltes, som om dødstimen hastigt nærmede sig. Skal dette være mit endeligt? Ender mit håb om at være noget for min samtid her på jorden i dette usle fugtige rum? Er det her slutningen på mit alt for korte liv?

Han kastede sin sidste energi ind i at få hævet hovedet, så det kunne lette på sammentrækningen af løkken omkring halsen. Han forsøgte derefter at få hovedet drejet ind mod væggen eller bordbenet for at få lidt støtte til endnu nogle minutters overlevelse.

Da han kom til at tænke på den frygtelige overgang til evigt mørke, som nærmede sig, føltes det, som om at denne verden med dens tillokkelser af smukke kvinder var på vej til at forsvinde fra hans bevidsthed.

En gyselig tanke, der pludselig strejfede ham, var, at han nu skulle ud i den lange nats søvn. Døden havde han som sådan affundet sig med, men han ville ikke dø her på sådan en uværdig og ussel måde, og det værste for ham var tanken om, at han måske skulle ende livet med at blive malet op på et sofastykke som en anden trold, der kom op af jorden.

Han så for sig, at Gartneren forærede ham Harboørefiskeren billedet i fødselsdagsgave, så han kunne sidde og grine og fryde sig sammen med sine kumpaner over billedet af ham Kjøbenhavneren, som de havde fået ryddet af vejen. Han var dog sikker på, ud fra det kendskab han allerede havde til Gartneren på dette tidlige tidspunkt af efterforskningen, at Gartneren ville fortryde, at han havde givet billedet væk, og at han helt sikkert ville komme tilbage til Fiskeren og krævede penge for det med en bemærkning om, at billedet kun var til låns.

Hans hoved hvilede nu op mod væggen, og han kunne mærke, at en skarp genstand borede sig ind i højre side af hans brystkasse. Det var et spir af en eller anden slags, som sikkert var banket ind i et af bordbenene. Selv om han intet kunne se, fornemmede han, at det måtte være et gammelt bord, der var banket sammen af nogle gamle sammenflækkede brædder, og det var sikkert samlet nede i rummet. Langsomt og smertefuldt fik han drejet sig en smule rundt, så han kunne føle spiret med sine mere eller mindre følelsesløse hænder. Spiret havde skåret en lang dyb flænge fra brystkassen og ned til maven, så det varme blod flød langsomt ned, og på en eller anden uforklarlig måde varmede det hans nedkølede krop. Han fik spiret lirket ind mellem sine sammenbundne hænder og begyndte at køre rebet frem og tilbage på spirets ru kant. Efter en times tid begyndte rebet at give sig og optændt af håb blandet med en dræbende hævntørst, gav det ham kræfterne tilbage.

Da han efter endnu en times tid endelig fik skåret rebet over, måtte han bruge yderligere en halv time på at få blodcirkulationen tilbage i begge hænder, så han kunne begynde at løsne rebet, der var bundet til fødderne og op omkring halsen. Han rullede over på den ene side med begge hænder omme på ryggen i et forsøg på at løsne knuden på rebet. Der var tydeligt, at det var den slags kællingeknuder, som man bruger, når man skal binde blomsterbuketter. På den ene side var han opstemt over at få dette konstateret, for det var et bekræftende spor, der pegede i retning af Den gamle Gartner, men på den anden side frygtede han de næste timer liggende nedkølet i mudder kæmpende for at komme fri. Det var umuligt for ham at løsne de knuder, som de havde bundet nede ved fødderne. Hans hænder var endnu for følelsesløse til at kunne bruges til noget som helst, så han begyndte at mave sig rundt i lokalet for at finde en eller anden spids eller skarp genstand, som han kunne bruge til at løsne, file eller skære rebet over med. Han kunne ikke finde tilbage til det første spir på grund af mørket i lokalet.

Han fornemmede, at han fulgte et eller andet gammelt lavt arbejdsbord, hvor der nederst var en hylde, og det var hans håb, at Den gamle Gartner havde glemt at rydde op, efter at han havde parteret kroppene og klargjort de afhuggede hoveder, som han havde stående der, hvor han sad og malede sine berømte billeder.

Med højre hånd undersøgte han famlende hylden. Der var en masse gamle dør - og vinduesbeslag, gamle blomsterpinde og rynkede kartofler og et kålhoved, som var gået mere eller mindre i forrådnelse, fik ham chokeret til at trække hånden til sig. Det føltes, som om han havde stukket begge fingre ind i næsen på et halvråddent ansigt. Hastigt rykkede han længere mod højre i håbet om ikke at komme til at stikke fingrene ind i andre menneskelige indgange, han gøs ved tanken. Endelig fandt han noget, der mindede om et knivsblad. Det var en gammel rusten kniv uden skaft, og bladet var knækket midt over omkring fire centimeter fra skaftet. Der var ikke meget skær tilbage, og kniven var sikkert knækket midt over under Gartnerens forsøg på at skille et hoved fra den øverste nakkehvirvel. Et kort øjeblik overvejede han, om han skulle ridse et sidste farvel i væggen, så de, der en dag fandt ham, kunne følge et spor, der førte til opklaringen af mordene i Svaneke. Han droppede tanken og med mobilisering af sine sidste kræfter, begyndte han at skære og file rebet over. Han fik relativt hurtigt viklet sig fri af den dræbende mafia metode.

Da han så endelig var fri af rebet, begyndte han famlende men metodisk at undersøge rummet. Der var en svag umiskendelig lugt af hengemthed, og halvt gående og halvt kravlende snublede han over en knudret sæk, som ikke flyttede sig det mindste, da han trimlede ind over den. Han skulle ikke have noget af at undersøge den sæk nærmere. Tankerne, der fløj gennem hovedet på ham, sagde ham, at det nok var et lig, som Gartneren og hans kumpaner skulle skille sig af med en af de nærmeste dage. Ham Fiskeren kendte nok til det dybeste sted i Østersøen, hvor de kunne dumpe et lig, som ingen herefter ville finde undtagen Østersøens fede ål, tænkte han.

Pludselig blev han overvældet af en ubændig tørst, han havde ikke fået en dråbe vand i umindelige tider.

Han forsøgte at rette sig op, men højden i rummet var ikke mere end 1,5 meter, så han måtte hele tiden dukke hovedet for ikke at ramme mod loftbjælkerne. Hans hænder famlede søgende videre i rummet, indtil de stødte på en eller anden slags reol med en ru og uhøvlet hylde sammenflikket af nogle brædder i forskellige tykkelser, sikkert noget gammelt affaldstræ, som Den gamle Gartner havde fået tiltusket sig. Famlende i mørket fik han fat i en bøtte med noget væske i. Det lugtede som udrikkeligt skident vand, men trangen til vand overvandt lugten af den ækle væske, så han tog en slurk for at få tilfredsstillet sin tørst. Skident vand eller ej det smagte også af petroleum, hvilket bevirkede, at han brækkede sig i stride strømme, indtil maveindholdet var tømt ud.

Han lod forsigtigt hånden glide videre hen over hylden. En gysende dødsangst ramte ham på et splitsekund, da hans hånd ramte et koldt og glat kronraget hoved uden ører. Der var ikke kun et hoved men flere, og han trak instinktivt hånden til sig og satte sig ned på det tilsølede gulv med koldsveden løbende ned ad ryggen som en ridsende knivspids.

Han måtte ud her fra! Han så for sig sit eget hoved stå på samme hylden, klar til at blive sat på natpotten som model for Den gamle Gartners forkærlighed for en slags klabautermænd, der kom op af jorden. Lige nu følte han, at han var godt på vej op på hylden.

Jeg vil ikke ende mine dage som et parykbesmykket skallehoved i en natpotte, eller som et sofastykke fra Trommesalen, jeg må ud!

Han begyndte at kravle rundt i rummet for at finde en udgang. Der var flere sække med knudret indhold. De føltes som om, at de var proppet med benrester, knæskaller, albuer og andre ligdele. Det var sikkert de sække, som ham Englænderen havde hjulpet Den gamle Gartner med at slæbe ned forleden dag, da de begge krumbøjede som kinesiske risbønder havde kæmpet med at bære flere sække ned i denne sump af et fangehul.

Han var dagen forinden gået gennem parken og ned forbi Gartnerens baghave for at få vished for sin teori omkring Den gamle Gartners medvirken i mordet på Havnen. Han var stoppet op ved parkeringspladsen lige der, hvor han kunne se ind i hans have og se bagsiden af hans drivhus. Det var her, at han ved selvsyn kunne konstatere, at en af hans hjælpere var ham Englænderen oppe fra Svaneke Bodega. I øvrigt undrede det ham, at Englænderen havde to forskellige sejlersko på uden snørebånd, og det var nærliggende at tro, at de, for at kunne klare efterspørgslen på hoveder med eller uden flyveører og flade næser til Den gamle Gartner, var blevet brugt til strangulering af en eller flere sagesløse personer, som havde aflagt Bodegaen et besøg.

Han kom over til noget, der kunne minde om en stalddør. Den gav en lille smule efter, når han pressede forsigtigt på den, men den var låst med en slå på den udvendige side og sikkert låst med et søm eller en gammel gaffel for at fastholde slåen. Når han pressede på den nederste del af døren kunne han fornemme en lille smule frisk luft, og samtidig kunne han fornemme, at det var totalt mørkt uden for, men det passede ham glimrende, idet han så kunne komme uset ud af dette for ham helvede på jord og tilbage til friheden og forhåbentlig trygheden på sit værelse på hotellet.

Han forsøgte at få sømmet eller gaflen ud af slåen med bagenden af den knækkede kniv. Det var lykkedes for ham at få den spidse ende så meget ud af sprækken i døren, at han kunne mærke den genstand, som var sat ned i slåen, men den smuttede hele tiden ved siden af. Efter en halvtreds til tres forsøg på at få den skubbet op, så lykkedes det pludselig. Der lød en klirrende lyd, da sømmet, eller hvad det nu var, ramte fliserne uden for hans fangehul.

Da han kom ud, kunne han ikke se noget som helst, for hans øjne skulle vende sig til selv den mindste smule gadebelysning efter flere dage i mørke. Efter nogle minutter hvor hans åndedræt i nattens stilhed lød som et større hornblæserorkester, kunne han svagt fornemme lyset ude fra gaden. Han var som besat af at komme væk. Han satte instinktivt i løb ud mod lyset, men på vej ud trådte han på en rive, som knaldede lige ind i ansigtet og næsen på ham med det til følge, at han snublede og væltede ind over en gammel græsslåmaskine for så at lande i en zinkbalje halvt fyldt med vand. Hans venstre fod ramte tilsyneladende en større samling tomme flasker, som smadredes med en infernalsk klirrende lyd. Om det bare var lyden eller også tanken om manglende pant for femten tomme smadrede flasker, der fik Den gamle Gartner til at springe ud af sengen uden en tanke på sit dårlige knæ og ømme højre skulder, det var ikke til at sige, men døren blev åbnet med et smæld, og hunden blev sparket ud med en høj bemærkning:

"Puds ham! puds ham! Bid ham i benet, den satan!" Gartneren skreg det af fuld hals som en anden løvetæmmer.

Da Kjøbenhavneren sprang op fra zinkbaljen bemærkede han i en brøkdel af et sekund, at der flød en gul plastictræsko i baljen, og selv om det var om at komme væk inden køteren fik bidt ham i struben, så Gartneren kunne holde hans hoved under vand i baljen, så fik han drejet og bukket sig så meget ned, at han kunne nå at fiske den gule plastictræsko op og stikke den ind under den venstre arm.

Da han sprang mod døren ud til gaden, fik hunden bidt sig fast i hans venstre bukseben, men heldigvis var han allerede halvt ude af døren, så han kunne smække den ind over snuden på hunden. Den slap dog ikke sit bid af den grund, så da han trak benet til sig fik den revet halvdelen af hans bukseben af op til knæet. Han sparkede ud efter hunden, som foretog en retræte lige akkurat så meget, at han kunne få smækket døren i.

Han satte i en form for panisk løb ned ad Lindevej, og da han kom ud på Nexø vejen drejede han skarpt til venstre ad Søndergade og fortsatte i fuldt løb ned mod Parkvej, hvor han drejede til venstre for derefter at fortsætte direkte ind i Parken for at trætte eventuelle efterfølgere så meget som muligt. Han besluttede at fortsætte lige ud for så at dreje til højre op ad den smalle grus bakke. Halvvejs oppe ad bakke kunne han mærke, at han ikke havde fået noget at drikke i flere dage, for benene syrede til på en brøkdele af et sekund, halsen snørede sig sammen og det eneste, han kunne tænke på, var at få en kold bajer. OK en lunken fra Bodegaen kunne måske gå an, hvis der ikke var andre muligheder. Stien førte direkte op til toppen af Vippebakken. Da han var kommet op, så han sig tilbage efter forfølgere. Nu gik det nedad, og han satte en spurt ind, inden han drejede skarpt til højre ad Hullebakken og så lynhurtigt til venstre ad Henrik Hansensgade. Da han nåede hen til Ole Thulesgade og drejede til venstre, havde han mistet vejret, så han måtte stoppe op på hjørnet ved Havne Bakken.

Han blev stående et par minutter og lyttede med tilbageholdt åndedræt efter enhver mistænkelig lyd, der kunne tydede på, at Den gamle Gartner havde sendt en større eftersøgningsstyrke efter ham. Idet han besluttede sig for at vende tilbage til hotellet, var der en stemme, der sagde:

"Hands up!" og han fik stukket et stykke stål ind i maven. Han så sig forvirret rundt i mørket uden at få øje på personen, der nu forsøgte at anholde ham eller røve hans sidste feriepenge.

Der var intet at se, men da røveren pressede stålet endnu hårdere ind i hans mave, fik det ham til at se ned mod livremmen, hvorefter han fik øje på en stor beige Stetsonhat. Under den stod der en lille mand i cowboyjakke med kraven slået helt op.

"Du er anholdt i lovens navn," sagde han.

"For hvad da?" spurgte han nu lidt mere rolig end tidligere, nu hvor stakåndetheden var ved at fortage sig.

"Det ved vi ikke endnu, men du er anholdt i lovens navn," svarede Cowboyen igen.

"Kan det ikke vente til i morgen? Jeg har noget meget vigtigt, jeg skal nå," spurgte han og begyndte at gå ned mod hotellet.

"Det er Ok, men jeg anholder dig igen i morgen," svarede Stetsonhatten og forsvandt ud i mørket.
For en sikkerheds skyld fortsatte han ned ad Havnebakken til han kom til den lille græsbevoksede smutvej op til Sander Dichsgade. Han satte en ny spurt ind ned mod Postgade. Uden at skænke det en tanke, om der skulle komme en bil, løb han direkte over Postgade og til højre ned mod Havnebryggen og så til venstre mod den sikre havn på Hotellet, troede han.
Han gik med den største selvfølgelighed ind i receptionen for at bede om sin nøgle. Det varede tre til fire minutter, før kvinden søvndrukken kom til syne. Hendes mimik var ikke til at tage fejl af, da han bad om sin nøgle til værelse nummer tolv.
Hun så nedladende på ham med bemærkningen om, at køkkenet var lukket for aftenen, men at der lå ekstra håndklæder i skabet, hvis han skulle i bad inden morgenmaden.
Han så på uret i receptionen. Det viste tyve minutter over tre om morgenen.

KAPITEL 8

Samtale med Fiskeren

Klokken var ca. 7.13 da Kjøbenhavneren gik ud på hotellets terrasse og så ned over Havnen. Han havde ikke lukket et øje hele natten på grund af nattens rædsler ude hos Den gamle Gartner og spekulationer omkring optrævlingen af den lokale bande, som han mente at være på sporet af i Svaneke, men der var mange flere mistænkelige personer nævnt i den lille sorte bog, hvis omtale sikkert ikke tålte at se dages lys. Egentlig burde han allerede på nuværende tidspunkt gå direkte til Politiet med sin viden, men han følte det som et kald at fortsætte sit forehavende, koste hvad det koste ville, selv om han godt vidste, at det kunne koste ham livet.

Allerede inden han tog det første skridt ned ad trappen, fik han øje på Fiskeren fra Harboøre.

Han sad nøjagtig samme sted som sidste gang, han talte med ham, og hvor han første gang havde blokket ham for to bajere. Han sad på den midterste tværstiver på gelænderet med ryggen til Havnen og lige uden for den lille kiosk. Den højre arm hvilende på den øverste del af gelænderet, men denne gang sad han med højre fod hvilende på en stor brun kuffert, som stod op mod gelænderet. Han sad roligt uden at vippe med den højre fod.

Han havde ikke sine nye kondisko på, så Kjøbenhavneren tænkte, at her var måske lige grundlaget for en indgangsreplik og et spørgsmål om, hvorfor han ikke havde de nye sko på, men den tanke droppede han og besluttede sig for

at spørge ind til kuffertens pludselige opdukken på Havnen.
"God morgen, nå, skal du ud og rejse?" spurgte Kjøbenhavneren
Harboørefiskeren hverken så op eller svarede.
"Eller du har måske allerede været ude at rejse? Jeg har heller ikke set dig på Havnen i et stykke tid," sagde han med håb i stemmen.
"Jen hå wot ud à rejs" svarede Fiskeren og så op mod kiosken.
"Må man så spørge, hvor du har været henne?" spurgte han nysgerrigt.
"Jen ka ett husk det," svarede Harboørefiskeren og lukkede spændet på kufferten.
"Er du lige kommet hjem, siden du har kufferten med på Havnen?" spurgte han endnu mere nysgerrigt.
"Jen hå ett vært hjem i 3 dau nu." Han lukkede spændet på kufferten endnu engang, det sprang tilsyneladende op hele tiden.
"Nå, sådan," svarede Kjøbenhavneren undrende.
"Man ka ett stol på à kvindfolk, de ka ett tål at man hå hummel i æ ør engang imellem." Han så endnu en gang op mod kiosken.
"Skal vi have regn i dag?" spurgte Kjøbenhavneren.
Harboørefiskeren vendte hoved den anden vej med den sædvanlige afvisende attitude.
Kjøbenhavneren forsøgte igen med et nyt spørgsmål.
"Jeg tænkte, du har jo ikke dine nye sko på i dag, sååå?" Han så spørgende på Fiskeren.
Fiskeren værdigede ham ikke et blik, men Kjøbenhavneren bemærkede alligevel en mikroskopisk reaktion, idet han i en brøkdel af et sekund efter spørgsmålet havde løftet den venstre fod, som han sad og vippede med, ca. 5 centimeter højere op for derefter lige at kaste et kort blik på sin sko.

Kjøbenhavneren fornemmede en lille trækning, som hos en fladfisk der slog med halen, glide over Fiskerens ansigt. Var det overraskelsen over, at han havde taget andre sko på.

Kjøbenhavnere anede en åbning og slog til med det samme.

"Der er godt, at man ikke er sømand i sådan et hulens vejr," sagde han uden at forvente noget svar.

"Arrr. Arr," mumlede Fiskeren.

"Er der egentlig nogle søfolk tilbage i byen som i gamle dage?" spurgte han

"Arrr` à ve ett noget om det," sagde **F**iskeren.

"Årr lidt ved du vel?"

Der kom ingen reaktion, men han så lige på sine sko igen, som om at han overvejede at gå hjem og skifte.

"Der var da en styrmand, der engang havde sejlet på Congofloden, som slog sig ned i byen som købmand i nogle år. Det mener jeg at have læst noget om," forsøgte han sig.

"Han blev gift og fik et barn, men han tog tilbage til floden og døde som så mange andre styrmænd af feber i Congo," fortsatte han i håbet om, at der skulle være bare et lille spor af interesse for den historie hos Fiskeren, men det var der ikke. Han lod sig åbenbart ikke anfægte af så banale ting.

"Var der ikke noget med, at der stadig bor en styrmand her i byen?" spurgte Kjøbenhavnere igen

"Nu ska à sejje dig en ting, do ska ett blan dig i våres sager her i à by din skjaldning," svarede Fiskeren.

"Godt ord igen, godt ord igen," sagde han undskyldende. "Jeg spurgte jo bare pænt."

"Do ka gå op og køb to øl mæ jet, hvis à skal tal mer med dig, à skal ha à Hof, den må eet vær for kold."

"Nej, du ka lig så godt køb jen HOF mere til à Maler med det sam, den må heller eet vær for kold," tilføjede han ud i luften og vendte hovedet bort.

"Jamen, han er her jo ikke."

"Nej, men han ka kom lisse soer!"

"Det sagde du også sidste gang. Så, skal vi så ikke se, om han kommer denne gang, før vi køber til ham?" spurgte han med bange anelser med tanke på den manglende pant.

"Jen sejje tre og de må eet vær for kåld," vrissede Fiskeren gnavent.

Han nærmest sprang over vejen og ind i den lille kiosk, drejede til venstre og skyndte sig ned bagerst i butikken, hvor de kolde øl stod. Han blev nød til at føle på stort set samtlige Hof for at sikre sig, at han ikke fik en med, der var for kold og dermed komme til at lukke Fiskerens mund, så den ville være lige så fast lukket i som hans tegnebog.

I ren befippelse betalte han pant for flaskerne.

Han afleverede den lettere tempererede Hof til Fiskeren, som per automatik tog sin lommekniv op og åbnede sin øl med den ene ende af kniven, der hvor bladet var fæstnet, hvorefter han stak den i lommen uden at se på Kjøbenhavneren. Han turde end ikke at se på Fiskeren eller spørge ham, om han ville åbne hans øl.

"Nå, jeg glemte helt at få åbnet min øl," sagde han og skulede til Fiskeren med et lille håb om, at han ville trække kniven op af lommen igen.

Efter fem minutter og stadig uden tegn på at Fiskeren ville åbne hans øl, gik han op til kiosken for at få åbnet øllen der.

"Du ska os køb à Hof til à Maler!" blev der råbt efter ham.

"Han er her da ikke," svarede han.

"Nej, men han ka kom når som helst."

Da han kom tilbage, havde Fiskeren drukket sin øl, og flasken lå allerede under hans venstre fod.

"Nå, du kan måske drikke en til? Du kan tage den her, så henter jeg en øl mere til mig selv,"sagde han, og satte Malerens øl op ad gelænderet og gik igen op mod kiosken.

"Du ka lig så godt køb tre og en mere til à Maler med det sam," sagde Fiskeren, som tilsyneladende nu havde fået munden på gled.

Da Kjøbenhavneren kom tilbage, tog han emnet op med styrmanden igen. Han ville ikke slippe det svage spor, han havde fået færden af.

"Ham den styrmand i byen, kender du ham personligt?" spurgte han lettere befippet, da han så, at den øl, han havde sat til Fiskerens gode ven "à Maler", nu allerede lå under Fiskerens venstre fod, og han var stort set færdig med den øl, han lige havde givet ham.

"Det er meget rart, når øllet har den rigtige temperatur ikke sandt?" mumlede han prøvende.

Hvis han ikke fik noget ud af Fiskeren, så var investeringen i ti til tolv øl givet dårligt ud.

"Lever han endnu ham styrmanden?" spurgte han.

"Hva ska det kom sån à misliebig skiderik som dig ved?"

"Nå, så han er ikke død?" spurgte han hurtigt igen.

"Nej," nærmest råbte Fiskern ud af venstre mundvig samtidig med, at han tog en af de helt store slurke af Malerens øl.

"Kan ikke du drikke en øl mere?" spurgte Kjøbenhavneren uden at forvente svar og stilede over mod kiosken.

Da han kom tilbage med fire dugkolde bajere, virkede Fiskeren mere snakkesalig og rakte ud efter de to Hof, som han mente, var til ham.

"Ham styrmanden sejlede engang på Zanzibar og der ....," begyndte han nærmest ligegyldigt.

"Men nu eet min ord igen," afsluttede han bryskt.

"Tak for snakken. Kan du have en rigtig god dag." Kjøbenhavneren skævede ned til alle de tomme flasker, som han havde betalt pant for, og som nu lå sikkert under Fiskerens venstre fod.

Ti til tolv flasker om dagen ganget med 365 dage om året, det var et svimlende beløb, og dertil skulle han så lægge prisen for øllerne, som ham Fiskeren bommede ham for. Det kunne ikke blive ved! Han måtte få den sag opklaret hurtigt.

Da han gik videre, var det med en klar fornemmelse af, at Fiskeren var blevet lidt mere meddelsom eller samarbejdsvillig, hvis han skulle se det fra en positiv vinkel. Fiskeren lå højst sandsynligt inde med en viden om alt, hvad der var sket i byen, men spørgsmålet var, om han var ved at lægge en snare ud, som kun ventede på, at den skulle vikles omkring Kjøbenhavnerens ene ben, så de kunne hænge ham op i en eller anden skummel kælder, hvor han langsomt kunne rådne op, efter at han havde lidt sultedøden.

Der var heldigvis andre i byen, der var mere meddelsomme og hellere end gerne ville have tungen på gled. Det var kun et spørgsmål om at stille de rigtige spørgsmål rundt omkring og så forfølge ethvert spor, som førte til de rigtige oplysninger og de sandfærdige historier, som han skulle bruge i opklaringsarbejdet. Fremtiden tegnede lovende. I takt med at øllerne blev åbnet, blev Fiskeren mere og mere åbenmundet.

KAPITEL 9

Zanzibar

De havde ligget på reden i 2 uger ud for Zanzibar. De lå for anker uden for Stone Town, som er den gamle bydel i Zanzibar City. Temparaturen var omkring de 40 grader i skyggen, det var ulideligt varmt, og de lå og ventede på at komme ind for at laste bananer, som så skulle videre til Rotterdam, bestemt for det europæiske marked. Det var efter de nye regler i rederiet ikke tilladt at få besøg af fremmede kvinder eller nyde nogen form på spiritus om bord, så tiden føltes som en lang vej uden kro-er.

Officererne og de andre sømænd om bord havde ved flere lejligheder talt om, at det der med, at det bragte uheld, hvis der kom en kvinde om bord på skibet, var noget værre vås. Efter 2 uger på reden var det stort set kun Kaptajnen, der fortsat havde fastholdt, at det ville bringe ulykker og forbandelser for skibet, hvis der kom kvinder om bord, alle de andre besætningsmedlemmer var helt klart af en anden overbevisning, eller som Styrmanden en dag havde fremsagt efter et større drikkekalas nede hos Maskinmesteren.

"Hvis vi ikke får friske meloner, så får vi jo skørbug," hvilket alle var enig med ham i.

Styrmanden og de andre officerer havde sammen med den øvrige del af besætningen ikke haft nogen mulighed for at få landlov, for dels havde kaptajnen været beruset i en uge fra morgen til aften, dels havde de hele tiden fået nye og skiftende meldinger om, at nu var det tid til at lægge til kaj for at få lastet bananerne for så derefter at få modstridende informationer. Så skulle de ind og bunke olie, og så skulle de ikke alligevel, og sådan forløb det meste af ugens dage.

Det var en lidelse uden lige at være om bord, fordi der konstant sejlede otte til ti kanoer rundt om skibet med smukke lokale kvinder fra Zanzibar, som kom fra forskellige stammer og inde fra hovedlandet.

Zanzibar var kendt for at importere smukke sorte skønheder fra Uhiyow, Ugogo og Unyanwezi for slet ikke at tale om kvinderne fra kanibalernes land Manyvema. Specielt var wamanyvemaernes kvinder fra det sydlige Manyvema meget smukke. Deres hud var meget lys, de havde fine næser, og deres læber var ikke for store.

Disse kvinder måtte de ikke invitere om bord på skibet på grund af rederiets nye regler men også på grund af den gamle overtro om, at det ville betyde uheld og forbandelser om bord.

Kokken havde dog fundet ud af, at nogle af kvinderne kunne komme ind gennem den sideport, de brugte til at få forsyningerne direkte ind i køkkenet. Han mente helt bestemt, at det var lovligt at tage friske forsyninger ind, for som han sagde, så stod det jo i regulativet, at de skulle have friske fødevarer hver dag, når de lå i havn eller på reden, hvorefter han henviste til hvad Styrmanden havde fremsagt om friske meloner.

Styrmanden havde i de sidste to dage siddet og drukket tæt sammen med Maskinmesteren og Kokken nede i Maskinmesterens kabys, og Kokken lå nu på dørken med hovedet inde under Maskinmesterens køje. Han havde i et par timer forsøgt at komme op og sidde, men hans hoved stødte hele tiden mod underkøjen. Han havde ikke nogen form for motorik tilbage, hvilket gjorde ham ude af stand til at bakke eller rulle ud, så han i det mindste kunne kommet op og sidde lidt, om end med lidt hjælp og støtte.

Maskinmesteren havde flere gange sagt til ham, at der ikke lå flere flasker eller damer under sengen, så han kunne godt opgive det der.
Klokken var halv fire en fredag eftermiddag, da der endelig kom den besked fra Kaptajnen, som de alle havde ventet på. Selv om det var svært at tyde, hvad han sagde på grund af hans snøvlende udtalelser og en konstant høj hyletone i højtalerne, så var meddelelsen ikke til at misforstå, alle om bord forstod, hvad de ville forstå.

"De har sat os til om fire dage, så der er to dages landlov," sagde Kaptajnen vist nok, og i hvert fald det med to dages landlov var de alle enige om, at han sagde. Kaptajnen vidste af erfaring, at de alle skulle bruge mindst to dage på at blive ædru, eller i det mindste bare være i stand til at stå oprejst ved roret eller komme ned til maskinen efter en to dages landlov og dermed en 48 timers druktur med letlevende kvinder om halsen.

"Vi kommer aldrig tørskoet i land med ham Kokken," sagde Styrmanden til Maskinmesteren.

"Han kan bare blive liggende der inde under sengen," sagde Maskinmesteren og smed fem smøger og en kvart flaske whisky ind under sengen med en bemærkning om, at hvis der skulle komme nogen forbi der inde, kunne han altid byde på en smøg og en dram.

"Skal vi smide kusselejderen ud over rælingen, så vi nemmere kan komme ned i bådene, når vi skal sejle i land?" spurgte Styrmanden, som nu havde lagt sig ned på alle fire for at få svar fra Kokken, men Kokken "så" på ham med lukkede øjne uden at svare på spørgsmålet.

"Vi smider den ud ved Låringen. Det er en fordel for dig, for der er ikke så langt ned til vandoverfladen." sagde Maskinmesteren.

"Skal jeg ringe efter en kano?" spurgte Styrmanden med et halvsjofelt smil på læben.

"En?" måbede Maskinmesteren.

"Du har helt ret. Vi skal komme standsmæssigt, vi skal sejle i konvoj," svarede Styrmanden. Han stod og duvede frem og tilbage, som om skibet var ude i rum sø i en hård storm.

"Behøver jeg at skifte til landgangsuniform?" spurgte Styrmanden og så på Maskinmesteren, men da han ikke fik noget svar, besluttede han sig for at skifte.

Efter længere tids omklædning stod han klar, mente han da selv. Han havde taget sin korte hvide battledressjakke på ved at stikke højre arm ind i venstre ærme, hvorefter den var blevet snoet bag på ryggen, så han kunne få venstre arm ind i det andet ærme med det resultat, at det meste af den korte hvide battledressjakke sad bag på ryggen som en stor snoet pølse.

Maskinmesteren så på ham og spurgte:

"Hvor har du din pung?"

Styrmanden klappede sig på baglommen, men bemærkede ikke, at det var jakkens ene skulderdistinktion, stofbjælken med de tre guldsnore, han havde proppet ned i baglommen i tiltro til, at det var hans pung.

"Jeg er klar," udbrød han selvsikkert. Han havde på grund af varmen iført sig en kortærmet hvid tropeskjorte og halvlange hvide shorts samt sko og halvstrømper, der også havde været hvide engang.

"Jeg er klar," sagde han igen, hvorefter han stirrede ned på sine sko i ca. 2 minutter uden at være i stand til at flytte fødderne bare et enkelt skridt.

De fik prajet et par af de kanoer, som i alle døgnets 24 timer sejlede rundt om skibet og falbød alle slags varer og tjenesteydelser.

"Vi tager to kanoer med letlevende damer, det er det mest sikre," foreslog Styrmanden. Maskinmesteren nikkede anerkendende til det forslag.

De fik med meget møje og besvær rullet kusselejderen ud over rælingen ved låringen som aftalt med Kokken, men på grund af Styrmandens langsommelige skift til landgangsuniform, var det nu blevet bælgravende mørkt, så ingen af dem bemærkede, at lejderen sluttede tre meter oppe over de små lave kanoer.

Maskinmesteren var den første, der med Styrmandens hjælp fik bugseret sig ned ad lejderen.

Styrmanden lænede sig ud over rælingen for at følge hans færd ned i dybet. Efter nogle meter forsvandt Maskinmesteren i mørket, og Styrmanden fik ikke noget svar, selv om han gentagne gange råbte:

"Er du sikkert nede? Er du sikkert nede?" Der kom intet svar.

"Jeg kommer nu," råbte Styrmanden ned i mørket til Maskinmesteren fortsat uden at få svar tilbage. Efter flere forgæves forsøg på et komme op over rælingen lykkedes det ham endelig at komme ud på lejderen, så han kunne begynde nedstigningen til den kano, han havde prajet til sig selv. På vej ned mistede han flere gange fodfæstet, så han kun hang i armene, og flere gange havde han været ved at kvæle sig selv, fordi han i forsøget på at få fodfæste igen havde fået lejderen snoet rundt om halsen, så han sad uhjælpeligt fast med store kvælningsfornemmelser til følge.

Maskinmesteren kunne ikke komme ham til hjælp, da han var landet skævt og meget akavet nede i sin kano. Det var kommet helt bag på ham, at der efter det sidste trin var tre meter ned. Han lå nu i en slags omvendt ufrivillig benlås med hovedet nede i sumpen på kanoen, så hver gang han trak vejret, inhalerede han en mellemting mellem noget, der mindede om gammel kold fiskesuppe og sæbevand fra et større kollektivt fodbad. Det boblede i hvert fald en hel del hver gang, han pustede udåndingsluften ud. Den kvindelige kanofører så ned på ham og vippede hans hoved lidt op ved at stikke sin storetå ind i Maskinmesterens ene næsebor, så han lige kunne dreje hans hoved op over sumpen i kanoen, når han trak vejret ind.

Da Styrmanden efter 10 til 15 minutter nåede ned til lejderens sidste trin tre meter oven over hans udvalgte kano, kom det også bag på ham, at begge fødder forsvandt ud i mørket. I sidste sekund fik han fat i lejderen, så han hang i begge arme med benene sprællende ud i luften. Han forsøgte at komme tilbage, og ved hjælp af sine sidste kræfter fik han det ene ben op omkring det nederste trin på lejderen, og han hang nu med hovedet nedad for blot at konstatere, at hans sidste kræfter var ved at forlade ham. Da han landede i kanoen, var hans vægt ved at kæntre den og rive begge de kvinder, der sad i kanoen med ud søen.

"Jeg er klar," råbte han til Maskinmesteren nede fra bunden og sumpen.

Kvinderne begyndte at padle ind mod land med det, man med rette kunne kalde dødvægt om bord. Da de begyndte at anduve stranden, satte kvinderne fuld fart på kanoerne og sejlede dem direkte på grund, så de stod en halv meter fra stranden. På den måde havde begge passagerer en bedre mulighed for at gå nogenlunde tørskoet i land. Det vil sige kun næsten, idet Styrmanden ikke fik sin venstre fod med ud af kanoen, da han skulle stige ud, med det resultat, at han faldt ned i det tangfyldte og olietilsølede vand med halvdelen af overkroppen. Det var ikke noget han tog sig synderligt meget af, og i øvrigt var vandet også 28 grader varmt selv midt om natten, så han følte det som en behagelig svalende dukkert, så først nu følte han sig helt rigtig klar.

De var blevet sejlet ind på stranden lidt syd for Ferry Dock, og da de var kommet sikkert i land, begyndte de med det samme at kravlede op ad skrænten til Mizingani Road, som er hovedgaden, der går fra Havnen og rundt om byen. Styrmanden gled ned ad skrænten tre gange i sit forsøg på at komme op på vejen, og da han langt om længe kom op på Mizingani Road, lignede han en, der havde skiftet til kakifarvet landgangsuniform. Han børstede sig let på bukserne og så sig om efter Maskinmesteren, der kæmpede med at holde sig oprejst.

"Jeg tror, jeg har fået søben," sagde han til Styrmanden, som ikke var i stand til at svare ham.

Støttende til hinanden arm i arm satte de kurs mod Coco de Mer Guest House. Huset lå på en sidegade til Gizenga Street. Coco de Mer Guest House var der, hvor alt kunne ske. Stedet var kendt som tilholdssted for kannibalkvinder fra Manyvema. Kanibalkvinder som i smug stadig higede efter friskt hvidt menneskekød, og der var specielt mange kvinder fra det sydlige Manyvema, som også var kannibaler. Det var de meget smukke wamanyvemaernes kvinder med smukke røde læber, og de var berømte for deres store sugekraft. De kunne suge kraften ud af enhver mand men især kraften ud af hans portemonnæ, hvis de da ikke åd ham først. Her var spåkoner og voodo-magi på flaske, og så længe man havde penge på lommen, var det ikke til at se en udsmider i miles omkreds. På den øverste etage var der 25 små værelser forbeholdt kvinderne med deres betalende gæster. Værelserne kunne lejes for 10 minutter ad gangen, og varede det længere, blev man nægtet yderligere servering i baren den aften, men der var dog aldrig nogen, der gik tørstige fra Coco de Mer Guest House af den grund.

Maskinmesteren og Styrmanden var kendte stamkunder på Coco de Mer Guest House, for de havde besøgt stedet gennem flere år, når de var anløbet Havnen. Men da Styrmanden og Maskinmesteren ankom til hovedindgangen gjorde dørvogteren med det samme antydning til, at tilkalde to ambulancer for at række de tilskadekomne en hjælpende hånd, men Maskinmesteren fik forsikret ham om, at de var helt på toppen, og at de kun havde haft et lille motorstop på vej ind til kysten.

De var ikke mere end lige kommet op i baren, før Styrmanden kastede sig í armene på en smuk langlemmet wamanyvema kannibalkvinde fra Manyvema. Hun var gudesmuk og langlemmet med store flotte bryster. Hendes læber var helt røde og imødekommende. Hun var den smukkeste kvinde på stedet men også lidt anderledes end de andre kvinder fra kanibalernes dal, men han kendte hende særdeles godt fra tidligere besøg, så han følte sig helt tryg i hendes arme. Efter sigende nedstammede hun i direkte linje fra den berygtede arabiske slavehandler på Zanzibar Hamad bin Muḥammad bin Jumah bin Rajab bin Muḥammad bin Sa'īd al-Murgabī også kaldet Tippu Tip, og hun var ikke en kvinde, der var til at spøge med. Hendes magi var legendarisk. En pegefinger under hagen på Styrmanden og et stort sug på hans næse, og han var fortabt. Hendes sugekraft var af en styrke, som hos en kamel, der ikke havde drukket vand i fjorten dage. Med en pegefinger under hagen tilkaldte han tjeneren og bestilte en dobbelt Piña Colada til hende med ordene en dobbelt Pika lada. Selv om han var ramt af en total talelammelse, som gjorde hans sprog aldeles uforståeligt, så fik han altid, hvad han havde bestilt uden at ænse, at det var wamanyvema kanibalkvinden, der talte sit tydelige fingersprog til tjeneren, som forstod alt og lidt til. Men Styrmanden følte sig hjemme og i trygge hænder, når han var sammen med hende, og uden betænkelighed overlod han hende næsten alle sine penge, så hun kunne ordne aftenens økonomiske udeståender, herunder også eventuelt ødelagt inventar. Det var det mest sikre, men han havde altid en 5 dollerseddel gemt i inderlommen til en taxi for en sikkerheds skyld.

Styrmanden bestilte omgang efter omgang til alle de kvinder, der omgav Maskinmesteren og ham selv. Han førte sig frem over for kvinderne med et uforståeligt sprog, charmede sig frem med kindkys og en lettere befamlende gestikulering, men uanset hvad han gjorde, havde wamanyvema kannibalkvinden hele tiden fat i hans livrem, så han ikke smuttede oven på for derefter at blive nægtet servering resten af aftenen. Den risiko turde hun ikke løbe.

Styrmanden følte sig i sit es. Han var kommet gennem muren, men pludselig gik han ned i knæ og med en underdrejet kropsbevægelse efterfulgt af et Dick Fosbury lignende spring fik Styrmanden behændigt slængt sig op på bardisken for så at lægge sig til at sove. Tjeneren lod som ingenting men stak hånden ned i Styrmandens lomme og fiskede hans 5 dollarseddel op som betaling for bardisken, som han brugte som seng og værelse samt til en omgang til de nærmeste. Styrmanden reagerede kun med et tilfreds smil og tog en stabel servietter og brugte dem som hovedpude.

Efter en lille times tid drejede han om på siden med det resultat, at han trillede ned på den side af bardiske, hvor tjenerne havde deres arbejdsbord med håndvask, is spand, knive, skeer, citronskiver, Tabasco, sukker, oliven, klude og servietter samt alle mulige forskellige spiritusflasker og glas i alle afskygninger. I faldet rev han halvdelen af alle glas og flasker på gulvet, og den ene hånd lå nu nede i is spanden, og hans hoved lå halvt inde i spanden med citronskiver. Begge hans fødder lå solidt plantet nede i håndvasken, og han gjorde ingen antydning til at vågne på trods af den nye mildest talt ubekvemme sovestilling.

De 3 tjenere i baren havde flere gange forsøgt at vække Styrmanden, men efter syv til otte forsøg mistede de tålmodigheden med ham. De stod nu og parlamenterede om, hvordan de skulle få ham væk fra disken og ud på gaden. De var alle tre enige om, at der ikke var mere at komme efter hos den særdeles velbeskænkede Styrmand. Han havde fået mere end rigeligt med våde varer indenbords, så ud skulle han, og det skulle være nu.

De kiggede søgende efter hans gode ven Maskinmesteren, men Maskinmesteren var end ikke i stand til at løfte sit hoved op fra brystet, og i øvrigt var han klemt inde mellem et fastmonteret bord og en mindre sofagruppe, han nærmest sad og lå med det ene ben bagud. De to kombattanters veje måtte skilles og det måske for altid. Deres videre liv var overgivet til skæbnen og wamanyvema kannibalkvindens vilje og magiske evner.

Tjenerne fik et par lokale stamgæster til at tage fat i Styrmanden. Han gav nogle underlige lyde fra sig, da de tog fat i hans arme og ben for at løfte ham ned fra bardisken. Det lød nærmest som om han bestilte en omgang til baren, men de to kraftigt byggede lokale gæster forstod ikke, hvad han sagde, og tjenerne havde fået nok.

De bar eller nærmest slæbte ham gennem lokalet, og da de kom til dansegulvet, lod de ham glide ned, så de kunne trække ham ud ved benene. Så fik de også tørret lidt op på gulvet, som var mere end fugtigt af sved fra de dansende gæster i det 45 graders varme lokale.

Da de kom ud på gaden med Styrmanden, satte de ham op ad noget, der skulle gøre det ud for en lygtepæl. Det var en stor træstamme, hvor der halvvejs oppe var fastgjort en løsthængende pære i en ledning, som ingen kunne se, hvor kom fra. Pælen stod næsten lige uden for indgangen til Coco de Mer Guest House, og det var den eneste belysning, der var på Gizenga Street i miles omkreds, men alle, der kom på de kanter, havde det bedst med, at den gade henlå i mørke. Efter at de havde sat Styrmanden op ad lygtepælen, gik der ikke mere end et par sekunder, før han gled ned på sin højre side, og derfra rullede han om på ryggen og lå halvt ude på gaden med overkroppen og begge ben inde på det, der skulle ligne et fortov.

Det var hans held eller uheld, at der på samme tid kom seks smukke langlemmede tyltilslørede haremskvinder forbi. De var iklædt lange lyserøde og lyseblå gevandter med påsyede små perler i alle farver og sølvsnore vævet ind i dragelignede mønstre. De kom gående på vej hjem fra den årlige friaften, de havde fra deres isolerede plads i haremmet hos den store altdominerende Sultan Abdul Rasool Tabarak Al Mamlaka Nardin.

De stoppede op, fordi de ikke uden videre kunne komme forbi Styrmandens lange ben, som lå og spærrede fortovet. Haremskvinderne kiggede alle nysgerrigt på den småsavlende og nærmest livløse person uden at ane, hvad de skulle stille op med ham. De kunne ikke kommunikere med ham, for de var ikke bekendt med andre fremmede sprog eller jammerlyde, og slet ikke når lydene kom fra en hvid pløret og velbeskænket Styrmand med jakken taget omvendt på og snoet på ryggen. Hvid var den ganske vist ikke mere, men man kunne ane en enkelt endnu ikke afflået officersvinkel på det ene ærme.

Men alskens dårligdomme og tropesygdomme kendte haremskvinderne til, og de begyndte at gestikulere med alle mulige fagter om, hvad han kunne fejle, og det var alt lige fra den frygtede Tropefeber, Sovesyge, Skørbug, Hjernehindebetændelse, Indvoldsorm, Dehydrering, Bengnavere, Denguefeber, Amøbedysenteri eller måske endda Malaria.

Man kunne ane en begyndende indbyrdes kamp mellem kvinderne om at få lov til at tage hånd om Styrmanden. På skift prøvede de hver især at komme med en eller flere helbredende løsninger på hans dårligdom for derigennem at vinde den indbyrdes kamp og overtage førerrollen for hans videre helbredelse.

Den ene af kvinderne tog en flig af sin lange tylskjole og lavede en form for vifte, som hun førte hen over Styrmandens hoved med hurtige bevægelser frem og tilbage, og på hans hår ved ørerne kunne man ane, at det medførte en svag brise blandet med den mest eksotiske duft, han aldrig havde fornemmet før i sit korte liv. Styrmanden udstødte et svagt lettelsens suk, et suk som betød, at de andre kvinder accepterede kvindens opfindsomhed og hendes tilsyneladende helbredende virkning på Styrmanden. Det blev således hende, der på en måde løb af med sejren, hvorfor hun ville være den, der havde fortrinsret på behandlingen af ham fremover, hvis de altså kunne få lov til at lægge deres yndige klamme hænder på ham endsige få ham smuglet ind på slottet og gemt af vejen, uden at Sultan Abdul Rasool Tabarak Al Mamlaka Nardin eller hans snushaner opdagede det.

Haremskvinderne besluttede at tage Styrmanden med hjem til slottet for at få liv i ham igen. De henholdsvis bar og slæbte af sted med ham. Han lignede en mexicansk hængekøje, som han hang der med arme og ben ud til hver side. Han var ude af stand til at opfatte, hvor han befandt sig, eller hvad de havde gang i.

Han jamrede sig, som var han blevet ramt af flere på hinanden afsendte giftpile, og han udstødte en underlig pibende lyd, når de kom til at strejfe hans opsvulmede ildrøde næse, der på det tidspunkt var dobbelt så stor, som den plejede at være ude på spidsen efter flere af wamanyvema kvindens store sug.

De slæbte ham op til The Swahili house som lå på Kiponda Street. The Swahili house, som var beboet af den mægtige og alt bestemmende Sultan Abdul Rasool Tabarak Al Mamlaka Nardin og fem og tyve eunukker samt Sultan Abdul Rasool Tabarak Al Mamlaka Nardins harem. Hans harem bestod af nøjagtigt 428 kvinde i alle aldre og af mange forskellige nationaliteter men med hovedvægten lagt på afrikanske kvinder, som kom inde fra fastlandet. Smukke sorte skønheder fra Uhiyow, Ugogo og Unyanwezi men de fleste af kvinderne var fra kanibalernes land Manyvema, hvor hovedvægten af dem var wamanyvemaernes kvinder. De var særdeles langlemmede, umådeligt tiltrækkende og smukke.

The Swahili house var bygget som et slot med en stor gårdsplads i midten. Slottet var omgivet af en 5 meter høj mur med store jernspir for hver halve meter. The Swahili house var ikke et sted, hvor der var plads til den mindste selskabelige udskejelse eller for den sags skyld umådeholdent drikfældighed, og hvis noget sådant alligevel fandt sted, så blev der hurtigt afsagt dom, og straffen blev eksekveret med det samme ofte med døden til følge, hvorefter den afdøde som regel uden hoved blev smidt i en lille transportvogn og kørt ud gennem en underjordiske gang, der førte direkte ud til en lille sumpet sø, som lå op til bagsiden af Sultanens palads. I søen eller sumpen var der mere end 150 store og fede nilkrokodiller, der som følge af rigeligt med mad fra Sultan Abdul Rasool Tabarak Al Mamlaka Nardeen ikke selv behøvede at søge efter føden. De afhuggede hoveder og lemmer blev udenfor slottet kørt få meter hen til en sliske, der førte direkte ned i sumpen til krokodillerne.

Da kvinderne slæbende med Styrmanden ankom til The Swahili house, drejede de om til bagsiden, hvor de gik ind igennem en nedlagt og skjult indgang for at få Styrmanden ind på slottet. Det var en indgang, som end ikke var den mægtige Sultan bekendt. Den havde engang i tidernes morgen fungeret som indgang for tyende, der havde været ude og vaske tøj og til leveringer af andre daglige fornødenheder til slottet. Den hemmelige gang var smal og lavloftet og førte direkte ind til køkkenregionen, hvorfra en dør førte ind til den store pompøse sal, hvor de mange haremskvinder opholdt sig om dagen og om natten havde deres sovepladser. På sin vej krydsede gangen flere andre af de underjordiske gange på slottet.

Længere inde under slottet krydsede den hemmelige gang den største af de underjordiske gange, der gennem alle generationer i Sultan Abdul Rasool Tabarak Al Mamlaka Nardeens familie havde været brugt til at transportere afdøde haremskvinder og afstraffede personer direkte ud fra slotspladsen og ud til de store fede nilkrokodiller i den lille sumpede sø. De afstraffede personer var alle omkommet under svære pinsler for selv små forseelser.

Gårdspladsen var det sted, hvor alle afstraffelser og henrettelser foregik, og det var den eneste forlystelse i denne lukkede verden.

Langs væggene i den store underjordiske gang stod små blodtilsølede transportvogne og ventede på deres ofre.

Havde Styrmanden haft kræfter til at åbne bare det ene øje, inden de bar ham ind på slottet, ville han kunne skue ud over sumpen og sikkert tro, at han så ud over de unge spirende skud purløg i sin hjemlige trygge kolonihave i Svaneke, men virkeligheden var, at det var lysegrønne opretstående pupiller fra de 150 sultne nilkrokodiller, som aldrig lukkede et øje.

Da kvinderne krydsede den store underjordiske gang lagde de Styrmanden ned i en af de små transportvogne, som var tilsølet af blod sandsynligvis fra halshuggede eunukker og andet godtfolk, som gennem tiden havde forsøgt sig hos haremskvinderne uden Sultan Abdul Rasool Tabarak Al Mamlaka Nardeens vidende. Men afsløret blev de, og de forlod alle paladset med deres afhuggede hoved under armen så at sige.

Styrmanden ømmede sig, da næsen blev presset ind i vognsiden med det gamle størknede blod,

Efter at kvinderne havde lagt Styrmanden ned i transportvognen, vendte han sig med det samme om på den anden siden med begge ben trukket op under sig, og man kunne ane, at et svagt veltilfreds smil gik over hans læber. Han ømmede sig igen, da hans stakkels næse blev presset ind imod vognes blodtilsølede side, hvilket medførte, at han kun kunne trække vejret gennem det ene næsebor. Uåndingsluften pressede to store næsehår ud af det frie næsebor, og luften fik dem til at danse en balletagtig solodans, der nærmest kunne minde om Svanens Død i balletten Svanesøen.

Kvinderne lagde et par store lagner over ham og noget, der lignede håndklæder, hvorefter de kørte ham igennem den store pompøse opholds-og sovesal og over i et hjørne af salen og ind på et lille værelse på tre gange 2 meter. Der var et lille åbent hul på tyve gange tyve centimeter øverst oppe under loftet, og det var al den ventilation og luft, der kom ind i rummet. Den smule lys, der kom ind, var at sammenligne med lyset, der kom gennem et koøje. Det var umuligt for de seks kvinder at skjule deres forehavende over for de andre haremskvinder, men de øvrige kvinder reagerede kun ved at holde vejret og begge hænder op foran ansigtet i en afventende forventningsfuld attitude.

Kvinderne bugserede med stort besvær Styrmanden over på en lille træbriks, der målte omkring 175 centimeter i længden og 40 centimeter i bredden. Den var bundet sammen med hampereb, og bunden var også flettet men det kun svagt fjedrende reb. Rebet var samme slags, som man brugte til at svinebinde fanger med før afstraffelsen og samme slags, som man brugte ved hængninger, da det havde den egenskab, at det kun gav svagt efter, hvilket ofte betød, at hovedet som oftest næsten blev revet af, når rebet blev strammet af personens egen vægt, især hvis straffen, der var blevet afsagt, betød, at faldhøjden skulle være tre meter. Det var noget Sultan Abdul Rasool Tabarak Al Mamlaka Nardeen elskede, især hvis forbrydelsen relaterede sig til forlystelser med hans kvinder, så var ingen straf ham for hård. Ved lettere forseelser blev den skyldige som oftest langsomt hængt op med rebet bundet stramt om halsen for derefter at blive spurgt, om han havde et sidste ønske. Ingen havde endnu svaret på spørgsmålet.

Var der tale om forlystelse og erotiske udskejelser med op til flere af sultanens kvinder, var straffen uden yderligere rettergang offentlig halshugning på gårdspladsen. Offentlig halshugning var så meget sagt, for de fleste tilskuere ud over Sultan Abdul Rasool Tabarak Al Mamlaka Nardeen var nogle få udvalgte eunukker og så efterfølgende de 150 nilkrokodiller, som lå klar, når først hovedet trillede ned ad slisken og direkte ned på frokostbordet. Kroppen blev efterfølgende smidt ned til krokodillerne, når de var færdige med at slås om at æde hovedet. Det tog sjældent mere end 30 sekunder, før kroppen var fortæret, men hovedet tog ofte lidt længere tid, og man kunne høre, når de var ved at være klar til at få resten af kroppen, fordi det ofte gav et knusende knæk, når kraniet gav efter for krokodillekæbernes kraftige lukkemuskler.

Hvis Sultan Abdul Rasool Tabarak Al Mamlaka Nardeen var i godt humør og havde tid, flækkede de først kraniet på langs for derefter at hugge arme og ben af personen, som de så smed ud til krokodillerne for morskabens og kampens skyld. Det havde til Sultan Abdul Rasool Tabarak Al Mamlaka Nardeens store morskab også den fordel, at den dømte selv kunne følge med i eksekveringen af sin egen videre henrettelse et stykke af vejen, mente han.

Der havde i de sidste 10 år hersket en dyb stilhed i huset med de mange haremskvinder. Den aldrende Sultan Abdul Rasool Tabarak Al Mamlaka Nardeen havde ikke haft kraft og potens til bare at løfte en flig af lagnet i mange år og havde som sådan heller ikke kaldt kvinder til sine gemakker eller været på besøg i sovesalen med alle kvinderne. Det var hans store bekymring, og det fyldte og plagede hans sind nat og dag. Alle hans tanker kredsede omkring fordums storhed og magt, og han var nervøs for kvindernes hævn, hvorfor han holdt dem i et jerngreb hver eneste dag.

I de sidste ti år havde hans eneste interesse været at sikre sovesalen med alle kvinderne og så fange og afstraffe eventuelle synderne, der forsøgte sig med en af dem, med alle mulige afskyelige afstraffelsesmetoder, metoder som han yndede selv at opfinde og systematisere til sin store fornøjelse og tilfredshed og endelig nyde det, når den dømte gled ned ad slisken til alle de sultne krokodiller.

Den eneste person, Sultan Abdul Rasool Tabarak Al Mamlaka Nardeens stolede på, var hans ynglingsmaurer og eunuk Kizlar Agasi. Hans navn betød "Pigernes herre", men han var også Sultan Abdul Rasool Tabarak Al Mamlaka Nardeens personlige oppasser og livvagt og den øverste sorte eunuk. Han var en 2 meter høj og kraftig bygget maurer. Han stammede oppe fra det nordlige Afrika nærmere bestemt Marokko. Maurerne fra det område, hvor han kom fra, var gennemsyrede af ondskab, de ligefrem dyrkede ondskaben, ja, de elskede simpelt hen at pine folk. Han var muskuløs, og hans muskler var som en okses. Overarmene var som lårmuskler på en normalt bygget person, bredpandet var han, og hans næse bredte sig langt ud på begge sider af ansigtet.

Maurereunukken Kizlar Agasi var altid iført posede knæbukser af mørkeblåt silke, en hvid silkeskjorte med store poseærmer, og uden på havde han en skinnende kofte med guld og ædelstene sat på og på ryggen dannede et mønster af to sabler over kors. Der var som regel altid blodstænk op ad ærmerne, så det så ud som om, at ærmerne var syet af et eller andet rødplettet stykke silkestof. Omkring livet havde han et okseblodsfarvet skærf, hvori han havde stukket en daggert med et knivsblad på 25 centimeter og et mameluk-ker sværd, der med en fejende bevægelse kunne hugge hovedet af en mand så let som ingenting. Mameluk-kersværdet var en meter og tredive centimeter i længden, og han brugte det til afhugning af arme og ben samt hove-der i et hug. Maurereunukken Kizlar Agasi var kendt for at kunne hugge et øre af med millimeters præcision, hvis det var det, der var straffen. Men hans største færdighed var afhugning af et hoved i et hug med et snit, der var så rent, at man skulle tro, at det var blevet udført med en guilloti-ne.

Første gang Styrmande slog øjnene op efter sin kolossale brandert, troede han i et par minutter, at han var gået for-kert, da han skulle ind til sin kahyt og i stedet var gået ind i Maskinmesterens depotrum og havde lagt sig til at sove der. Han havde ingen erindring om, hvad der var sket af-tenen eller ugen før eller om, hvordan han var havnet, hvor han nu var.

Det undrede ham dog, at der var en vidunderlig duft af moskus og lavendler og en svag hvisken og tisken af kvin-destemmer uden for døren på et sprog, han ikke forstod.

Da det svage morgenlys begyndte at strømme ind i rum-met fra det lille hul oppe under loftet, kunne han fornem-me, at det ikke var en kahyt med koøje eller et depotrum, han lå inde i.

Han begyndte at se sig omkring og forsøgte at dreje sig om på siden, så han kunne se ud i hele rummet. Det første, han fik øje på, var den kraftige dør af eukalyptus træ med store jernnagler igennem de kraftige jernbeslag. Der var ikke noget håndtag på indersiden af døren, og et kort øjeblik så det ud for ham, som om han var blevet smidt i kasjotten. Han så ingen mulig flugtvej.

Styrmanden kunne ikke mærke sine fødder, som nu var hævede til dobbelt størrelse, fordi blodtilførslen var blevet stoppet af sengegavlen på den alt for korte seng. At fødderne nu var så store, at han ikke kunne få sko på, så han ikke som noget stort problem, da han havde mistet sine fodformede sikkerhedssko et eller andet sted inde i byen.

På et tidspunkt blev døren åbnet en lille smule på klem, og et tyltilsløret kvindehoved kiggede ind til ham. Styrmanden turde ikke se op, så han fortsatte med at lukke øjnene og fremsige nogle medlidenhedsvækkende suk, hvilket havde den tilsigtede virkning, for efter et par minutter kom en af de smukkeste yngre kvinder ind i rummet. Hun gik i gang med nogle svage strygninger over hans ansigt, og samtidig bredte der sig nogle vidunderlige søvndyssende dufte af moskus, violer, bellis, myrte og mynte blandet med røgen fra 25 røgelsespinde. Haremskvinderne vidste, at røgen fra pindene havde gode lindrende og beroligende virkninger på personer, der lige var blevet dømt til døden ved halshugning men med afhugning af lemmerne først.

Styrmanden smilede svagt og åbnede det ene øje med et lettelsens suk, da haremkvindens ene bryst strejfede hans stadig ømme næse.

Det udviklede sig til flere strygninger, som fik liv i hans ene fod, den anden fod var stadig helt livløs på grund af den manglende blodtilførsel. I takt med at blodtilførslen langsomt begyndte at vende tilbage til det ene ben, så begyndte livet også at vende tilbage til Styrmanden, selv om han stadig ikke anede, hvor han var, hvilket på det tidspunkt også var ham fuldstændig ligegyldigt. Han var fortryllet af strygningerne og de fortryllende dufte og udstødte jævnligt velbehagelige grynt.

Det varede ikke længe, før der tilstødte endnu en haremskvinde i det lille lokale. Styrmanden fornemmede straks den nye duft og sank automatisk tilbage til sin jammertilstand med et skuespiltalent, som ville give ham direkte adgang til Det Kongeliges Teaterskole.

Med flere jamrende lyde fik de ham op og sidde lidt på sengen, og han mærkede, hvordan blodet vendte tilbage til det ben, som havde været totalt lammet i længere tid.

Hans hoved hvilede tungt ned på den ene kvindes bryst, og han udstødte svage sukkende lyde, som kvinderne opfattede som tegn på fortsat sygdom og svaghedstegn. På et tidspunkt så begge haremskvinder forundrede og uforstående på hinanden, da hans ene ben pludselig igen var totalt lammet, og han kunne nu ikke rejse sit hoved op fra kvindens bryst endsige åbne øjnene, men der var til gengæld pludselig kommet liv i begge hans arme og hænder, som famlende forsøgte at finde ud af, hvor han var. Det var som om, at han var begyndt at tale med hænderne uden at vide, at han måske tog munden for fuld.

Kvindernes begyndende fnisen tiltrak flere haremskvinder, som var nysgerrige efter at finde ud af, hvad der foregik eller ville være med til Styrmandens begyndende helbredelse.

De havde på et tidspunkt med stort besvær fået hans beskidte uniform taget af ham og havde erstattet den med et lyserødt skærf, som de havde viklet om ham efter bedste evne. Det havde været umuligt at give ham andet standsmæssigt tøj på.

På grund af den stigende nysgerrighed blandt haremmets kvinder måtte de sætte besøgene hos Styrmanden i system, og det udviklede sig til, at kvinderne delte sig op i fire grupper, som de kaldte nord, syd, øst og vest grupperne, for de mente, at det var noget, en sømand forstod. Der var ca. et hundrede kvinder i hver gruppe, og de stod i lange køer uden for det lille rum for at komme ind og være med til Styrmandens helbredelse.

Den ene af kvinderne, der var kommet ind fra gruppe syd, havde kysset han blidt og vådt på begge øjenlåg, hvilket havde udløst en svag missen med begge øjne i et forsøg på at få dem åbnet. Da han endelig fik det ene øje åbnet svagt, kiggede han direkte ind på to lettere duvende smukke kvindebryster, som på grund af hans alt for lange landlov og manglende søben udløste en begyndende søsyge hos ham.

Han var snu, var han, han lod kvinderne forblive i den tro, at han gang på gang havde fået et tilbagefald.

Mange andre kvinder forsøgte sig med helbredende forførende tilbedelser for at få Styrmanden på højkant igen. Det udviklede sig ligefrem til en form for konkurrence mellem de fire grupper, men Styrmanden var snarrådig, så han udnyttede deres indbyrdes konkurrence ved fortsat at simulere et tilbagefald i sin helbredsmæssige tilstand. Kvinderne var dog ikke uden en vis erfaring i at behage mænd, selv om det var mange år siden, at den gamle Sultan havde kunnet modtage besøg og præstere noget, der bare lignede et lille løft af lagnet.

Der spredte sig et rygte blandt kvindegrupperne om Styrmandens smørrede og veltilfredse grin, som han konstant lå med uanset hvor dårligt, han tilsyneladende havde det under de forskellige behandlinger, han fik.

De besluttede derfor, at han skulle op og gå mindst tyve gange dagligt. Nu ville de have liv i ham, nu var det hans tur til at yde noget til gengæld for al den omsorg, de havde ydet ham i snart fire måneder. Hver af de fire kvindegrupper dannede nu små grupper på fire kvinder, som på skift skulle holde Styrmanden i bevægelse for at få liv i alle hans lemmer.

Kvinderne fik fat i en gammel skibsklokke og et halvtimeglas, som de monterede lige uden for det lille rum, hvor Styrmandens lå og jamrede sig. Så kunne de slå glas for hvert af de 8 tidsmål af ½ times varighed, som vagterne til søs består af, men ingen af kvinderne ville acceptere, at døgnet blev opdelt i 4 timers vagter og 2 timers vagter for Tevagten og Kvældsvagten. De ville have halv times vagter med fire kvinder på hver vagt. Det blev således besluttet, at der skulle være vagtskifte hver gang, der blev slået glas hver halve time som et tegn på, at nu var det fire nye kvinder, der skulle overtage hvervet med at motionere Styrmanden.

Hundevagten fra klokken 0000 til klokken 0400 var særdeles populær, for på det tidspunkt af natten nægtede han at stå op, og så var Styrmanden i dette tidsrum særdeles medgørlig. De mente, at det var en fordel, at han nægtede at stå op, og han holdt for det meste sine hænder i ro, så på Hundevagten kunne der kun være tale om at give ham fuld massage over hele kroppen for at stimulere blodcirkulationen.

Ved at ringe på glas var kvinderne overbevist om, at denne effektive kommunikation mellem folkene til søs var noget, som ville få Styrmanden til at reagere om ikke andet, så ville han måske tro, at der var en eller anden, der bestille sidste omgang på en bar, før lukketid.

Kvinderne begyndte at undervise Styrmanden i forskellige former for slørdans, men med alt for stive bevægelser søgte han konstant i in-fight med hovedet forrest for at danse kinddans.

Langsomt begyndte han dog at indse, at han ikke længere kunne forhale sin helbredelse, idet den ene uimodståelige tilslørede kvinde efter den anden bød ham op til dans.

Der var i sagens natur ingen musik, da alle kvinderne konstant var på vagt over for, om Sultan Abdul Rasool Tabarak Al Mamlaka Nardeens snushaner skulle opdage, hvad de havde gang i. De var alle bevidste om, hvad der ville overgå Styrmanden, hvis de blev opdaget, og de vidste, at det ville ske før eller senere.

Styrmanden var ved at genfinde sit gamle jeg, så han behøvede ingen musik. Han var nu slået over til at give alle kvinderne undervisning i, hvordan men kunne danse og feste på et uroligt skib i høj sø. Han var i et særdeles højt humør, og han instruerede dem alle i, at når søen var høj, så skulle man danse tæt sammen, så man ikke faldt over bord. Samtidig med at han dansede rundt med skiftende kvinder, nynnede han "I could have danced all night", slikkede dem i øret og stak tungen langt ind i deres øregang, og som han sagde, så lyder det, som om bølgerne slår ind over rælingen på skibet. Han udvidede hurtigt sin undervisning til dans med flere kvinder på samme tid, og han var nu i et endnu mere strålende humør. Kvinderne nød hans selskab, og de følte en vis form for stolthed over at have bidraget til hans helbredelse, selv om han hele tiden simulerede små tilbagefald.

Haremmet udviklede sig fra at have været omgivet af total stilhed og kedsomhed til en større festsal med dans og sømandssang til den lyse morgen, og Styrmanden var nu i en tilstand af konstant behagesyge, som bevirkede, at han totalt overhørte eller overså alle advarsler om Sultan Abdul Rasool Tabarak Al Mamlaka Nardeens straffemetoder, og hovmodigt sagde han, da en af kvinderne havde hvisket ham i øret, at Sultan Abdul Rasool Tabarak Al Mamlaka Nardeen havde øjne i alle rum:

"Ha ha ha… Sultan Abdul Rasool Tabarak Al Mamlaka Nardeens slatne grønsager smider vi over bord." Han fulgte op med at citere den gamle græske filosof Anacharsis:

"Der findes kun tre slags mennesker: De levende, De døde og De søfarende." Efter den bemærkning rakte han begge hænder i vejret for at modtage alle kvindernes hyldest, men det eneste projektørlys, der skinnede på ham, var advarselslamperne, der blinkede på en totalt forblændet og selvtilfreds Styrmand.

Han havde også omorganiseret den store sovesal, hvor der hele tiden brændte olielamper, så Sultan Abdul Rasool Tabarak Al Mamlaka Nardeens snushaner tydeligt kunne se, hvis der foregik noget mistænkeligt. Det var her, alle haremskvinderne sov. De lå side om side, og mellem hver tiende jomfru lå en ældre og mere erfaren kvinde for at sikre ro og orden.

Men Styrmanden havde omorganiseret sovesalen således, at alle de unge jomfruer, vel omkring et par hundrede, kom til at ligge i den ende af sovesalen, som stødte op til hans eget værelse. Ude foran døren til værelset havde han friholdt ca. 10 kvadratmeter gulvplads, som gjorde det ud for et lille dansegulv, hvor han indøvede de forskellige nye dansetrin med de unge jomfruer.

Alle lys i den ende af salen havde han fået slukket, så nu hang der kun to olielamper på hver side af hans egen dør.

Euforien ville ingen ende tage, og en solrig dag hvor Styrmanden havde været særdeles opstemt, havde han fundet på en ny leg, som han kaldte "Find hjem via din lugtesans". Legen bestod i, at han først havde udvalgt 50 af Sultan Abdul Rasool Tabarak Al Mamlaka Nardeens yngste og smukkeste jomfruer, og de skulle så hver for sig sige deres navn, hvorefter han skulle snuse dem mellem brysterne og afslutte med at tungekysse dem alle. Han skulle så efterfølgende med bind for øjnene genkende dem en for en kun ved brug af sin lugtesans og et nyt tungekys.

Han startede legen en tidlig morgen med at kalde til baksmønstring, hvorefter han fremførte sine planer for den kommende leg. Derefter stillede han alle jomfruerne op på en lige række langs bagvæggen i sovesalen, hvorefter han gik i gang med at snuse dem en efter en mellem brysterne og tungekysse dem dybt og længe. Hvis han syntes om smagen, lod han som om, at han var i tvivl for så at gå tilbage og få et par lange tungekys ekstra. Langt om længe, sådan efter et par timers tid, var han færdig med at snuse og tungekysse de 50 jomfruer, som i øvrigt alle sammen kun var iført et lyserødt tylsskørt bundet omkring livet. Han selv var nu iført en lyserød perlebroderet tylskjole med lange flæser, hvor kjolens bagerste del var hevet op mellem hans ben og bundet foran omkring et grønt lændeklæde, så kjolen sluttede af som et par store posebukser. Under kjolen havde han et par stramtsiddende lyserøde balletagtige gamachebukser uden gylp. Han stillede dem nu alle sammen op i en stor rundkreds, hvor han så selv skulle stå inde i midten med bind for øjnene. Han bad en af kvinderne om at dreje ham rundt ti gange, hvorefter legen gik i gang. Styrmande havde ingen hastværk, han tog sig god tid. I starten gættede han forkert med vilje for at snuse og tungekysse en skønhed en ekstra gang, og efter at han havde snuset til de ti første kvinder, bad han på ny en af kvinderne om at dreje ham rundt om sig selv 10 gange mere, hvilket førte til, at han trillede rundt uden at kunne stå på benene, og klokkerne på hans snabeltøfler blev viklet ind i hinanden med et virvar af et klokkespil uden nogen form for melodi. Flere kvinder ilede chokerede til for at få ham op at stå igen, men han virkede meget fortumlet og famlende og tog fat på kvinderne her og der til sin egen store vellyst.

Da han sidst på dagen var ved at være ved vejs ende og nåede til den næstsidste kvinde, løb han ind i store probleme. Duften var blevet til en lugt, og årsagen tillagde han de mange forskellige dufte, han havde dechifreret i løbet af dagen. Han var i vildrede og måtte ty til en ekstra stor tungeslasker for at kunne bedømme vedkommende kvinde. Da han lagde ekstra kraft i tungekysset, bemærkede han en stor bred næse, som bredte sig ud over hele hans ansigt, og i det samme mærkede han, at kvinden eller personen tog fat om hans hals med den ene hånd og løftede ham en halv meter op i luften, så benene dinglede fra side til side, og det lød som om, at klokkerne på hans snabeltøfler på en udefinerlig måde ringede solen ned. Han flåede bindet væk fra øjnene og så nu direkte ind i Sultan Abdul Rasool Tabarak Al Mamlaka Nardeens ynglings maurereunuk Kizlar Agasis afgrundsdybe næsebor.

Maurereunukken førte ham, stadig med klokkeklang og benene dinglende en halv meter oppe i luften, direkte ned i en mørk, kold og fugtig fangekælder, hvor der langt inde og aller bagerst i et lille mørkt rum stod et tremmebur, som de tidligere havde brugt til de vilde dyr, som de engang imellem slap løs på en straffet person, hvis det var det straffen lød på. Kizlar Agasi gav Styrmanden et stramt sort bind for øjnene og skubbede ham sammenbøjet ind i buret, hvorefter han smækkede lågen i og satte en stor hængelås på og lukkede låsen med et skarpt smæld.

"Skal du have en sidste tungeslasker, eller har du andre ønsker inden solnedgang?" spurgte han Styrmanden, som nu efter totalt at have mistet kompasrosens trygge orientering var ude af stand til at svare. Hans tanker kredsede omkring den manglende belønning fra kvinderne, og hvad var der sket? Havde han overhørt en advarsel, eller var det bare et nyt påfund i deres eksotiske leg? Han begyndte at glæde sig til fortsættelsen, for han kunne pludselig levende forestille sig, at de om et par timer kom med fire nøgne kvinder, som de proppede ind til ham i buret, så de sammen udgjorde en sammentømret helhed næsten som en halmballe. Det sidste, han så for sig, var, at buret ville blive hængt op under loftet inde i den store sovesal, og så ville kvinderne skubbe den rundt mellem de fire verdenshjørner, så han ville føle, at han igen var ombord på skibet.

Han lukkede smilende og forventningsfuldt øjnene uden at fornemme den nærdødsoplevelse, han burde have haft i kroppen.

Han vågnede ved, at maurer eunukken Kizlar Agasi skramlede med låsen og nøglerne for at låse den store hængelås op. Kizlar Agasi greb fat i nakken på Styrmanden og trak ham ud af buret. Han løftede ham lige 30 centimeter op over gulvet og rystede ham frem og tilbage for at få ham rettet ud, så han var i stand til at gå selv.

"Det blev så ikke den her gang, at jeg skal have belønningen med buret ophængt i en krog i loftet svingende fra side til side," tænkte han.

Styrmanden blev ført ind og stillet tre meter foran Sultan Abdul Rasool Tabarak Al Mamlaka Nardeen, som lå tyk og fed og henslængt på en stor dobbeltseng med 30 til 40 silkepuder i alskens spraglede farver. Styrmanden havde stadig det stramsiddende bind for øjnene, som maurereunukken Kizlar Agasi havde givet ham på, men det havde løsnet sig en lille smule for neden, så han svagt kunne ane sine tøfler. Han var stadig iført sin lyserøde perlebroderede tylskjole med lange flæser, men kjolens bagerste del var faldet helt ned bagtil, hvor den før var hevet op mellem hans ben og bundet omkring det grønne lændeklæde. Så nu stod han foran Sultan iført en lang lyserød tylskjole og sine lyserøde balletagtige underbenklæder uden gylp, nu med store sorte pletter på knæene. Som Styrmanden stod der med lang kjole og lyserøde beskidte ben iført snabeltøfler med klokker på, lignede han en, der var klar til enhver form for afdansningsbal ved hoffet.

Styrmanden var på ingen måde nervøs, for han regnede med som så mange gange tidligere, at det var kvinderne i haremmet, der, som noget nyt, ville overraske ham med fem totalt nøgne og dansende kvinder, der ville opføre en slags forførelsens slørdans for ham som en belønning for hans store og inspirerende bidrag til alle nætternes festligheder, også fordi det tilsyneladende ikke blev til noget med de fire kvinder inde i buret.

Han var rød i hele hovedet som følge af de godt og vel fire tusinde kys, han var blevet overdænget med igennem de sidste måneder af sit ophold inde hos haremskvinderne under hans fordækte forsøg på at lære dem alle at danse kinddans i søgang. Hans næse var stadig ildrød og opsvulmet, men den var ikke så øm som tidligere. Han var mere øm i hele kroppen, og som han stod der med bind for øjnene, følte han sig ikke helt klar.

De fjernede bindet fra Styrmandens øjne, da dommen skulle afsiges. Han fik et kæmpe chok, da han fik øje på Sultan Abdul Rasool Tabarak Al Mamlaka Nardeen og ikke mindst hans store flomme af en mave, der flød ud til begge sider. Det var ikke ligefrem det syn, han var vant til at se på nede i sovesalen.

"Bekend dine synder, eller jeg dømmer dig til døden," sagde Sultan Abdul Rasool Tabarak Al Mamlaka Nardeen, der i øvrigt ikke gad høre på de skyldiges forsvarstaler, da han anså dem for at være de største løgnehistorier på denne jord. Han var altid klar over, hvad det var, de havde været ude på, eller over for hvilke kvinder de havde forsøgt sig.

Styrmanden fattede ingen ting. Han var ude af stand til at svare, og hans blik søgte rundt i hele lokalet efter de nøgne dansende haremskvinder. Sultan Abdul Rasool Tabarak Al Mamlaka Nardeen mistede tålmodigheden og afsagde en hurtig dom.

"Sandali, Sandali," råbte Sultan Abdul Rasool Tabarak Al Mamlaka Nardeen helt hvid i hovedet af ophidselse og raseri. Dommen Sandali betød afskæring af både penis og testikler, en straf som Sultanen dog straks fortrød, idet han mente, at den var for mild i forhold til de synder, han havde hørt, at Styrmanden havde gjort sig skyldig i.

Styrmanden forstod stadig ikke, hvad han mente, og kiggede per automatik ned på sine snabeltøfler med klokker på, for han troede et øjeblik, at Sultan Abdul Rasool Tabarak Al Mamlaka Nardeen mente, at han skulle skifte til sandaler på grund af larmen, når han gik eller dansede med hans haremskvinder sent på natten. Styrmanden bemærkede ikke, at Sultan Abdul Rasool Tabarak Al Mamlaka Nardeen gav signal til maurereunukken Kizlar Agasi ved at føre hånden op og ned foran sit hoved, hvilket betød, at flækning af hovedet skulle ske først, og derefter foretog han fire økselignede hug med højre hånd som tegn på afhugning af arme og ben. Han afsluttede med at føre to fingre hen over sin hals, som betød, at dommen skulle afsluttes med, at hovedet skulle hugges af. Styrmanden så ikke afsigelsen af dommen, idet han blev blændet af solstrålen som ramte Sultan Abdul Rasool Tabarak Al Mamlaka Nardeens perlemordsbelagte og bredbladede machete, som han havde stukket ned i sit skærf.

Med dommen viste Sultan Abdul Rasool Tabarak Al Mamlaka Nardeen sig som den magtfuldkomne hersker, som elskede at straffe den hovmodige. De gav Styrmanden bindet for øjnene igen og førte han tilbage til det lille uhumske tremmebur nede i det fugtige kælderrum. Selv om Styrmanden ikke havde fattet omfanget af dommens konsekvens, var han nu klar over, at der var noget, som ikke var, som det skulle være. Hvor var alle hans haremskvinder med deres fnis og hvisken i hans øre og ikke mindst deres kærlige omsorg for hans helbredelse? Han følte sig for første gang ensom og forladt.

Klokken nærmede sig elleve, og solen skinnede fra en skyfri himmel. Temperaturen var allerede oppe på omkring 45 grader, da de førte Styrmanden ud på den idylliske slotsplads med smukke slyngroser op ad væggene. Da maurereunukken Kizlar Agasi hentede Styrmanden ud af buret og rystede ham endnu en gang for at få liv i begge hans ben, havde han spurgt ham, om han havde et ønske til sit sidste måltid, og først der gik det op for Styrmanden, hvad det var for en dom, Sultan Abdul Rasool Tabarak Al Mamlaka Nardeen havde afsagt over ham. Begge hans ben begyndte nu at ryste så voldsomt, at klokkerne på hans snabeltøfler begyndte at bimle som det berømte klokkespil på Old Square i Prag.

Kizlar Agasi smækkede et håndjern omkring hans højre håndled og fastgjorde det til gitterlågen ind til fangeburdet, herefter vente han om og gik tilbage ad samme gang, som han var kommet ind ad. Han lod Styrmanden stå alene i den totalt mørke og fugtige fangeklæder i mindst 20 minutter, før der kom to andre maurereunukker og tog et fast greb om begge hans arme og begyndte at føre ham gennem den lange mørke gang ud til en jernbeslået dør, som førte ud til gårdspladsen. Begge eunukker var kun iført et lændeklæde og snabeltøfler. Omkring overarmen havde de begge en stor tre centimeter bred armring i guld for at fremhæve deres muskuløse overarme.

Styrmandes første tanke var at stikke af, men han sad i et jerngreb uden mulighed for at løsrive sig.

"Hvorfor skal det være sådan nogle klodseløse pikhoveder til kastralsangere, der skal hente mig og ikke nogle af mine veninder?" råbte han ind i hovedet på dem begge, men de to eunukker fortsatte blot med at føre ham mod udgangen uden så meget som at se på ham.

Da han stod ude på gårdspladsen, var han i en tilstand af granatchok, fordi han nu forstod konsekvenserne af dommen. De tog igen bindet fra hans øjne, så han blev totalt blændet af det skarpe sollys.

Styrmanden så ikke, at maurereunukken Kizlar Agasi stod klar ude på gårdspladsen som en enkeltmands henrettelsespeloton. Midt ude i gården var der opbygget et skafot på tre gange tre meter, som var hævet en meter op over de blodtilsølede kampesten på pladsen. Kizlar Agasi stod over for en stor huggeblok på en meter i diameter. Den var af cedertræ, som kunne modstå øksens og krumsabelens mange hug uden at flække. Maurereunukken Kizlar Agasi stod med spredte ben, olieindsmurt og glinsende, og han havde begge hænder hvilende på skæftet af sin krumsabel på halvanden meter. Han var fokuseret men afslappet og ventede kun på at få lov til at vise sine berømte færdigheder for Sultan Abdul Rasool Tabarak Al Mamlaka Nardeen. Hans store næsering i guld dinglede beroligende frem og tilbage og reflekterede sollyset som blinkende lanterner rundt på gårdspladsen. Ved siden af ham lå en kraftig bredbladet flækøkse, som han havde tildækket med et orange silkesjal for at undgå de pludselige lammelser, der rammer delinkventer i det øjeblik, de opdager bødelens redskaber. Øksen blev brugt til at flække kranier på langs, Og med de mangeartede synder, som Styrmanden var fundet skyldig i og dømt for, så skulle dommen eksekveres med en krydshenrettelse, som bestod i, at den dømte lå på ryggen, så man først kunne flække hans kranie på langs, så begge hans øjne ville ligge ud til siderne, for det var jo Sultan Abdul Rasool Tabarak Al Mamlaka Nardeens sikre overbevisning, at den dømte på den måde bedre kunne følge med i, at de huggede arme og ben af. Det sidste afgørende hug var med den store krumsabel, som skilte det nu flækkede hoved fra resten af kroppen. Sultan Abdul Rasool Tabarak Al Mamlaka Nardeen havde på et tidspunkt sagt, at han kunne høre, at nilkrokodillerne smaskede højere, når de fik serveret hovedet flækket, en lyd han satte stor pris på.

Neden for skafottet stod to sorte olieindsmurte og glinsende eunukker med hver sin tromme spændt fast rundt om livet, og da Sultan Abdul Rasool Tabarak Al Mamlaka Nardeen gav tegn til, at de skulle starte en dobbelt trommehvirvel som start på henrettelsen, bukkede Kizlar Agasi sig ned og tog fat om skæftet på den store flækøkse med begge hænder. Langsomt men sikkert greb Kizlar Agasi til øksen og hævede den store kraftige bredbladede økse højt over hovedet og trak vejret dybt ind for at fylde sine lunger med iltgivende energi til sine enorme armmuskler.

Der herskede en total stilhed i slotsgården, en stilhed som i det lille fangerum nede i slottets kældergange

De to eunukker havde ført Styrmanden op på skafottet og bundet et reb omkring begge hans ben, hvorefter de igen gav ham et sort stramtsiddende bind for øjnene. Bindet havde de viklet to gange rundt om hovedet på ham, så de var sikre på, at han ikke kunne se noget. De bandt knuden midt på panden, så Kizlar Agasi kunne bruge knuden som sigtemærke, men vigtigst af alt var, at han skulle bevise, at han som det første kunne løsne knuden, så bindet faldt af og derefter flække hjerneskallen i et og samme hug. Lykkedes det for ham, modtog han Sultan Abdul Rasool Tabarak Al Mamlaka Nardeen gunst i kraft af to oprejste tommelfingre.

De tvang Styrmanden ned på knæ, hvorefter de vippede ham bagover, så han lå med ryggen på den blodtilsølede huggeblok. Han var totalt blind på grund af det bind, han havde for øjnene. Han kunne intet se, men med alle sine skærpede sanser, som bevirkede, at han ville være i stand til at høre suset fra øksen på dens dræbende og tilintetgørende vej ned mod hans hoved, så fik han smidt en redningskrans ud og råbte af sine lungers fulde kraft:

"Jeg kender en gammel gartner i Svaneke, som har magiske gulerødder." Råbet var så højt, at lyden blev slået tilbage fra murene omkring gårdspladsen med en kraft. som var det en kvadrofoni, og hans råb overdøvede næsten, at Sultan Abdul Rasool Tabarak Al Mamlaka Nardeen råbte:

"Stop, stop, stop!" Han stod oppe på sin balkon med maven halvt ud over gelænderet og viftede med et hvidt silketørklæde.

Med en lille drejende håndledsbevægelse fik maurereunukken Kizlar Agasi i en brøkdel af et sekund drejet øksen præcist så meget, at den kun huggede det højre øre af Styrmanden.

Det blødte voldsomt fra hans øre, men det generede ikke Styrmanden det mindste, for han håbede nu på, at det kunne være en medvirkende årsag til måske tre måneders pleje hos sine elskede haremskvinder med indsmøring i alskens duftende olier og nænsomme strygninger over hele kroppen, selv om han godt var klar over, at kinddans med op til flere haremskvinder på en gang nok måtte udskydes i et par måneder på grund af det manglende øre.

Han blev endnu engang ført ind foran Sultan Abdul Rasool Tabarak Al Mamlaka Nardeen, som nu lå henslængt i sin store sofalignende seng med sin store oppustede vom opstablet med alle sine kæmpe silkepuder i ryggen. Flere af puderne havde fået broderet billeder af øjeblikke fra en afstraffelse, som han syntes var særlig bestialsk, og hvor den afstraffede stadig var i live i 5 til 10 sekunder, efter at de havde flækket hans hoved, så det lå ud til begge sider.

"Hvad var det, du sagde?" spurgte Sultan Abdul Rasool Tabarak Al Mamlaka Nardeen.

"Sig frem, din vederstyggelige forsorne mandsling, inden vi igen igangsætter eksekveringen af din dødsstraf," fortsatte Sultan Abdul Rasool Tabarak Al Mamlaka Nardeen vredt, uden at Styrmanden fattede noget som helst.

"Og det skal være nu, for vi skal have fodret vores krokodiller inden middag!" tilføjede han med et skælmsk smil, som Styrmanden af naturlige årsager ikke kunne se på grund af det bind, de igen havde givet ham for øjnene.

"Hvad var det for noget med de magiske gulerødder og ham Den gamle Gartner?" spurgte Sultanen nysgerrigt.

"Jeg kan ikke tale med bind for øjnene," fremstammede Styrmanden i et forsøg på at vinde tid og tog sig til det højre øre, der manglede.

"Tag bindet af ham!" befalede Sultan Abdul Rasool Tabarak Al Mamlaka Nardeen og så op og ned ad Styrmanden, hvis højre side nu var helt tilsølet af blod fra det afhuggede øre.

"Kan det betale sig?" spurgte maurereunukken Kizlar Agasi med en hentydning til, at de jo skulle flække og hugge hovedet af ham inden for et par minutter.

Han tog dog bindet af Styrmanden, men det hjalp ham ikke, fordi han igen blev totalt blændet af refleksionen fra Sultan Abdul Rasool Tabarak Al Mamlaka Nardeens bredbladede sabel.

"Du har 15 sekunder til din forklaring," vrissede Sultan Abdul Rasool Tabarak Al Mamlaka Nardeen surt med tanke på de sultne krokodillers fodringstid.

Styrmanden flyttede uroligt benene, så der kom to små klokkeklimt fra hans tøffelklokker, og det mindede ham et kort øjeblik om lyden fra den lille klokke på bardisken, man skulle ringe på, hvis man skulle gøre sig håb om betjening på den hjemlige Bodega. Men nu var der brug for et endnu større håb, så han stillede sig i positur som en romersk kejser med begge hænderne strakt ud foran sig, og med lukkede øjne udbrød han:

"Den gamle Gartner dyrker nogle magiske gulerødder, som er blå, mens de er nede i jorden, men når de kommer op, skifter de farve hurtigere end en mands øjne kan nå at se det. Det betyder ifølge Gartneren, at du efter at have spist ca. 300 kilo kan se om natten." Styrmanden havde et svagt håb i stemmen.

"Fantastisk!" udbrød Sultan Abdul Rasool Tabarak Al Mamlaka Nardeen men tanke på, at han så endnu bedre ville kunne udspionere alle sine haremskvinder om natten og afsløre og fange eventuelle syndige mænd, der forsøgte sig med kvinderne bag hans ryg.

"Hvad kan de mere?" råbte Sultan Abdul Rasool Tabarak Al Mamlaka Nardeen håbefuldt og forsøgte at rette sig lidt op i alle puderne.

Styrmanden fornemmede, at han havde fået fat i livets tråd, selv om den måske var meget tynd.

"Han siger også, at de kan bruges til alt selv til det at slå en mand ihjel, og alle byens kvinder står i kø langt ud på gaden hver morgen, inden han åbner sin butik, for at købe vildt ind" sagde han med endnu mere håb i stemmen.

"Hvorfor står alle kvinderne i kø for at købe disse magiske gulerødder?" spurgte Sultan Abdul Rasool Tabarak Al Mamlaka Nardeen nysgerrigt.

"Det er magien, de er ude efter," svarede Styrmanden uden at forklare det nærmere.

"Kan du skaffe otte tons med det samme?" spurgte Sultan Abdul Rasool Tabarak Al Mamlaka Nardeen forventningsfuldt."Så kan vi udskyde eksekveringen af din straf i 24 timer," tilføjede han.

Styrmanden anede nu en dør ud til livet, og han gennemtænkte hele sit svar meget omhyggeligt, inden han tog sig til næsen, som smittede af på hans fingre på grund af det tykke lag læbestift, der stadig sad på den som et minde om de fortryllende dage i Sultanens harem.

"Den gamle Gartner handler kun med lokale folk, han kender, og så vil han ofte have pengene på forskud ofte en hel uge før leveringen, hvis han da ikke har udsolgt. Men jeg kender ham rigtig godt, så jeg vil tro, at jeg kan skaffe

en stor sending af både de røde og de lilla og måske nogle blå med lidt forhandlingssnilde, mand til mand," sagde han nu med et stort håb i stemmen og et forsigtigt skævt smil.
Sultan Abdul Rasool Tabarak Al Mamlaka Nardeen så over på sin ynglingsmaurer eunukken Kizlar Agasi og sagde:
"Du følger ham tæt!"

KAPITEL 10

Samtale med Fiskeren

Kjøbenhavneren vågnede tidligt efter en urolig og mareridtsagtig søvn, hvor han havde været taget til fange op til flere gange i samme drøm. Den ene gang var han blevet låst inde i et gammelt pengeskab uden en jordisk chance for at komme ud. Han var vågnet midt om natten drivvåd af sved med en dundrende hovedpine og en frygt, der havde sat sig i maven som et spark fra en arabisk racehingst. Det var ikke muligt for ham at sætte ansigter på dem, der havde stået for den forbrydelse, men han følte med sig selv, at der tegnede sig et spor, der manede til forsigtighed uden rigtigt at vide hvorfor.

Hele værelset flød med notater. Han havde dem liggende på gulvet, og han havde taget alle billeder på værelset ned og sat dem over bag natbordet for at få plads til at hænge notater og beviser op på alle vægge. Han havde brugt en hel nat på at tegne et bykort op i stor størrelse sammensat af femogtyve stykker A4 ark sat sammen med tape på bagsiden. Kortet fyldte hele den ene væg på værelset, og det var her, han sammenstykkede alt bevismateriale. Her var navne og billeder af dem, han mistænkte for mordet på kvinden uden hoved. Der var billeder, som han havde klippet ud af avisen, og der var blandt andet et af Den gamle Gartner foran butikken på Torvet, hvor han var afbilledet som Hamlet med et stort hvidkålshoved i sin fremstrakte hånd. Som billedtekst stor der: "Altid nyafhuggede hoveder hos Gartneren på Torvet".

Han besluttede sig for at stå op og tage sig et koldt bad for at få skyllet angstens nattesved af. Bagefter ville han så gå en tur ned på Havnen for at klare hjernen og få lidt friskt luft, inden de åbnede for morgenmaden i restauranten på hotellet klokken 8.00.

Under hans evige søgen og bladren i den lille sorte notesbog var han på de sider, der godt nok var mest beskadiget af vand, stødt på nogle utydelige notater, som han havde svært ved at læse.

Der var specielt tre sider, som startede med et udtværet navn, som kunne tydes til at være navnet på hvem som helst. Det var ikke til at sige, hvad der præcist stod, men der var også resterne af noget, der kunne ligne et telefon nummer 56495, og så havde hun skrevet som overskrift: "En svagpisser som ikke kan tåle at tabe i rafling", og med sikkerhed stod der Chr.Ø. Det måtte være øerne nord øst for Bornholm.

Det kunne være, at ham Harboørefiskeren nede på Havnen vidste noget om de mennesker, der boede på disse for Kjøbenhavneren afsidesliggende øer.

Inden han forlod sit værelse, sikrede han sig per automatik, at alle vinduer var haspet forsvarligt, og for en sikkerheds skyld satte han et stykke papir i klemme over døren, inden han gik ud i den lidt kølige men friske morgenluft.

Han havde kun lige taget de første to skridt ned ad trappen fra terrassen, før han fik øje på Fiskeren fra Harboøre. Han sad nøjagtig samme sted som sidste gang, han talte med ham. Kjøbenhavneren havde stadig ikke glemt, at han havde blokket ham for tre bajere, som han havde betalt flaskepant for uden at få flaskerne tilbage. Han besluttede alligevel at gå ned til ham, for måske var han i et mere meddelsomt humør i dag.

Fiskeren sad som sædvanlig på midterste tværstiver på gelænderet med ryggen til Havnen og lige uden for den lille kiosk. Den højre arm hvilede som tidligere på den øverste del af gelænderet, og han sad roligt med korslagte ben og vippede med den venstre fod op og ned. Det var ikke smilets dag. Fiskerens ansigtsudtryk mindede Kjøbenhavneren om de tunge truende skyer, der hang over hovedet på dem.

"God morgen," sagde Kjøbenhavneren med friskhed i stemmen.

Harboørefiskeren vendte hovedet bort. Han hverken så op eller svarede.

"Jeg har tænkt mig at tage til Chr. Ø i dag, det er jo stille vejr," fortsatte Kjøbenhavneren med et spinkelt håb om at få et svar.

Harboørefiskeren vendte bare hovedet den anden vej, og med den sædvanlige afvisende attitude viftede han med venstre hånd op mod ansigtet på Kjøbenhavneren.

"Du kender vel ikke nogen, der bor der ovre på Chr. Ø, som jeg kan tale med, når jeg kommer der over?"

"Nu ska jen sajje dig en ting. Jen sitter her for à få fred hver morgn, så ska do ett kom her og forstyr mig, do ka høk over til det andet gelænder, ka do," svarede Fiskeren bryskt og så op på skyerne med et tilfreds smil.

Men Kjøbenhavneren havde nu ikke til sinds at lade sig verfe af på grund af den bemærkning.

"Er det for tidligt med en kold svalebajer her til morgen? Hvis ikke så vil jeg gerne give en," forsøgte han sig.

Harboørefiskeren så lige op i et splitsekund og mumlede:

"Aaaa"

Kjøbenhavneren tog det som et ja, og sporenstregs vendte han om og styrede i retning af kiosken.

På vej over vejen vendte han sig om og spurgte bare for at tirre lidt:

"Det var en kold Tuborg, du skulle have, var det ikke?"

"Du æ fanemed à kløvning, jen ska ett ha à Tuborg, jen ska ha à Hof, din fusentast, og den må ett vær for kold," svarede Fiskeren morgengnavent.

"Den bliver svært i dag," tænkte Kjøbenhavneren. "Jeg må sgu hellere købe 4 bajere med det samme, hvis jeg skal få hans tunge på gled. Noget skal jeg jo have at vide, inden jeg tager af sted."

Da han kom over til disken, var det en ung skolepige, der passede kiosken.

"Fire øl her. Jeg sidder ovre på gelænderet sammen med ham den lokale fisker, så vi betaler ikke pant, da vi sætter flaskerne tilbage i kassen," sagde han smilende som en anden gammelkendt lokal beboer.

"Det kan alle komme og sige, og jeg er ferieafløser, så jeg kender ikke så mange af kunderne. Du må betale pant i dag, men du får jo pengene tilbage, når du kommer med flaskerne, ikke?" sagde hun sødt smilende og venligt uden at ane, hvilke tanker der flød gennem hovedet på Kjøbenhavneren omkring tabet af pant for fire flasker.

På vej tilbage så han på uret. Klokken var nu 8.30, så der var god tid til at få udfrittet ham Fiskeren for nogle detaljer til brug for den videre efterforskning.

"Jeg købte en til hvert ben for en sikkerheds skyld," sagde han samtidig med, at han måtte slippe taget på de to HOF, før han fik fuldført sætningen.

"Ja, men så skål da," sagde Kjøbenhavneren.

Harboørefiskeren var allerede i gang og havde drukket halvdelen af sin øl i første slurk, og han gjorde ikke tegn til nogen form for skål eller snakkesalighed.

"De der ovre på Chr.Ø, hvad går de i grunden rundt og foretager sig i dagligdagen? Er der noget, man skal vogte sig for, når man kommer der over?" spurgte Kjøbenhavneren.

"Det er de vilde dyr, do ska pas på der owwer," sagde Fiskeren pludseligt.

"Hvad skal man så passe på?" spurgte han forsigtigt.

"Det vil do find ud à," sagde Fiskeren samtidig med, at han lukkede den anden HOF op med kanten af den lille lommekniv med brunt træskæfte. På en eller anden måde fik han hver gang kapselen til at flyve op foran hovedet på Kjøbenhavneren.

Kjøbenhavneren forsøgte at holde trit men var ved at kløjes i at få tømt sin første øl, og den manglende morgenmad var begyndt at sætte sine spor i hans velbefindende.

"Er de da fjendtligt indstillet, dem der bor ovre på Øen?" spurgte han igen forsigtigt.

Han fik ikke noget svar men bemærkede, at Fiskeren allerede havde lagt sin fod over den første tomme flaske.

"Kender du nogen af dem? Det er måske også nogle falskspillere som dem i Svaneke?" forsøgte han sig lidt kækt for at få samtalen i gang igen.

"Nu ska do fame tag og hold à kæft, din kålhøgen skide Kjøbenhavner," vrissede Fiskeren samtidig med, at han bukkede sig ned for at tage Kjøbenhavnerens sidste øl, som han behændigt åbnede med lommekniven, inden han igen var kommet helt op i oprejst stilling. Uden at se på Kjøbenhavneren satte han øllen for munden og tog en stor slurk for på den måde at sætte sin signatur på øllen og dermed fastslå ejerskabet til den tredje øl.

Kjøbenhavneren skulede forsigtigt over på Fiskeren for at se, om øllet havde haft den ønskede virkning nemlig at få hans tunge på gled, men han så nu mere og mere knarvorn ud, jo flere øl han fik.

"Jeg går lige op og henter mig et par øl til at tage med på turen." Der kom stadig ikke nogen reaktion, bortset fra at Fiskeren nu havde de tre tomme flasker inde mellem fødderne og den ene fod oven på og så en i hånden. De var helt umulige at få fat på.

"En krone gange fire - det er fire kroner, som han har nolet fra mig," tænkte Kjøbenhavneren ved sig selv på vej op til kiosken.

Da han kom ind, gik han ned bagerst i kiosken og tog to kolde Tuborg i køleskabet til turen.

I et sporadisk forsøg på at hævne sig på Fiskeren flyttede han alle de lidt lunkne Hof ind bagerst i køleskabet, så de blev kølet godt ned.

"Jeg skal også betale pant for de her, da jeg tager dem med på turen til Chr. Ø," sagde han og forsøgte forsigtigt at argumentere for at få panten tilbage for de første fire flasker, der nu lå i en slags dobbelt benlås ovre hos Fiskeren.

"Ja, jeg ved, at du også har betalt for de første fire flasker, men dem får du først tilbage, når du selv kommer tilbage med dem," sagde hun og kiggede over på Fiskeren, som sad ubevægelig på rækværket.

Da han kom tilbage til Fiskeren, havde han drukket ud, og nu var den fjerde flaske nede i sikkerhed under begge fødder.

"Nå, nu vil jeg tage med Peter båden over til Chr. Ø. Det er jo dejligt vejr i dag, så man skal benytte sig af chancen, når vejret er der." Kjøbenhavneren så søgende efter bare et lille bekræftende ord om, at det virkelig var fint sejlvejr, men ikke en lyd kom der over Fiskerens læber.

"Nå, men jeg håber ikke, at jeg falder i kløerne på nogle uromagere, for det har jeg prøvet en gang før."

"Har du et sidste godt råd, inden jeg tager af sted?" forsøgte han igen.

"Jen ka da godt gi dig et par tips," sagde Fiskeren pludselig og rakte ud efter den ene af de to kolde Tuborg, som Kjøbenhavneren havde købt til turen.

"Nu ska jen saj dig à ting," mumlede han og sendte kapslen op i hovedet på Kjøbenhavneren og tog en ordentlig slurk efterfulgt af et stort Ahaaaa. "Do ska pas på alle dem, do møder på à Ø fordi … Men nu ett min ord igen!" Han knyttede højre hånd og skød underkæben helt frem samtidig med, at han tog fat om Kjøbenhavnerens sidste kolde Tuborg.

KAPITEL 11

Christiansø

Efter samtalen med Fiskeren var han 100 % overbevist om, at han havde truffet den helt rigtige beslutning om at tage over til Chr. Ø for at undersøge, hvilken rolle ham den ukendte person, som var nævnt i den sorte notesbog eller måske nogle af de andre, der boede ovre på Chr. Ø, spillede i relation til den myrdede kvinde.

Efter at han havde pakket sin taske, stak han hovedet ud af vinduet for at se på havet. Det lå fladt uden så meget som en myrerøv på overfladen, og det var, på trods af at vinden ruskede kraftigt i trætoppene, og vimplen på Havnens flagstang gang på gang pegede truende op mod skyerne.

Han valgte at udskyde morgenmaden. Den kunne han altid spise om bord på båden, og han iførte sig sine nyindkøbte gummistøvler, selv om det ikke så ud til regnvejr, men han mente nu, at det hørte sig til, når man var ude og sejle, også selv om det var en større passagerbåd, som han skulle sejle med.

Han gik for en sikkerheds skyld ned til Peter-båden for at snakke med skipperen og orientere sig om vind- og vejrforholdene inden afgangen klokken 10.00. På vej ned til båden kunne han se, at havet stadig lå helt fladt og så indbydende ud. Han bemærkede flygtigt de store mørke og truende skyer, som drev endnu hurtigere mod øst som tunge knytnæver klar til at give en et slag i nakken, hvilket vel ikke var noget nyt for Svaneke, tænkte han ved sig selv.

Besætningen var ved at læsse varer og proviant ned i lastrummet. Det var nu ikke meget andet end øl, omkring 25 paller med Tuborg og Carlsberg og en enkelt kasse rød Tuborg, kunne han tælle sig frem til og så en lille papkasse med noget morgenbrød. "Nå, de fanger nok selv deres mad der ovre," ræsonnerede han.

Der var tre mand beskæftiget med at laste båden. Den ene skilte sig ud ved at have en hvid kasket på, så det var sikkert skipperen. Det var nu også ham, der arbejde mindst. Han tog sig af arbejdet med at trykke på knapperne til hejseværket, som de brugte til at laste og lodse fragten, som jo for det meste bestod af paller fyldt med ølkasser.

Forsigtigt nærmede Kjøbenhavneren sig ham med den hvide kasket. Det viste sig, at han hed Niels, og da der var en lille pause i lastningen, spurgte han forsigtigt Skipperen:

"Er der store bølger der ude i dag? Det blæser jo en hel del."

"Kan du se nogen bølger? "spurgte Skipper og smilede venligt, idet han så over på mandskabet med et glimt i øjet.

"Næ, det kan jeg ikke,"svarede Kjøbenhavneren og kastede endnu et blik ud over havet, som rigtig nok lå helt fladt, der var stadig ikke en myrerøv til bølge at se.

"Jeg spørger kun, fordi jeg ikke er så søstærk," sagde han.

"Det behøver du ikke være i dag, og skulle du få brug for det, så kan du altid låne et par sø-ben af os," sagde Skipper med et skælmsk smil.

"Så du mener altså ikke, at der er fare på færde ved at tage med?" spurgte han for en sikkerheds skyld en sidste gang.

"Nej, nej, ikke ved selve sejladsen, men måske når du er kommet i land."

Kjøbenhavneren forstod ikke den dybere mening med det svar.

"Se du bare at få købt en billet og så kom om bord. Vi sejler om otte minutter."

Sporenstregs og i et vældigt forventningsfuldt humør sprang han op til den lille gule bygning med billethullet, hvor en venlig dame smilende gav ham en billet sammen med en lille brochure om Chr. Ø eller Ertholmene, som de også hedder.

"Nu må du have en rigtig, rigtig dejlig sejltur. Du får da noget for pengene i dag," sagde hun og kiggede ud over havet.

Da han kom ned om bord og havde sat sig lige til venstre for indgangen til styrhuset, bemærkede han, at der kun var tre andre passagerer med foruden ham selv. De to faste besætningsmedlemmer begyndte målrettet at surre et stort læhegn fast på bagbords side, og de lagde store presenninger over de paller med øl, der stod oppe på dækket, og efterfølgende surrede de dem fast med nogle store tykke stykker tovværk.

Kjøbenhavneren undrede sig over, hvorfor det hele skulle surres så fast og over, at der skulle sættes store læhegn op, når havet lå spejlblankt og ikke var det mindste i oprør. Det kunne jo også være for at sikre lasten mod en skæv sø fra en eller anden stor fragtbåd, som de passerede på vejen. Men han valgte nu alligevel at sætte sig på styrbords side med ryggen op ad styrehuset og med begge ben på det øverste af rælingen.

Da besætningen var færdig med arbejdet, kom Skipperen hen imod ham for at tage de to trin op i styrehuset.

"Det er ikke så godt, at du sidder der, når vi skal lægge fra kaj. Besætningen skal kunne komme til at arbejde," sagde han venligt.

"Og ikke noget med flasker på denne tur. Vi skal ikke have nogen tandskader og bøvl med forsikringsselskaberne," fik han sagt på vej op med en alvorlig mine. Det var som om, at smilet nu vendte den forkerte vej.

De tre øvrige passagerer havde sat sig på lasterumslugen ude midtskibs på styrbords side. Det var et ældre ægtepar tydeligvis på ferie med deres lidt buttede datter. Hendes alder var et sted mellem 16 og 18 år. Hun havde en lille hvid kortærmet skjorte på og halvlange sorte bukser, ankelsokker og hvide gummisko. Maven var godt proppet med morgenmad, kunne han se. Hendes forældre havde begge to ens orange vindjakker på og sorte træningsbukser med hvide striber på siden og bare tæer i nogle store romersklignende sandaler.

Han valgte i stedet at sætte sig om på bagbords side med ryggen op imod styrehuset lige under de tre små vinduer i styrehuset, så han kunne sidde og nyde den smukke kystlinje på vej nord over.

Skipperen trak den midterste rude ned og stak hovedet ud for at se på havet. I det samme spurgte Kjøbenhavneren ham:

"Hvor lang tid tager det egentlig at sejle der over til Chr. Ø?"

"I dag med den vind sådan ca. tre en halv time," svarede Skipperen og skuttede sig.

"Skal vi ind og hente passagerer i samtlige havne på østkysten?" spurgte Kjøbenhavneren undrende, men Skipperen hørte ikke spørgsmålet, for han havde allerede lukket vinduet.

"Tre en halv time??? Skal I nu også til at spare på brændstoffet?" skumlede Kjøbenhavneren for sig selv. "Jeg har hverken fået vådt eller tørt med, og jeg har kun fået en bajer sammen med ham Fiskeren til morgenmad." Han sendte et stjålent blik op til den lille pølsekiosk på Havnen. Tre tykke med brød og en kakaomælk ville gøre underværker.

Han gøs og skuttede sig i sin jakke. Det var heldigvis en vandtæt sort vindjakke med et lille tyndt for, men det føltes alligevel lidt for køligt her tidligt på formiddagen i den lette brise, der nu kom kraftigere inde fra land.

Med millimeters præcision svingede Skipperen stævnen ud mod havneløbet. Han vidste, at stævnen skal vendes til havs. Motorens beroligende dunkende lyd virkede fredfyldt på Kjøbenhavneren. Han ville tage sig en lille lur til den søvndyssende motorlyd fra den altid driftssikre Svendborg dieselmotor, så turen ikke kom til at føles for lang. Tre en halvtime var alt andet lige en lang sejltur uden vådt eller tørt.

Da de var kommet ud af havnehullet slog Skipperen roret hårdt til bagbord og satte kursen til 5 grander nord. Kort efter kom et af besætningsmedlemmerne rundt med sodavandsis i en lille papkasse for at sælge dem til de fire passagerer, der var med om bord.

"Du har vel ikke en tre fire pølser, som jeg kan købe i stedet for?" spurgte Kjøbenhavneren ham.

"Nej, så kunne vi ikke lave andet end at spule dæk under hele turen. Is det sviner ikke så meget, når det kommer op igen," svarede han henvendt til en lidt undrende Kjøbenhavner.

"Nå ja, men lad mig få en is, solen kan jo bryde igennem på vej der over," svarede han og så op på de truende sorte skyer, som nu drev med lynets hast mod øst. Han kunne næsten nå dem uden at rejse sig op.

"Det bliver 32 kroner."

"Jeg skal ikke have is til de tre andre." Kjøbenhavneren så op på matrosen, som så den anden vej.

Kjøbenhavneren havde kun to tyvekoner, som han modvilligt rakte frem.

"Jeg kan ikke give tilbage på fyrre kroner lige nu. Jeg har ikke nogle småpenge, men du kan få de otte kroner tilbage, når vi sejler retur." Issælgeren gik videre over mod de tre andre medpassagerer.

Han fik kun solgt en is til den unge pige, som tilsyneladende var på sin første sejltur med forældrene. De fotograferede hende hele tiden fra alle mulige vinkler. Matrosen gik derefter med hurtige målbevidste skridt tilbage mod styrehuset, som om han et eller andet sted i sin underbevidsthed eller af bitter erfaring vidste, at han ikke skulle opholde sig ude på dækket mere end højst nødvendigt på denne tur. Han tog de to trin i et stort skridt for derefter at lukke døren med et smæld. Kjøbenhavneren kunne høre, at de inde i styrehuset resolut sikrede alle vinduerne, og Skipperen satte vinduesviskerne på højeste hastighed.

Da de var kommet ca. halvvejs ud til pynten, lige der ude hvor røgeriet lå majestætisk med sine fem skorstene og sendte sine røgsignaler ud over havet, først tre korte så tre lange og så tre korte igen, så var der et eller andet, der viftede han i nakken og ned over øjnene. Først troede han, at det var en havmåge, der havde ramt styrehuset og baskede med vingerne i forsøget på at komme i luften igen, men da han så op, kunne han ud af bagbords vindue se en arm og en hånd, der holdt Skipperens hvide kasket, som der blev vinket med til en eller anden person inde på land. Der var dog ikke et øje at se i miles omkreds.

Båden begyndte nu at få nogle dejlige søvndyssende rullende bevægelser fra side til side, men han bemærkede også, at havet lige efter pynten sådan cirka ud for røgeriet begyndte at ændre karakter fra svagt gråblåt til skummende hvidt, og der var nogle besynderlige lange hvide striber ud over havet mod øst, og lidt længere ude kunne han se, at toppen af bølgerne blev blæst af med en voldsom kraft.

De havde lige sluppet pynten ved røgeriet. Det havblik, som havde forledt ham, forsvandt pludseligt, da den første kæmpebølge kom inde fra landsiden og slog ind over bagbords side med det resultat, at han blev totalt gennemblødt, og begge hans gummistøvler blev helt fyldt med vand.

Drivhamrende våd og klamrende sig til gelænderet, fik han kæmpet sig om agter forbi en lille dør, hvorpå der stod toilet. Der skulle have stået tørretumbler tænkte han. Da han kom om på styrbord side, var der en smule mere læ, selv om båden nu var begyndt at rulle så kraftigt fra side til side, at han kiggede direkte lige ned i vandet, når det var styrbords rælingen, der lå under vand.

Han masede sig op ad styrehuset lige ved siden af døren ind til varmen, kaffen og sikkert varme rundstykker og stemte af al kraft begge ben mod det øverste af rælingen.

Da han havde siddet lidt og mente, at han sad betryggende, rejste han sig halvt op og bankede på døren ind til styrehuset. Han ville tale med Skipperen om den fejlinformation, han var blevet udsat for. Det var sikkert for at sælge nogle flere billetter til turisterne. Efter et par minutter åbnede et af besætningsmedlemmerne døren cirka ti centimeter på klem og spurgte:

"Ska du ha en is mere?"

"Nej tak, jeg vil tale med Skipperen om de store bølger, der vælter ind over skibet. Jeg er helt gennemblødt, og jeg forlanger at blive sejlet tilbage til Svaneke med det samme!" råbte han for at overvinde vindens susende hylen efter flere ofre.

"Et øjeblik," sagde issælgeren og lukkede døren med det samme.

Søerne slog nu ikke kun ind over bagbords side. Båden dykkede kraftigt med stævnen i de tre til fire meter høje bølger, hvilket betød, at dækket var et sydende og frådende hav af bølger, som vaskede båden fra stævn til agter.

Så blev døren ind til styrehuset åbnet ti centimeter på klem igen, men nu var det ikke issælgeren men det tredje besætningsmedlem, der stak næsen ud og nærmest råbte i den stærkt hylende vind:

"Skipperen siger, at det ikke er store bølger, men at vi blev ramt af en forkert brodsø. Han siger også, at det kun sker en gang hvert tredje år, så han vil ikke vende om på grund af lidt vand på dækket."

"Kan jeg ikke friste dig med en is mere?" spurgte han efterfølgende, hvorefter han lukkede døren uden at forvente svar. Det var nok mere for ikke at lukke varmen ud inde fra styrehuset.

Ud af øjenkrogen nåede Kjøbenhavneren lige at ane, at Skipperen lå på den ene bænk i styrehuset med den hvide kasket over ansigtet, inden han satte sig ned igen.

"Han er sikkert allerede søsyg," tænkte han med en hvis skadefryd.

Det indre billede, der tegnede sig for ham, var, at de to besætningsmedlemmer måtte slæbe ham ud af styrehuset, helt hvid i ansigtet, og hen til rælingen, hvor han så kunne stå og brække sig i de næste par timer, indtil båden var i havn. Så kunne han lære at give klar besked til sine passagerer, kunne han!

De tre andre passagerer, som havde sat sig oppe midtskibs, var nu så søsyge, at de opgav alt. Det eneste, de kunne gøre, var at forsøge at holde sig fast hver gang, en brodsø slog ind over dem. Konen havde allerede brækket sig to gange ud over manden. På et tidspunkt kom den unge datter gående og halvt kravlende ned mod Kjøbenhavneren, helt hvid i ansigtet og med kurs mod toilettet. Da hun nærmede sig Kjøbenhavneren, rejste han sig for at lade hende komme forbi, men da hun var lige ud foran ham, kastede hun op ud over hans nye vindjakke, cornflakes med mælk, kaffe og brød, rester fra aftenens middag med pølser og ketchup. Lugten og stanken var selv i stiv kuling ubeskrivelig, og Kjøbenhavneren blev øjeblikkeligt ramt af søsyge. Den ene bajer, han havde drukket på Havnen med Harboørefiskeren, stod ud af ham som strålen fra en åben brandhane. Otte kroner plus pant var tanken, der røg med ud over skibssiden.

Da den unge pige nu mælkehvid i ansigtet kom tilbage igen, brækkede hun sig endnu en gang, men denne gang nåede han at flytte sig, så hun kun brækkede sig ud over og lige ned i hans taske.

Hans søsyge tog til, og han bankede endnu en gang på døren ind til den varme kahyt.

"Skal du have en is mere?" spurgte besætningsmedlemmet, idet han denne gang kun stak næsen ud af døren.

"Nej tak, jeg vil bare gerne vide, hvor langt vi har igen," sagde han og brækkede sig ud på sine bukser.

"Med den storm, vi overraskende er løbet ind i og med alle de skæve søer, så har vi vel sådan cirka 3 en halv time tilbage, men det er jo heldigvis ikke koldt," blev der svaret og døren blev lukket med et smæld.

Kjøbenhavneren var nu så søsyg, at han overvejede at springe over bord. Hans jakke var overbrækket med morgenmad og gamle pølser, og han havde selv brækket sig ud over sine bukser, og den taske, han havde taget med fyldt med skiftetøj, havde hende den unge pige også overbrækket. Han stank langt væk, og alene lugten gjorde, at han konstant fik opkastningsfornemmelser, dertil skulle lægges søsygen som følge af bådens vanvittige rullen fra side til side.

Han lagde sig ned på dækket fuldstændig ligeglad med sit fremtidige liv. Søerne skyllede ind over, og han rystede af kulde. Hans overbrækkede jakke havde løsnet sig oppe i halsen, så alle de forkerte brodsøer, som ham Skipperen kaldte dem, gled lige ind på han bare maveskind.

Selv om søerne vaskede ind over ham fra top til tå, var han stadig omgivet af en umiskendelig lugt af bræk, som konstant forstærkede hans brækfornemmelser.

"Klarer du den?" spurgte ham issælgeren, da han stak næsen ti centimeter ud af døren.

"Var det ikke noget med en is til at forfriske sig med?" spurgte han efterfølgende.

Kjøbenhavneren svarede med en gang opkast, som tværede sig ud i hovedet på ham selv, så det gled ned ad hagen og halsen og ind under jakke.

I en pause mellem de krampagtige opkastninger fik han med håb i stemmen fremstammet:

"Er vi fremme nu?"

"To en halv time endnu. Men vi skal nok regne med en halv time mere, da vi ikke kan gå ind ad det sydlige havneløb, så vi må nord om Øen. Jeg skal nok kalde på dig, så du kan se den smukke indsejling."

"To en halv time....? Det var ikke det, jeg fik oplyst inden afrejsen," fremstammede han med munden fuld af vand og bræk.

"Nu skal du ikke være så negativ. Du betaler jo ikke ekstra for de to en halv time," brummede issælgeren og smækkede døren i.

"Du har vel ikke en kop varm kaffe?" spurgte Kjøbenhavneren uden at bemærke, at døren allerede var blevet lukket ind til styrehuset, hvilket også var lige meget, da udtalen blev utydeliggjort af en skæv sø blandet med bræk fra hende den unge pige, der stadig stod og brækkede sig ud over rælingen.

De krampagtige opkastninger med voldsomme kvælningsfornemmelse kom nu hvert tredje minut. I de mellemliggende pauser fik han hele tiden en slags drømmebilleder, hvor han lå på fordækket i badebukser, og Skipperen med

den hvide kasket stod og hældte en pøs vand ind over ham i magsvejr og 25 grader som en slags ekstra service.
Han var også kommet til at tænke på en historie, som en gammel sømand havde fortalt ham.
Sømanden havde været i oprørt hav midt ude på Stillehavet og var blevet skyllet over bord i hajfyldt farvand. Båden, han sejlede med, var fortsat, og han havde svømmet rundt blandt hajer i flere timer uden at kunne se land.

"Hvad gjorde du så?" havde han undrende spurgt sømanden.

"Jeg kravlede op i et træ," svarede han så.

"Der er sgu da ingen træer midt ude på Stillehavet," havde Kjøbenhavneren sagt til ham.

"Jamen, hvad fanden havde du tænkt dig, at jeg skulle gøre?" spurgte sømanden efter en længere tænkepause.
Havde det træ stået der nu, lige nu, lige der hvor de befandt sig nu, så havde han sprunget over bord, svømmet over til det og var kravlet op i sikkerhed. Så kunne ham Skipperen vinke med sin hvide kasket ud af vinduet lige så tosset, han ville. Han skulle ikke med retur med alle de skæve søer, som den mand sejlede ind i.
Tiden havde stået stille i de sidste to timer. Hver gang han havde slået øjnene op, havde han kun set et hvidt skummende lys, dog fornemmede han, at der var ved at komme lidt mere ro over båden.

"Er der flere, der skal have is, inden vi nærmer os Chr.Ø?" spurgte den velkendte issælger uden af få svar fra en eneste passager.

"Vi nærmer os Øen så vær forberedt på, at der kan stå nogle store og voldsomme søer i den næste halve time. Vi skal bede alle om ikke at rejse sig men blive siddende, mens vi anduver Øen," råbte han ud i den stormende vind.
Kjøbenhavneren kiggede op dels for at konstatere, om han stadig var i live, men også for at orientere sig om, hvor han

befandt sig. I det samme så han Skipperen trække ruden ned i styrbords siden af styrehuset og stikke hovedet ud.

"Kan du ikke lige give ham der en pøs vand? Han har stadig bræk over det hele. Vi kan ikke sende ham i land, når han ser sådan ud. Det er dårlig reklame for rederiet," sagde Skipperen halvt grinende til ham issælgeren.

"Det skal vi ikke have noget for, det er service her om bord," oplyste Skipperen og begyndte at tage mere fart af båden.

Under havnemanøvren lå Kjøbenhavneren stadig nede på dækket, men det var lykkedes ham at få hovedet op over rælingen. Rælingen var stadig dækket af gammelt bræk, men lugten generede ham ikke mere, han følte sig som en stor brækklat. Det var Skipperens millimeternøjagtige manøvrering, der gav ham følelsen af, at livet var ved at vende tilbage.

"Så kan vi godt stå op. Vi skal til at sætte landgangen," sagde ham issælgeren.

"Skal du med retur klokken fire, for så vil jeg reservere plads til dig?" spurgte issælgeren.

"Nej ellers tak, jeg tager flyet retur," fremstammende Kjøbenhavneren lavmælt.

Han skulle ikke med retur, ikke om han så skulle sove ude i det fri i regn og slud eller sne og kulde. Han var flintrende ligeglad, retur skulle han aldrig mere med den båd.

Han ville forsøge at finde et sted at sove. Der måtte være flere forskellige hoteller, hvor de havde et ledigt værelse for en enkelt nat, så han kunne komme retur med et fly eller afvente magsvejr og havblik i mindst to dage, før han ville tage retur med en mere sikker og større passagerbåd, og i øvrigt havde han også en hel del efterforskning at foretage på Øen.

Da landgangen var sat, begyndte han slæbende at gå mod det sted, hvor det ene af de to besætningsmedlemmer stod for at hjælpe passagererne sikkert i land. Han nærmede sig landgangen uden at bemærke, at den morgenmadsbrækkende datter også var på vej fra borde. Da de var ud for landgangen på samme tid, stødte han sin taske ind i hendes mave med det til følge, at hun brækkede sig en sidste gang ud over hans venstre arm og ned i hans taske.

"Up pa la," sagde ham det andet besætningsmedlem og grinede over hele hovedet. "Du må have et rigtigt dejligt ophold på Øen. Skal du have en is til at gå på?" Han så over på Skipperen, som nikkede med en anerkendende mine. Det var godt for omsætningen.

Oppe på land stod der flere personer for at se på resterne af de passagerer, som havde overlevet turen, eller også stod de og ventede på nye forsyninger af øl, som Skipperen og hans besætning nu var begyndt at lodse ind på kajen

En lille tætbygget person med en sort hårpragt som en bjørneskindshue på en Garderhusar kom kørende ned på kajen med en helvedesmaskine, som var en blanding mellem en scooter uden udstødning og en russisk kampvogn. Han kom for at læsse ølkasserne på et lille lad for derefter at transportere dem op i købmandens gård. Larmen var så intens, at vidste man ikke bedre, ville man tro, at Englænderne stadig lå ude øst på og beskød øerne.

Kjøbenhavneren bemærkede specielt tre personer, som fulgte hans videre færd meget nøje. Den ene havde en stor stråhat på af samme slags, som den Den gamle Gartner havde haft på, da han sad og malede kvindehovedet. Den anden havde blå arbejdsbukser på med en stor brun livrem og en tilsvarende blå skjorte, hvor der på skjortens brystlomme var syet et mærke, hvor der stod Christiansøs Fyrvæsen. Den tredje person havde en lyseblå kedeldragt på. Han havde smøget begge bukseben op til midt på skinnebenene, og på fødderne havde han et par gamle blå klip klap plasticsandaler af den slags, der sidder fast med en rem mellem tæerne. Hans hår så ud som om, han havde ligget og sovet på sofaen det meste af dagen. Skulende så de på Kjøbenhavneren, og de havde alle tre hænderne dybt begravet i lommerne.

Da han var kommet sikkert i land, troede han, henvendte ham med den lyseblå kedeldragt sig til ham med bemærkningen:

"Du ser da godt nok noget mishandlet ud! Du ligner en, der trænger til en lille hyggelig gang rafling oppe på Kroen. Var det ikke noget?" Han var venlig og imødekommende og tog ham under den højre albue.

"Nej tak, ellers tak. Jeg hverken rafler eller deltager i nogen form for spil, der bevæger sig," svarede Kjøbenhavneren med svag stemme, og der dukkede nogle modbydelige minder op fra sidste gang, han havde banket nogen på Svaneke Bodega i kortspil, eller hvem det nu var, der havde fået banket hvem.

Han havde kun tanke for en ting, og det var at komme væk og finde et roligt sted langt væk fra havet. Helst ville han finde en sandkasse, hvor han kunne ligge helt roligt og komme til sig selv, og i øvrigt skulle han ikke rodes ind i en eller anden form for falskspilleri i et lyssky etablissement. Dertil var netværket fra Svaneke for tæt på, og han var ikke taget over til Chr. Ø for at stole på nogen.

Det var med at komme væk fra de tre fyre på Havnen. Han var overbevist om, at det var dem, der højst sandsynligt gemte på nogle hemmeligheder vedrørende den hovedløse kvinde på Svaneke Havn. Det så de i hvert fald ud til, syntes han.

Jeg må finde nogle øjenvidner. Der må være mange personer på Øen, der kan fortælle om de tre fyres indvolvering i eller viden om den hovedløse kvinde, sagde han til sig selv, idet maven vendte sig en omgang.

Han gik eller nærmest slæbte sig af sted. Det var som om, de gamle slidte sten flyttede sig for hvert skridt, han tog på sine usikre ben. Efter en langsommelig vandring kom han til den brede stentrappe, hvor en lille lavstammet rundhovedet mand stod på andet trin lænende sig ind mod gelænderet. Han spejdede ud over Havnen, og han lettede ganske let på kasketten, da Kjøbenhavneren passerede ham. Viseren på det store barometer til højre for trappen stod stadig på storm, da han bankede på det. Han ignorerede det og sagde for en sikkerheds skyld til sig selv, at det sikkert var ude af drift
Da han var kommet op ad trappen, gik han til venstre op forbi Paradepladsen lige over for Købmanden og så videre op mod skiltet, hvor der stod Krostue. Han drejede til højre op ad den trappe, som han kunne fornemme, ville føre ham ind midt på Chr. Ø så langt væk fra havet og bølgerne som muligt.

Da han gik forbi døren ind til krostuen, kom han til at tænke på de gamle vise ord "Et liv uden fester er som en lang vej uden kroer". Det var dog ikke lige fest, han havde brug for nu.

Han havde fået en lille brochure af damen, der solgte ham billetten i Svaneke. I brochuren var tegnet et kort over Chr. Ø og Frederiksø, men han skulle ikke over til Frederiksø, for han ville ikke ud over noget som helst vand mere i sit liv.

Han fandt kortet over Chr. Ø og Frederiksø frem for at orientere sig om, hvilken vej han skulle gå for at finde freden og helbredelsen i skolens sandkasse. Han ville ligge et sted, hvor det kun var jordens rotation, der kunne påvirke hans balanceorganer i det indre øre.

Han afsatte en rute, som gik over Chr. Ø og ned mod den lille skole i håbet om at finde en sandkasse, han kunne grave sig ned i for at få sin balancenerve stabiliseret. Han så stadig syner, og engang imellem så han dobbelt, og han fik tilbagevendende svimmelhedsanfald og endeløs kvalme med galle, der ikke ville op. Det føltes, som om han gik rundt på et underlag af luftmadrasser eller runde sten.

Da han kom op forbi soluret oppe på bakken, stoppede han op. Solen viste sig fra sin dejlige varmende side ved at skinne i et par minutter gennem et hul i det truende skydække, og uret viste ca. 25 minutter over et."Det kan ikke være rigtigt," tænkte han. "Det må sgu gå forkert."

Han drejede til højre bag om Ravelinen for derefter at dreje til venstre og følge stien ned mod præsteboligen og skolen. Inden han gik videre, studerede han igen kortet, hvor han godt nok bemærkede, at der længere til højre var et stort vandhul, hvor der stod Store Brønd Guds Forsyn. Det var måske lige det, han havde brug for, hjælp fra de højere magter, for at komme helskindet gennem besøget på Chr. `Ø og så hjem.

Han valgte dog at følge stien ned til skolen men kun for skuffet at konstatere, at børnene på Chr.ø ikke legede med sand.

Forvildet og desorienteret stod han og studerede kortet over Chr. ø igen og fik en pludselig indskydelse, da dunsten fra hans tøj overvældede ham med en ubeskrivelig brækluft fra hende den unge blege og lidt kraftige pige, der havde tømt hele maveindholdet ud over ham. Han fortsatte over stien og op over et lille stengærde, så han kom ned til det lille Platou ved Salomons Brønd på modsatte side af Hertugindens Bastion. Han ville vaske sit tøj og få fjernet bare lidt at den unge piges morgenmad.

Der var godt med grønalger i vandet, men han var ligeglad, for der var ikke en krusning på overfladen. Han begyndte at tage sit tøj af, og først nu bemærkede han, at han var så gennemkold, at han begyndte at ryste, så det var næsten umuligt at få jakken af. Efter en længere tids kamp fik han tøjet af, men han beholdte sine underbukser på. Det var det eneste klædningsstykke, der ikke lugtede af bræk.

Følelsen af at mange øjne fulgte enhver bevægelse, han foretog sig, ville ikke forlade ham. Han sad opgivende og som forstenet og gennemtænkte det liv, der havde været ved at forlade ham. Et liv som nu meget meget langsomt var ved at vende tilbage. En lille krusning i dammen fra en myg, der landede, fik maven til at trække sig sammen i de sidste krampetrækninger. Der kom ikke noget op, men det føltes, som om hans drøbel lå helt fremme på tungen og logrede.

Solen brød som ved et trylleslag frem igen med sine varmende stråler, og det var som om, der alligevel var nogle højere magter, der holdt hånden over ham, som om han blev hjulpet tilbage til livet.

Mens han sad og funderede over, hvordan han skulle få gang i sin efterforskning, hvor han skulle overnatte, og hvordan han nogen sinde skulle komme tilbage til fastlandet, fik han igen den gyselige følelse af, at mange øjne fulgte ham. Frygten gennemsyrede hele hans krop. Hver en muskel spændtes klar til at modstå ethvert bagholdsangreb. Var de fulgt efter ham dem nede fra Havnen? Hvad havde de for? Det var ikke sikkert, at de brød sig om fremmedes indblanding i deres dagligdag.

Mens han sad og funderede over livet og kiggede ned i brinken på Salomons Brønd, så han lige pludselig ind i øjnene på en stor grønbroget tudse, som sad og gloede på ham med sine store øjne. Han blev pludselig mere rolig, og han slappede lidt mere af, det var som at få en ny ven i nøden.

"Det er et vidunderligt sted, du her har fundet at opholde dig på," sagde han med en svag forventning om at få et svar tilbage, hvilket han dog ikke fik. Tudsen lukkede øjnene en fem ti sekunder og så væk, men på en eller anden udefinerlig måde følte han alligevel, at frøen reagerede på hans ytring ved at puste sig op.

Men hver gang tudsen pustede sig op, udgik der nogle svage bølger i vandet fra dens krop, hvilket fik kvalmen til at vendte tilbage med fuld styrke, og han fik en mærkelig flimren for øjnene, som fik tudsens hoved til at blive 20 til 30 gange større. Han var i en mærkelig manisk tilstand, da han sagde til tudsen:

"Jeg er sikker på, at du forstår alt, hvad jeg siger til dig, for jeg tror, du er en slags tryllefrø." Tudsen lukkede øjnene som en anden japansk bestyrelsesformand under bestyrelsesmøderne i en større koncern.

"Du behøver ikke at svare, hvis du er i dårligt humør," sagde han og kiggede ind i det kæmpe store tudsehoved, som pludselig blev dobbelt så stort, da den pustede en ballon op under hagen.

"Jeg har brug for din hjælp. Jeg forestiller mig, at du har et stort kendskab til denne øs befolkning. Du har sikkert set en del med de store glugger, du har," sagde han til tudsen. "Du behøver ikke at sige noget, bare du vil hjælpe mig. Vi kan aftale, at du skal blinke 1 gang med øjnene, hvis du siger nej til det, jeg har spurgt dig om og så blinke 2 gange med øjnene, hvis du siger ja til mit spørgsmål og tre gange, hvis du ikke ved noget om det, jeg spørger dig om. Har du hørt noget om, at en kvinde skulle have fået hugget hovedet af her ovre på Øen?" Han så forventningsfuldt på tudsen, som så tilbage på ham og blinkede to gange, og små svedperler kom frem på hans overlæbe.

"Har du kendskab til, om der skulle være begået andre mord på øen?" Tudsen blinkede en gang, men ændrede det hurtigt til to blink.

"Hvor mange vil du tro? Er det mere end fem eller otte f.eks.?" Der gik 2 minutter, før tudsen lukkede begge øjne.

Det lod ikke til, at den havde intensioner om at åbne dem igen foreløbig.

"Du skal ikke svare, dit røvhul. Jeg er her for at undersøge et mord, og så sætter du dig bare til at sove," sagde han vredt og så på tudsen, som nu åbnede det ene øje og så på ham.Så åbnede den begge øjne og blinkede to gange tilsyneladende i stor eftertænksomhed.

"Undskyld min hidsighed, men jeg er meget nervøs for mit videre ophold her på Øen," sagde han og satte hovedet helt ned til tudsen i et forsøg på at opnå en større fortrolighed.

"Har du en fornemmelse af, om der vil ske mig noget, mens jeg opholder mig her?" spurgte han tudsen, som nu blinkede to gange hurtigere end nogen sinde før.

"Er det de fyre, som går rundt nede på Havnen, man skal vare sig for?" spurgte han forsigtigt, og tudsen blinkede to gange.

"De er altså ikke guds bedste børn, de der fyre?" Tudsen blinkede en gang

Mens han havde konverseret med tudsen, havde vinden lagt sig, så der kun var en svag brise tilbage uden kraft til at drive selv en lille båd af sted.

Solen brød igen svagt igennem skydækket og tændte kortvarigt lyset i hans indre skyggespil.

Da han åbnede øjnene igen efter sit drømmesyn med tudsen, var den væk. Tilbage var kun en svag ring i vandet, som hurtigt gik til grunde i de grønne alger.

Han havde følt sig bedre tilpas efter samtalen med tudsen, men hans indre velbehag var nu afløst af en snigende frygt for de næste timer på Øen. Stanken af bræk væltede igen ind over ham, så han besluttede at vaske tøjet i søen, selv om den var helt dækket af grønne alger. Det var vel bedre end ingenting. Han spekulerede på, hvordan han egentlig så ud efter den omgang på båden.

Forsigtigt skubbede han de grønne alger væk med bagsiden af hånden, så han havde mulighed for at spejle sig i søens overfladevand og vaske sit tøj. Da han kiggede ned i søen, var det ikke hans eget spejlbillede, han så men et kvindehoved med tungen hængende ud af munden som en anden slædehund på de sidste kilometer inden hjemkomsten, og hendes sorte hår slangede sig rundt om hovedet i et djævelsk dragespil. Hendes øjne var opspilede og stirrede på ham med et frygtsomt blik, som sikkert stammede fra hendes sidste sekunder, lige inden hun mødte sin skæbnes bøddel.

Han rejste sig i et spring. Han skulle ikke have flere samtaler med nogen i den sø, og han forsøgte at skubbede tanken fra sig om, at det skulle være tudsen, der havde ændret form. Måske var det et kvindehovede, han havde talt med og ikke en frø.

Han kunne ikke få sig selv til at fiske hovedet op. Der var ikke nogen grund til at blive involveret i opklaringen af et mord for derefter at blive viklet ind deres net af tilsløringer, men han var nu alligevel sikker på, at han her havde fundet det rigtige hoved, som måske passede til den hovedløse kvinde nede på Havnen i Svaneke.

Han droppede øjeblikkeligt tanken om at blive på Øen. Vinden var nu løjet totalt af, og når der alligevel ikke var en levende sjæl at tale med ud over tudsen og de tre kombattanter, som han ikke skulle have noget af at tale med, så var der ikke grundlag for nogen form for efterforskning,. Så han begav sig ned mod Peter båden, selv om han havde svoret, at han aldrig mere ville sætte sine ben på den båd.

"Nå, nu ser du da ud til at være kommet til kræfter. Så var det måske alligevel noget med en lille hyggelig gang rafling?" spurgte ham med den blå kedeldragt.

"Nej tak, jeg har besluttet at tage hjem med båden her klokken fire," svarede han med en fornyet friskhed i stemmen og så op på flagstangen, hvor fyrmesteren havde sat det store flag. Fædrelandets rød/hvide dug hang dovent og slikkede flagstangen som en anden kælen kat, der slikker sine poter. Idyllen herskede og havet lå blankt skinnede og indbydende til en afslappet tur på havet. Væk var formiddagens rædselsvækkende oplevelse. Tilbage var kun lugten af bræk, der stadig fulgte med som hans egen skygge på en nu solrig dag.

De tre lokale kombattanter fra om formiddagen var nu beskæftiget med at læsse nogle kasser ind og ud af det Det Gamle pakhus lige over for det sted, hvor Peter Båden havde lagt til.

Kjøbenhavneren stod og kiggede på, at de endelig havde fået hænderne op af lommerne, og på sin vis var han glad for, at han ikke havde fundet ud af noget vedrørende den dræbte kvinde, selv om der i hendes sorte notesbog under Chr. Ø stod noget om "elendige raflere og dårlig tabere". Så kunne det vel i sig selv ikke udløse et mord på en sagesløs kvinde, selvom hun sikkert havde tæsket dem i rafling, og så endda et mord begået med en stor kniv eller sabel, der havde hugget hendes hoved af i et hug.

Klokken var ti minutter i fire, da de åbnede for ombordstigning for passagerer, og Kjøbenhavneren begyndte at gå over mod Peter båden for at tage retur til de grummes by, Svaneke

"Du kan vel ikke lige give os en hånd med den der palle?" spurgte ham med den store stråhat. Det var en Europalle omkring 190 centimeter i højden, og den var fyldt med kabler og flere tusinde par blå klip - klap sandaler. Kjøbenhavneren vendte sig usikkert og tøvende om. Han stillede sin taske fra sig på et par fiskekasser. Den stank nu som en affaldsspand fra en blanding mellem et pizzabageri og en minkfoderfabrik, så det var det helt rigtige sted at stille den.

”Du kan bare tage fat her,” sagde ham med den blå heldragt og pegede ned på enden af pallen. Han stod selv med begge hænder igen dybt begravet i lommerne.

”Hvorfor fanden skal jeg nu være med til at hjælpe?” var hans første tanke, og hans mistro blev vakt til de tre, der nu lige pludselig var vældig aktive. Erindringerne fra hans samtale med tudsen stod lysende klart. Tudsens advarsel var ikke til at misforstå, og ængstelse for udplyndring og måske efterfølgende druknedød med eller uden hoved fik hans arme til at føles som gele. Han var ikke i stand til at løfte en eneste forbandet plasticsandal, men de nærmest hev og skubbede ham med ind i lagerbygningen, og der opstod nogle tumultagtige sener inde i bygningen, som bagerst henlå i totalt mørke. De fik drejet pallen rundt under høje råb til hinanden.

”Løft lidt mere! Nej, drej mere til højre! Ned, ned, mere rundt!” Så det endte med, at han nu gik både baglæns og forrest ind i bygningen med det resultat, at de fik ham presset op mod bagvæggen mellem nogle store meterhøje stabler af papkasser.

”I må lige sørge for, at jeg også kommer ud igen, for jeg skal med båden retur kl. 16.00, og jeg er helt låst fast her inde,” sagde han samtidig med, at han kiggede op over kasserne på pallen. Det eneste, han så, var ryggen af de tre kombattanter, der grinende gik ud af lagerbygningen.

”Slam,” sagde det, da de smække porten i, og efterfølgende lød der knivskarpe smæld, da de slog slåen i til lukketøjet og lukkede hængelåsen. Det lød nærmest som en snigskytte, der tog ladegreb på sin Remington riffel for at nedlægge og tilintetgøre sit udvalgte bytte.

”Hej hallo, I må lige få mig med ud," råbte Kjøbenhavneren, men reaktionen udeblev, og råbet druknede i plasticsandalerne. Han begyndte at kæmpe som en besat for at kommer fri af pallen. Da han endelig fik mast sig forbi den, sad hans ene bukseben fast i et søm, som flænsede bukserne fra låret og ned til midt på skinnebenet. Der kom en svag lugt af morgenbræk ud i rummet, men han var stadig helt upåvirket af lugten, han var slået over på overlevelsesinstinktet. Han nærmest kastede sig over mod porten, og bankede på den med knyttede næver, alt hvad han magtede samtidig med, at han begyndte at råbe af sine lungers fulde kraft.

"Hjælp, hjælp, hjæææælpl!!!! Luk mig ud, eller jeg river den forbandede lagerbygning ned til grunden!" Han lyttede efter en eller anden form for reaktion, men det eneste, han hørte, var stilheden og en svag mumlen, som blev afbrudt af to skud, da skipper Niels med den hvide kasket, antændte de to startpatroner på den store Svendborg motor, som startede med nogle store hule dunk, dunk, dunk, dunk. For hvert et dunk der kom op af skorstenen, sank han lidt ned i knæ, indtil han lå nede på cementgulvet og lyttede til motorens maximale omdrejninger og hurtige dunk, som betød, at Skipperen nu havde vendt båden og sat kurs mod Svaneke igen - men uden ham.

"God tur tilbage," hørte han en stemme sige. Han forsøgte at genkende stemmen. Det lød som en af de tre, der havde låst ham inde, så det var ikke ham, han havde brug for. Han havde brug for en redningsmand.

Langsomt rejste han sig op og begyndte at banke kraftigt på porten igen, og samtidig råbte han som en forulykket person, der var spærret inde i et lastrum på en synkende coaster.

"Hjælp mig ud! Hjælp mig ud! Jeg vil være en fri mand igen." Han lyttede igen efter, om der skete noget, og han kunne nu høre, at der var nogle personer, der kom nærmere, så han bankede og sparkede igen på porten. Denne gang var der en reaktion, idet en person udenfor spurgte:

"Hallo, er der nogen derinde?" Kjøbenhavneren råbte igen for fuld kraft:

"Ja, få mig ud! Jeg skal med Peterbåden tilbage til Svaneke klokken fire, så luk mig ud nu!"

"Det er vel ikke os, der har glemt noget der inde?" var der en udenfor, der spurgte nogle af de andre personer, som Kjøbenhavneren kunne høre, også var der.

"Har vi nøglen, så vi kan åbne?" spurgte den samme person.

Kjøbenhavneren hørte nu, at de rodede med låsen på porten, som endelig blev åbnet. Først lidt på klem for så at blive åbnet halvt op, så han kunne komme ud. Han sprang ud som en tiger fra et bur, drejede rundt om hjørnet og greb sin taske, men han kunne bare kostatere, at han kun kunne se splitflaget på Peterbådens agter flagstang. Flaget hang dovent og nærmest slikkede det spejlblanke havvand.

"Hvad hundan lavede du der inde?" spurgte ham i den blå kedeldragt og så undrende på Kjøbenhavneren.

"Det er ikke et sted, hvor turister må opholde sig," sagde han meget alvorligt og så på de to andre, som nikkede samtykkende.

"Det var sgu da jer, røvhuller, der lokkede mig ind i den fælde og lukkede mig inde, og nu står jeg her uden tøj og penge og båd," nærmest råbte han og pegede ind på lagerbygningen med den ene hånd og efter Peterbåden med den anden..

"Hov, hov, sådan taler vi ikke her ovre på Øen. Her taler vi pænt og opfører os ordentligt over for hinanden, og du har sparket, rodet og regeret og sikkert ødelagt en masse værdier derinde. Er du ikke klar over, at bygningen er fredet?" spurgte ham med stråhatten og skelede op til fyrmesterboligen for på den måde at indikere muligheden for en anmeldelse.

"Men hør lige her, det var sidste båd fra Øen, så nu da du alligevel ikke kan komme retur før i morgen, så kan du da lige så godt gå med op på kroen og være med til en gang hyggerafling. Så kan du også lige få skyllet algerne og det bræk af din skjorte og jakke," sagde ham med fyrvæsenets mærke på brystet samtidig med, at han vendte hovedet væk fra lugten med et forvrænget udtryk.

"Du er ikke den første, der er blevet agterudsejlet, så slap du lidt af, så hygger vi os lidt med en god gang lokal rafling oppe på kroen. Det er som medicin for sjælen at sidde et par timer og hygge sig i venners lag," fortsatte han med et skælmsk smil og gned sig på hagen.

"Det var jo den sidste båd, der afgik der, så har du nogen steder at sove?" spurgte ham med stråhatten og pegede i retning af Peterbåden, som nu mere og mere forsvandt af syne og kun efterlod en svag udstødningsrøg over horisonten.

"Nej, det har jeg ikke. Jeg havde ikke planlagt at blive på denne Ø mere end 3-4 timer," løj han, for han havde allerede, da han satte den første fod på land besluttet sig for at han, guderne måtte vide hvordan, ville vende tilbage med det samme grundet søsygen, hvis det havde været muligt, hvilket det efter omstændighederne ikke var.

"Kan man få varm chokolade og husly for natten oppe på kroen?" spurgte han.

"Ja, ja, ja, ja, da. Det kan du skam godt få. Det står i forpagtningskontrakten, at kroværten, som driver kroen, har pligt til at give en agterudsejlet eller skibsbruden husly for natten. Så vi kan jo lige så godt rafle en gang eller to, mens de gør dit værelse klar," sagde ham med mærket fra fyrvæsenet på brystet.

Klokken var nu omkring kvart i fem, og de begyndte alle tre langsomt at gå op mod kroen, samtidig med at de en efter en vendte sig om og viftede ham fremad med hånden for at sikre sig, at han fulgte med.

"Du kan ikke tage den taske med ind på kroen, for så vil kroværten ikke give dig husly," sagde ham med den blå kedeldragt og de oprullede bukseben.

Da de kom op til døren til krostuen, stillede alle tre sig foran døren lettere foroverbøjet og svingede højre hånd vejvisende ind mod krostuen.

Han følte en ubestemmelig frygt og ængstelse ved denne form for gestus, som han ikke havde oplevet, siden han var blevet lokket i baghold på Svaneke Bodega.

Da de kom ind i krostuen, gik han som det første direkte op mod den lille bar for at sikre sig et værelse, så han havde et logi for natten. Det, han ønskede mest af alt lige nu, var et varmt bad og en seng, der helst var boltet fast til gulvet.

Halvvejs inde i krostuen greb ham med fyrvæsenets mærke på skjorten, som førte sig frem som en slags fyrmesterassistent, ham i armen og trak ham ned til det firmandsbord, som stod til højre midt inde i krostuen. Det var tilsyneladende deres stambord. Det var det eneste firmandsbord, der stod til højre. På væggen over bordet hang der nogle indrammede karikaturtegninger af en række personer, som alle så ud, som om de havde tabt i rafling en hel uge i træk.

"Nu ikke noget hastværk. Vi skal lige have en lille gang rafling, så får vi orden på et værelse til dig bagefter. I øvrigt kender jeg kroværten rigtigt godt, så det fikser jeg," sagde han og skubbede ham ned på den yderste stol med ryggen til døren.

"Jeg er ikke sikker på, at jeg er i hopla til at rafle. Jeg er helt udkørt og stadig søsyg," forsøgte han sig undskyldende.

"Hvis du absenterer på nuværende tidspunkt, nu hvor du har sat dig ved stambordet, så afkræves du den obligatoriske tribut her på Øen," sagde fyrmesterassistenten og så smilende på de to andre, der nu havde sat sig på deres sædvanlige pladser. De havde tilsyneladende ingen intensioner om at præsentere sig.

"Nå, og hvad er så det for en tribut?" spurgte Kjøbenhavneren lidt vrissent.

"Ja, det er to gange to omgange øl med en dobbelt malurt bitter til hver omgang," sagde de alle tre i kor.

Ham med stråhatten rejste sig og gik over mod en raflebægerreol, som hang til venstre for serveringsstedet, og han udvalgte nøje deres egne raflebægre. Så tog han fire linoleumsunderlag, som lignede gulvplader til et køkkengulv og et plasticbæger til Kjøbenhavneren. Derefter sikrede han sig, at der var terninger nok i hvert bæger og tog nogle små brune pinde, som de åbenbart brugte, når de raflede.

Kjøbenhavnerens erfaring med rafling strakte sig til spillet Syver, som han havde spillet med nogle venner på et cafeteria i København for at få tiden til at gå.

Da ham med stråhatten kom tilbage til bordet, smed han nonchalant de fire linoleumsgulvplader rundt en til hver, hvorefter han nøje fordelte de raflebægre, som var signeret med deres egne initialer. Det var dog helt umuligt at se, hvad der stod på det bæger, som ham med stråhatten havde stillet til sig selv. Det lignede en mellemting mellem et gammelt sammenkrøllet drikkekrus i tin og en kasseret portemonnæ. Det var kun halvt så højt som et almindeligt raflebæger, og de forskellige folder inde i bægeret kunne nemt skjule et par ekstra terninger, som han sikkert med lidt fingerfærdighed kunne trylle ud og ind, hvis han manglede et par seksere.

Ham med stråhatten væltede alle terningerne ud på bordet og begyndte møjsommeligt at udvælge sig fire ens terninger, og det samme gjorde de to andre. Kjøbenhavnerens blik var for det meste rettet mod serveringsdisken, idet han konstant spejdede efter kroværten, så han kunne få sig et værelse og et velfortjent bad.

De sidste fire terninger, der lå på bordet, havde alle forskellig størrelse og kulør, og de blev lagt op i Kjøbenhavnerens plasticbæger med en lyd, der var så larmende, at spillet egentligt burde hedde rasling i stedet for rafling. Ham med stråhatten lagde fire små tynde pinde ud på bordet sammen med en lidt kortere og tykkere pind, hvorefter han kiggede indtrængende og dybt alvorligt på Kjøbenhavneren og sagde:

"Vi spiller om to gange to med en halvleg, og vi går til Viborg, hvis vi skulle være så uheldige at tabe en halvleg, og vi spiller med krabasken. Men ved det første spil plejer vi altid at spille uden halvleg, og vi går ikke til Viborg, så det er fire øl til ham, der først får fire pinde, og det er altid med sidevogn til. Sådan er reglerne her på stedet. Det er for at sikre, at spillet bliver sat rigtigt i gang." Fyrmesterassistenten med mærket på den blå skjorte grinede og så på de to andre, der ikke turde se op fra deres raflebægre.

"Frøken," kaldte ham med de opsmøgede bukseben henvendt til en ung smuk pige, som nu var kommet til syne i serveringshullet.

"Kan vi lige få en omgang til spillet med dobbelt sidevogn. Jeg tror, vi skal have malurt over hele linjen. Det er i øvrigt godt mod kvalme og spoleorm, selv om det også medfører nedsat syn," fortsatte han og så på Kjøbenhavneren.

"Du kan jo lige så godt tilpasse dig kulturen her på Øen med det samme, ikke?" sagde han og så rundt i lokalet.

"Flest seksere lægger ud!" råbte ham med de opsmøgede overalls bukseben, og alle tre løftede deres bægre op over hovedet, rystede dem lidt for derefter at bankede dem ned i bordet med en så voldsom kraft, at det fik Kjøbenhavneren revet ud af det varme brusebad, som han sad og drømte om.

"Du skal slå. Nu må du være lidt med i spillet," sagde de samstemmende.

Kjøbenhavneren løftede forsigtigt sit bæger for at ryste det med den yderste forsigtighed. Den raslende lyd fik ham til at føle sig som en legeonkel i den lokale vuggestuen i stedet for det, han selv troede han var, nemlig en raflekonge som alle frygtede at møde.

De løftede alle tre deres bægre og begyndte at tælle seksere. Han havde selv slået en sekser og to enere. Ham med stråhatten havde slået tre seksere, og ham med mærket på skjorten havde slået to seksere og en ener, og ham med de opsmøgede bukseben havde to seksere og en ener under bægeret.

"Du lægger ud," sagde ham med stråhatten.

"Jeg har da kun en sekser, og du har tre, så må det vel være dig, der lægger ud," sagde Kjøbenhavneren uforstående og tog sine terninger og puttede dem ned i sit bæger.

"Hov, hov. Enere tæller for alt, og de tæller også mere, når vi har tre seksere hver, så det er dig, der lægger ud." Han skubbede hatten lidt tilbage og løftede det lille glas med malurten og udbrød:

"Skal vi skåle for et retfærdigt og ærligt spil?" Hvorefter han bundede sin malurtbitter.

Kjøbenhavneren lagde ud med to fiere uden at se, hvad han havde slået. Hans blik var konstant søgende efter kroværten, så han kunne få sig et værelse for natten og i øvrigt komme ud af den snare, han følte, han var fanget i. Han fik meldingen retur med "Mahogany", hvilket han ikke anede en hujende fis om, hvad betød. Da han løftede sit bæger, blev halsen fem centimeter længere på de tre raflekonger, da de begyndte at tælle terninger. Uden at afsløre, hvad det var, de talte op, blev det hele afsluttet med, at han fik en pind, som ham med fyrmesterens emblem på skjorten nærmest smed over til ham.

"Hallo frøken, den herre vil gerne bestille en omgang små grå," råbte ham med den blå kedeldragt.

"Det er en tradition, vi har her på Øen, at ham, der får den første pind, altid giver en gang små grå," oplyste han, hvorefter alle løftede glasset til en skål.

Kjøbenhavneren fortsatte med at spejde efter kroværten, så han kunne komme på hovedet i seng og slippe ud af kløerne på de tre kumpaner.

"Nå, du lægger ud," sagde ham med stråhatten og pegede på Kjøbenhavneren.

"To seksere," sagde han uden at have en eneste.

"Tre af dem," sagde ham med stråhatten.

"Ja, ja, jaaa. Fem af dem - jeg er ramt," sagde ham med den blå kedeldragt og de opsmøgede bukseben.

"Jeg må op på syv," sagde ham fra fyrvæsenet.

Kjøbenhavneren løfte triumferende sit bæger helt op i strakt arm.

"En her," sagde han og pegede på den ener, han havde under sit "raslebæger".

"En," sagde alle i kor.

"Du har krabasken 1, 2, 3, 4, det tæller for fem af en slags," sagde de alle tre nu halvt oprejst med værkende knæ og med næserne næsten nede i hans terninger.

"I kunne sgu da godt have fortalt mig, hvad krabasken var, inden vi startede med at spille," vrissede han surt.

"Du kunne også selv have sat dig ind i de lokale raflereg-ler og andre lokale forhold, inden du satte dig ned ved stambordet," sagde ham med stråhatten.

"Ja, skik følge eller land fly," sagde ham med de opsmøgede bukseben.

"Der går sgu da ikke noget fly fra den her Ø," svarede Kjøbenhavneren hurtigt og kiggede endnu en gang på sit 1, 2, 3, 4 taberslag.

"Og to her, det er rigeligt," sagde ham med stråhatten, da han løftede sit bæger. Der var rigtig nok to seksere, men de to andre terninger sad tilsyneladende fast oppe i en fold i hans raflebæger til senere brug.

Kjøbenhavneren kunne ikke lade være med at tænke på, hvilke andre tricks han kunne med det bæger. Måske havde han også to tre ekstra terninger gemt oppe i folderne på den sommerhat, han havde på under spillet.

"Kan du selv nå pinden?" spurgte ham fra fyrvæsenet og skubbede let til pinden med siden af sit raflebæger. Han skulle ikke have noget af at røre ved de pinde, det bragte tilsyneladende uheld.

"Frøken, vi må lige have en omgang til på spillet. Vi er ved at være færdige med det første. Lad os bare få dobbelte sidevogne med denne gang også, og jeg tror, vi skal have malurt over hele linjen igen," nærmest mimede ham med den blå kedeldragt. Servitricen forstod dette mimesprog til fulde og serverede fire øl med dobbelte malurt uden at fortrække en mine.

"Ja, det er en tradition at bestille med sidevogn på det andet spil, når det er første gang, at vi spiller med en turist, vi ikke kender," sagde han og så nervøst ned i bordet for at undgå Kjøbenhavnerens spørgende blik.

"Du kan vel ikke hente kroværten til mig? Jeg skal lige tale med ham," spurgte Kjøbenhavneren med et bedende blik op i ansigtet på servitricen.

"Jeg skal se, om han er ledig," svarede hun henkastet og så på ham med fyrmestermærket på skjorten.

De fik serveret den nye omgang øl med den berømte sidevogn til. Malurten var en svag grønlig væske med en ulide-

lig bitter smag, som man sikkert repeterede op til flere dage efter, at den var dolket ned i svælget i et drag.
Da servitricen forlod bordet, drejede de alle hovedet af led for at se på hendes vuggende bagdel.

"Ja, ja, ja, jo, jo," sagde de i kor og nikkede til hinanden.
Kjøbenhavneren skulle ikke have noget af at se på noget, der vuggede frem og tilbage, så han kiggede ned i bordet i et forsøg på at holde sin kvalme tilbage.

"Nå, skal vi få afsluttet spillet om den første omgang?" spurgte ham med stråhatten.
I det samme kom en herre iført en sort lædervest og tophue og præsenterede sig som værende kroværten. Hans accent afslørede, at han kom fra Tyskland eller Østrig.

"De herrer, og hvem var det så, der gerne ville tale med mig?" spurgte han og rynkede brynene.

"Det var mig," fremstammende Kjøbenhavneren med svag hviskende stemme for at lyde som en søvnløs boligsøgende afkræftet turist, der lige var blevet bondefanget.

"Jeg er blevet agterudsejlet og har ikke noget ly for natten, men de tre herrer anbefalede, at jeg overnattede her på kroen, så jeg ville gerne....,"

"Stop, stop, stop en halv," afbrød kroværten ham midt i sætningen.

"De tre herrer ved udmærket godt, at vi er fuldt booket 18 måneder frem, og sådan har det været i de sidste 20 år i hele sommerhalvåret," sagde han og svingede samtidig højre hånden hen over hovederne på de tre raflekumpaner, som instinktivt dukkede hovederne.

"Der findes ingen steder, hvor du kan overnatte her på Øen. Alt er optaget," fortsatte kroværten, hvorefter han skuttede sig med bemærkningen:

"Det er da et fandens vejr. Det er blæst op igen her til aften," sagde han på vej væk og så ud af døren, hvor regnen piskede ind på de små ruder i døren ind til krostuen. Vinden rev og flåede i de få træer ude på Paradepladsen, det de også kaldte for Grønningen.

"Vi finder ud af noget. Lad os nu komme i gang med at rafle og hygge os,"mumlede ham med stråhatten med hovedet halvt inde i sit raflebæger sikkert for at se, hvad der gemte sig på hylderne inde i bægret til senere brug.

De fik en del våde varer indenbords alt imens, at de ved hvert spil fremkom med nye indviklede regler, som betød, at han stort set tabte næsten alle spil, og så fandt de konstant på regler vedrørende bestilling af øl og sidevogne. Ham med mærket fra fyrvæsenet på brystet skiftede pludselig fra dobbelte malurt til en omgang dobbelte små grå med en bemærkning om at:

"Små grå skal man passe på med. Får man for mange, pisser man i sengen." Kjøbenhavneren forstod ikke den dybere mening med så hele tiden at bestille dobbelte, men han var sgu da også ligeglad, for han havde jo ingen seng at pisse i.

Stråhattens makker med den lyseblå kedeldragt forsøgte sig med en regel om, hvor mange skridt man havde taget på Chr. Ø som førstegangsbesøgende. Hvis man havde taget mere end hundrede skridt på Øen første gang, det vil sige, at var man gået direkte fra båden og forbi krostuen, så var det kutyme, at man altid gav en omgang små sidevogne, men kun hvis man satte sig ved et raflebord for stamgæster.

Kjøbenhavneren følte sig i den grad filauteret. Det var den værste gang falskspilleri, han havde været ude for, siden han spillede det forbandede kortspil, de kaldte Fedtmule over på Bodegaen i Svaneke.

Raflingen fortsatte i en uendelighed. Regnen piskede mod døren, som konstant stod og slog sig i sit låsetøj, hvilket gjorde, at de tre kumpaner konstant troede, at der kom nye stamgæster ind i krostuen.

Langsomt forsvandt hans kontrol over synsnerven og fornemmelsen for lys og rum. De var blevet svært beværtede og naturen nægtede sin tjeneste, han pissede i bukserne.

Da han kom til sig selv, lå han i en akavet stilling i et besynderligt mørkt og klamt rum. Uden for lød der en svag dryppende og klukkende lyd, som på ingen måde virkede beroligende på ham.

Han forsøgte at rejse sig op, men fik en kold kondensvåd presenning presset ned over hovedet. Luften var kvalmende med en kraftig lugt af gamle fisk. Han måtte ud og have noget frisk luft. Hans kvalme var vendt tilbage med fornyet kraft, og han skulle lade sit vand, og det skulle være nu.

Han baksede med den store presenning, som de havde smidt over ham, sikkert for at han ikke skulle ligge og blive kold af morgendisen. Da han fik en arm ud, bemærkede han, at han ikke lå i et skur med et dryppende tag men i en gammel klinkbygget robåd. Hans famlende hånd ramte beslaget og hullet, som normalt holder åregaflen. Hurtigt fik han skubbet sig fri af presenningen.

Med tanke på at der havde været optaget på kroen i de sidste 18 måneder, var det vel ok, at de havde indlogeret ham i den første og bedste båd, der var ledig.

Da han fik hovedet ud i det fri og så ud, var det eneste, han kunne se, horisonten 360 grader rundt.

Den gamle sømandshistorie kom tilbage til ham som en fortvivlet hjælp. "Så kravl dog op i et træ." Men der var ikke et eneste træ, han kunne kravle op i. Der var ikke en levende sjæl eller båd i miles omkreds, kun den brændende sol fra en skyfri himmel, og varmedisen slørede den ellers skarpe svagt buede horisont.

Han havde ingen fornemmelse af, hvor længe han havde drevet rundt ej heller ingen erindring om, hvad aftenen på kroen var endt med. Han anede ikke, hvor han var, og der var intet i båden, der kunne hjælpe ham med at beregne positionen på det åbne hav.

Det eneste, der gav ham en flig af en ledetråd og en svag erindring om, hvad han havde foretaget sig for måske 2 eller 3 eller 4 dage siden, var hans tørst. Han var ikke kun tør i munden, hans tunge var som limet til ganen. Det var helt sikkert, at det var flere dage siden, han havde sagt bare et enstavelses ord. Det var helt umuligt at udspy eder og forbandelser mod de tre, sikkert på hans regning, vel beskænkede falskspillere.

Det var svært for ham at rette sig op, så han sad længe og sundede sig med hovedet nede mellem benene. Undrende kom han til at se på sine nye gummistøvler, som nu var fuldstændig flænsede, og der var hul på oversiden. Det så ud som om, nogen havde slæbt ham flere hundrede meter med begge ben slæbende efter sig hen over grus og sten.

Han begyndte metodisk at lede efter noget vand at drikke i fuld tillid til, at de vel ikke kunne finde på at sende en beruset turist til havs uden mad og drikke.

Efter en hurtig søgning kunne han konstatere, at det eneste, han havde fundet, var et par hullede røde gummihandsker, nogle gamle rustne laksekroge pakket ind i en sjaskvåd plakat bundet sammen med et stykke snor og en enkelt sort overdimensioneret gummistøvle, der var smøget halvt ned, så det lysebrune lærred kom til syne. Svagt kunne man ane, at der engang havde stået noget, der lignede et navn på ejermanden.

Der var ikke noget, han hellere ville på dette tidspunkt, end at levere den støvle tilbage til ejermanden og så tage kvælertag på ham.

Hvad var de ude på? De tre kumpaner kunne på ingen måde vide noget om hans ærinde på øen.

Han sad modløst med hovedet nede mellem benene og forberedte sig på at dø af sult og tørst. Han var helt klar over, at man efter fireogtyve timer uden vand begyndte at glide over i en fatamorganaagtig tågedis, hvilken måske ikke var så dårligt, tænkte han, for så var der sgu da en mulighed for, at han måske ville se en båd, inden den sidste livskraft forlod hans udtørrede krop og han kun stirrede ind i tilintetgørelsen.

Han følte sig mere end træt, og hovedet dumpede hele tiden helt ned mellem hans knæ. Det var umuligt for ham at holde øjnene åbne. Han forsøgte en sidste gang at holde øjnene åbne ved hjælp af begge sine pegefingre. Da han så ned i bunden af båden, bemærkede han, at der på plakaten, som de rustne laksekroge var pakket ind i, var en rød farve, som var trængt ud på bagsiden, så han langsomt bagfra kunne stave sig frem til slutningen på et ord. "ANEKE" stod der med store bogstaver.

Med oparbejdelse af sine sidste kræfter, begyndte han at pakke de rustne kroge helt ud, så han ved selvsyn kunne konstatere, at der stod noget med musik klokken 21, og nederst stord der SVANEKE BODEGA "Maybe Cold Beer" - "Når fest er bedst"

Med tilfredshed over at han havde fået bevis for, at der alligevel var en hemmelig forbindelse mellem firebanden i Svaneke og kumpanerne på Chr. Ø, sank han sammen og trillede ned i sumpen på båden. Hans sidste tanke var, at han måtte finde ham, der kun havde en gummistøvle på, så ville han være tættere på sit mål.

Han kom til sig selv igen, fordi en gammel rusten polsk fiskerbåd kortvarigt skyggede for den nu brændende sol. Den var sejlet helt tæt op på siden af hans båd. Han var ude af stand til at rejse sig, men forsøgte at råbe med den ringe styrke, han havde tilbage.

"Vand, vand, vand," fremstammede han og rakte bedende begge hænder frem for sig ude af stand til at se klart, hvem det var, der var sejlet op på siden af båden.

Polakkerne på fiskerbåden så på ham uden at forstå, hvad han ville. De antog ham for at være fritidsfisker, da hele bunden af båden flød med fiskekroge.

"Cigarets, cigarets," sagde de og rakte en hel flaske vodka frem, som de ville bytte med.

"Nastrovia, nastrovia," sagde de hele tiden.

Kjøbenhavneren så det som vand og dermed overlevelse, så han kæmpede sig op at stå i båden for kun at miste balancen og falde bagover og knalde hovedet ned i bagbords tofte, så han sank ned i en tung søvn, som slukkede hans drømme om overlevelse og sænkede sjælen så dybt ned, at han mistede bevistheden om sig selv. De polske fiskere opgav deres forehavende og satte fuld fart frem med kurs mod hjemHavnen.

Da han vågnede af bevidstløsheden, var solen på vej ned, og det begyndte at trække op med truende skyer fra nordøst. Det var den slags mørke skyer, som altid afløses af regn og blæst. Vinden blev hurtigt kraftigere, og havet var snart i et voldsomt oprør.

Han begyndte at overveje alting nøje og traf alle mulige forsigtighedsregler, som den gode sømand har for vane. Han trak presenningen ind over båden igen og forsøgte at surre den fast med et par stumper snor, som lå i bunden af båden. Han kilede sig fast til luvart siden, men han måtte nu døje med kraftige kastevinde, der rev og flåede i presenningen, og han blev kastet fra side til side i den stadig kraftigere storm. Havet var nu i et frygteligt oprør, og de høje brodsøer kastede båden fra side til side og bankede løs på båden, så han fik en meget ilde medfart.

Havde båden haft det, der bare mindede om en lille mast, havde han valgt at sejle for takkel og tov, så voldsomt var stormen taget til.

Bølgerne var frygtelige, og stormen tog yderligere til i nattens løb. I hans mareridtsagtige tilstand forestillede han sig, at kumpanerne på Chr. Ø havde efterladt en enkelt åre, så han kunne rigge et lavt mærssejl til af sin skjorte, så båden kunne klare sig nogenlunde gennem de frygtelige bølger.

Hele natten lå han i bunden af båden og blev gennembanket, og han var så søsyg, at hans tilstand nærmest var gået over i et lettere anfald af sindssyge. Det eneste, der fungerede på ham, var tanken, for resten af hans organisme var sat ud af funktion.

Efter solopgang blev stormens voldsomhed endnu kraftigere op til 27 sek. meter i vindstødene og vinden piskede havet op i et endnu frygteligere oprør. I sin dehydrerede fantasiagtige tågedis overvejede han at klodsrebe sit mærssejl for at få løftet skibet endnu mere op over bølgerne, som nu kom styrtende den ene efter den anden.

Sulten begyndte at blive hans altovervejende fokus og fyldte nu så meget i hans sind, at selv et par beskøjter ville gøre underværker, men selv ikke det havde de kunne betænke han med på denne hans livs måske sidste sørejse. Han bemærkede ikke, at stormen begyndte at løje af.

En mindre fiskerbåd på ca. 21 fod fra Svaneke kom sejlende forbi, og de observerede den tilsyneladende forladte robåd, som drev rundt med en stor presenning fastgjort til agter og drivende efter båden som et andet drivanker.

Da de kom op på siden af båden, bemærkede de Kjøbenhavneren, som lå på dørken med hovedet halvt inde i den gamle gummistøvle. Det lignede et forsøg på selvmord, idet båden var halvt fyldt med vand, men luften i gummistøvlen havde reddet ham.

Han slæbte sig op ad trappen til hotellets reception. Han havde smerter på venstre side af hovedet, på venstre arm og ben, og det hæmmede hans bevægelser. Smerterne skyldtes, at han var så solskoldet, at det svarede til en andengradsforbrænding, for han havde i timevis ligget bevidstløs i bunden af båden, hele tiden på højre side, efter at den polske fiskerbåd bare var sejlet videre.

Da han bad om sin nøgle til værelset, stirrede kvinden i receptionen på hans ansigt, der var fuldstændig rødt på den ene side og helt blegt på den anden side.

"Oppe på Torvet hos TATOL har de altid tilbud på selvbruner," sagde hun samtidig med, at hun rakte ham nøglen til hans værelse nr. 12.

Han havde ikke mere end sat første fod inden for i TATOL butikken, før en venlig ældre og smilende dame sagde:

"Velkommen her til byen og hvad skulle det være?" Den ældre dame smilede venligt og svingede højre arm rundt for på den måde at præsentere hele varesortimentet.

Hun kiggede indtrængende på Kjøbenhavneren, som stod med den mørkebrune og solskoldede side til.

"Jeg tror, at De skal tale med min datter. Hun kan tale både engelsk og tysk," sagde hun og satte i noget, der lignede halvt gang og halvt løb hen mod indgangen til privatboligen.

Kjøbenhavneren kunne høre, at hun kaldte på datteren og sagde til hende:

"Der står en afrikaner ude i butikken. Du bliver nød til at overtage denne ekspedition, for du kan jo tale flere sprog." Hun så sig overskulderen og smilede til ham.

Da datteren kom til syne i døren ind til butikken, fik hun et let skub i ryggen, så hun blev nød til at tage et skridt ind i butikken.

"Ja, det er så min datter. Hun taler flere sprog, flydende," bekendtgjorde damen og pegede hen mod Kjøbenhavneren.

"Was können wir für Sie tun?" begyndte datteren, idet hun satsede på, at ham den fremmede kunne tysk.

"Det er muligt, at du taler flere sprog, men dansk er rigeligt for mig for at købe lidt selvbruner."

"Det er ikke sæson for selvbruner," sagde datteren.

"Vi har også mange andre forskellige slags varer her i butikken," brød moderen ind med et stort smil.

"Ja, det er jeg sikker på, men jeg skal altså bare have noget selvbruner," forsøgte han sig igen og vendte den blege side over mod moderen.

"Det er ikke sæson for selvbruner, men vi har så meget andet," sagde hun igen.

"Kom med ud i køkkenet. Du trænger vist til en kop styrkende TATOL kaffe, den bedste i byen," sagde datteren, der nu havde en pegefinger oppe under hagen på Kjøbenhavneren, som ved ren magi lod sig føre ud i køkkenet, hvor der allerede stod en termokande på køkkenbordet, der stod lige ved siden af køleskabet.

"Du kan sætte dig ind ved væggen, så kan min datter sidde ved siden af dig. Hun er i øvrigt ugift," sagde moderen og stillede en kop frem til ham.

"Hvor længe har du tænkt dig at blive i byen?" spurgte moderen, uden at han anede uråd ved det spørgsmål.

"Jeg har et meget vigtigt ærende her, så jeg bliver nok et par dage til," sagde han og tog sig en tår af kaffen, som tilsyneladende var lavet klokken 7 om morgenen, for den havde nu en temperatur på under 20 grader. Han valgte ikke at putte sukker i, da det sikkert ville tage 1 time at få det opløst.

"Så kan du komme og spise med i aften. Vi skal have blomkålsgratin. Det kan min datter så godt lide," sagde hun og blinkede til datteren.

"Skal vi sige kl. 18.00 præcis? Så har du også god tid til at klæde dig pænt på inden middagen," fortsatte hun og betragtede han fra top til tå med en kritisk mine, hvorefter hun gik ud af køkkenet men kun for at komme tilbage med

4 stykker sandkage. Kjøbenhavneren turde på dette tidspunkt ikke spørge om, om hun ikke havde en styrkende kold pilsner til at skylle sandkagen ned med. Han turde ikke tænke på, hvad der så kunne blive serveret sammen med øllen.

Datteren så indtrængende på Kjøbenhavneren og spurgte forsigtigt:

"Du vil måske hellere have en øl?"

Han nikkede tilbage med det mest uskyldige bedemandsfjæs, han kunne stille op.

En brøkdel af et sekund efter kom moderen lettere løbende med en Hof og et glas, som hun stillede ud for, hvor datteren sad, så hun kunne servere øllen for ham. Da datteren begyndte at skænke op brusede øllen op over kanten, og hun lagde pegefingeren på glassets kant for at stoppe den brusende øl, som nærmest hvæsede som en røgbombe.

Det er åbenbart kun muligt at få Bodegaøl her i byen, var tanken, der overskyllede ham med skum ud over hele ansigtet.

KAPITEL 12

Samtale med Fiskeren

Harboørefiskeren sad på gelænderet lige uden for kiosken, hvor han plejede at sidde. Han sad med højre side til Havnen og med ansigtet vendt i kørselsretningen, så han kunne se, hvem der kom til byen nordfra.

Da Kjøbenhavneren fik øje på ham, havde han mest lyst til at gå direkte over til ham og stikke ham en på snuden som en tak for sidst og som tak for de manglende advarsler omkring risikoen for fremmede menneskers færden på Chr.Ø.

Men han ombestemte sig af frygt for repressalier fra det tæskehold, som han sikkert omgav sig med til dagligt med Den gamle Gartner på toppen som ham, der styrede det hele.

Han gik i stedet direkte ind i kiosken og drejede målrettet til venstre ned mod køleskabene med de kolde øl, hvor han, udspekuleret som han var, tog fire iskolde Tuborg til sig selv. Skulle Fiskeren have en af hans øl uden at yde noget til gengæld og så tilmed stjæle de tomme flasker for siden hen at gå op og hæve panten, så skulle det være kolde bajere, som han afskyede. De skulle være så kolde, at de slog hans mave i stykker i fire måneder, så han efterfølgende kun kunne drikke lunken kærnemælk.

Tanken varmede ham helt ned i maveregionen.

"God morgen. Ja, jeg har, som du måske kan huske, lige været en lille tur ovre på Chr.Ø.?" sagde han forventningsfuldt, uden at Fiskeren udviste nogen form for interesse.
Han stillede sig ca. en meter fra Fiskeren og satte de tre af øllerne neden for sine fødder. Han åbnede demonstrativt en af sine iskolde Tuborg.

"Skål," sagde han og bøvsede lidt provokerende efterfulgt af et udbrud af velbehag.

"Aaaaahhhh... det var godt med en kold forfriskning!" Han så over på Fiskeren for at se, om der skulle være en lille synkebevægelse af hans mundvand.

"Du kunne nu godt have sagt, at man skulle vare sig for de kombattanter, der bor der ovre på øen," sagde han. Fiskeren skulede nu konstant ned på de tre kolde Tuborg, som var sikkert placeret mellem benene på Kjøbenhavneren.
Der var ingen synlig synkereaktion i Fiskerens ansigt, men i et kort øjeblik følte han, at Fiskeren rykkede ca. fem centimeter nærmere de kolde bajere.

"Sig mig lige en gang. Hvad har de der øboere egentlig tilfælles med ham Englænderen oppe på Bodegaen?" spurgte han langsomt samtidig med, at han tog en ordentlig slurk af sin dejlig kolde Tuborg og derefter åbnede munden lidt i højre side for at lade en øldunstende bøvs sive over i hovedet på Fiskeren.
Det var noget, der satte lidt liv i Fiskerens krop. Han rykkede yderligere ti til tyve centimeter hen mod de kolde øl, hvorefter han bukkede sig ned og nappede en kold Tuborg med bemærkningen:

"À hva, ska vi nu te à drik á sprøjt fra Tuborg, jen ka ett li à Tuborg. Ka do et forstå det, din blegsotige skid?" Han så ud over havet.

"Sån à skide kallepros Kjøbenhavner hør ett te på à Havn," sagde han gnavent for sig selv og stak hånden ned i lommen og trak sin lille lommekniv med træskæfte op. Han åbnede gratisøllen med en overlegen og en så hurtig bevægelse, at kapslen hvislede lige forbi Kjøbenhavnerens ene øre.

Han fornemmede, at Fiskeren måske var ved at få tungen på gled, så han bukkede sig ned for at tage sig endnu en øl men kun for at konstatere, at Fiskeren allerede havde fået skrabet de to sidste fyldte øl over under sig selv og havde plantet sit venstre ben solidt oven på bajerne.

Hvordan, han havde fået de to øl lagt ned og trukket over i sikkerhed, var en gåde for Kjøbenhavneren, som mente, at det var på samme niveau som Einsteins relativitetsteori. "Nu ham Bodega Ølskænkeren, har han nogen sinde haft et større mellemværende med hende den døde kvinde, som de fandt nede på Havnen? Ved du noget om det?"

"Nu ska do ett kom for godt i gang, din Vindbøjtel, for så ka do få en på à næjjs," gryntede Fiskeren i et truende tonefald.

"Ja, ja, men hun kom vel oppe på hans værtshus engang i mellem for at blive beskænket lige som alle jer andre venlige Svanekeboere?" forsøgte han sig udglattende uden nogen anden reaktion end, at Fiskeren bukkede sig ned og skiftede den tomme flaske med en fyldt. Han gjorde ingen antydning til, at han ville tilbyde Kjøbenhavneren den sidste af hans egne øl.

Vel vidende, at han lige så godt kunne vinke farvel til sine øl og panten for de fire første øl, gik han på ny op i kiosken og købte fire kolde Hof bare for at irritere Fiskeren, der nu blev nød til at drikke de kolde Tuborg, selv om han ikke kunne fordrage dem.

Det var sikkert noget, der ville få hans mund på gled, når han nede på knæ bedende måtte forsøge at få sig en Hof. Men denne gang skulle det være noget for noget.

Kjøbenhavnerens antagelse udeblev ikke. I en brøkdel af et sekund efter at han var kommet tilbage med de fire Hof, løsnede Fiskeren benlåsen omkring den sidste Tuborg og lod den rulle ud i det, man kunne kalde ingenmandsland. Han havde dog fortsat hold om de tomme flasker med venstre fod.

"Ja, det er jo synd at sige, at det er kolde Hof, man får oppe hos ham Ølskænkeren på Bodegaen," sagde Kjøbenhavneren henkastet og trak en kold Hof op lige for næsen af Fiskeren.

"Var hende kvinden uden hoved også kunde oppe hos den engelske Beskænker?" spurgte han igen og forsøgte at få øjenkontakt med Fiskeren, men hans øjne fulgte den kolde Hofs rute op til Kjøbenhavnerens mund. Med vilje tog han tre store slurke lige efter hinanden, og for hver slurk gentog Fiskeren også en synkebevægelse, men det var kun mundvand han sank..

"À ska ett saj nøj, à Englænder hå ett sajt nøj i tre år, efter at han modtog à dræberbrev," sagde han og tog sig en ordentlig slurk, og den var så stor, at det blev den sidste slurk af hans Tuborg.

"Brev?" spurgte Kjøbenhavneren chokeret.

"Hvad er det for et brev, som kan mundlamme en Ølskænker så voldsomt?" spurgte han samtidig med, at han forsøgte at styre sin ophidselse.

"Nu ska jen fortæl ..."

"Men nu et min ord igen," afsluttede Fiskeren og rakte hånden ud efter en af de dejlige iskolde Hof.

"Farvel, og tak for snakken." Kjøbenhavneren gik op mod hotellet.

"Fåwal, dit trokkehoved."

KAPITEL 13

Otte tons Gulerødder

Styrmanden kom gående over Torvet med sin nye ufrivillige maurereunuk af en ven den mere end 2 meter høje Kizlar Agasi. De havde begge sat direkte kurs mod Den gamle Gartners forretning, efter at de var ankommet til Svaneke med Herluf i hans gamle Mercedes TAXA. Herluf var en snakkesalig mand, og han undlod i øvrigt aldrig at fortælle alle sine kunder, at hans Mercedes havde rundet 1,3 millioner kilometer, men der blev ikke mælet et ord fra de to kunder hele vejen til Svaneke.

"Hvad bliver det i sømil?" spurgte Styrmanden dog lige, før de ankom men uden at få svar.

Klokken var kvart over fem, da Herluf svingede ind på Torvet og satte sine to sidste passagerer af, så der burde stadig være femten minutter tilbage til at slå en god handel af med Den gamle Gartner inden lukketid, men man kunne aldrig vide sig sikker på ham Den gamle Gartner. Det var ikke første gang, at en kunde var stødt på en lukket dør med et skilt i døren, hvorpå der stod:

"Kommer straks", og så kom Den gamle Gartner alligevel ikke mere den dag.

Styrmanden var godt klar over, at det var hans livs største udfordring at skulle forhandle om et parti på otte tons af Gartnerens magiske gulerødder. Styrmanden selv skønnede, at der skulle mindst et parti på et par tons til for at redde hans liv, selv om Sultan Abdul Rasool Tabarak Al Mamlaka Nardeen truende havde bestilt otte tons.

Styrmanden havde skam forsøgt at redde livet ved at ryste Kizlar Agasi af på den lange rejse fra Zansibar, men Kizlar Agasi havde fulgt ham som en skygge lige siden afrejsen. Selv når de skulle sove, havde han krævet at sove ved siden af Styrmanden sådan nærmest kind mod kind eller næse mod næse, som det oftest blev til.

Maurereunukken Kizlar Agasi var næsten et hoved højere end Styrmanden, og han var det, man ville kalde meget mørk i huden, og hans isse var helt glatbarberet, så man kunne se, at han i nakken havde en tatovering med to store sabler over kors og med fem store bloddråber dryppende fra hver sabelspids, så det så ud, som om blodet løb ned ad nakken på ham. Den store guldring, som han havde i næsen, nåede ned til det øverste af hans fyldige overlæbe, og det bevirkede, at den svingede op og ned og reflekterede lyset, når han sagde noget, hvilket dog var yderst sjældent. I begge ører havde han to store guldøreringe formet som to korslagte sabler.

Kizlar Agasi var iført store posede silkebukser med lodrette brede røde og gule striber. De sluttede lige under knæet, og han havde ingen strømper på i sine sorte perlebelagte snabeltøfler. Han havde en hvid åbenstående og blodtilsølet skjorte på med store poseærmer. Rundt omkring livet havde han et stærkt orangefarvet skærf, som var bundet med to store knuder fortil. Han havde stukket en daggert ned i højre side og modsat i den venstre side, havde han stukket en femoghalvfjerds centimeter lang krumsabel ned. Omkring halsen havde han flere kæder sammensat af knogler fra afhuggede fingre og indtørrede ører, rariteter som alle stammede fra tidligere afstraffede fanger hos Sultan Abdul Rasool Tabarak Al Mamlaka Nardeen, alle sammen fanger, som havde fået det, han kaldte en mild dom.

I den ene kæde hang et helt nyt og blodigt øre. Det var fra Styrmanden. Et kært minde om deres nære venskab havde Kizlar Agasi sagt til Styrmanden en dag på deres rejse op gennem Europa.

Kizlar Agasi havde bundet et stramt dobbelt snoet silketov om livet på Styrmanden. Det var bundet bag på rygge af Styrmanden med en stor dobbeltknude.

Han havde stukket en daggert med et trekantet knivsblad op i knuden nedefra, så spidsen stak ind i ryggen på Styrmanden. Omkring håndtaget på daggerten havde han bundet silketovet fast med et pælestik, og fra håndtaget havde han ca. halvanden meter tov, som han havde snoet rundt om sit håndled. Denne måde at binde daggerten fast på betød, at gjorde Styrmanden det mindste forsøg på at flygte, ville han med et enkelt og hurtigt træk i silkesnoren vippe daggerten ind i ryggen på Styrmanden og flænse hele ryggen op på ham.

Styrmanden havde stadig en blodtilsølet gageforbinding bundet rundt om hovedet. Den var trukket skråt ned over en dobbelt gagepude, som sad, der hvor det højre afhuggede øre engang havde siddet. Gageforbindingen var bundet ned om hagen, og forbindingen var strammet til med et ribben fra en tidligere straffet person. Ribbenet havde Kizlar Agasi snoet ind i knuden, så han kunne stramme forbindingen så tilpas meget, at Styrmanden ikke havde mulighed for at åbne munden og råbe om hjælp.

Styrmanden var stadig iført sin lyserøde perlebroderede tylskjole, som var længere fortil og bagtil og kjolens bagerste del var hevet op fortil mellem hans ben og bundet op omkring med det, der engang havde været et grønt skærf, så kjolen slutte som store posebukser. Som underbenklæder havde han stadig sine svagt lyserøde langbenede og balletagtige gamachebukser uden gylp. Som Styrmanden stod der på Torvet i perlebroderet tylskjole med lyserøde ben, lignede han absolut ikke en, der var klar.

Hans store sorte sikkerhedssko, som han normalt gik rundt i, når han var hjemme i Svaneke, havde han glemt nede hos Sultan Abdul Rasool Tabarak Al Mamlaka Nardeen, så han traskede rundt i de guldbelagte lyserøde snabeltøfler med palietter og den lille klokke ude på snudespidserne, og klokkerne sikrede, at Kizlar Agasi hørte hvert et skridt, han tog. Det nagede Styrmanden, at han ikke kunne huske, hvornår han havde besluttet sig for at udskifte sine sikkerhedssko med snabeltøflerne, for han var klar over, at rederiet ville stille ham til regnskab for de manglende sikkerhedssko for slet ikke at tale om den tid, hvor de havde været ude af stand til at få kontakt med ham. Han blev pludselig nervøs for, om de kunne finde på at trække i hans hyre.

Da de trådte ind i Gartnerens butik, var Den gamle Gartner ved at fylde sin tegnebog med sedlerne fra dagens omsætning, som tilsyneladende havde været mere end rigelig. Der var ikke tale om, at gøre kassen op, det var længe siden, at han var stoppet med den slags bagateller.

Gartneren var sur og gnaven over et familiemedlem, som han for nogle måneder siden havde lånt en spade, som han var sikker på, at han endnu ikke havde fået tilbage. Det viste sig dog senere, at den havde ligget sammen med noget andet ragelse oppe på ladet af hans gamle lastbil en Bedford med tvillingehjul bagtil. Den stod i øvrigt altid ulovligt parkeret uden for butikken, men det var han ligeglad med, for han havde gennem længere tid haft krammet på Palle Ib, som altid kom i bagbutikken for at få nogle gratis bajere, når han kom fra de vigtige møder ude på stationen i Rønne. Så munden var lukket på Palle Ib med flaskeæbler.

Det blev ikke bedre med hans humør, da de to sene kunder dukkede op i butikken, efter at han var færdig med at stikke alle de store sedler i tegnebogen, eller rettere sagt prangerpungen, men de kunne ikke være der alle sammen. Han bandede og svovlede over alle de småkøb, som var årsagen til de mange små sedler, så han proppede lommerne fulde med de overskydende sedler. Alle mønterne smed han over i en stor mælkejunge, der stod under disken, dem gad han ikke at slæbe på, og konen havde alligevel også for vane at tømme hans lommer hver aften.

Den gamle Gartner så instinktivt op, da han hørte en klokke, der ringede. Han troede, at klokkeklimtet kom fra at døren til butikken blev åbnet. Han nåede ikke at registrere, at det var Styrmandens snabeltøfler, der ringede, da han trådte ind i butikken på denne sene eftermiddag lige før lukketid.

Han gik fuldstændig i stå midt i den sætning, han havde sagt mindst femtentusinde gange før, da han så de to nye kunder."Ja, og hvad skulle det så være i dag?" skulle han have spurgt.

Men han fik kun fremstammet:

"Ja, hva skul det..," og så gik han i stå. Han stod som lammet i hele kroppen. Tungen ville ikke lystre, den var som limet til ganen. Han troede først, at det var et himmelsyn, han så. Forfjamsket flåede han sine briller af for at sikre sig, at det ikke var resterne af et stykke med sildesalat, der sad og forvanskede hans syn.

Det nærmest sortnede for hans øjne, da maurereunukken Kizlar Agasi stak sit hoved helt ind mod Gartnerens, så hans fladtrykte næse ramte Gartnerens næse. Den gamle Gartner var stadig totalt lammet, og de stod i denne stilling i det, der for Gartneren føltes som det meste af en time til halvanden.

Med sammenbidte tænder på grund af forbindingen, som var strammet og snoet hårdt sammen af ribbenet oppe under hagen, mumlede Styrmanden indledningsvis noget uforståeligt vås om, at hans gode ven Kizlar Agasi gerne ville købe nogle gulerødder af Gartneren og gerne flere tons.

Den gamle Gartner forstod ikke et ord af, hvad Styrmanden sagde, men selv om han stadig var dybt rystet, fik han nu med bævende stemme fremstammet:

"Hvappe hvap hvap hvap det, du sagde?" Han stod med store bedende øjne, der bad om forståelse.

Styrmande forsøgte sig igen. Denne gang på et sprog, som Gartneren aldrig havde hørt før. Maureren nikkede og gav Styrmanden et stort forstående og anerkendende slag i nakken, så hans forbinding røg ned og dækkede over det ene øje

Gartneren forstod stadig ingenting, men med sin erfaring tilført en hel del intuition tyede han til sit gamle tricks ved undskyldende at sige:

"Nej, det har vi ikke. Alt er udsolgt." Han forsøgte fortvivlet at få dem ud af sin butik.

"Her er i øvrigt lukket. I kan ikke købe noget som helst her, så ud af min butik!" råbte han og pegede på døren med en rystende løs pegefinger.

Maureren Kizlar Agasi forstod ikke, hvad Gartneren sagde, men en ting var helt sikkert, han forstod tilsyneladende Gartnerens attitude og mimik, så i stedet for at gå ud af butikken tog Kizlar Agasi et hvidkålshoved ude fra vinduesdekorationen og smed det op på disken, hvorefter han trak sin store krumsabel op af skærfet, og med en behændighed hurtigere end Gartneren kunne nå at opfatte, havde han hugget det to gange på langs og en gang på tværs. Han afsluttede de tre hug med et markerende et hug 1 centimeter fra Styrmandens kønsdele. Det var en demonstration af en af Sultan Abdul Rasool Tabarak Al Mamlaka Nardeens ynglingsafstraffelser, hovedflækning med halshugning. Afsluttende med kastration i en og samme bevægelse.

Gartneren blev ligbleg, lige så bleg som det indre af hans nykløvede hvidkålshoved, men nu forstod han til fulde hentydning fra Kizlar Agasi. Han var nu klar over, at her var en kunde, der ikke var til at spøge med, og traf han ikke de rigtige beslutninger inden for ganske få sekunder, ville hans eget hoved ende som dagens tilbud sammen med de øvrige grønsager ude i udstillingsvinduet.

Den gamle Gartner kastede et flygtigt blik på Styrmanden, som nu stod og smilede sødt til sin ven maurereunukken Kizlar Agasi iført sin lyserøde tylskjole. Han rystede let på det venstre ben lige nok til, at klokken på hans snabeltøffel fik det til at lyde, som om der var en, der gav en omgang inde på Bodegaen ved siden af.

Den gamle Gartner var snarrådig, og lynhurtigt skiftede han sindelag. Han havde genvundet fatningen, og med en venlig gestikulering svingede han den venstre arm rundt i luften og afsluttede som en anden kustode med at pegede ind mod baglokalet.

"Mine herrer, det er her inde, forretningerne foregår," sagde han elskværdigt og så over på Styrmanden, som nu heller ikke forstod et kuk af det hele. Det eneste, han kunne huske om det baglokale, var, at der kun var flaskeæbler der inde.

Med en urkraft som stammede tilbage fra flere generationer i Gartnerens familie, greb Den gamle Gartner fat omkring skaftet på sin bredbladede machete, som lå på den øverste hylde under disken.

"Hvor mange gulerødder var det, han ville købe?" spurgte gartneren og skubbede lidt bag på Styrmanden og hans tro følgesvend.

"Otte tons fordelt på alle dine magiske sorter," mumlede Styrmanden utydeligt og hurtigt.
Lettere smilende og nynnende satte Den gamle Gartner skiltet med LUKKET i døren, og så gik han med ind i baglokalet. Da han var kommet ind, trak han forhænget helt til, men han sikrede sig samtidig, at der ikke stod nogen uvedkommende uden for butikken, som kunne se, hvad der foregik inde i baglokalet.
"Var det otte tons, du sagde?"

KAPITEL 14

Brevet der Dræber

Kjøbenhavneren besluttede sig for at undersøge forbindelsen mellem Bodegaejeren og det berømte brev "Brevet der dræber", som Fiskeren havde kaldt det. Brevet som havde givet den Engelske Beskænker talelammelse i over tre år. Han havde ifølge Fiskeren ikke sagt et sammenhængende ord i alle årene.

Flere pålidelige kilder, som han havde talt med og havde spurgt ind til om, hvorfor man fik dræberbrevet, havde mere eller mindre samstemmende bekræftet samme årsag til, at Beskænkeren havde fået brevet og var blevet sat i forbindelse med det efterfølgende mistænkelige hændelsesforløb, som Fiskeren også havde berettet om. Så der var sikkert noget om snakken.

Årsagen til, at Beskænkeren havde fået det berømte brev og efterfølgende havde mistet mælet, var, at bestyrelsen for Svanekes havekoloni ved det årlige haveeftersyn havde konstateret flyvegræs i et hjørne af Beskænkerens mønsterhave. Det var en kolonihave, som alle i byen talte om. Flest kartofler under hver plante, asier så store og så mange at det så ud som om, at alle Svanekes borgere havde forpuppet sig. Hans squash var kæmper for slet at tale om hvidkålshovederne. Beskænkeren havde sat næsen op efter at få 1. præmien for den flotteste kolonihave det år, og han sammenlignede selv sin have med Highclere Castle`s have i Hampshire. Alle i byen havde samstemmende udråbt ham som favorit. Da han modtog brevet, ramte det ham som en slatten kålrabi lige i ansigtet. Han blev sendt til tælling og blev mundlam.

For Kjøbenhavneren var det et positivt og kærkomment faktum, også selv om Fiskeren havde været særdeles velbeskænket, da han havde talt over sig vedrørende efterfølgende hændelse. Som en følge af Beskænkerens modtagelse af "Brevet der dræber", så det ud som om, at Fiskerens beretning holdt vand. Nu havde han virkelig noget på Beskænkeren. Han manglede kun at snøre sækken til med beviset mod ham.

Palle Ib sad på sit kontor på Madvigsgade nr. 4 en stille og rolig torsdag og kæmpede med en billedkryds og tværs. Han sad som altid let foroverbøjet på kontorstolen, fordi ryglænet manglede, og stålskinnen skar ham hårdt ind i ryggen, hver gang han lænede sig tilbage. Det var et stadigt tilbagevendende minde om, at ryglænet havde manglet, lige siden han havde modtaget stolen ovre fra depotet i København.

Kontoret var stadig sparsomt indrettet, også fordi de nye kontormøbler, han havde ansøgt om i flere år, blandt andet et ovalt mødebord med plads til 12 personer og med tilhørende stole polstret med sort læder på sædet, endnu ikke var dukket op. Den ene væg på kontoret var som noget nyt domineret af et stort billede med en trold, der kom op af jorden. Eller var det hovedet fra en nu hovedløs person med langt næsten hvidt hår og lyst skæg, der lå der under træet og solede sig i de sidste aftenstråler? Billedet var malet af Den gamle Gartner, og det var et "gaveudlån", som Den gamle Gartner havde kaldt det. En gave han kunne kræve tilbage når som helst, såfremt der skulle komme en kunde, der var interesseret i at erhverve det for en mindre overpris.

Billedet hang nu over den orange nappabetrukne topersoners sofa. Det var i øvrigt en sofa, han havde klunset sig til nede på containerpladsen i Nexø under påskud af, at den var et vigtigt bevismateriale i forbindelse med en voldtægtssag, som han arbejde på. Sofaen mangle de to forreste ben, som han havde erstattet med nogle telefonbøger og et par håndbøger for Polititiet, som han alligevel aldrig læste i. Han havde nøje sikret sig, at den nu var lidt højere fortil, så han ikke trillede ud af sofaen, når han lå og fik sig en lur med ryggen til trolden. Han kunne ikke falde i søvn, hvis han kom til at ligge og se ham ind i øjnene. På væggen bag ved hans skrivebord hang stadig billederne af dronning Margrethe i farver og ved siden af det sort/hvide billede af Kong Frederik. Det havde, lige siden han blev ansat, undret ham, at de skulle hænge ved siden af hinanden, for han mente ikke at kunne huske, at de to var blevet gift.

Klokken var 09.17, det var lige før han skulle ned til Torvet for at tage bussen til Rønne, da telefonen ringede for første gang i den uge.

Han skulede irriteret over på telefonen. Han lod den som sædvanlig ringe fire gange, før han tog den, så borgerne kunne forstå, at han havde andet og vigtigere ting at tage sig til.

"Ja, det er hos politiet," sagde han med en tillagt myndighed i stemmen samtidig med, at han lige tog sig i skridtet.

"Goddag, jeg hedder Svend Senzilowsky Helgelund. Skal jeg stave det for dig? Det vil de fleste gerne have, at jeg gør. Mit mellemnavn stammer i øvrigt fra den vestlige del af Polen. Nå, men jeg er ude at gå tur med min hund her i Svaneke. Det er for øvrigt en Border Collie, som stammer fra grænselandet mellem Scotland, Wales og England. Det er verdens mest intelligente hunderace, at du ved det. Hvis I havde ansat nogle af den slags hunde inden for politiet, så behøvede jeg ikke at ringe til dig ha ha ha. Nå, men jeg ringer, fordi jeg har fundet en mand uden hoved oppe i kolonihaverne. Jeg fandt ham, da jeg gik en tur i området. Ja, det vil sige, det var ikke mig men min hund, der fandt ham, eller rettere sagt den kom løbende med hans hoved, og der var stadig ild i hans pibe. Men jeg har lagt hovedet på plads igen, efter at jeg fik fat i hunden, da den ikke gad at lege med det mere. Den kan ikke så godt tåle tobaksrøg. Jeg har løbet hele vejen ned til Havnen for at ringe, så det er derfor jeg lyder lidt forpustet. Men så fik hunden da lidt motion samtidig med."

"Bevægede han sig?" spurgte Palle Ib myndigt

"Ikke som jeg så det. Han lå på ryggen stille og roligt men uden hoved," svarede han

"Nå, så løber han sikkert ingen vegne de første par timer," vrissede Palle Ib surt. "Vi kommer op og ser på det. Du må ikke forlade byen de første 4 uger!" fortsatte han.

"Fire uger??? Jeg skal retur med båden i morgen. Jeg har hele familien med. Børnene skal i skole, og min kone skal være på job mandag, ellers bliver hun fyret," sagde Senzilowsky rystet.

"Jeg sagde fire uger," gentog Palle Ib bestemt og glemte fuldstændig at få mandens navn og adresse samt personnummer noteret ned, før han lagde røret på, så han anede ikke, hvem manden var.

Palle IB var rasende. Det her vil komme til at gå ud over kaffen og kortspillet med kollegaerne i Rønne. Det svirrede i Palle Ibs hoved. Det var et af de mest iriterende og besværlige steder i hele Svaneke, hvis man var på cykel, for det var op ad bakke lige meget hvilken vej, man valgte, og så var det grusvej. Opgivende begyndte han at se på kortet over Svaneke og omegn, for lige at se, om der alligevel skulle være en ny vej der op.

Han overvejede, om han kunne true en eller anden person i byen, der havde bil, til at køre ham under påskud af, at han var under mistanke for et eller andet.

Palle Ib havde hørt et svagt rygte fra Fiskeren om, at den engelske Beskænker havde modtaget "Brevet", eller som Fiskeren kaldte det, "Brevet der dræber", så han kunne så let som ingen ting sætte Beskænkeren under mistanke og så true ham til at køre ham op i havekolonien. Problemet var bare at finde ham. Han kunne være alle steder i byen, hvis han ikke var på Bodegaen. Så det kunne tage det meste af dagen at få fat i ham for slet ikke at tale om risikoen for, at Beskænkeren med det samme ville kræve indfrielse af hans gæld på Bodegaen, og den havde han ingen planer om at betale.

Efter en times tid besluttede han sig for at tage cyklen, selv om den stadig var flad på baghjulet. På vej op til kolonihaverne ville han være i stand til at slå selv Oscar Plattner i at stå stille på en cykel.

Da han et par timer efter opkaldet ankom til kolonihaverne, var der ikke et menneske at se i miles omkreds, og han havde ikke fået noteret ned, i hvilken have det var, at turisten havde fundet det hovedløse lig, så han måtte op og ned ad den grusbelagte vej for at tilse flere haver, før han endelig fandt den hovedløse og livløse mand.

Den omkomne mand lå ved siden af en havefræser, som stadig stod og kørte i tomgang, og hovedet lå pudsigt nok på den modsatte side af fræseren.

Palle Ibs første tanke var, at de sgu da heller aldrig lærte at køre ordentligt med de havefræsere.

"Den slags selvforskyldt arbejdsulykke i fritiden bliver heldigvis en overkommelig opgave, så jeg kan være tilbage og få lidt frokost om et par timer,"sagde han til sig selv.

Han studerede omhyggeligt det løse hoved. I venstre mundvig sad der rigtig nok en pibe, som der fortsat var gløder i, og der kom en svag sødlig røg ud af den uddødende pibe. Det fraskilte hoved bed stadig hårdt sammen om piben. Ingen skulle åbenbart stjæle hans pibe, tænkte Palle Ib. Hvad Palle Ib ikke bemærkede, var, at hovedet var hugget af med en fuldstændigt skarpt og rent snit, som var det hugget af med en langbladet machete.

Palle Ib så med sit falkeblik, at der stod nummer 34 på et bræt, der var banket ned i jorden ude ved grusvejen. Han så på det hovedløse lig, som lå der med et par lidt for store lysebrune overalls.

Der sivede stadig blod ud fra kroppen. Det gøder jo alt sammen, tænkte han og begav sig op til flagstangen for at se, hvem der stod som indehaver af have nr. 34.

I det lille glasskab hang nogle A4 sider med navnene på alle havelejerne. Mens han søgte ned over alle navnene, kom han til at tænke på, hvor mange muligheder han havde for at mistænkeliggøre samtlige havelejere og sætte gang i en omfattende afhøring, som ville skabe stor respekt omkring hans person selv ude i Rønne, ja, måske helt over på politigården i København. Men han skød hurtigt tanken fra sig, det var trods alt en for omfattende mundfuld. Han kunne slet ikke overskue at skulle afhøre alle havelejere.

Hans finger stoppede op ud for nr. 34, hvor der stod Alfred Konradsen (Formand).

Nu manglede der bare en enkelt opringning til Falck med besked om, at få afhentet formanden i én ligpose. Palle Ib så økonomisk på al ting så ikke noget med at putte ham i to poser.

Lettere stolt af sit opklaringsarbejde gik han tilbage til have nummer 34 for at tage sin cykel og køre ned til kontoret. Han glædede sig allerede over, at hele turen tilbage gik ned ad bakke direkte til stationen i Madvigsgade, hvis han valgte at køre ad Korshøje grusvejen så svinge til højre ned mod bagindgangen til kirkegården og derefter til venstre og så følge Vestergade lige over i Storegade for så med fuld fart at svinge skarpt til højre ad Otto Holst Bakke, som gik direkte ned til stationen i Madvigsgade.

Han glædede sig også til at skulle skrive rapporten om denne sag. "Corpus Delicti" ville han kalde en selvforskyldt fritids arbejdsulykke, som følge af letsindig omgang med et farligt haveredskab. "Så kan de lære det!!!"

Selv om han valgte at skrive i rapporten, at det var en selvforskyldt fritids arbejdsulykke, ville han alligevel efterfølgende igangsætte en mistænkeliggørelse efter behov af op til flere forskellige personer i byen. Det var ofte, at det ledte ham på sporet af en række nye sager, som han kunne efterforske, det var sådan noget, der omgav ham med respekt i byen, følte han selv.

Da han kom tilbage på politistationen og lagde sig på sin topersoners sofa, besluttede han at udskyde rapportskrivningen til næste dag, for så kunne han lige nå at ringe til Falck, inden han lukkede kontoret for derefter at gå en inspektionstur ned på Torvet og ind i baglokalet hos Den gamle Gartner for at få sig en 4 - 5 øl til at afslutte dagen på. Øl som naturligvis var på Gartnerens regning, selv om Gartneren noterede alle de øl, han fik, ned i den lange smalle kolonnebog.

KAPITEL 15

Gensyn med Bodegaen

Solen hang lavt ude i horisonten hastigt på vej ned efter en ophedet dag, forbrændingen havde stået på fra morgen til aften, den kastede dovent de sidste stråler over byen, så byen lå i sine lange trygge skygger. Kjøbenhavneren stod uden for Bodegaen denne sene eftermiddag i det tidlige forår og vaklede mellem tørst og hævn eller det, han troede, var hans fire beskyttende vægge omkring hans værelse nede på Hotellet.

Han stod usikkert ude på Torvet. Det var ikke første gang, han havde stået usikkert på Torvet i Svaneke med tanke på den gang, da Den gamle Gartner næsten kørte ham ned. Hans skygge blev længere og længere i takt med, at solen gik ned, og det var, som om den selv gik hele vejen ind på Bodegaen. Først hen til væggen, hvor den knækkede i en vinkel på halvfems grader ved fodmuren for så langsomt at kravlede op ad muren og op til vinduet. Da skyggen kom op til vinduet, skulle den lige kigge ind, før den fortsatte ind på Bodegaen, og det var som om, at skyggen placere ham på stolen til højre for bordet lige inden for døren, så han kom til at sidde ved siden af de lokale stamgæster, der sad lige inden for døren. Han gøs bare ved tanken.

Når han kiggede hen mod vinduerne, kunne han se forskellige hoveder, som skiftevis dukkede frem og tilbage, op og ned. Det mindede ham om skydeteltet ude på Dyrehavsbakken, hvor hovederne kørte op og ned, og man for en flad femmer fik tre bolde, så man kunne forsøge at ramme et hoved lige i fjæset med en dejlig stor bomuldsbold, inden et nyt hoved dukkede frem. Han trak på smilebåndet idet han tænkte: "Havde jeg bare haft tre bolde nu."

Der var ingen tvivl om, at Den gamle Gartner havde fået sin interesse for hoveder og inspiration til at starte sin kunstmalerkarriere på Dyrehavsbakken. Han noterede sin observation på en lap papir til det videre opklaringsarbejde.

Kjøbenhavneren havde længe overvejet at gå ind på Bodegaen for at få vished for, om overfaldet på ham virkelig var foregået på den måde, som det stod mejslet i hans hukommelse som en oldegyptisk vejviser hugget i en stenplade. Men det, der nu trak mest, var opklaringen af mordet nede på Havnen, og hvad fanden, da hans skygge nu allerede sad der inde, tog han det første og skæbnesvangre skridt i den forkerte retning.

Det var med bange og rystende bevægelser at han satte hånden på håndtaget. Det føltes isende koldt og stod i skærende kontrast til de lunkne bajere, ham den Engelske Beskænker kunne diske op med fra hans varmeisolerende høkasse af et køleskab. Men nysgerrigheden og tørsten overvandt hans frygt, så han besluttede at fortsætte ind på Bodegaen.

"Pas på mange øjne følger dig," lød et godt råd, han engang fik af en god ven, da han steg på flyet til Sydafrika.

Da han kom ind, gik han direkte over mod døren til toilettet, så han havde ryggen fri, for så at se sig hurtigt orienterende rundt om i lokalet, og han skævede for en sikkerheds skyld lige ind i baglokalet, så han ikke skulle blive overrasket af et blodigt bagholdsangreb.

Lige inde for døren ved det første bord sad Harboørefiskeren sammen med to andre, hans malerven og sikkert en anden fisker. Harboørefiskeren havde front mod døren, så kan kunne følge med i, hvem der kom og gik.

Længere nede ved stambordet sad den Engelske Beskænker og Bodegaejer på slagbænken under det store billede af et oprørt hav med hul i. Men der var en stamgæst, der havde sat en prop i hullet, for at vandet ikke skulle løbe ud i nakken på ham, der sad under billedet. Beskænkeren kiggede ud af vinduet uden at bemærke, at der var kommet en ny gæst ind. Ved samme bord sad også Den gamle Gartner. Kjøbenhavneren kunne genkende ham på stråhatten, selv om han sad med ryggen til. Han gøs ved tanken om, at gartneren skulle genkende ham, og det skulle senere vise sig, at det gjorde han. Gartneren vendte sig hele tiden uroligt rundt for at følge med i, hvad der skete bag hans ryg. Han var sikkert nervøs for, at en gammel kunde skulle overfalde ham i ren og skær hævngærrighed over købet af et par slatne porrer, han eller hun havde købt for ti til femten år siden..

Han valgte at sætte sig ved bordet lige efter det bord, hvor Fiskerne sad med sine venner. Han genkendte straks ham Maleren nede fra Havnen, ham som han sådan cirka havde købt 10 til 12 øl til, uden at han var dukket op. Han gøs ved tanken om, hvad det ikke kunne blive til nu, da Maleren selv var her, så han skulle ikke sidde ved det bord, hvor Fiskeren sad med sine venner. Han skulle ikke filuteres mere, det havde han ikke råd til.

Lige da han skulle til at sætte sig, kom han i tanke om, at der ikke var servering ved bordene, så han måtte op ved baren for at bestille sin øl. Oppe i baren stod der en rundhovedet lettere rødmosset mand med tyndt tilbagestrøget brillantinehår. Han havde begge albuer solidt plantet på bardisken, og han lænede det meste af kroppen ind mod disken. Han støttede hovedet med den ene hånd, der sad som fastlimet under hagen, og hvordan han bar sig ad med at drikke sin øl måtte stå hen i det uvisse. På underarmen havde han flere tatoveringer med en slange, der snoede sig rundt om et anker, under ankeret stod der Daucus Carota. Den anden tatovering var et Løvehoved, hvor der nedenunder stod "I love Hasle". Da han fik øje på Kjøbenhavneren, skulede han ondskabsfuldt på ham gennem nogle briller, der med garanti ikke var hans egne, eller også var de købt brugt et eller andet sted i byen.

"Og hvor kommer du så fra?" spurgte han.

"Jeg er ovre fra København," svarede Kjøbenhavneren venligt.

"Wrong side of the Mountains," sagde han mumlende med spyt omkring hele munden og uden at fjerne hånden under hagen.

"Sådan nogle som dig skulle skydes med et maskingevær uden rettergang," sagde han samtidig med, at han lod som om, han tog ladegreb på en AK48 Kalaskinow og begyndte simulerende at skyde vildt mod Kjøbenhavneren.

"Rat, rat, rat, rat, ratte, ratte, rat," skrattede han, men det var nu ikke kugler men spyt i stride strømme, der kom mod Kjøbenhavneren. Hans tænder røg ud af munden på ham hele tiden, så hans maskinpistol kom til at lyde som en svag luftbøsse.

"Det er fordi, han altid køber brugte gebis ovre hos urmager West, det skal du ikke tage dig af," var der en venlig gæst oppe i baren, der oplyste.

Hvilken modtagelse tænkte Kjøbenhavneren ved sig selv.

Den Engelske Beskænker, som stadig sad på slagbænken og kiggede ud af vinduet, tog optrinnet som noget ganske selvfølgeligt, og det lod ikke til, at det generede ham synderligt, at en ny gæst på den måde blev budt velkommen, mens kuglerne nærmest piftede ham om ørerne, så han på det nærmeste blev skudt ud af Bodegaen.

Da Kjøbenhavneren havde stået og ventet i omkring fem minutter på at få bare noget, der lignede betjening, blev døren til Bodegaen åbnet med et smæld, som var det en dobbelt saloondør i en amerikansk western film, og to mænd kom væltende ind. De var i et vældigt humør, og de var begge særdeles velbeskænkede.

"Hej hi, hej ho, vi kommer begge to," sang de begge i kor med armene spredt ud til hver side.

Den ene havde en hvid hjemmestrikket højhalset rullekravesweater på samt et par gamle forvaskede lyse kakibukser. Bukserne var halvt stukket ned i et par blå sejlergummistøvler, men det så nu ikke ud som om, de støvler havde set skyggen af havvand i flere år.

Hans makker var indsmurt i gammelt ler, og det var tydeligt, at han var en af byens mange keramikere. Han kom gående sådan cirka en to meter bag ham med gummistøvlerne, og i et forsøg på at nå hen til baren tog han hele tiden to skridt til den forkerte side og så et frem. På et tidspunkt ramlede han ind i bordet, hvor Fiskeren sad med sine venner. Han stod i længere tid lænet op ad bordenden uden at sige et ord, og han kunne ikke komme ud af flækken. Flere gange forsøgte han at give sit store overskæg en opadgående og nedadgående snoning, så det gik op i venstre side og ned i højre, men hver gang han løftede højre hånd fra Fiskerens bord, var han ved at styrte om på gulvet.

Fiskeren rejste sig med en jamrende bemærkning om, at ryggen ikke var, hvad den havde været. Han drejede Keramikeren en halv omgang, så han havde retning lige mod baren, og da han gav ham et let skub på skulderen for at sætte ham i gang, stod der en støvsky af tørret ler ud i hele lokalet. Kjøbenhavneren bemærkede, at hans træsko var som brændt i brunt ler.

Da han endelig kom i sikkerhed lænet op ad baren, fik Keramikeren igen den ene hånd fri, så han kunne rette på sit overskæg med en lille svingende bevægelse, der igen fik overskægget til at dreje op og ned. Hvilende på albuen kunne han med den anden hånd slå kraftig på den lille klokke på bardisken. Ding, ding, ding, tre hurtige og så tre langsomme og så tre hurtige igen.

"Man er ude for at more sig," sagde han og knækkede sammen af grin. "Haaaaaha ohhh haaaah oh oh," grinede han videre.

Den Engelske Beskænker rejste sig langsomt og lidt halvsurt op og gik med slæbende skridt ind mod baren. Inden han kom om bag disken, gik han lige ud i baglokalet, hvor han var et par minutter eller tre.

De nye gæster førte sig frem med den ene morsomme bemærkning efter den anden, syntes de selv.

"Nåååå jaaa mennn," sagde ham Keramikeren med overskægget, og ved den bemærkning knækkede hans ven fuldstændig sammen af grin, så han fik et voldsomt hosteanfald og havde svært ved at rejse sig op.

"Jeg kommer pludselig i tanke om, at jeg har sgu glemt mine smøger," sagde Keramikeren grinende, så hans makker igen knækkede sammen af grin.

Da Beskænkeren kom ind bag bardisken med en surmulende mine på, henvendte han sig først til de to nye gæster, selv om Kjøbenhavneren var kommet først. Keramikeren så på Beskænkeren og sagde:

"Man vil gerne se på to kolde Tuborg," hvorefter begge de nyankomne fik latterkrampe. Keramikeren drejede halvt rundt og gik ned i knæ, så det kun var den venstre arm og albue, der forhindrede ham i at trille ned på gulvet.

"Ja, og så to malurtbitre naturligvis," sagde hans ven, hvorefter de begge rakte hånden rystende frem for at modtage de to små glas.

"Så bliver det lige 44 kroner," kom det hurtigt fra Beskænkeren.

Beskænkeren skænkede en malurtbitter op i deres glas og skubbede dem over mod deres fremstrakte hænder. Begge to tømte dem i et drag, før de væltede over mod stambordet med deres øl. De begyndte straks på at hæve stemningen ved stambordet, hvilket der ikke skulle så meget til, for der var ingen, der havde sagt noget indtil videre.

"Har I selv betalt for jeres øl?" kunne Kjøbenhavneren høre Den gamle Gartner spørge de to ny ankomne til stambordet om uden at forstå, hvad han mente med det.

"Ja, naturligvis vi fik det skrevet på regningen, som du ved," sagde ham, der tilsyneladende var Keramikeren storgrinede og slog Arkitekten på skulderen, så han fik et længerevarende hosteanfald.

"Nå, og hvad skal du så have?" spurgte Beskænkeren uden at se op eller byde velkommen til.

"Jeg vil gerne bestille en kold Tuborg, og jeg vil gerne betale med det samme," sagde Kjøbenhavneren for en sikkerheds skyld og gav Beskænkeren femten kroner, efter at han endelig havde fået sin høkasseopvarmede øl.

"Alle kunder betaler med det samme her på stedet," svarede Beskænkeren gnavent.

"Min gode ven jeg gav kredit. Jeg mistede ham og hans visit," citerede han poetisk uden at se op fra skuffen på kasseapparatet, som han skubbede lige præcist så langt ind, at den ikke stemplede på bonrullen.

"Du har vel ikke en kold?" spurgte Kjøbenhavneren og fortrød i samme sekund, han havde sagt det.

Beskænkeren vendte det hvide ud af øjnene og greb ud efter hans øl og mærkede på flasketemperaturen.

"Er du så utilfreds, så kan du skrubbe over til bageren og købe din øl," nærmest vrissede han.

"Nej, nej, det er helt fint med den her, man skal jo ikke have slået sin mave i stykker den første dag med de der kolde øl på en 17 - 18 grader," sagde Kjøbenhavneren i et forsøg på at virke lidt morsom og vinde Beskænkerens fortrolighed, men det virkede nærmest modsat, og hans 4 kroner i byttepenge blev klasket hårdt ned i bardisken, så de alle efterlod en stort mærke af dronningen i silhuet på bardisken.

Nervøs for at blive smidt ud smed han en femogtyveøre i drikkepenge på bardisken, hvilket kun resulterede i, at Beskænkeren kylede den over i et lille glas med nogle småmønter i.

"Almisser er til rengøringen," mumlede han surt og skulede over på en stor flaske, som var halvt fyldet med mønter af væsentlig større værdi.

Da Kjøbenhavneren gik tilbage med sin øl for at sætte sig ved sit bord, bemærkede han, at Den gamle Gartner i det samme rakte ud efter Englænderens øl med en bemærkning om, at han ikke kunne drikke en hel, hvorefter han hældte halvdelen af Beskænkerens øl op i sit eget glas. Beskænkeren lod som ingenting.

Kjøbenhavneren satte sig ved bordet, så han kunne sidde halvt med rygge til Fiskeren og hans venner, og han havde på den måde mulighed for at se og høre, hvad de talte om. Han drejede sig lidt mere rundt, så han bedre kunne høre, hvad de talte om, hvilket bekom han særdeles godt, fordi han regnede med, at de ville have svært ved at fortie deres viden om den dræbte kvinde nede på Havnen. De ville sikkert få gummerne på gled, jo mere øl de fik hældt indenbords. Beskænkeren serverede pludselig en omgang øl til Fiskerens bord med en bemærkning om, at det var på husets regning indtil videre.

"Det manglede bare" replicerede Fiskeren.

Kjøbenhavneren drejede sig lidt mere, så han havde front mod baren og svagt kunne skimte Fiskeren og hans venner. Det var med alle sanser skærpede, at han forsigtigt tog den første slurk af sin nyindkøbte øl. Han lukkede øjnene og begyndte koncentreret at lytte til deres konversation.

"Ahaa," sagde Harboørefiskeren efter den første slurk.

Maleren tog sig en slurk, der mindede om rensning af flaskerne på Tuborgbryggeriet.

"Det var dæleme godt. Det var lige, hvad jeg trængte til," sagde han og kiggede ned i den tomme flaske.

"Ahaa, Ahaaa," fulgte de andre op efter et par store slurke, som bevirkede, at skummet væltede ud af flaskerne. Der var ikke noget med at bruge glas i det selskab. En ved bordet mumlede noget om, at øl blandet med kalk fra glassene gav ham hård mave.

"Han havde ti kasser i dag," var der en anden, der sagde.

"Ti kasser," replicerede Harboørefiskeren. "Det var ett møj."

"Årr det er da bedre end 6 kasser," sagde hans ven Maleren.

"Ja, nu ligger han i yder Havnen," sagde ham den særdeles tørstige nyankomne der drak Elefant øl.

"Det gjorde han da ikke i går, der lå han ude på Nordlyset," sagde Maleren.

"Det kan være, at han rykker ind igen til aften," sagde ham den særdeles tørstige.

"Ja, det ka man ett vid," sagde Fiskeren.

"Nej, det kan man ikke," var der en, der sagde.

"Nå, men ska vi haww jen til?" spurgte Harboørefiskeren og rejste sig med jamrende klagelyde og stort besvær. Han ventede ikke på at få et samtykkende svar fra de andre, før han satte kurs mod baren, men i det samme fik han øje på Kjøbenhavneren og vendte rundt og satte sig ned igen med et lettelsens suk.

"À tøvs do ska gi à omgang øl, din tjuvling," sagde han og slog Kjøbenhavneren så hårdt på venstre overarm, at hans arm omgående blev hensat i en tilstand af total lammelse.

"Ja, det kan alle jo komme og sige, men så ville jeg jo være en fattig mand, inden jeg kom hjem," sagde han i håb om, at Fiskeren ville ændre fokus og skifte emne.

"Nå jen sajer à jen skal haww à øl, så ska do eet sit og vær halsstarrig," sagde han og slog ham en gang til på armen, som nu var i en tilstand, som betød, at han sikkert måtte aflyste den cykeltur, han havde planlagt rundt i byen den næste dag.

"Nå, men så går jeg op og henter en øl. Så håber jeg, at vi er på nogen lunde talefod igen," fremstammede han og begyndte at lede efter 11 kroner i nogle løse penge, han havde i lommen.

"Min ven à Maler ska også haww à Hof, og jen skal også haww à Hof, og de må eet vær for kold, vi ska haww jen mir til min ven der. Han ska haww à Tuborg, og så à HOF te à Styrmand der sitter ved à stambord. Han sejler på à langfart, så han får eet så mang øl af à venner, og så også en til à Beskænker oppe i à bar, husk à saj at det er fra mig," sagde Fiskeren i et lettere truende tonefald. Ingen havde bemærket, at Styrmanden var kommet snigende ind gennem bagindgangen og havde sat sig ved stambordet ved siden af Den gamle Gartner. Keramikeren og hans ven sad nu begge to i slagbænken.

"Det bliver jo en hel runde øl på min regning til folk, jeg ikke kender," indvendte han uden at få noget svar. Han turde ikke modsige Fiskeren, så han gik op i baren for at bestille de fem øl og så en til sig selv i forhåbning om, at de så ville begynde at få tungen på gled og tale over sig og ryste op med alle deres hemmeligheder.

Da han stod oppe i baren, betragtede han Styrmanden, som nu sad ved stambordet med en stor gageforbinding viklet neden om hagen, og tænkte, at det måtte være ham Fiskeren havde fortalt om. Efter omkring fem minutters venten, kom den Engelske Beskænker ud inde fra baglokalet med et viskestykke, der havde set bedre dage, slængt hen over skulderen. Hvis det var det viskestykke, han brugte til at tørre glassene af med, forstod han bedre sammenhængen med glassenes grå tilstand og øllets manglende evne til at udvise bare en lille smule skum på overfladen.

"God dag igen. Jeg vil gerne lige bestille to Hof fra kassen ikke for kolde og en kold HOF til en eller anden Styrmand, som jeg ikke kender og to kolde Tuborg. En til ham der sidder ved Fiskeren. Jeg ved sgu ikke, hvorfor jeg skal give ham en øl, og så en til mig selv, og så skulle jeg også give dig en øl fra ham Fiskeren, som sidder der henne ved døren. Vi har vist alle glas," sagde han venligt.

"Kun en øl til mig? Hvad med de seks andre, jeg sidder sammen med? Skal de ikke have noget?" spurgte Englænderen halvsurt, og hovedrystende kiggede han hen mod døren. Kjøbenhavneren gik nærmest i chok efter det spørgsmål.

"Jamen, der sidder jo kun fire ved dit bord, så ..." nåede han kun at få sagt, før den Engelske Beskænker hurtigt sagde:

"De to andre er på vej. Det bliver syv øl i alt plus en bitter," mumlede han og begyndte med en pegende bevægelse og en kuglepen at tælle over mod stambordet.

"Men det er mig, der skal betale, så jeg skal vel for fanden ikke betale for øl til folk, der er på vej endsige for folk, der sidder her hver dag fra morgen til aften?" Kjøbenhavnerens stemme dirrede.

"Og en hel anden ting. Hvorfor fanden skal du også have en øl og bitter med til stambordet. Du har sgu da lige fået en af ham Fiskeren?" Han nærmest råbte det ind i hovedet på Beskænkeren, som totalt ignorerede hans råberi.

"Vi har vores regler og traditioner her på Bodegaen, og det skal sådan et turistrøvhul som dig ikke komme her og begynde at lave om på eller brokke sig over," svarede Beskænkeren og begyndte at skrive ned, hvor mange øl, han syntes, der skulle serveres på Kjøbenhavnerens regning.

"Det bliver tolv øl i alt. Skal du også have en til dig selv?" spurgte Beskænkeren og så op over sine gamle briller.

"Ja tak, det var egentlig det, jeg kom for, men den er med i de første, jeg selv har bestilt," svarede han hurtigt, idet han håbede at kunne spare i det mindste en enkelt øl på regningen.

"Så bliver det tretten øl og to bitter. Det plejer jeg altid at få med fra ham Fiskeren, så det bliver til femten genstande i alt. Det er også lettere at regne ud. Det bliver lige 386 kroner."

"Sig mig lige, koster øllene ikke ellve kroner stykket?" spurgte han undrende.

"Jo, det er rigtigt, og en bitter koster 12,50 krone."

"Så kan det sgu da ikke blive 386 for femten genstande," sagde han vredt.

"Så, så, din brammerøv. Skal du have din egen øl eller hvad? Du har i øvrigt også betalt for den næste omgang, du kommer til at give," sagde Beskænkeren med et fjoget grin om munden og så over på stambordet, hvor de alle nikkede samstemmende.

"Jeg skal sgu ikke give flere øl på det her smudsige værtshus," erklærede Kjøbenhavneren surt og misfornøjet.

"Skal vi vædde en omgang til begge borde?" spurgte Beskænkeren og rakte hånden frem hurtigere end en klapperslange kan hugge. Han nævnte ikke noget om, hvilken slags omgang eller hvor stor den skulle være, men det gik så hurtigt, at Kjøbenhavneren ikke bemærkede, hvad det egentlig handlede om.

"Det kan vi kraft edermame godt. Jeg er den, der er forduftet, inden vi kommer så langt," svarede Kjøbenhavneren triumferende og stak hånden frem.

"Men jeg kan sgu da stadig ikke få det til at passe. Tretten øl og to bitre, det bliver femten genstande i alt og tretten øl gange 11 kroner stykket plus to bitre til 12,50 krone stykket, det bliver sgu da kun 168 kroner, så to omgange er kun 336 kroner, hvis du da ellers kan regne, din svindlerkarl," nærmest råbte han.

"Hov, hov du! Her på Bodegaen er det altid dobbelte bitre vi taler om, når der bliver givet en omgang. Sådan er reglen her på stedet, og så koster en bitter i øvrigt kun tolv en halv krone, selv om den er hjemmelavet," sagde Beskænkeren stolt.

"Nå, og hvad så med de to, der fik bitre før? De betalte sgu da ikke mere end 11 kroner stykket, så hvorfor skal jeg så betale 12,50?" spurgte han og pegede ned på ham støvskyen ved stambordet.

"Det er prisen for de lokale, og det skal du ikke blande dig i, dit røvhul," svarede Beskænkeren, idet han rystede på hovedet.

"Men jeg har ikke engang fået så mange penge med, så jeg kan ikke betale for denne omgang."

"Det er inget problem. Vi kan skrive dig på blokken, så kan du komme og afregne i morgen." Beskænkeren hev en gammel laset blok frem med fem små rækker mindre blokke og noterede Kjøbenhavneren for to omgange sytten genstande i alt til 386 kroner. Han havde nu fået et par smalle røde læsebriller på, der i øvrigt manglede den ene stang. Brillerne sad halvt nede på næsen, så han kunne se det mindste vink fra Bodegaens stamgæster.

"Skriv ikke, hvis du kan tale, og tal ikke, hvis du kan nikke." Det var en skotte, der sagde det, sagde han fornøjet.

"Hvad hedder du? Og hvor bor du? Og hvor længe skal du være her?" spurgte han uden at se op.

"Bare kald mig Jan. Jeg bor nede på hotellet i den næste uge," svarede han, selv om det var en lille hvid løgn.

Han regnede med, at han havde opklaret mordet nede på Havnen i løbet af et par dage, og så ville han anmelde alle de uhæmmede misdædere med deres forbryderiske hensigter til Polititiet i Rønne, når han alligevel var på vej ned til Færgen for at tage hjem.

Han så frem til at sidde triumferende og nyde sejrens sødme på Færgen mod Ystad med en stor kold duggende fadøl.

"Ja så, og hvilket værelsesnummer?" spurgte Beskænkeren indgående.

Han skulle ikke have noget af at oplyse sit værelsesnummer til denne sammensvorne Svaneke-carmorista, så han valgte at lyve.

"Værelse tretten," løj han.

"Værelse tretten? Det lyder mærkeligt. Jeg mener at havde hørt noget andet. Er du nu helt sikker på, at det er værelse tretten?" spurgte Beskænkeren uden at se op fra blokken.

"Ja, helt sikker," svarede han lidt nervøst og så efter, om Beskænkeren fik nogle trækninger i ansigtet.

"I hvilken fløj ligger det værelse?"

"I den sydlige ende ud mod biografen." Kjøbenhavneren så usikkert rundt i Bodegaen.

"De har mig bekendt ikke værelser med nummer tretten," sagde Beskænkeren vredt med en antydning af, at han vidste, at han var ved at blive snydt.

"Det har du nok ret i. Jeg husker nok galt. Det er nummer fjorten, ja. Jeg er lidt fortumlet af alle de øl, jeg skal give her på stedet," sagde han og slog ud med armene.

"Fjorten, så siger vi det, men du kender vel straffen for forkerte oplysninger her på stedet? Det håber jeg i hvert fald, at du gør," sagde Beskænkeren med ryggen til baren samtidig med, at han var ved at skænke sig en af de dobbelte bittre, han havde bestilt til sig selv fra den første omgang.

Han begyndte at stille de første seks øl op på bardisken, dem som Kjøbenhavneren oprindelig havde bestilt.

"I får ikke rene glas," sagde Beskænkeren og tog en lunken Tuborg til side til sig selv.

"Så behøver vi ikke at få nogen, for dem vi har, er allerede godt beskidte," sagde Kjøbenhavneren i et forsøg på at være lidt morsom og for at løsne stemningen lidt op.

Den Engelske Beskænker syntes absolut ikke, at den bemærkning var morsom.

Da Kjøbenhavneren tog om de fem øl for at gå tilbage til sit bord, bemærkede han, at alle øllerne havde samme temperatur, sådan ca. 18 – 19 grader. Det var ikke lige det, han havde bestilt og med tanke på, hvad ham Fiskeren kunne finde på, hvis han fik en forkert øl, hvad kunne så ikke ham hans malerven finde på?

Han satte alle øllerne tilbage på bardisken igen og sagde:

"Jeg bestilte to Hof fra kassen og en kold HOF og så tre kolde Tuborg. Alle de øl her har samme temperatur som en radiator en kold vinterdag," sagde han og ønskede næsten, at han havde sine store grillhandsker på.

"Det er muligt, men vi har alle øl på køl i disse dage, så dem fra kassen er udsolgt. Selv jeg må drikke en kold, men du kan få en varm porter. Det bliver så fire kroner mere," sagde Beskænkeren og gik ud i baglokalet viftende afværgende med højre hånd over skulderen uden at vente på et svar.

Da Kjøbenhavneren kom tilbage og satte øllerne foran Fiskeren, sad der en ny gæst ved bordet, og han blev fuldstændig tør i munden ved tanken om, hvad han skulle have at drikke på hans regning. Der gik da heller ikke mere end tre sekunder, før Fiskeren slog ham på den lamme arm og sagde:

"Det æ min ven han ska os ha à øl af mig, han drikker à Elefant øl, så do må op til à bar igen, og det ska vær mæ jet inden det bliv auden." Det blev sagt med et udtryk, som kunne køle samtlige øl, der stod på bordet, ned til 12 grader.

Kjøbenhavneren fik endnu et slag på armen lige over albuen, men det havde ikke nogen virkning, for han var i forvejen totalt følelsesløs i armen. Den eneste trøst, han kunne finde, var, at det ikke var hans drikke arm. Han kunne ikke huske, hvornår han sidst havde brugt venstre arm til noget vigtigt. Måske var det for en syv otte år siden i en sen nattetime, hvor han lettere beruset var blevet stoppet af politiet og var blevet bedt om at vise sit kørekort. Da havde han brugt venstre arm til at få kørekortet ud af vinduet.

Den nye gæst var en kraftigt bygget fyr, som så mere end tørstig ud. Begge arme hang ud fra hans overkrop, som om han bar på to store halmballer.

Det er sikkert Fiskerens bodyguard, som skal assistere ham, når han selv har slået sig tom for kræfter. Så kan han tilkalde ham fyren her, så han kunne sætte det sidste og afgørende stød ind på det sagesløse og blødende offer, tænkte han, og lettere rystet gik han op og bestilte en Elefantøl til Fiskerens gode nyankomne og tørstige ven.

"Skal den også skrives på regningen?" spurgte Beskænkeren

"Ja tak."

"Det bliver 13 kroner," sagde Beskænkeren samtidig med, at han noterede 13 krone med store op - og nedadgående sving på blokken.

"Og så er det slut med kun at købe en øl ad gangen. Vi har ikke tid til at rende op og ned, fordi du skal have en øl, så du må samle dine bestillinger sammen og så få serveret alle øl på en gang," informerede Beskænkeren surt.

"Serveret?" spurgte Kjøbenhavneren uden at få svar.

"Med den pris for en øl følger der vel et glas med?"

"Han drikker kun af flasken som regel to lige efter hinanden, så du kan lige så godt få en til med det samme." Beskænkeren bukkede sig efter endnu en Elefant øl fra kassen.

Kjøbenhavneren skulle lige sluge den bemærkning, før han gik ned med elefanten til ham bodyguarden.

Da han kom tilbage og ville sætte Elefantøllen foran kæmpen, tog han fat om flasken før den ramte bordet. Den forsvandt ind i hans hule hånd, og han satte den for munden og drak, så skummet stod ham ud af ørerne. Kjøbenhavneren nåede ikke at sætte sig ned, før Fiskeren rev ham i skjorten, så den røg halvt ud af bukserne.

"Han à tørst i dav, så do må op i à bar og hent jen Elefantøl til, ellers blywve han sur og tvær og ett til at hav med at gør," sagde han grinende til de andre.

"Nej hov, vi andre er os løbet tør, so vi må lige ha à omgang mir, min ven der han ka ett li à drik alene."

"Nej, nu må det være nok. Jeg er sgu ikke jeres pengeautomat," protesterede Kjøbenhavneren men med lav stemmeføring. Det var ellers hans plan at skrige det ind i fjæset på ham Fiskeren, så han kunne forstå det en gang for alle. Fiskeren sprang op med en kraft som en kænguru på flugt og tilsyneladende uden at mærke de værkende knæ og rygsmerternes knive, som gennemskar ham, når han ellers rejste sig.

"À hva var lig det do såå dær, din kløvning? Nu ska do ett vær forvorpen! Ka du så kom op i à bar og hent à omgang øl, ellers ska jen sør for, at do kom te à ligne à klipfisk på à havn," hvæsede han og pegede op på baren, hvor ham Englænderen stod med det mest fjogede grin, han længe havde set, vel vidende at han var på vej til at vinde sit væddemål med Kjøbenhavneren om, at han kom til at give en omgang øl til.

"Nu ska do ett vær halsstarrig, vi ka ett sit her hel avden." Fiskeren stod stadig med fingeren pegende op på baren, hvor Beskænkeren allerede var i gang med at trække øllerne op og stille dem på bardisken.

"Og så en omgang til à stambord med det sam, og husk at saj à det er fra mig," påpegede Fiskeren med løftet pegefinger. Med hængende skuldre gik han gik op til baren for at bestille de øl, som ham Fiskeren nu havde tvunget ham til at købe.

"Og hvad skulle det så være denne gang?" spurgte den skadefro Beskænker og så på de øl, han allerede havde trukket op. Han stod med den dobbelte øloplukker og bankede takten til en eller anden gammel engelsk sejrsmarch ned i låget på det, han bildte alle gæsterne ind, var et køleskab til kolde øl. Ind imellem snurrede han øloplukkeren rundt som i et andet flaskespil, hvor den, som flaskehalsen pegede på, skulle betale for omgangen. Det behøvede han nu ikke lige nu, for i dette øjeblik var de ved at flå Kjøbenhavneren for de sidste skillinger, han havde til ferien, eller hvad han skulle kalde den.

I det samme kom en ny gæst ind på Bodegaen og satte kurs direkte mod baren. Han havde en stor lysebrun Tweed Country Jakke uden på en småblomstret skjorte, og han stirrede direkte på Kjøbenhavneren gennem et par store hornbriller med glas så tykke som hinkesten.

"Du skal give mig en bajer, ellers får du en røvfuld!" proklamerede han og tog sine briller af og smed dem hen ad bardisken. Han stillede sig i positur som en bokser, før klokken ringer for første omgang.

"Det er en af mine gode venner. Du må hellere give ham en øl, for ellers får du på gummerne, og jeg vil ikke have uroligheder her på stedet," sagde Beskænkeren og trak en hof op til hans gode ven og noterede den på Kjøbenhavnernes regning.

"Jeg skal have to varme Hof og tre Tuborg, og de skal være kol...," fik han lige sagt men blev hurtigt afbrudt af Beskænkeren.

"Hvad mener du med kolde? Havde du noget at beklage dig over ved de første øl, du fik dit, røvhul?"

"Nej, ikke over den jeg selv fik", mumlede han.

"Nå, og hvad er der så mere?" spurgte Beskænkeren og strakte begge arme ud til siden.

"Jeg skal også have en Elefantøl, og den skal vist nok være fra kassen," bad Kjøbenhavneren ydmygt.

"Ja, og hvad så mere?" Beskænkeren rystede hovedet." Nu må du se at bestemme dig! Jeg kan ikke stå her hele dagen," vrissede han surt og skulede over til stambordet for et se, om de også var ved at løbe tør.

"Det var så det!" sagde Kjøbenhavneren som afslutning på bestillingen.

"Ja, ja, ja, det er godt med dig. Hvad så med den omgang, du lige har tabt på væddemålet? Den skal afregnes med det samme. Spillegæld er æresgæld her i byen og specielt her på Bodegaen. Vi skal lige have afregnet den tabte omgang med det samme, så er det ude af verdenen," sagde Beskænkeren idet han kiggede over på stambordet blot for at konstatere, at alle havde tomme glas.

"Det bliver lige 193 kroner," sagde han og noterede beløbet, hvorefter han satte to Tuborg op på reolen bag baren til sig selv.

"Det var så væddemålet, og så skulle du have en omgang til?"

"Ja, til fiskerbordet plus en Elefantøl," mumlede han lavmælt i håbet om, at Beskænkeren ikke havde hørt bestillingen fra Fiskeren.

"Hov, hov du! Hvad så med stambordet? Jeg hørte godt, hvad Fiskeren sagde til dig. Skal du have en med selv?" Kjøbenhavneren nægtede at svare på det spørgsmål.

Ved stambordet sad de nu og væltede glassene med bemærkningen om, at det var da godt, der ikke var noget i. Styrmanden sad og pegede ned i sin åbne mund, selv om det medførte en skærende smerte fra det blodige sår, hvor hans øre var hugget af. Ham med de blå sejler gummistøvler råbte op om, at man spilder jo ikke ned ad sig her på stedet, og ham Keramikeren klappede sig på venstre bryst, så der stod en stor støvsky ud over hele bordet, og han kom med en bemærkning om, at nu havde han sgu igen glemt sine smøger derhjemme. Støvskyen gav ham et kæmpe hosteanfald, så han bukkede helt sammen, men han undlod ikke at smugkigge op på Beskænkeren for at se hans reaktion.

Beskænkeren begyndte at tælle personerne ved bordet.

"En, to, tre, fire, fem, plus de to, der er på vej, det er syv øl ialt og så en dobbelt bitter til mig. Det var dem til stambordet," fastslog han og noterede 102 kroner.

"De skal sgu da ikke have flere øl ved det stambord! De har jo lige truet sig til en omgang med ham Fiskeren som formand. Nu må det fanden eddermame være nok! Nok er nok! Nu stopper det her cirkus! Hvad fanden er det for et etablissementet, jeg er havnet i?" Nu var Kjøbenhavneren vred, og han slog hårdt ned i bardisken med højre hånd, den venstre var stadig totalt lammet efter slagene fra ham Fiskeren.

"Hvis du ikke kan tåle at tabe et væddemål, så skal du finde dig et andet sted at komme, dit obsternasiske røvhul," erklærede Beskænkeren og fortsatte med at tælle øl op.

"Jeg mener bare, at det ikke kan være rigtigt, at en sagesløs turist skal plukkes på den måde og i den grad blive filuteret," forsøgte han sig uden effekt.

Beskænkeren hørte overhovedet ikke efter. Han fortsatte med at tælle øl op.

"Og så var de tre ved Fiskerens bord plus ham, der skulle have en Elefant plus en til mig og Styrmanden og så en bitter til mig på den omgang. Det bliver 5 øl, en Elefant og en dobbelt bitter," sagde Beskænkeren og så op over sine røde briller." Skal du selv have en med med det samme? For så bliver det seks øl, en Elefant og en bitter til Fiskerens bord. Det bliver 104,00 kroner. Nu ikke så meget vrøvl, dit røvhul. Skal du selv have en med?"

"Ja, så skide være med det, og lad mig også lige få en dobbelt bitter. En af dem du selv står og hælder i dig på min regning."

"Så bliver det 13 øl plus en Elefant samt to dobbelte bittere, ja, og så plus den dobbelte bitter, du lige har bestilt. Det er ikke noget, der vedrører væddemålet. Det bliver lige 231 kroner i alt. Skal de skrives?"

"De skal for helvede ikke have øl ud over væddemålet! Hvor mange gange skal jeg sige det?" nærmest skreg han ind i hovedet på Beskænkeren.

"Jeg blander mig ikke i, hvad du kommer her op og bestiller, og hvad du taber, dit røvhul," vrissede Beskænkeren surt. "Skal de skrives?"

"Ja tak," sukkede Kjøbenhavneren og løftede sin bitter til en skål, men Beskænkeren var allerede i gang med noget andet.

"Jeg går ud fra, at du serverer øllerne ved bordene?" sagde han venligt og nu også lidt gelassent, idet virkningen af den dobbelte bitter begyndte at indfinde sig.

”Hvem havde du så tænkt dig, skulle passe baren imens?” spurgte Beskænkeren gnavent.

”Stik mig lige en af de dobbelte bittere til,” bad Kjøbenhavneren bare for at irritere.

”En til? Hvad skal jeg så have?” Beskænkeren så spørgende på ham og begyndte at skænke op i sit eget glas uden at vente på et godkendende svar.

”Så bliver det lige to dobbelte malurtebitter mere.” Han noterede bestillingen med en hurtig bevægelse, som sluttede af med en lille opadgående krølle på det sidste r.

Beskænkeren drak sin dobbelte bitter i et drag og begyndte sur og gnaven alligevel at servere de øl, som han påstod, at Kjøbenhavneren havde tabt i væddemålet til Fiskerens bord og stambordet. På vej ned til stambordet med de syv øl kunne han ud af øjenkrogen se, at Fiskeren sad gestikulerende og fægtende med armene og pegede ned på deres bord, og med fingeren halvt ned i halsen viste han, at han ville have deres øl nu, og det skulle være nu, for han afsluttede sit fingersprog med en truende knytnæve mod kæben.

Beskænkeren drejede om som en anden balletdanser og sprang op til baren og stillede de syv øl tilbage på disken.

”Dem må du selv servere for dine venner,” sagde han og tog i stedet en øl til sig selv og så de fire øl fra væddemålet. Kjøbenhavneren nærmest løb ned med øllet til Fiskeren og hans venner.

Inden han havde fået stillet dem på bordet, havde Fiskeren og Maleren allerede taget fat om deres øl med en bemærkning om, at nu var øllerne vel ikke for kolde.

”Ahaaa,” udbrød Maleren allerede inden Kjøbenhavneren fik stillet de resterende øl på bordet.

Fiskeren fulgte op med endnu et Ahaaa og en indeklemt bøvs ud gennem venstre mundvig.

"Ja, det æ godt med à øl når man æ tøst," sagde han henvendt til sin gode ven Maleren og hjalp derefter med til at fordele de sidste af Kjøbenhavnerens øl.

På vej ned til sit bord for at se efter hvor hans egen øl var blevet af, forstærkedes de to dobbelte malurts virkning på Kjøbenhavneren. Hans mave havde nu indtaget samme tilstand som en trykkoger, der skulle havde været taget af blusset for femten minutter siden.

Alle hans muskler var spændte, især var Levator ani spændt til bristepunktet, som hos en anden elitegymnast, der hænger i ringene med armene ud til hver side og benene stikkende ligefrem med strakt vrist. Han drejede rundt og satte i retningen af Bodegaens toilet.

Han tog i døren med en mobilisering af kontrollen over alle sine muskler. Han turde ikke slippe kontrollen bare et sekund, men han kunne til sin store skræk konstatere, at døren var låst, der var optaget. Han bankede på døren i en slags panisk katastrofemorsen, tre korte og så tre lange bank og så tre korte til. Efter tre hurtige tag i håndtaget råbte han:

"Varer det længe?" Men han fik intet svar. Var det virkeligt tilladt at sidde på et halvoffentligt toilet og sove en brandert ud på det tidspunkt af aftenen?

Han forsøgte at lede tankerne over på noget andet, men tankerne tvang ham tilbage til at mindes en aften på en vidunderlig italiensk restaurant i Greenwich Village i New York, hvor han besat af stemningen og den gode mad, vennerne og sin elskede kone, havde bestilt fem kopper espresso til den efterfølgende dessert med tilhørende dobbelte Grappa. De sad virkelig i et muntert lag. Han selv havde mest lyst til også at besøge samtlige værtshuse i Harlem, men det endte med, at de alle besluttede at tage til Empire State Building på Fifth Avenue and W. 34th St. for et komme op og se ud over New York by night.

Allerede i The Yellow Cap lod virkningen af espressoen røre på sig. Trykket bevirkede, at det føltes, som om chaufføren kørte dem rundt om Manhattan fire gange, før de nåede frem til Fifth Avenue. Uden tanke på andet end at finde et toilet var han styrtet ud af taxien og ind i marmor mausoleet af en hall for at lede efter et toilet, dog uden det fornødne held. Hans kone havde sat foden i elevatordøren i mindst fem minutter til elevatorførerens store irritation, og hun stod og råbte efter ham:" Kom nu, kom nu. Hvad leder du efter? Kom nu!"

Da han kom ind i elevatoren, startede den med en G-påvirkning på 5 til 6.

"Hvad skulle du? Hvad ledte du efter?" blev konen ved.

Han var næsten ude af stand til at svare, for der var kun en ting, der styrede hele hans legeme og sanseapparat, og det var den altoverskyggende tanke:

"Hvis der ikke er et lokum på toppen af den her bygning, så bliver jeg den første, der har skidt ud over hele Manhattan." Toilettet på toppen var ledigt, og han blev der inde i mere end fem minutter ekstra, bare for at nyde følelsen af, at være en fri og lettet mand.

Nu stod han så der igen med den samme følelse og de samme tanker, som han havde på vej op i elevatoren, men da døren til toilettet endelig gik op, så han ikke ham, der kom ud, fordi han nærmest sprang ind på det lille toilet. Da han var kommet ind, forsvandt tankerne og følelsen som dug for solen. Der var ingen grund til at have de samme tanker mere, det var mere et spørgsmål om at forrette sin nødtørft siddende halvt på hug, som de gjorde nede i Saudi Arabien, fordi ham, der lige var gået ud , havde ordnet det der med at skide ud over hele Manhatten. Stanken har sin egen enerti, konstaterede han.

Da han kom ind i baren igen, var de syv øl til stambordet forsvundet som dug for solen. Han så op på ham Beskænkeren, som nu var i et festligt humør. I det humør man har, når man deltager i, hvad man kunne kalde et sammenspist drikkelag.

Uden held forsøgte han at fange Beskænkerens opmærksomhed, så han gik over til stambordet, hvor han sad og prikkede ham på skulderen og spurgte:

"Hvor er mine syv øl blevet af?"

"Ja, det sidder vi også og undrer os over," sagde ham med overskægget og de lerede bukser, inden han knækkede sammen af grin med hele overkroppen inde over bordet.

"Der kan du høre. Vi aner ikke, hvor de er blevet af, I mean, jeg går ikke og holder styr på, hvor folk stiller deres øl. Det eneste, jeg ved, er, at du skylder en omgang på syv plus fem øl og en elefant med tilhørende bitre til begge borde for det væddemål, som du tabte," sagde Beskænkeren og rejste sig op for at gå ind i baren. Deres tørst var uudslukkelig.

"Skal du selv have en med?" spurgte han med hovedet nede i høkassen, det han kaldte køleskabet til de kolde øl.

"Har du noget for maven?" spurgte Kjøbenhavneren lidende. Selvom han havde på fornemmelsen, at han havde afregnet øllerne fra det væddemål en gang, så turde han ikke obstrahere over for Beskænkeren, og maven krævede i øvrigt al hans opmærksomhed.

"Har du problemer med maven, så er det en dobbelt malurt du skal have. Det råd har jeg givet til mange af vores bedste kunder, og nu får du det også, selv om du ikke hører til dem endnu," sagde Beskænkeren og så sig om i lokalet for at se, om der var nogle gæster, der gjorde tegn til at ville have en øl mere på Kjøbenhavnerens regning.

"Nå, så giv mig en dobbelt bitter og så de syv øl, der er forsvundet, og som jeg skylder til stambordet," snøvlede han lettere beruset.

Englænderen så over på stambordet og sagde:

"Du kan ikke nøjes med syv. Styrmanden fik ikke sin øl sidste gang, fordi han var ude på toilettet, og en omgang til bordet er en hel omgang, I mean, ikke noget fedteri her på Bodegaen." Beskænkeren rakte ud efter to bitterglas og stillede dem op på bardisken. Han skænkede to dobbelte malurt og drak den ene, hvorefter han noterede 138,00 kroner på blokken.

"Det er kraft edder mame som at være med i langbueslaget ved Agincourt at være gæst her," sagde Kjøbenhavneren hovedrystende.

"Hov, hov, du fik sgu da din dobbelte malurt, før jeg gik ud på toilettet, så du skal vel ikke have en til, din skide vindbøjtel," udbrød han vredt til Beskænkeren, uden at det havde nogen effekt.

"Spillegæld er æresgæld, og man drikker aldrig alene. Det betyder uheld i næste spil," fremturede Beskænkeren og begyndte for en sikkerheds skyld igen at tælle personerne ovre ved stambordet.

"Hvad for et spil? Jeg skal ikke have noget af at spille noget som helst spil her på dette lyssky etablissement. Aldrig i livet!" Han drak vredt sin malurt i et drag med et forvrænget ansigt som en hønserøv i måneskin.

"Skal vi vædde?" spurgte Beskænkeren, mens han med sin store svulstige skrift skrev 206,00 kroner for en ny omgang på et nyt væddemål på seks plus syv øl samt en Elefant på Kjøbenhavnerens regning plus naturligvis de to dobbelte malurte bittere til ham selv. Han var helt euforisk, og det var lige før, at den afsluttende streg på blokken strøg over på en anden gæsts regningsblok og dermed skrev et par bittere mere på en uskyldig mands regning.

"Sig mig lige engang, hvad kender du til det med den dræbte og hovedløse kvinde, som de fandt forleden nede i havnebassinet? Du kender jo alle i byen og hører vel alt om, hvad der foregår, eller hvad?" forsøgte Kjøbenhavneren sig samtidig med, at han så efter den mindste trækning og sindsbevægelse i Beskænkerens ansigt. Den eneste reaktion han fik ud af den bemærkning var, at Beskænkeren med hurtige skridt gik ud af baren og hen til Den gamle Gartner ved stambordet, hvorefter han bukkede sig ned og hviskede ham et eller andet i øret. Den gamle Gartner nikkede tilsyneladende samtykkende efter hver sætning, som Beskænkeren sendte ind i Gartnerens persilletilgroede mellemøre. Kjøbenhavneren forsøgte sig med mundaflæsning, men det var meget svært. Det eneste, han kunne aflæse, var, at Gartnerens undermund nu gik fra side til side i en slags hævngerrig skæren tænder. Undermunden fortsatte med at gå fra side til side, da han langsomt vendte sig om for at betragte Kjøbenhavneren med et dybdeborende blik. Det var sikkert det samme blik, som Brutus havde sendt Cæsar, før han langsomt men sikkert stak en kniv i hjertet på ham.

Beskænkeren havde afbrudt Den gamle Gartner, som sad og førte sig frem med, at nu havde han udvidet sin koncern, og hans kone havde overtaget purløgsdivisionen. Slående ud med armene berettede han også om, at han sammen med den gamle postmester havde planer om at starte et lokalt postfirma med brug af brevduer. De ville også søge om at importere halvtreds pelikaner til pakkeposten, og så ville de parre dem med papegøjer, så de selv kunne spørge om vej.

Han var den eneste, der grinede af den vitttighed sikkert fordi, de andre ved stambordet havde hørt den utallige gange før.

Usikker til bens begyndte Kjøbenhavneren at gå ned til sin plads overbevist om, at nu var Fiskeren og hans venner så tilpas velbeskænkede og møre, at de ville begynde at tale over sig og afsløre alle de hemmeligheder, som de bar rundt på. Hemmeligheder der var som dæmoner, der ville flå og hærge i deres sind resten af livet.

Han satte sig igen ned lige bag ved Fiskeren med skærpede sanser for at få alle detaljer med fra deres samtale. Fiskeren sad nu med ryggen til men lød ophidset og slog i bordet. Han lukkede øjnene for at styrke sanserne. Han havde ikke siddet sådan i mere end to minutter, før Den gamle Gartner lettere foroverbøjet og med den ene hånd hvilende let bag på ryggen, en gammel vane han havde tillagt sig for at folk skulle tro, at det var for at lindre på en tiltagende slidgigt, stod foran Fiskerens bord med venstre tommelfinger svingende bag over skulderen, og som en anden usurpator meddelte han Fiskeren, at der var indkaldt til Parol, og at de skulle mødes inde i baglokalet, og det skulle være med det samme. Bag ved Gartneren stod nu også den hjemvendte Styrmand. Han var godt mørkebrun, som han stod der i sine ultra korte shorts, og han tog sig hele tiden til halsen sikkert for at lindre svien fra nogle underlige kvælningsmærker, han havde omkring halsen. Det så ud, som om han havde været ude for en mislykket hængning. Rundt om hovedet havde han et stykke gagebind omviklet to gange. Det holdt en stor blodgennemvædet firedobbelt gazebindspude ind på siden af hovedet, der hvor hans manglede øre havde siddet. Man kunne se, at det klistrede til højre side af hovedet, og ud over det hele var der et stort stykke plaster, der gik helt ud på kinden for at holde sammen på forbindingen. Plastret trak hele hans ansigt skævt, så det så ud, som om han gik rundt med et lumsk og skælmsk smil på hele tiden. Beskænkeren kom uvant løbende efter med fire øl med tilhørende grå glas. Da de gik ind i baglokalet skulede de alle ondt over mod Kjøbenhavneren, uden at han selv bemærkede det, fordi han sad med let lukkede øjne for at bevare koncentrationen.

Da de alle var kommet ind i baglokalet, kiggede Beskænkeren mistænkeligt ud på Kjøbenhavneren gennem serveringslugen en sidste gang, før han lukkede lugen.

Da Kjøbenhavneren åbnede øjnene og opdagede, at Fiskeren var væk, benyttede han lejligheden til at gå på toilettet igen, og på vej der ud kunne han i mellemgangen ikke undgå at fange brudstykker af deres ophidsede samtale, hvorfor han forsigtigt lagde øret til den dør, der var lige over for dametoilettet. Døren førte direkte ind til baglokalet, som lå bag baren.

Han kunne tydeligt høre ham Fiskeren sige:

"Vi har à pengeskab i à kælder, hvor vi ka smid ham ind. De finder ham aldrig, à saj det igen, de finder ham aldrig!" Han fortsatte med at gentage det, indtil Den gamle Gartner afbrød ham med et:

"Glimrende ide, glimrende ide."

Det var tydeligt, at Den gamle Gartner var mere end tilfreds med det forslag, for han førte an med en latter, der ikke var til at misforstå. Det var en rå latter, en latter der lod alle forstå, at han samtykkede med det løsningsforslag som Fiskeren var kommet med.

"Vi skal bare have ham ud af byen hurtigst muligt, men han skal lige betale sin regning på Bodegaen først," fremførte Beskænkeren, grav alvorligt.

"Jeg er helt enig. Han er en trussel, som skal slettes på samme måde, som når jeg renser en pensel, der har været brugt, når jeg maler et maleri oversmurt med rigtigt blod," sagde Den gamle Gartner og brød ud i et nyt krampelignende latteranfald.

"Vi kan også smide ham ned i den brønd, jeg har nede i kælderen. Så vil kød og knogler være skyllet væk inden for et par måneder, og så er han væk," brød Beskænkeren ind igen.

"Á tyvs det er à glimrende ide," råbte Fiskeren for at fedte sig ind hos Beskænkeren for at styrke kreditten.

"Få ham væk fra byen. I får to dage til at få ham fjernet, og der skal ikke efterlades et eneste spor, for så skal jeg sørge for, at I alle bliver lavet om til minkfoder, og så er I selv væk inden for et par dage," truede Den gamle Gartner triumferende uden at spille sit trumfkort ud, nemlig livsvarig karantæne til de billige bajere i baglokalet.

Da de var færdige med skumlerierne, kom de smilende ud klappende hinanden på skulderne, og især Styrmanden var begejstret. Beskænkeren var mere reserveret, sikkert fordi det var ham, der hang på de 4 øl, de havde drukket under mødet.

"Det var store veltalte ord," udbrød Styrmanden med en vis stolthed i stemmen. Han smilede skælmskt samtidig med, at han gned sig i hænderne.

"Nu trænger vi alle til en forfriskning, nu hvor vi er edsvorne," erklærede han og så på Beskænkeren.

Kjøbenhavneren skyndte sig ned på sin plads og lod som ingenting. Han turde ikke kigge op af frygt for, at de skulle invitere ham over til stambordet, hvilket han ikke skulle nyde noget af. Han var godt klar over, at man kun kunne yde ved det bord.

"Det har jeg aldrig hørt om før," var der en, der sagde ved bordet, hvor Fiskeren nu var kommet tilbage og havde sat sig på den stol, som tilsyneladende var hans ejendom.

"Nå, har du da været oppe i haven i dag?" spurgte ham Maleren pludseligt.

"À tror ett på det," svarede Fiskeren tilbage, hvorefter alle så uforstående på ham.

De var sikkert begyndt at tale om endnu et hovedløst lig oppe i haven, tænkte Kjøbenhavneren med skærpede sanser.

"Hvis de er brune i toppen, så af med knoppen," sagde ham den store, der kun drak elefantøl.

"Ja, det siger Alex også," sagde Maleren.

"Vi ka da spør à Gartner han sitter lige der ned," sagde Fiskeren og pegede bagover med tommelfingeren ned mod Gartneren uden at vende sig om.

"Det ved han sgu da ikke noget om," sagde Maleren grinende og lænede sig tilbage for at bunde sin øl.

Kjøbenhavneren sad med lukkede øjne og ventede på det ord eller den sætning, der ville åbne låget på Pandoras æske, så han kunne slå til med det fældende bevis over for firbanden i Svaneke, eller hvor mange de nu var, da Fiskeren pludselig vendte sig om og gav han et fornyet slag på overarmen med en kraft, så han igen blev klar over, at han var mere end i live.

"Vi hå ett mer øl, din døgenigt," sagde han og lænede sig fremover for at se, om han sov.

Han lod som om han sov. Gennem en lille sprække i venstre øje kunne han svagt skimte, at Fiskeren blev ved med at stirre på ham. Han havde ikke råd til at åbne et øje mere den aften, følte han. Fiskeren på den ene side og så ham Beskænkeren på den anden, det var ikke til at betale for almindelige dødelige mennesker. På grund af de lukkede øjne bemærkede han ikke, at Fiskeren med en roterende håndledsbevægelse gjorde tegn til Beskænkeren om, at der skulle serveres en ny omgang øl. Han afsluttede sin roterende bevægelse med også at pege ned mod stambordet og lod højre hånds tommelfinger pege ned på Kjøbenhavneren, som stadig sad med lukkede øjne. Beskænkeren sprang op og pegede ind på sig selv for at få et bekræftende nik fra Fiskeren om, at han måtte snuppe to øl og to bittere med på samme omgang. Fiskeren svarede med et bekræftende nik.

Fiskeren vendte sig om for at fortsætte samtalen med sine venner.

"Nå, så du har ikke været der oppe i dag?" Maleren så op i loftet, og demonstrativt lod han som om, han ville tage en stor slurk mere af sin for længst tømte øl.

"À war der i går morges klokken halv fem," svarede Fiskeren kort.

"Det kan alle jo komme og sige på den tid." sagde Maleren og så ned i den tomme flaske.

"De skal af med knoppen," var der en, der sagde.

"Hvor mange har du?"

"12 under, var det det, du sagde?" Der var ingen, der svarede på det spørgsmål.

"Ti under hver," sagde en af dem.

"Ti????" udbrød et par stykker i munden på hinanden.

"Ja, ti," gentog han.

"Det tror jeg ikke på," sagde en anden.

"Hvordan ser de ud?" var der en, der spurgte.

"De er ikke set større nord for alperne," var der en anden, der tilføjede.

"De får sådan nogle små sorte pletter," sagde ham med elefanten godt gemt inde i hånden.

"Det er ligpletter, der kommer cirka otte til tolv timer efter, at døden er indtrådt," tænkte Kjøbenhavneren for sig selv." Kom nu ind på, hvor mange lig I har gravet ned der oppe på landet for ham Den gamle Gartner," tænkte han forhåbningsfuldt.

"Du skal bare lave en blanding af læskekalk og svovldioxid og så tynde det godt ud, så du kan hælde det ud over dem hver aften, så forsvinder de, spørg selv Alex," foreslog ham med elefanten.

"Aaa det hå jen ett hørt om før," sagde Fiskeren mistroisk. Det var meget, at de ikke kendte til metoden med saltsyre i en olietønde, så var liget lige til at hælde ud i Østersøen i løbet at et par dage." De er sgu da nogle værre amatører," tænkte han stadig med lukkede øjne. Han havde ikke råd til at åbne dem mere den aften.

Han kunne svagt fornemme, at han faldt i søvn ind imellem, men hver gang han kom til sig selv, talte de stadig om det samme.

"Vi kan tage der op i morgen og kappe knoppen af, så er det slut," foreslog Maleren, som nu sad og drejede sin tomme flaske rundt for at se, hvem flasken pegede på.

"Hvor skal vi gøre af dem?" var der en, der spurgte.

"Det ve à ett," sagde Fiskeren og skulede bagud på Kjøbenhavneren. Da han så, at han stadig sov, fangede han med store fagter Beskænkerens opmærksomhed, og med en rund bevægelse bestilte han endnu en omgang øl og nikkede ned mod stambordet, hvorefter han pegede på Kjøbenhavneren og løftede pegefingeren for lige at gøre opmærksom på, at han sikkert ville have en med selv.

Da Beskænkeren kom med omgangen til bordet sagde Fiskeren:

"Vi ka lige so godt få à ny omgang med det sam, der æ også à dobbelt malurt te dig sil og à omgang te à stambord. Vi ska ett sit og kede os." Han så over på Maleren, som allerede havde bundet den nye øl.

"Æ det owver i à hjørn de æ?" spurgte han Maleren.

"Ja det er der, der er flest," svarede Maleren.

"Jen vè bare, à min kartofler æ de bedste," udbrød Fiskeren og slog i bordet.

"Så har du ikke smagt mine," sagde Maleren og drejede flasken igen, da den lige havde peget på ham selv.

"Jen ska ett smag dine kartofler, de æ for melede."

"Vi har ti under hver plante, og det er rekord," var der en, der prøvede at få ørenlyd med og overgå de ander.

"Jen ska ett smage dine kartofler, din kallepros," blev Fiskeren ved.

"Vi har også sølvbeder," forsøgte Maleren sig.

"Det æ ett te à spis, det æ te à kau," afsluttede Fiskeren og rejste sig med værkende knæ og ryg for at gå hjemover.

Klokken var omkring et kvarter i tolv da Beskænkeren ruskede i Kjøbenhavneren med bemærkningen:

"Du kan ikke sidde og sove brandert ud her! Nu må du se at få drukket ud! Vi lukker om en time." Han snuppede en af Kjøbenhavnerens øl fra bordet.

Kjøbenhavneren rettede sig op fra den halvt liggende stilling, han var gledet ned i. Han så sig omkring og konstaterede, at bordet med Fiskeren og hans venner var forladt men fyldt med tomme både opretstående og væltede flasker.

Foran sig på hans eget bord stod nu fem Tuborg og seks dobbelte malurtebitre, som der ikke var drukket af.

"Beskænker, hvad er det for en masse øl og genstande, der er stillet foran mig her?" mumlede han.

"Det er nogle, du selv har bestilt samtidig med, at du bestilte til alle dine venner og bekendte," svarede Beskænkeren.

"Hvem fanden er det, jeg skulle have bestilt alle de øl til?" spurgte han vredt, selv om han dårligt kunne få et ord over læberne.

"Du har givet øl til Gartneren og Styrmanden og til Keramikeren og så en til, og så til ..." opremsede Beskænkeren uden at kunne huske alle. "Men det er også ligemaj,"sagde han efterfølgende.

"Du kan tage det roligt, for jeg har noteret alt, hvad du har bestilt hele aftenen." Beskænkeren løftede sit glas til en skål.

"Ja, så skål da," sagde Kjøbenhavneren og rakte ud efter en bitter.

I sit stille sind besluttede han, at han ville drikke samtlige øl og bitre, inden han begav sig hjemad. De skulle fandeme ikke drikke mere gratis på hans regning.
Klokken var kvart over et om natten, da Beskænkeren skubbede ham ud af døren.
Det var bælgravende mørkt udenfor, fordi kommunen var begyndt slukket alt gadelys af sparehensyn, og det var begyndt at regne meget kraftigt.
Han anede ikke, hvilken vej han skulle gå, endsige hvor han befandt sig, men han mente at kunne huske, at Beskænkeren havde mumlet noget om, at den sidste bus lige var kørt.
Han havde ingen erindring om, at han skulle være kørt i bus op til Bodegaen. Han vendte sig om og tog et skridt over til døren på Bodegaen, og så bankede han på ruden med fuld kraft og råbte:
"Hvor er jeg? Kan du ikke ringe efter en TAXA til mig? Det er vel den mindste service, du kan yde til en af dine kunder, din skidderrik." Han tryglede Beskænkeren, og han var allerede sjaskvåd fra yderst til inderst.
"Jeg har engang kørt TAXA her i denne by, og jeg kørte aldrig med så fulde og gennemvåde røvhuller som dig," svarede Beskænkeren og trak rullegardinet ned bag døren.
"Vi har lukket! Du kan komme igen i morgen. Du skal jo alligevel op og betale din regning," fortsatte han inde bag døren.
"Dit store røvhul. Jeg køber det værtshus i morgen, og så er du den første, der bliver smidt ud", truede han Beskænkeren uden den tilsigtede virkning, han blev stadig mere og mere våd.

KAPITEL 16

Indbrud på Hotellet

Da han vågnede næste dag midt på eftermiddagen, lå han på gulvet inde på det, han regnede med, var hans værelse på Simsens Hotel. Han kunne dog ikke genkende noget af inventaret. Døren stod på vid gab, og det ene vindue stod og blafrede dystert i vinden uden at være haspet. Han havde det oven i hovedet, som om kommunen havde igangsat et større opgravningsarbejde lige uden for hans vindue med brug af fire til fem lufthamre.

Han havde ingen som helst erindring om, hvordan han var kommet tilbage til hotellet, eller om hvem der eventuelt havde betalt for taxaen, hvis det var på den måde, han var kommet tilbage til hotellet, hvis det da ellers var det rigtige hotel, han nu var på. Efter at han havde set sig søgende om inde på værelset, var han heller ikke sikker på, om det var det rigtige hotelværelse han var havnet på.

Der lå tøj overalt på gulvet, men det var ikke hans eget tøj, og han lagde pludseligt mærke til, at han havde sovet med alt tøjet på. Da han tog sig til hovedet, kunne han mærke, at han havde fået et dybt og ømt trykmærke på den ene kind, og han fandt ud af, at han havde brugt en brun damesko som hovedpude. Han vendte sig om på ryggen for at få en arm fri, så han kunne se, hvad klokken var. Den var allerede kvart over tre, og da han strakte armen op over hovedet, så han lige op på en kvinde, der hang ned fra loftet. Kvinden hang i et lyseblåt nylonreb. Nylonrebet var af samme type, som det fiskerne bruger til at binde deres bøjer fast til fiskegarnene med. Hovedet hang helt skævt på grund af trækket fra hendes egen vægt. Hun stirrede lige ned i hovedet på ham med sine udstående øjne, og var det ikke fordi, at hun havde nogle store runde metal briller på, så var øjnene faldet ud af hovedet på hende. Hun var helt korthåret, og hendes hår var ildrødt. Det så ud som om, at der var gået ild i hendes strittende ører. Tungen hang halvt ud af munden på hende, og det mindede ham om, at han faktisk var hundesulten. Liget hang stille og roligt i rebet, som var bundet op omkring loftkrogen, der hvor lysekronen normalt skulle hænge, og ikke engang jordens rotation fik hende til at bevæge sig.

Det undrede ham, at der ikke lå en væltet stol i nærheden af kvinden, så det var garanteret ikke selvmord. Det stod pludselig lysende klart for ham, at hendes hoved var oplagt som motiv for et af Den gamle Gartners sofastykker. Han ville sikkert kalde det "Skovbrand med ører", tænkte han.

Langsomt begyndte han at komme mere og mere til sig selv, og det gik nu helt klart op for ham, at det ikke var hans eget værelse, han befandt sig på. Han måtte ud derfra så hurtigt som muligt!

Han fik mandet sig op på alle fire og begyndte at kravle mod døren. Forsigtigt stak han hovedet ud for at sikre sig, at der ikke var nogen mennesker på gangen. Han kunne mærke, at han ikke var i stand til at rejse sig, så han lagde sig om på ryggen for at se, hvilket værelsesnummer der stod på døren. Nummer fjorten stod der, og det gav et jag i ham, da en erindring kom til ham som lyn fra en klar himmel. Var det ikke det værelsesnummer, han havde bildt ham Beskænkeren ind, at han boede på?

Han kom nu lynhurtigt op på alle fire, og i samme sekund lød der et smæld fra en dør, der blev slået op med fuld kraft længere fremme på gangen. Da han så op, så meget som han nu kunne bøje nakken, fik han et kort glimt af en person, der med ryggen til løb ned ad gangen med slæbende skridt. Det var helt sikkert, at personen var kommet ud fra hans værelse, nummer tolv, og det var også helt tydeligt, at det ikke var en elitegymnast, der forsvandt ud af døren.

Han satte "fuld fart" på i en slags kravlende pasgang ned mod sit værelse. Der var ingen grund til at spekulere på, hvor han havde gemt sin nøgle, for døren stod som forventet på vid gab. Han rejste sig halvt op støttende sig op ad den åbne dør og så ind i værelset. Det første, han bemærkede, var, at den sikkerhedsseddel, han havde sat i klemme i døren, lå midt inde på gulvet, og det var bevis nok for ham på, at der havde været ubudne gæster inde på værelset. I et kort øjeblik mistede han balancen og væltede ind på gulvet. Værelset var totalt gennemrodet, og hans kufferts indhold var tømt ud på gulvet. Madrassen var skåret op fra top til bund, hovedpuden var tømt for fjer, selv det lille kommodeagtige natbord var tømt for indhold, ja, selv bibelen lå opslået midt ude på gulvet.

Alle hans sammenklistrede bevisnotater på de forskellige mistænkte kvindemordere var flået ned fra væggen og lå nu i flere hundrede iturevne papirstykker spredt ud over hele værelset. Hærværksmanden havde også revet en kvadratmeter tapet ned af væggen, og på den nøgne pudsede væg, var der med store bloddryppende typer skrevet "CANIT NON MORTUI". Det var skrevet med fire let spredte fingre, så hvert bogstav stod med det, man kunne kalde en slags Adidas skrift. Det var skrevet med blod, og det var rigtigt blod, blod fra et stakkels menneske, som sikkert lå et eller andet sted og undrede sig over, hvorfor der pludseligt var blevet så mørkt i rummet.

Fra hvert bogstav sivede en stribe blod ned ad væggen for til sidst at blive samlet op af tapetkanten. Blodet løb derefter ud over tapetkanten og fortsatte sin røde løbebane ned på hans hovedpude, som langsomt var blevet gennemsølet af blod.

Det her skulle de krafteddermame ikke slippe godt fra! Først forsøgte de på at få det til at se ud som om, at det var ham, der havde hængt den rødhårede kost inde på værelse nummer fjorten, og så dette indbrud på hans værelse. Det var umuligt for ham at oversætte, hvad der stod på det nye kalkmaleri, de nu havde udsmykket hans værelse med, men en ting var sikkert, skriften fik hans eget blod til at koge over, og han befandt sig som i en blodrus med et brændende ønske om hævn.

Han gik hurtigt i gang med at sætte natbordet på plads, og som det første sikrede han sig, at indbrudstyven eller hærværksmanden ikke havde fundet den sorte notesbog, som han havde tapet fast under den nederste hylde på natbordet. Da han bukkede sig ned og stak hånden ind under natbordet for at konstatere, om notesbogen stadig var på sin plads, fik han pludselig øje på en kasse, som lå midt på sengen. Kassen, som var på størrelse med en cigarkasse, var pakket ind i groft brunt indpakningspapir af samme type, der ofte bruges til at pakke forskellige grøntsager ind i, hvis de ikke kunne være i en pose. Omkring kassen var der også bundet noget brunt sejlgarn af den slags, som grønthandlerne bruger, når de skal binde en blomsterbuket. Pakken lå fristende, som var det en tillokkende julegave. Men han opfattede hurtigt situationens mulige alvor, for han havde læst op til flere artikler om den slags **IED** (*Improvised explosive device*) bomber, som blev placeret på strategiske steder for at slå en modstander ihjel. Med alle sanser tændt tog han lynhurtigt tre skridt baglæns og væk fra sengen for derefter i en rask bevægelse at trække dynebetrækket af dynen fra den anden seng. Han sprang op i betrækket og trak det op over hovedet. Lynhurtigt lagde han sig fladt ned på ryggen og begyndte at vrikke sig ind under sengen, som kassen lå på.

Hans hjerte slog så kraftigt, at slagene føltes, som om en flok håndværkere var ved at pilotere den sydlige længe på Simsens Hotel, og sveden piblede frem på hans svagt dirrede overlæbe. Efter et par minutter fik han så meget samling på sine nerver og sin motorik, at han kunne lirke sin højre hånd ud af dynebetrækket. Forsigtigt lod han sin rystende hånd nærme sig kassen, og famlende fik han fat i den og forsøgte at løsne knuden, som var en dobbelt kællingeknude bundet meget stramt. Heldigvis gik han altid rundt med et lille søm, der var bøjet som et syvtal, for det var rart at have ved hånden i tilfælde af, at han havde smækket sig ude, eller hvis han ville ind et eller andet sted. Han fiskede sømmet op af lommen og begyndte at lirke knuden op, så forsigtigt som han nu kunne, og han var fuldt ud bekendt med, at tændsatsen, som sikkert var af nitratglycerin, ville udløse en sprængning ved den mindste rystelse. Efter omkring tyve minutter fik han løsnet knuden så meget, at han kunne få snoren af pakken. Det var ingen sag at få papiret af, fordi ham, der havde pakket pakken ind, havde ikke engang villet ofre en gang klisterbånd på indpakningen. Det viste sig, at det var en gammel mellemstor Cubansk cigarkasse. Nærmest i blinde mærkede han forsigtigt på cigarkassen med pegefingeren hele vejen rundt, indtil han mærkede det lille søm i midten af låget. Tankerne fløj gennem hovedet på ham. Hvordan skulle han få låget op uden at ryste kassen, han havde jo kun det lille syvtalssøm? Aldrig havde han følt sig så alene. Han havde kun sig selv at rådføre sig med. Det her er fanden eddermame Gartnerens værk, eller måske ham den engelske Beskænkers, som sikkert stadig havde nogle gamle kontakter til nulevende sprængningseksperter fra krigens tid, tænkte han, inden han tog en rask beslutning og drejede rundt under sengen, så han kunne få venstre hånd så meget fri, at han kunne bruge den til at åbne cigarkassen med. Skulle kassen springe i luften, ville han hellere miste venstre hånd, så han stadig havde den højre til at smadre et knytnæveslag i fjæset på Gartneren næste gang, han så ham.

Han stak syvtalssømmet forsigtigt ind under låget lige ved siden af sømmet i cigarkassen og begyndte forsigtigt at lirke låget op, indtil det lille søm i cigarkassen var næsten helt frit. Det var nu eller aldrig! Han så for sig, at han fremover skulle gå med jakker, hvor venstre ærme var fastgjort omme bag på ryggen med en sikkerhedsnål. Han gav låget et hurtigt sidste skub, så sømmet var frit og trak hånden til sig så hurtigt, at han smadrede albuen ned i gulvet med en jagende smerte til følge. Med tilbageholdt åndedræt lå han nu og ventede på eksplosionen og dens altødelæggende virkning, og hvis han overlevede bomben ville han skide på, om han skulle ud på gangen i bar overkrop og flænsede underbukser for at råbe om hjælp.

Efter omkring 10 minutter var han sikker på, at selv om Gartneren havde konstrueret bomben med en forsinket udløser, så var den behæftet med en konstruktionsfejl, og han begyndte langsomt at møve sig ud fra sengens sikre beskyttelse.

Stadig lettere lamslået satte han sig på den modsatte seng med det meste af dynebetrækket over hovedet. Han lavede et lille hul, så han lige akkurat kunne sidde i en slags falsk sikkerhed og beskue cigarkassen, hvis låg nu var åbnet ca. en centimeter eller lige netop så meget, så sømmet var frit.

Han grublede i det meste af 20 minutter over, hvilken teknik og hvilken form for sprængstof Beskænkeren og måske Den gamle Gartner i fællesskab mon kunne havde anvendt for at konstruere bomben. Havde de mon anvendt Ammoniumnitrat eller nok snarere det mere ustabile Acetoneperoxid? Den gamle Gartner var jo ikke maler for ingenting, og det var det billigste stof til fremstillingen af bomber, hvilket sikkert passede Gartneren udmærket. Men det, der bekymrede ham mest, var usikkerheden og dermed risikoen omkring hvilken udløser, detonator eller penetratorer de havde anvendt. Han var ikke i trivi om, at de havde fyldt cigarkassen op med søn og møtrikker eller metalkugler, og Gartneren var for nærig til at bruge sit egen Junghans vækkeur som udløser, så han konkluderede, at Gartneren sikkert havde foreslået, at de brugte timeren fra en gammel vaskemaskine, han havde haft stående til reparation for en kunde, som aldrig var vendt tilbage. Hans intuition sagde ham, at bomben ikke var udstyret med en forsinket bombeudløser, og en pludselig indskydelse fik ham til igen at tage bibelen op af natbordsskuffen. Han ville bruge omslaget til at åbne cigarkassen helt. Han lod omslaget falde ned, så han havde bibelen som beskyttelse. Var det et sidste farvel, så var det i det mindste med guds ord i hånden som et skjold. Han tog en dyb indånding og vendte sig om med ryggen til bomben. Han bukkede sig ned med bibelen bagud, og med en rask bevægelse åbnede han låget med omslaget, så indholdet lå til frit skue. Med tilbageholdt åndedræt stod han foroverbøjet klar til bombeeffekten og dommedag, men bomben forblev tavs som graven.

Han rettede sig op stadig med ryggen til cigarkassen, og forsigtigt kiggede han sig over skulderen, og det første, han fik øje på, var en brun papirspose med en udefinerlig rød farve i bunden af posen. Forsigtigt begyndte han at fjerne posen med bibelen for kun at konstatere, at der ikke var tale om en bombe men om et budskab, som var det fra den Italienske mafia Costra Nostra. I kassen lå tre gulerødder, de to yderste vendte samme vej, og den, der lå i midten, vendte modsat. Alle gulerødder havde fået skåret hovedet af ca. 2 centimeter nede under toppen, som stadig lå i kassen, og på alle tre gulerødder var der med sirligt håndskrift snittet DØD med en skarp kniv, og for at fremhæve budskabet var der gnedet blod ned i alle bogstaver. Hvem havde gavn af at tage livet af ham? Han var i syv sind.

Han skubbede problemet fra sig for i stedet at genoplive eftermiddagens og aftenens hændelser, men det eneste, han kunne komme i tanke om, som måske kunne være årsag til uoverensstemmelse, var et eller andet væddemål med Beskænkeren oppe på Bodegaen. Om han havde tabt eller vundet, eller hvad det væddemål i øvrigt gik ud på, havde han ingen erindring om, men det gav ham så bange anelser, at det langt oversteg hovedpinen og smerten fra det, der indefra var i gang med at mejsle sig ud gennem hans hjerneskal.

Uden at tænke nærmere over det, bemærkede han i et kort sekund en gul plastic træsko, der lå helt inde under sengen, men hans hoved værkede, som om han havde drukket igennem hele natten, så det var umuligt for ham at samle tankerne om andet end en kold reparationsbajer.

Men han ville først lægge en plan, inden han ville drikke mere øl. Langsomt men sikkert tog planen form. Han ville bygge den op som en tretrins raket. Han ville gå op på Bodegaen og slå tre fluer med et smæk. Først et par stykker af dem, der altid fløj rundt ved stambordet. Han ville så kvase Beskænkeren ved nærmest at sparke døren op til Bodegaen for derefter med målrettede skridt gå direkte op i baren, smadre hånden ned i det virkningsløse klokkespil på bardisken og så stille Beskænkeren det mest snedige og afslørende spørgsmålet sådan helt èn passant, et spørgsmål som vil ramme ham dybt i mellemgulvet.

KAPITEL 17

Regningens Time

Beskænkeren løftede end ikke blikket, da Kjøbenhavneren knaldede døren op til Bodegaen og målrettet gik op til baren for at stille ham det dræbende spørgsmål.

"Noget nyt om den hovedløse kvinde, de fandt drivende rundt nede i Havnen?" Beskænkeren ignorerede totalt spørgsmålet. I stedet tog han et par røde læsebriller, der manglede den venstre stang, ud af et gammelt laset brilleetui og satte dem helt ude på næsen. Han begyndte at tælle og sortere en lang række små hvide boner med æselører, som han rev ud af flere forskellige blokke, hvor der sad fem boner i række. Da han var færdig med det, begyndte han at lægge bonerne op i flere forskellige bunker. Derefter gik han ud i baglokalet og kom kort tid efter tilbage med en gammel cigarkasse uden låg fra krigens tid. Den var fuld af hundredvis af boner, som alle blev holdt sammen med klemmer i større eller mindre bundter, og bundterne var et klart bevis på, at der kom kunder på Bodegaen som drog fordel af ikke at have nogen hukommelse.

Beskænkeren begyndte at gennemgå alle klemmebundterne en for en. Alle de gamle sammenholdte boner var mere eller mindre nikotingule af ælde, men møjsommeligt gennemgik han klemme for klemme med alle bonerne en ad gangen, og ind i mellem hev han indholdet fra en klemme og smed bundtet over til de øvrige boner, som han havde stablet på et nyt stykke karton. Han brugte låget fra et gammelt Prince cigaretkarton. Han afsluttede med at skrive alle beløbene fra de første bunker over på samme cigaretkarton, og efter cirka tyve minutter afsluttede han regnskabet med to store opadgående skrå streger under totalbeløbet. Derefter kiggede han op over de røde briller på Kjøbenhavneren og sagde uden at fortrække en mine men dog meget alvorligt:

"Det bliver lige 3.588,75. Jeg gentager tretusinde femhundrede og otte og firs kroner og så femoghalvfjerds øre, ja, dem skal vi lige have med." Han smed kæmperegningen over til Kjøbenhavneren.

"Tre tusinde og hvad for nogle 75 øre??? Du må sgu da være gået fuldstændig fra forstanden, din skide fusentaster!" Kjøbenhavneren sank sammen og faldt bagover ned mellem stolene ved stambordet og bordet ved siden af.

"Jeg har kraft eddermame ikke drukket for så mange penge! Det er helt umuligt! Det svarer jo til, at jeg og de andre drukhoveder skulle have konsumeret femten bajere hver samt en anseelig mængde bitre. Jeg nægter at betale!!!" råbte han, så højt han kunne, mens han lå på ryggen med hovedet ind mod den iskolde radiator.

"Hold nu op, din skide flottenhejmer. Du sad der bag din ven Fiskeren og gav den ene omgang efter den anden, og når du kom op i baren, skulle du føre dig frem med også at give omgange til stambordet. Fem gange troede du ikke på, at Keramikeren kunne drikke en bajer på under syv sekunder, og du tabte en omgang til begge borde hver gang, så nu skal du fandeme tage og holde op! Vi er så trætte af dine fornærmende talemåder. Du betaler din regning i dag - ikke så meget diskussion med dig," erklærede Beskænkeren og flåede sine røde læsebriller af og smed dem hen ad bardisken, så de landede i den gamle karklud. Det var et nummer, han havde gentaget mange gange, når folk ikke ville betale, herefter havde du 10 minutter til at få betalt din regning eller få 1 års karantæne.

"Tror du, at det er et gæstgiveri, du er kommet ind på, dit fredsforstyrrende københavnerrøvhul?" spurgte han og svingede et viskestykke med knækkede stropper og en lang flænge i midten op på skulderen og skulede til Kjøbenhavneren for at se reaktionen på sin bemærkning.

"Hvorfor skulle jeg rende rundt og give gratis bajere til folk, jeg ikke kender? Da slet ikke til ham Den gamle Gartner som var ved at køre mig ihjel ude på Torvet for nogle år siden." Kjøbenhavneren fortrød den identitetsafslørende bemærkningen i samme sekund, den slap hans nu tørre og sammensnørede mund.

"Det kender jeg ikke noget til. Det har jeg aldrig hørt om," sagde Beskænkeren og skulede vagtsomt. Han havde helt tydeligt fanget bemærkningen, for han gik med det samme ud i mellemgangen til køkkenet, hvor der til venstre var monteret en telefon inde i en eller andet gammel skabsindretning. Han stak hovedet langt ind i skabsindretningen og drejede et nummer. Efter fem til otte ringetoner begyndte han at tale lavmælt med den ene hånd oppe foran munden.

"Nu ved du, at det er ham, men jeg skal ikke blande mig. Jeg siger det bare, og nu ikke mine ord igen," var det eneste, Kjøbenhavneren fik fat i af samtalen.

Han fik rejst sig langsomt op ved hjælp af en stol og bordet lige ved stambordet, og da han kom op at sidde på stolen igen, magtede han ikke engang at løfte hovedet op fra bordet.

Han lå med hovedet helt nede på bordet så næsen var presset helt skæv, da Beskænkeren kom over til ham.

"Skal du have en dobbelt bitter og en kold Guld Tuborg til at sunde dig på? Jeg kan også tilbyde dig et glas Lutendrank til samme pris som en almindelig pilsner?" spurgte Beskænkeren.

"Ja, så skide være med det. Giv mig en iskold Guld Tuborg og en dobbelt bitter, din store snydetamp," mumlede han med en tunge, der klistrede sig til ganen..

"Det bliver 38 kroner, hvis du altså ikke synes, at jeg skal have en lille en med, for så bliver det lige 63 kroner," fik Beskænkeren sagt så hurtigt, at han selv var ved at snuble over ordene dog ikke mere end, at han havde nået at skænke sig en dobbelt malurt, inden han havde fuldført sætningen.

"Kan du ikke skrive dem på den papyrusrulle, du lige har præsenteret mig for? Du får alligevel ikke en krone i betaling for sådan en gang opdigtet tapetrulle, din skide Bajads." Det var det eneste, Kjøbenhavneren kunne finde på at sige. Han opgav at tænke på at pudse sin advokat på Beskænkeren, og i øvrigt var hans advokat mere end tørstig, så han kunne lige se for sig, hvor mange genstande ham Beskænkeren kunne få skrevet på hans regning under en samtale med advokaten. Det havde han ikke engang råd til at tænke på.

"Du kan ikke få mere kredit her! Du skal betale, før du kan få noget serveret!"

"Det har da den store fordel, at så ved man sgu da, hvad man får for pengene, din skide køllesvinger," mumlede han lavmælt.

"Tak for skænken," sagde Beskænkeren.

"Du kan hæve penge ovre i banken. Banken ligger over i Storegade, men jeg skal lige have din jakke i pant, inden du går," fortsatte han og tog hans jakke og gik ud i baglokalet med den. Det var en helt ny Henry Loyd jakke, som havde kostet en formue.

"Jeg regner med, at du ved, hvad der sker med personer, der ikke betaler her på bodegaen. Hvis ikke skal jeg da lige erindre dig om følgerne." Beskænkeren tog en dyb indånding samtidig med en dobbelt bitter, som sikkert også blev skrevet på hans regning.

"Den sidste gæst, der nægtede at betale, fik begge knæ smadret med en baseballkølle, fordi vi ikke ville have ham rendende her oppe hver dag og betle sig til en billig øl, og det var endda mere end billigt sluppet."

"Hvad så med de gæster, som ikke betaler og derefter aldrig kommer tilbage?" spurgte Kjøbenhavneren undersøgende med tanke på den gamle cigarkasse med alle klemmerne i.

"Og hvad fanden skal alle de gamle gulnede boner i mit ølregnskab?" råbte han ud i hovedet på Beskænkeren. "Det kan du godt glemme lige som dem, der skulle have betalt deres regning. Jeg nægter at betale for de gamle regninger. Det vedkommer ikke mig," forsøgte han sig.

"Du har måske været her for 7 til 8 år siden, og hvorfor blander du dig i øvrigt i det? Hvorfor kommer du forresten med sådan et hovedløst spørgsmål?"

"Hovedløst?" mumlede han eftertænktsomt

Han turde ikke svare på spørgsmålet og forlod Bodegaen. For en sikkerheds skyld gik han baglæns ud ad døren.

På vej over til banken besluttede han sig for lige at slå et sving neden om Havnen for at få lidt frisk luft oven på den værste gang svinagtige behandling han nogen sinde havde været ude for. Havde det ikke været fordi, han heldigvis havde købt en returbillet, så var han blevet tvunget til at tilbringe resten af sine dage blandt nogle af de værste slyngler på denne jord.

Han drejede til højre for at gå ned ad Gænget.

Da han kom ned til Havnen, fik han med det samme øje på Fiskeren, og han valgte at gå direkte hen til ham. Han sad det sædvanlige sted på gelænderet og vippede med den venstre fod.

Han så mere end tørstig ud sikkert fordi, der endnu ikke var en, der var kommet til lommerne, og som han kunne sende op i kiosken efter to kolde.

"Tak for i går, ja, det endte jo som lidt af en fest," sagde Kjøbenhavneren i et lettere muntert og prøvende tonefald.

"Fest? Vi hå ett vært sam i går, din Brammerøv," vrissede Fiskeren tilbage.

"Jamen, vi sad da lige ved siden af hinanden hele aftenen, og så vidt jeg husker, så gav jeg op til flere omgange øl til dig og alle dine venner," forsøgte han sig.

"Det hå ett wot mig, det ka jen æt hou," sagde Fiskeren lettere muggent og så den anden vej.

Kjøbenhavneren skulle lige til at sige, at deres tørst var uudslukkelig, og at de var nogle af de værste fulderikker, han nogen sinde havde mødt i hele sit liv, men han bed det heldigvis i sig.

"Vi sad da.." fik han lige sagt, før han blev afbrudt.

"Nu ska do fandeme pas på, hva do sejje din Brammerøv. Hvis do vil gi à øl ka do skrup op i à kiosk og hent fire øl. jen ska ha Hof, og den må ett vær for kold." Fiskeren pegede med højre hånds pegefinger op mod kiosken.

"Kun fire?" spurgte Kjøbenhavneren i et forsøg på at være lidt sjov og bløde stemningen lidt op.

"Er Maleren ikke på vej?" fik han sagt i endnu et tilsyneladende mislykket forsøg på at være morsom, inden han gik op mod kiosken. Han kunne lige så godt gå derop med det samme, ellers ville Fiskeren sikkert ikke sige et ord mere den dag. Han gik op i kiosken og købte 2 Tuborg og 2 lunkne Hof, og han måtte betale pant for flaskerne.

"Jen ved ett, hvof jen æ ved at dø à tøst i dag," fremmumlede Fiskeren med en lyd, som om tungen havde vokset sig dobbelt så stor i løbet af natten, og han rakte ud efter de to Hof, inden de blev stillet ned på kajen.

"Hva med à Maler ska han ett ha à øl?" spurgte han så og rettede blikket mod den ensomme Tuborg, som stod tilbage under gelænderet.

"Du, sig mig engang, ham Den gamle Gartner er han også kunstmaler eller hvad?" spurgte Kjøbenhavneren forsigtigt, men spørgsmålet kom desværre på samme tid, som Fiskeren var i gang med en af de der storskummende slurke, som sikkert satte alle andre sanser ud af drift, idet han hverken så eller hørt noget, sikkert fordi en slurk af den størrelse ville efterlade samme larm inde i hovedet på ham, som hvis han stod og tog et brusebad under Niagara vandfaldet.

Det var helt tydeligt, at han ikke fik noget brugbart ud af Fiskeren den dag, og hvis han blev nede på Havnen, ville det formodentlig løbe op i anseelige hundrede kroner i øl til alle hans venner, der kom forbi, for slet ikke at tale om den pant for flaskerne, han aldrig ville få tilbage. Så han valgte at fordufte stille og roligt uden at se sig tilbage og sagde farvel til panten for de 4 flasker

"Nu ett min ord igen," fik Fiskeren alligevel råbt efter ham, men han valgte at ignorere Fiskerens bemærkning med stor tilfredshed. Han havde jo ikke sagt en skid.

KAPITEL 18

Besøg hos Den gamle Gartner

Han besluttede sig for at dykke endnu dybere ned i Den gamle Gartners univers, for han blev mere og mere overbevist om, at det var hos Den gamle Gartner og hans omgangskreds, at han skulle finde sandheden omkring mordet på den hovedløse kvinde nede på Havnen for slet ikke at tale om alle de andre uforklarlige og uopklarede mord, der var begået i Svaneke.

Ved gennemgangen af alle notaterne i den hovedløse kvindes lille sorte notesbog havde han læst, at der et sted i notaterne som overskriften *"Prisliste på malerier af afhuggede hoveder"*. Det var understreget med en kraftig stor bred streg og skrevet med noget, der kunne være en uspidset tømrerblyant. Det undrede ikke Kjøbenhavneren, at det var understreget. Alle sporene pegede i retning mod Den gamle Gartner, men spørgsmålet, der stadig svævede i vinden, var, hvem der stod for leveringen af alle de afhuggede hoveder, som Den gamle Gartner brugte som model, når han malede sine malerier. Fandt han ud af det, så var mordet på Havnen og sikkert også alle de andre ukendte og uopklarede mord opklaret en gang for alle.

Han undertrykte sin frygt og besluttede sig for, at han ville aflægge Den gamle Gartner endnu et besøg. Han havde gennemtænkt en snedig plan. Han ville aflægge ham besøget under dække af, at han ville købe nogle billige porrer af ham og et bundt daggammelt persille til halvpris, selv om det måske var lidt overmodigt at forvente et nedslag i prisen.

Inden han begav sig af sted, havde han sikret sig, at alle vinduer var haspet forsvarligt, og for en sikkerheds skyld tog han et stort stykke papir, hvor han øverst skrev Simsens Gård og dato samt klokkeslæt og så adressen på Den gamle Gartner. Yderligere skrev han: Hvis jeg ikke er kommet tilbage inden for 24 timer, så slå alarm! I parentes skrev han: (men ikke til Palle Ib).

Da han kom ud til Den gamle Gartners hus og stod foran hans havelåge, den hængte i øvrigt og dinglede i alle hængslerne, valgte han i første omgang at banke på lågen. Det lød som en større jammerdal. Han bankede op til flere gange, uden at der var nogen form for reaktion, eller en der sagde:" Kom ind". Han tog chancen og gik stille og roligt ind. Forsigtigt lukkede han lågen igen, men kun for at sikre sig, at slåen ikke faldt helt ned på plads, så han i tilfælde af et flugtforsøg ikke mistede et eller to sekunder for at komme ud igen. Man kunne aldrig vide sig sikker på, om Gartneren havde anskaffet sig en Puma eller et andet krapyl, som han kunne pudse på ham ud over den arrige hund, han altid dækkede sig bag.

Da han var kommet, ind foretog han sig som det første en hurtig rekognoscering, for han mindedes en gammel tyske pansergeneral, som altid sagde, at rekognoscering er den bedste investering før et slag.

Lige inde for lågen stod en stor galvaniseret vaskebalje halvt fyldt med vand. En snu detalje af Gartneren, for så kunne han eventuelt skubbe en gæst, der undskyldende gik baglæns ud, fordi han ikke havde købt noget af ham, ned i baljen og så bagefter tage penge for lån af et håndklæde eller endnu bedre kræve 5 kroner for et plaster til knæet.

Han bemærkede, at Gartneren gik og roede inde i drivhuset til venstre for stuehuset. Lettere foroverbøjet huggede han nogle store græskar midt over med en stor machete, og det virkede, som om han trænede eller skulle have forløst en hel del aggressioner - måske på grund af faldende gulerodspriser.

"God dag, god dag, ja undskyld, at jeg sådan maser mig på, men jeg regner med, at butikken er åben," sagde Kjøbenhavneren og fik lige dukket hovedet for macheten, som Gartneren svingede rundt i hovedhøjde, da han drejede sig om for at se, hvem der havde forvildet sig ind i drivhuset.

Han havde tilsyneladende et lille salgssted, hvorfra han solgte lidt grønsager. Salgsstedet bestod af et gammelt bord, hvorpå der lå en hel del gamle aviser og så en vel nok fyrre år gammel cigarkasse fra den Cubanske cigarfabrik Julian.

"Hvad vil du?" spurgte Gartneren gnavent.

"Jeg ville høre, om jeg kunne købe et par bundter porrer til en billig penge?" svarede han ydmygt.

"Vi har ingen porrer her i butikken. Det har vi kun oppe på Torvet. I øvrigt satser vi ikke på porrer mere, der er ingen efterspørgsel."

"Hvad så med et par bunder persille?" forsøgte han sig.

"Persille ha ha ha, det er ikke til at skaffe persille for tiden. Prisen på persille er tredoblet på bare to måneder. Det er noget af det dyreste, vi har. Prisen er oppe på fem og tyve kroner pr. bundt. Hvor mange bundter vil du have?" spurgte Gartneren hurtigt og forventningsfuldt.

"Jeg syntes, du lige sagde, at det ikke var til at skaffe," sagde Kjøbenhavneren undrende.

"Nåå..., men vi har naturligvis sikret os nogle bundter til vores bedste kunder, selv om du ikke er en af dem," sagde han grinende.

"Bare to bundter. Det er mere end nok."

"Så bliver det otte og tres kroner med det hele." Gartneren begyndte at pakke bundterne ind i avispapir"

"Nu må du kraft eddermame holde op! Hvad er de atten kroner for?"

"Det er ekspeditionsgebyr og indpakning," svarede Gartneren med en attitude, der klart sagde, at er du utilfreds så kan du bare skrubbe af.

"Der er sgu da ikke noget i de bundter. Det ser ud som om, du har delt et normalt bundt op i fem små bundter og så femdoblet prisen."

"Nå ja, du kan give fire bajere i stedet for," sagde Gartneren med et smørret grin.

"Hvad skal de så koste?" spurgte Kjøbenhavneren for en sikkerheds skyld.

"De koster atten kroner pr. styk plus halvanden krone i pant." Gartneren rakte hånden frem.

"Du er fandeme den værste spækhøker, jeg nogen sinde har mødt. Det er fandeme billige discount bajere, du forsøger at sælge mig til overpris, og hvad fanden skal du med pant for flaskerne, hvis vi drikker dem her?" råbte Kjøbenhavneren nu meget ophidset, uden at det anfægtede Gartneren det mindste.

"Jeg skal ikke have købt noget her," erklærede Kjøbenhavneren fortørnet og vendte sig om for at gå mod udgangen.

"Kom tilbage, kom tilbage," råbte Gartneren med en høj og skinger nervøs stemme, for han var klar over, at han lige var ved at miste en kunde, som han kunne filoutere, så han kastede resolut sin ene kludesko efter Kjøbenhavneren. Den ramte ham lige under øverste nakkehvirvel med et stort klask. Den havde suget en masse vand og pløre op i sålen sammen med et par fede regnorme, fordi Gartneren havde haft den på, da han rendte rundt ude mellem kartoffelrækkerne på de tilsølede havegange i stedet for at anskaffe sig et par gedigne gummistøvler. Sølet havde forøget kludeskoens vægt betragteligt.

Kjøbenhavneren vendte sig om med begge hænder knyttet, klar til en lige venstre til kæben for at skabe plads til den krydsende højrehånd, som var hans speciale.

"Jeg vil sælge dig et maleri billigt. Jeg har et, der lige er noget for sådan en skide Kjøbenhavner som dig. Så kom venligst med ind," sagde Gartneren fidelt og gik ind i stuen lidt humpende på grund af den manglende kludesko.

"Nu kan du lige vente her et øjeblik, mens jeg henter billedet til dig. Gør dig det behageligt imens," sagde han med en smiskende stemmeføring og gik ud ad en bagdør i stuen.

I de minutter, der gik, før Gartneren kom tilbage, så Kjøbenhavneren sit snit til at gå over til Gartnerens skrivebord, hvor der lå stakke af gamle papirer og bøger i alle afskygninger. Men øverst i en bunke på et gammelt chatol lå en stor sort bog med spiralryg, hvorpå der stod Ordrebog.

Det var nemt for ham at slå op i bogen, fordi Gartneren havde lagt et bogmærke ind i bogen. Det var en gammel gul redekam i plastic, hvor halvdelen af tænderne manglede. Den så ud, som om den var blevet kørt over af en lastbil flere gange.

Der, hvor han havde lagt kammen ind, lå en seddel magen til dem, Beskænkeren brugte oppe på Bodegaen til at skrive regninger på.

Han tog hurtigt seddelen op, og han kunne med det samme genkende skriften fra Beskænkeren, der havde skrevet "Fjorten øl afregnet på Kjøbenhavneren nede fra Simsens", og neden under stod der "Betalt" med to store streger under. Sveden sprang frem på hans pande i et sandt raseri. Det bæst havde fået vasket flere af sine egne bajere af på hans regning. Så kunne han bedre forstå, at det var blevet et astronomisk og svimlende beløb, som han skulle betale på Bodegaen efter den lidt våde og omtågede aften og nat.

Nederst på sedlen stod der en slags kodesprog, som de sikkert brugte indbyrdes. Han tog hurtigt et stykke papir fra bunken og nedskrev koderne Ø-DB89xx, V-DB7xx, N-EKB96xx S-KB109xx for en senere analyse. Han kunne ikke lade være med at tænke på, om det var her nøglen til opklaringen af alle mordene lå.

Da Gartneren kom tilbage, havde han ikke et men to store billeder med motiver af afhuggede hoveder med. Det ene af billederne var med en lavthængende sol og nogle grå dystre skyer, som gav billedet et anstrøg af uhygge. I forgrunden lå et afhugget hoved af en farvet mand med en total blankpoleret og tatoveret isse. I begge ører havde han nogle guldøreringe med to store sabler over kors. Næsen var bred og fladtrykt, og i næsen sad der en stor tyk guldring, som gik helt ned til overlæben. Man kunne lige ane en tatovering i nakken af noge store bloddråber dryppende fra en sabelspids. Det var tydeligt, at hovedet var hugget af med et lige og præsist snit ca. fem centimeter nede under hagen. Det andet billede var af et sort og korthåret kvindehoved med store udstående ører. Hovedet lå ude i en mørk og dyster skov, og på tænderne i hendes vrissende mund kunne man ane flere dansende trolde i skæret fra det opflammede bål, som var malet i forgrunden. Det var tydeligt at se, at hun manglede en kindtand

"De billeder her vil jeg kun sælge til specielle kunder, kunder som forstår sig på god kunst, og som ved, hvad det kræver af personlige for slet ikke at tale om økonomiske omkostninger for at nå det færdige og næsten uopnåelige resultat." Gartneren så fromt op i loftet uden dog at slå korsets tegn.

"Se her, det er lige sagen for dig. Du skal få dem begge to til halv pris, men kun fordi det er dig," fik Gartneren lige sagt i en hurtig vending med ekstra tryk på dig.

"Hvad koster de?" spurgte han, selv om han ikke var interesseret i at købe dem, men for at lokke Gartneren til at tale over sig.

"De koster kun otte tusinde stykket, og det er endda billigt. Normalprisen er atten tusinde pr. styk."

"Det er meget muligt. Nu ved jeg ikke, hvilken tabel du bruger, men jeg skal i hvert fald ikke have dem pakket ind. Det har jeg ikke råd til," sagde Kjøbenhavneren med tanke på, at Gartneren sikkert ville have fem hundrede kroner for at pakke dem ind, plus forsendelse.

"Ok, men hvad skal jeg så give, hvis jeg tager dem begge to?" spurgte han i en lettere interesseret tone, som fik Gartnerens øjne til at springe næsten helt ud af hovedet samtidig med, at han gned sig i skægget.

"To og tyve tusinde for dem begge," forsøgte han sig, og førte venstre hånd ind for at gribe omkring sin fuldfede tegnebog.

"Otte plus otte kan sgu da aldrig give to og tyve. Nu skal du eddermame stoppe dine svindelnumre!"

"Det er fordi, jeg næsten ikke kan nænne at sælge dem begge to på samme tid. Derfor koster de noget mere, men de vil stige til det dobbelte, hvis du en dag vil sælge dem som et par. Jeg kan nævne flere kunder, som jeg har i Sydafrika, som har tjent formuer på mine malerier," påstod Gartneren uden at kunne dokumentere sin påstand.

"Det er interessante motiver. Hvordan finder du dine modeller?" spurgte Kjøbenhavneren forsigtigt uden at virke for interesseret, men da der ikke kom noget svar, begyndte han at se sig om i stuen efter nye spor, som han kunne bruge.

"Er det dig selv, der går med de der forskellige dameparykker?" spurgte han grinende og så over på Gartneren.
"Du har måske også kjole på, når du maler? Ha, ha, ha, ha," grinede han og fortsatte "Så er der jo også lidt mere stof at tørre penslerne af i."
"Har du andre billeder magen til, som jeg må se på?" spurgte han og så efter, om der skulle komme nogle nervøse trækninger i Gartnerens ansigt.
"Jeg har otte stykker magen til, men de er ik..." Gartneren afbrød sætningen midt i det næste ord.
Han så pludselig meget alvorlig ud og undskyldte sig for derefter at gå ud af stuen og ind ved siden af. Kjøbenhavneren var usikker på, om Gartneren havde lugtet lunten, for han var endnu ikke begyndt at spise af lokkemaden.
Han kunne svagt høre, at Gartneren var ude for at foretage en telefonopringning. Han kunne ikke rigtigt tyde, hvad han talte om, men han fik dog fat i de afsluttende bemærkninger, inden han ringede af.
"Er det inget problem, siger du det?" hørte han Gartneren spørge.
"Er du sikker på det?"
"Roen af, er det det, du siger?"
"Hvor skal vi gøre af ham?"
"Hvor skal vi gøre af det løse hoved?"
"OK, jeg holder på ham," afsluttede han.

"Ja hej, det er mig du ved Gartneren," sagde han lettere ophidset.
"Det kan jeg sgu da godt høre. Du lyder som en, der har en tør plet i halsen," sagde Beskænkeren.
"Hvad har du nu rodet dig ud i? Har du ikke flere hoveder at male på? Ha ha ha."
"Det er ikke det. Problemet er meget større end som så. Jeg har besøg af ham snushanen fra København."

"Det giver os jo nogle muligheder," sagde Beskænkeren.

"Muligheder? Jeg ser kun problemer med ham."

"Nej, nej, det er inget problem. Lok ham ned i fangekælderen og lås døren udefra, så kommer jeg, så hurtigt jeg kan."

"I kælderen? Nej fongeme naj! Der har han brudt ud fra en gang før. Han er som en tiger i et bur," svarede Gartneren

"Så må du sætte dobbelt lås på og så give ham et ekstra slag i baghovedet, idet du skubber ham ned i kælderen, men ikke for hårdt. Han må ikke få flænger, for så tror professor Palle Ib ikke på vores historie. Resten er inget problem."

"Er det inget problem? Er det det, du siger? Er du sikker på det?"

"Ja, helt sikker. Når jeg så kommer, så hugger vi roen af ham med din store machete."

"Roen af er det det, du siger?"

"Ja, så er vi af med ham."

"Hvor skal vi gøre af ham?" spurgte Gartneren med rystende stemme.

"Hvor vi skal gøre af det løse hoved?"

"Ja, jeg har ikke brug for det hoved lige nu. Jeg har gang i nogle andre motiver med hoveder i andre farver?"

"Vi smider ham og hans hoved op på din mark sammen med en langbladet machete. Vi smider ham på det stykke jord, hvor du dyrker kålhoveder, og så putter vi hovedet oven i en sæk fyldt med hvidkålshoveder. Bagefter venter du et par timer, hvorefter du ringer og fortæller Palle Ib en historien om, at du har fundet en tyveknægt oppe på din mark med en sæk fyldt med hvidkålshoveder, og du regner med, at han under flugten må være snublet, og i faldet er han kommet til at hugge eller skære hovedet af sig selv. Man kan også sige, at han på den måde valgte sin egen straf. Det vil også lette Palle Ib for en masse bøvl og arbejde med at opklare, hvad der egentligt er sket. Palle Ib vil elske dig for det. Du ved, hvor meget han hader arbejde især med den slags besværligheder."

"Du må hellere selv fortælle Palle Ib den historie. Han skylder dig flere penge end mig, så han vil være mere lydhør over for dig," forsøgte Gartneren sig.

"OK, så tager jeg mig af Palle Ib," afsluttede Beskænkeren.

"OK, jeg holder på ham." afsluttede Gartneren telefonsamtalen og lagde røret så lydløst på som en kat, der er på jagt efter en mus.

Den gamle Gartner kom ikke tilbage til stuen gennem den samme dør, som han var gået ud ad. Han kom luskende ind ad bagdøren, og nu havde han fået en ny hjemmesko på af læder.

"Ja, jeg beklager ventetiden, men det var en af mine bekendte, en ven af mig, der lige ville købe et større parti gulerødder og et par af mine billeder," sagde han og så op i loftet og tog sig til inderlommen for at mærke, om hans pung stadig var der.

"Er det ikke svært at få kvinderne til at stå stille og samtidig få dem til at acceptere, at det kun er deres "afhuggede" hoved du maler?" forsøgte Kjøbenhavneren sig igen uden at få så meget som et ja eller nej som svar.

"Kan du ikke male mig?" forsøgte han sig igen med en ny snare..

"Jo, naturligvis kan jeg det. Hvad farve vil du være?" spurgte Gartneren og tog sig til pengepungen og grinede højlydt af sin egen vandede vittighed.

"Det skal sgu da være et portrætbillede," vrissede Kjøbenhavneren lettere Irriteret over den dødsyge vittighed.

"Det skal være et billede, hvor jeg står med mit eget hoved under armen," sagde han for at lokke Den gamle Gartner på glatis og ud af busken. Men han bed ikke på den madding. Gartneren skiftede hurtigt emne over til noget, han kunne tjene flere penge på.

"Vil du ikke hellere købe et billede af en trold uden hoved?" spurgte han pludselig.

"Jeg skal ikke have en trold uden hoved hængende over min seng. Hvorfor skal det være en trold uden hoved? Du har vel masser af andre hoveder, du kan bruge som model?" spurgte Kjøbenhavneren lokkende i et nyt forsøg på at få Gartneren til at tale over sig.

Men han fik ikke noget svar på sine spørgsmål, og han fornemmede, at Den gamle Gartner blev mere og mere indesluttet og spekulativ.

Endnu engang søsatte Gartneren en undvigemanøvre ved at skifte emne til egen fordel.

"Jeg var rottefænger, da jeg var dreng. Vi fik fem øre for hver rottehale, som vi afleverede oppe på rådhuset," fik han fremstammet for at aflede opmærksomheden fra de kvælende spørgsmål.

"Det var der, kimen blev lagt til min færdighed i at flække et hvidkålshoved i et hug," sagde han og stirrede indgående på Kjøbenhavnerens hals.

Kjøbenhavneren tog sig instinktivt til halsen og knappede den øverste knap i skjorten.

"Nå, det ligger jo tæt op ad, hvad styrmændene og andre, der var i Congo, fik for hver afhugget hånd fra en indfødt, som de afleverede til syndikatet. Så der er vel ikke den store forskel fra dengang til i dag," sagde han hurtigt for at slippe for Gartnerens blik på sin hals.

Den gamle Gartner skiftede endnu engang emne og snoede sig ud af den fælde, Kjøbenhavneren havde lagt ud for ham.

"Jeg vil hellere sælge dig en hest i stedet for. Jeg har to heste opstaldet lige her oppe bag ved drivhuset. Dem skal du se. Du kan få den ene til en favørpris. Det er en vallak," sagde Gartneren ivrigt og rejste sig med jamrende klagelyde fra begge knæ.

"En hest??? Jeg skal fandeme ikke have en hest, bare fordi du ikke mere har noget at bruge den til."

"Det er rigtigt, jeg bruger dem ikke mere. Jeg brugte dem til at spænde for ladvognen, når jeg skulle fragte gulerødder til butikken på Torvet, men det blev for besværligt. Vi skulle køre for mange gange hver dag, og alligevel kunne vi ikke klare efterspørgslen." Han tog sig til tegnebogen i inderlommen.

Kjøbenhavneren så sig omkring i stuen. Der var ingen tvivl om, at han var kommet til velstand.

Mange høje herre i byen søgte at ekstendere dette florissante gartneri. Ikke kun på grund af Gartnerens store sparsommelighed men mest af alt på grund af hans succesrige afsætning af de magiske gulerødder.

"Du vil blive mere end overrasket over hestenes kvalitet. Det er derfor, jeg kun vil sælge dig den ene til det, jeg vil kalde en yderst kammeratlig favørpris," sagde Gartneren og mimede ordet favørpris for sig selv. Det var som om, han smagte på ordet favørpris for blot at konstatere, at han ikke kunne lide det.

Han stod allerede klar i døråbningen med en mellemting af en sixpence og en fransk alpehue på hovedet. På grund af hans strittende hård sad den sådan cirka fem centimeter over hovedet på ham. På fødderne havde han fortsat to forskellige hjemmesko. Hans bukser af kraftigt holmensklæde var omkring fem centimeter for korte. Strømperne var hjemmestrikkede i skiftevis gule, grønne og blå vandrette striber. Han havde taget en brunternet habitjakke på ud over en blå termojakke, der havde set bedre dage. Hans skjorten hang ud af bukserne bagtil som en slags reservefaldskærm.

Da de kom op, hvor hestene skulle være ifølge Gartnerens egen formodning, var der ingen heste at se i miles omkreds.

"De er nok ude at få sig lidt motion. Det er jo vigtigt, at de holder sig i form," sagde han og spejdede hele horisonten rundt.

"Det kan være, at de er oppe på kirkegården. Der er så meget frodigt græs, som de kan styrke sig på," sagde han og tog sig til tegnebogen ved tanken om besparelsen til foder.

Da de kom op på kirkegården, stod den ene hest over ved et redskabsskur i den bagerste ende af kirkegården. Den stod med hovedet ind mod den mur, der omkransede kirkegården, og det så ikke ud som om, den havde i sinde at fjerne sig fra den position lige med det samme.

Gartneren gik målbevidst hen mod hesten som han kaldte "Sølvpilen."

"Det er den hurtigste hest på hele østkysten," sagde han og forsøgte at få dyret drejet væk fra muren.

"Den hest kan ikke se en skid på det venstre øje," hånede Kjøbenhavneren ham.

"Det har ingen betydning. Hvad den ikke ser på udvejen ser den på hjemvejen," sagde Gartneren og grinede af sin egen fjogede vittighed.

"Kan du ikke andet end sådan en gammel forslidt vittighed? Nu må du fanden edeme snart til at forny dig. Under alle omstændigheder, så skal jeg ikke have sådan et gammelt øg at gå og fodre på i de næste par måneder, for den lever sgu da ikke meget længere."

"Nå, men så se den anden her inde." Gartneren gik over mod det lille redskabsskur. Han åbnede døren og vinkede ham hen til døren med små hurtige vinkende bevægelser samtidig med, at han så sig omkring på kirkegården.

Kjøbenhavneren anede uråd, allerede inden han havde taget det første skridt hen mod skuret.

"Kom og se dette pragteksemplar af en hingst," sagde Gartneren lokkende.

Da Kjøbenhavneren kom hen til døren og forsigtigt stak hovedet ind, gav Den gamle Gartner ham et kraftigt skub i ryggen samtidig med, at han satte sin højre fod ud og spændte ben for ham, så han væltede ind i det mørke redskabsskur.

Men Kjøbenhavneren var forberedt som en puma, der ikke havde spist i fjorten dage. I faldet vred han sin venstre fod rundt omkring dørkarmen og trak sig ud, så hans højre ben lå halvt uden for husets døråbning.

Den gamle Gartner smækkede døren i ind over han højre knæ med fuld kraft, så han udstødte et skrig efterfulgt af de værste eder og forbandelser, han kunne finde på.

"Av for satan, din gamle slyngel. Du skal fanden eddermame blive pisket med en hel kasse slatne porrer og bombarderes med gamle rådne kartofler," skreg han af fuld hals.

"Hovsa, det må du sandelig undskylde," gnæggede Gartneren med det samme bedende udtryk, som han brugte, når han skulle forklare, hvorfor porrerne var slatne, inden kunden var kommet hjem.

"Hvad skulle jeg der ind for? Der er sgu da ingen hest der inde. Der kan allerhøjst være plads til en par fedesvin," vrissede han.

"Det var lige det, jeg tænkte," svarede Gartneren storgrinende.

"Svin, så se lige på mine nye bukser. Det kommer fandeme til at koste dig dyrt, din store slambert." Kjøbenhavneren var rasende.

"OK, du får hundrede kroner i rabat pr. billede, hvis du altså køber dem begge samtidig. Det er et tilbud, du ikke vil få mere end en gang i dit korte liv." Gartneren tog sig automatisk til tegnebogen.

"Hvad fanden ved du om, hvor lang tid jeg lever?" spurgte Kjøbenhavneren nærmest grådkvalt Gartneren, som nu godt var klar over, at han havde talt over sig og dummet sig med den bemærkning.

"Vi kan da alle sammen miste hovedet ved et uheld hver dag, hvis uheldet altså er ude," forsøgte han sig i et fortvivlet forsøg på at redde den hjem, uden at Kjøbenhavneren dog lod sig berolige af den bemærkning. Han var nu mere end vagtsom.

Kjøbenhavneren tog hurtigt to skrid tilbage og drejede rundt på hælene og gik to meter ind på kirkegården. Blød i knæene og uden nogen kraft tilbage sank han psykisk nedbrudt grædende ned på knæ med begge hænder oppe foran ansigtet. Han kunne pludselig ikke klare mere, og grådkvalt vippede han forover i bedste bedestilling. Stadig med begge hænder for ansigtet ramte han ned i en tilsyneladende nytildækket grav.

"Jeg kan ikke mere. Jeg vil hellere dø," sagde han til sig selv samtidig med, at hans hoved og hænder sank ned i den løse bornholmske muldjord, som blev mere og mere fugtig af den syndflod af tårer, han var ude af stand til at holde tilbage.

Men gråden stoppede på et splitsekund, da han mærkede, at jorden gav efter og noget blødt under hans hænder vippede op og ned. Langsomt skilte han et par fingre foran ansigtet, men der var ikke umiddelbart noget at se, så han begyndte at kratte forsigtigt med en pegefinger i muldjorden kun for at konstatere, at han kiggede lige ind i et par store mørke øjne. Da han fjernede lidt mere jord, dukkede en stor fladtrykt næse frem med tre store huller i. Det var tydeligt, at der havde siddet en stor ring i næsen. Skrækslagen kunne han nu se et afhugget mørkt skaldet hoved med store ører med huller i begge øreflipper. Læberne var trukket lidt tilbage, så munden viste et forvrænget smil.

Med en svævende følelse, som hilste han på døden, mistede han bevidstheden.

KAPITEL 19

Fedtnissens anholdelse

Palle Ib sad på det, der for ham var en tidlig tirsdag morgen - tidlig og tidlig..... klokken var 10 minutter over ni - på sit sparsomme kontor i Madvigsgade nr. 4. Han var toltalt blank for ideer med hensyn til, hvordan han skulle få gang i den videre efterforskning af mordet på Havnen. Han sad nu og stirrede ud på legepladsen, som altid var fyldt med nogle irriterende piger og drenge, som hver gang han gik ud fra kontoret, spurgte, om de måtte se hans pistol. Den pistol, som han endnu ikke havde fået tildelt grundet nedskæringer inden for politiet, hvilket chefen på Rønne stationen hver gang gav som svar på hans ansøgning. Sammen afvisende svar havde han fået på alle hans ansøgninger om et stort mødebord i Cuba mahogni med tolv tilhørende stole med sort læder, afvisningerne kom selv om han havde sagt til chefen at bordet kun skulle bruges til fredagsfrokosterne med efterfølgende kaffe med cognac og så måske nogle Gin & Tonic til at køre hjem på.

Palle Ib havde truet den nu afgåede arrestforvarer til at åbne op ind til cellerne oppe på Rådhuset, hvis han skulle få brug dem. Han vidste, at arrestforvareren stadig havde nøglerne til alle cellerne og til det kontor, hvor den tidligere og nu nedlagte Politistation havde haft til huse, og hvor der fra kontoret var direkte adgang til to af cellerne. Bare tanken om, at han kunne varetægtsfængsle en mistænkt inden rettergangen, var bedre end en forfremmelse til et job på Politihovedkvarteret i København.

Han havde det meste af et helt ringbind med ansøgninger om at få flyttet sit undseelige kontor tilbage til de gamle lokaler på Rådhuset med den begrundelse, at han ikke kunne foretage anholdelser uden at have adgang til nogle fængselsceller til de anholdte, samt at han manglede plads til det nye mødebord med 12 stole, som han også havde søgt om. Men han havde fået det samme afslag tilbage hver gang med den begrundelse, at der var andre planer med lokalerne, og trusselbilledet i Svaneke var ikke tilstedeværende, så han behøvede ikke at spekulere i nogen form for anholdelser.

På trods af sin utilfredshed med de nuværende forhold kunne han ikke frasige sig, at han var mere end stolt over, at han var blevet ansat som erstatning for de tre tidligere ansatte betjente i Svaneke. Palle Ib undlod aldrig at fortælle til dem, der gad høre på ham, at han udførte tre mands arbejde, nemlig overbetjent Ebbe Henriksen, politiassistent Edvard Hansen og politiassistent Jens Nielsen også kaldet PA. Sidstnævnte havde i øvrigt dengang en glimrende Nebengeschäft ved siden af politijobbet med sort salg af jordbær til forskellige viktualiebutikker på østlandet. Palle Ib havde ved flere lejligheder foreslået Den gamle Gartner, at han skulle hjælpe ham med at starte den samme slags forretning mod et mindre vederlag på 2 % til Gartneren af overskuddet, men forhandlingerne var hele tiden strandet på, at Den gamle Gartner ville have 75 % af overskuddet med den begrundelse, at det var ham, der vidste noget om jordbær. Derudover krævede han, at Palle Ib også købte jordbærbakkerne af ham.

Lænet ind over sit skrivebord var Palle Ib faldet i staver over at se på legepladsens irriterende unger. Han begyndte i stedet for at studere en tegning af kontorets og køkkenets grundplan. På tegningen havde han med sirlige røde og grønne streger, grøn for ind og rød for ud, tegnet sit bevægelsesmønster ind fra han kom om morgenen og gik ud i køkkenet for at brygge kaffe og tage koppen, teskeen samt sukker frem og så gå ind på kontoret igen, og til han gik tilbage til den efterfølgende opvask. Det var altid et stigende irritationsmoment for ham, at han ved flere lejligheder havde måttet rejse sig op til flere gange for at hente noget, som han havde glemt ude i køkkenet eller for den sags skyld noget venstrehånden kunne have udført samtidig med, at den højre hånd var beskæftiget med noget vigtigt.

Han lagde tegningen til side, da der på den gamle udslidte telefax, som hovedkontoret havde bevilget ham efter utallige ansøgninger, begyndte at tikke en telefax ind. Det var i øvrigt den første fax, han havde modtaget, siden han fik den installeret for halvandet år siden.

For ikke at miste indholdet trak han for en sikkerheds skyld en hel meter faxpapir ud af telefaxen, inden han rev siden af. Så er der også plads til notater, som han tænkte.

Overskriften gav Palle Ib hjerteflimmer, selv om den var på Italiensk.

Informazioni
Impegnata omicidi multipli con scimettarra nelle cetttà di
Napoli, Roma, Milano e Venezia.
Si prega di venire con tutte le informazioni che ci può
aiutare con le indagini.

(Information. Der er begået flere mord med krumsabel i byerne Napoli, Rom, Milano samt Venedig.

Kom gerne med alle informationer som kan hjælpe os med opklaringen.)

Palle IB forstod ikke et ord af, hvad der stod i telefaxen. Han hæftede sig dog ved overskriften Informazioni, som han mente stod for en invitation og dermed deltagelse til møderne i Napoli, Rom, Milano samt Venedig for at få mere information om et eller andet, som han selv vurderede var øget internationalt samarbejde.

Hans hjerne arbejdede på højtryk, da han kort tid efter modtagelsen gik igang med planlægningen af rejsen til Italien, en rejse, som han mente, ville passe særdeles fint ind i hans personlige karriereudvikling.

Han begyndte at udfylde ansøgningen om diætpenge. Han havde regnet ud, at han skulle bruge sådan cirka 5 tusinde kroner pr. dag i diæter plus hotelophold og øvrige rejseomkostninger så som penge til bus, tog og ikke at forglemme penge til TAXI ud på de sene nattetimer.

Han blev brat afbrudt ved, at den engelske Beskænker nærmest sparkede døren op ind til kontoret på den undseelige politistation.

"Fredag. Jeg kommer forbi fredag og betaler, helt sikkert," var det første, Palle Ib sagde, inden Beskænkeren nåede at få åbnet munden.

"Hvad fanden taler du om?" spurgte Beskænkeren, selv om han godt vidste, at Palle Ib skyldte ham det meste af 4.500 kroner, penge som han ikke regnede med at se skyggen af, efter at han nu havde kendt Palle Ib en del år.

"Slap af, slap af. Det jeg har at sige, kan føre til en af de største sucsserer i din karrriere indtil dato," sagde Beskænkeren, for han viste godt, at Palle Ib ikke havde opklaret en eneste sag, siden han fik jobbet som betjent i Svaneke.

"Jeg kommer her med en grydeklar opklaring af et tyveri oppe på marken hos Den gamle Gartner," sagde han og betragtede Palle Ibs reaktion på den oplysning.

"Er sagen med tyveriet opklaret og grydeklar lige til at stemple og sende til politigården i København?" spurgte Palle Ib nysgerrigt.

"Ja, og du bliver en af de få betjente i Danmark, der har opklaret et tyveri, der vil trække store overskrifter i samtlige landets aviser," smurte Beskænkeren tykt på.

"Vi mangler kun at beskrive et par små detaljer, så kommer jeg med alt bevismateriale. Selv strafudmålingen er afklaret. Det har tyven selv klaret," sagde Beskænkeren bestemt.

"Og forresten så har jeg besluttet, at slå en streg over vores gamle mellemværende bare såden for rent venskabs skyld," fortsatte Beskænkeren med blødende hjerte.

"Det lyder for godt til at være sandt. Man bliver helt tørstig," mumlede Palle Ib.

"Ja, men så ses vi igen om et par dage. Skal vi sige på næste tirsdag kl. 9.00 ?" afsluttede Beskænkeren og gik ud fra politikontoret noget mærket af den store afskrivning, han lige havde foretaget.

"Det er en aftale, men kom nu ikke for sent, for jeg skal til et meget vigtigt møde ude i Rønne kl 11.00." Palle Ib så på sit ur. Klokken var nu omkring 9.40, så der var kun 11 minuttet til, at han skulle med bussen til Rønne for at spille kort med kollegaerne.

Det var en god nyhed, der passede Palle Ib særdeles godt. Det var lige sådan en opklaret sag, han havde brug for, og så blev den serveret på et sølvfad, som Johannes Døberens hoved, lige klar til at sende til politigården i København. Han så det som en god ballast for sit store karrierespring, også fordi sagen med den hovedløse kvinde på Havnen gik mere end trægt. Han havde ikke så meget som et enkelt spor at gå efter. Alle spor endte blindt eller ude hos Den gamle Gartner, som han ikke skulle have noget klinket med, og problemet blev ikke minder af, at han havde bildt politichefen i Rønne ind, at efterforskningen og opklaringen nærmede sig sin afslutning. Han havde endnu ikke haft tid til at foretage en eneste afhøring af alle de mennesker, der havde stået omkring den hovedløse kvinde nede på Havnen, personer som han havde forbudt at forlade byen i fire uger.

Palle Ib lukkede kontoret for at begive sig ned til Torvet for at tage bussen til Rønne. I bussen udtænkte han en ny snedig plan, som skulle bane vejen for hans fremtidige karrierevej og succes.

Det havde lige siden hans tiltrædelse som betjent i Svaneke været hans store ønske at foretage en rigtig anholdelse. En hvor han gjorde brug af håndjern, en gang knippelsuppe og som afslutning på anholdelsen og for at pacificere den anholdte lige fire pift peberspray i øjnene for så at føre den anholdte gennem byen og rundt på Torvet og direkte op til fængselscellerne oppe på Rådhuset for at afslutte det hele ved at smide den anholdte ind i en af cellerne og skubbe døren i efter ham med et højt smæld.

I mangel af opklarede sager i byen havde Palle Ib gennem flere måneder samlet en masse løse rygter sammen om den gamle skolelærer på Svaneke skole også kaldet Fedtnissen. Øgenavnet havde han fået, fordi han var kendt som den mest nærige person i byen. Han boede oppe i Vestergade, og alle bydrenge i Svaneke nægtede at køre op til ham, fordi der aldrig vankede så meget som fem flade ører i drikkepenge.

Beviserne, han havde samlet sammen, hobede sig op omkring, at Fedtnissen havde fået ansat sin kone som lærer på skolen i Svaneke, selv om hun efter sigende kun var en autodidakt smørebrødsjomfru.

Tidspunktet nærmede sig for, at Palle Ib ville slå til, så da han kom retur fra Rønnemødet, ringede han op til Fedtnissen, og under dække af at myndighederne havde brug for hans hjælp, bad han ham om at være hjemme lørdag formiddag klokken 11.00 præcist, for så ville han komme forbi og drøfte en vigtig sag med ham. Fedtnissen havde beæret sagt, at han naturligvis stod til rådighed for myndighederne, bare det ikke kostede ham penge, og hvis det alligevel skulle vise sig at være tilfældet, så ville han udbede sig et vederlagsforskud inden mødet.

Palle Ib skred til handling, selv om han havde de mest modbydelige tømmermænd fra den overdådige fredagsfrokost dagen i forvejen. Han havde taget en nyvasket skjorte på, men han havde ikke overkommet at stryge den, for man kunne jo heller ikke se skjorten, når jakken kom på, havde han sagt til sig selv. Han havde dog sikret sig, at uniformsjakken sad perfekt. Godt nok manglede den øverste knap i jakken, men den erstattede han ved at stikke en papirklips ind gennem jakken, der hvor knappen havde siddet og så sno klipsen et par gange rundt og så ind igennem knaphullet. For et syns og en sikkerheds skyld havde han flyttet håndjernene om til bæltestroppen foran på bukserne, så han hurtigt kunne trække blankt, hvis Fedtnissen ville sætte sig til modværge.

På vej op til Vestergade gik han en lille omvej og hilste højlydt på alle, han mødte på sin vej, ja, han gjorde nærmest honnør, så folk stoppede op og vendte sig om efter ham. Da han var kommet op til Fedtnissens hus i Vestergade, ventede han et par minutter uden for døren, før han bankede på. Først tre korte efterfulgt af fem hurtige og hårde bank på døren med knytnæven. Palle Ib valgte at overse, at der med store typer på et skilt stod, "Brug klokken".

Efter en længere tids venten blev døren åbnet, og Fedtnissen kom til syne. I dagens anledning var han trukket i sit stiveste puds. Han havde iført sig en nålestribet mørkeblå habit med vest, hvor lommeuret i guld med kæde var stukket ned i højre vestelomme.

"Til tjeneste," sagde Fedtnissen og bukkede dybt, idet han strakte den ene arm frem og med en svingende gestus viste vej ind i stadsstuen.

Palle Ib handlede snarrådigt og resolut, og han flåede håndjernene ud af stroppen, hvilket afstedkom, at der blev revet et større hul i hans bukser. Han smækkede den ene del af håndjernet omkring Fedtnissens håndled samtidig med, at han højt råbte:

"I lovens navn! Du er anholdt, og klokken er omkring 11.00. Du har ikke pligt til at udtale dig, men du skal vide, at alt, hvad du siger, vil blive brugt imod dig i hvert fald så længe, du er i Svaneke!" Han så sig omkring for at se, om der var nogen, der så hans anholdelse, og så tog han sig lige en gang i skridtet også fordi, at alle hans nøgler var revet ud af buksestroppen og nu lå nede på asfalten.

Fedtnissen var dybt chokeret. Han var ikke i stand til at sige et eneste ord til sit forsvar. Palle Ib vred hans anden arm om på ryggen og smækkede den anden del af håndjernet i med et smæld.

"Jeg tager lige hånd om den her urkæde. Vi skal ikke have bøvl med, at nogen hænger sig i cellen," sagde Palle Ib og stak Fedtnissens tykke guldkæde og lommeur ned i egen lomme.

"Så er det afgang til arresten!" beordrede han, og ærgrede sig over, at der ikke var et eneste menneske i Vestergade, der så anholdelsen.

Med rystende stemme fik Fedtnissen samlet sig så meget, at han kunne fremstamme:

"Hvad er jeg anholdt for?"

"Mistankepådragende adfærd," svarede Palle Ib og tog sig til skridtet stolt over, at han kunne finde på en så smart årsag og formulering.

Palle Ib følte sig særdeles opstemt, og fremtiden tegnede sig lyst, syntes han. Først kom Beskænkeren med et næsten opklaret forbrydelse på et fad og så denne anholdelse. Nu manglede han kun at få slået hul på opklaringen af mordet på den hovedløse kvinde på Havnen. Når den sag var opklaret, var han klar til nye udfordringer ovre på politigården i København, og han så allerede for sig, at han ved en større ceremoni med deltagelse at et par hundrede kollegaer blev kaldt op på scenen for at holde en takketale i forbindelse med sin udnævnelse til vicepolitichef med ansvar for videreuddannelse af nye føl. Han havde ikke for fem øre begreb om, hvad han skulle sige ved sådan en lejlighed, men det ville nok komme til ham på et eller andet tidspunkt.

Der var ingen tid at spilde, hvis så mange som muligt skulle se, at han havde anholdt Fedtnissen, så han besluttede sig for at gå ned ad Hundebakken og drejede først skarpt til venstre, så til højre og så var han direkte ude på Torvet.

Med et fast tag i jakkekraven skubbede han Fedtnissen foran sig, så Fedtnissen ikke havde mulighed for at se op men måtte gå lettere foroverbøjet med begge hænder fastlåst af håndjern på ryggen.

Til Palle Ibs store tilfredshed var der allerede mange mennesker på Torvet, det var jo også lørdag, og torvedagen var på sit højeste, hvorfor han valgte at promenere direkte over forbi Bodegaen og Den gamle Gartners butik, hvilket han dog fortrød bitterligt, fordi alle baglokales gæsterne stak hovedet ud og kom med spydige kommentarer så som:

"Nå, har du endelig fundet en til at betale for dine bajere hva`?"

"Kan du ikke også rense ud i bagbutikken?" spurgte Den gamle Gartner spydigt.

Palle Ib fortsatte over forbi Bageren uden at kommentere deres spydigheder. Fedtnissen var stadig i chok, så han fulgte velvilligt med, selv om han våndede sig over, at håndjernene sad for stramt.

Palle Ib bemærkede, at der var stor opmærksomhed omkring deres færden, hvorfor han besluttede sig for at tage en runde til, så han var sikker på at næsten alle på Torvet havde set den øverste myndighed i byen i aktion. Da han kom forbi Bageren anden gang, drejede han omkring hjørnet og fortsatte direkte op til Rådhuset, hvor den gamle arrestforvarer ventede på at tage imod Palle Ibs nye fangst.

Fedtnissen var ved at komme lidt til sig selv, da de var fremme ved Rådhuset, og de var ikke mere end lige kommet inden for, før han fremstammede:

"Er det ikke en lidt voldsom måde at starte en rundvisning på?"

"Rundvisning???" sagde Palle Ib og skubbede Fedtnissen direkte frem mod døren, der førte ud til de to fængselsgårde på 5 x 5 meter og med fire meter høje mure omkring.

Arrestforvareren åbnede den 5 centimeter tykke dør ud til gården, og Palle Ib skubbede den modvillige Fedtnissen videre frem mod døråbningen.

"Hvad fanden er det for nogle gæs, der går ude i fængselsgården?" spurgte Palle Ib og pegede ud i gården på ti fuldfede gæs, som gik rundt og ledte efter mad.

"Det er nogle, jeg opdrætter sammen med Beskænkeren fra Bodegaen. De skal ædes til jul," svarede arrestforvareren lettere nervøs for Palle Ibs reaktion.

"Kan jeg ikke nappe en af dem?" spurgte Palle Ib og fastholdt et stirrede blik på arrestforvareren.

"Så skal du snuppe en af Beskænkerens," svarede han med et fromt blik.

"Det finder vi ud af," gryntede Palle Ib.

Henvendt til Fedtnissen sagde han:

"Nu kan du gå lidt rundt her, og så kan du få gæssene til at foretage en personlig rundvisning for dig. Toilettet er døren ligefrem i fængselsgården til højre." Palle Ib satte derefter den ene fod op i rygge på Fedtnissen og sparkede ham direkte ud i luften, og uden mulighed for at tage fra på grund af, at han stadig havde begge hænder fastgjort på ryggen med håndjern, landede han på hovedet i de lange tidsler, brændenælder samt andet ukrudt fire trin nede.

"Vi lader håndjernene blive på, mens du går rundt derude. Vi tager ingen chancer," erklærede Palle Ib til Fedtnissen.

"Jeg vil gerne besigtige cellen, som han skal sidde i," meddelte han formelt arrestforvareren. Han så ud efter Fedtnissen for at se, om han havde hørt, hvem der bestemte samtidig med, at han pegede i retning af den ene celle inde i det store rum til højre for entreen.

Palle Ib startede med at skyde slåen til det lille kighul til side for at se, om man kunne overvåge hele cellen gennem hullet. Derefter bad han om nøglen til lemmen, hvorigennem der kunne serveres mad til fangen.

Tilfreds med hvad han havde set, bad han om at få åbnet den store jernarmerede dør ind til cellen. Inde i cellen var der en køje, som var monteret på væggen, så den kunne slås op på samme måde som det lille bord, der også var skruet op på væggen. Op til bordet var der en lille taburet med to ben, hvor højre side også var fastgjort til væggen. Ingen løsdele som kunne bruges til flugtforsøg endsige til at slå en sagesløs betjent ned med. Øverst oppe var der et jernsprosset vindue med 14 små ruder, som var umuligt at bryde ud igennem, selv om fangen var i besiddelse af en tandbørste eller en neglefil.

"Hvem opbevarer denne nøgle til cellen til dagligt i sikkerhedens navn?" spurgte Palle IB og holdt nøglen til den lille spiselem op i luften.

"Den hænger der på sømmet ved siden af døren," sagde arrestforvareren og pegede på sømmet til højre for døren. Palle Ib tog sig i skridtet og rystede på hovedet.

"Her trænger til at blive strammet op på sikkerhedsprocedurerne," fastslog Palle IB og tog sig lige i skridtet en gang til. Han ville ikke tage nogen chancer med sin første fange.

"Jamen, det er jo kun fulderikker, der blev sat ind her. Ingen af dem var i stand til at flygte i den tilstand de var i. Og vi slap dem altid ud næste morgen, og der var ingen af dem, der bad om morgenmad," forsvarede arrestforvareren sig." I øvrigt brækkede de sig for det meste, inden de gik," tilføjede han.

"Hent fangen ind," beordrede Palle Ib arrestforvareren.

Da arrestforvareren kom med Fedtnissen, som nu var grøn på albuerne og på begge knæ efter den voldsomme lufttur, Palle Ib havde udsat ham for, stod han rystende og famlede i sin vestelomme efter sit lommeur for at, se hvad klokken var.

"Kom inden for," sagde Palle IB, som nu stod i døren med korslagte arme.

"Jeg skal bekendtgøre reglerne for dig, så du ikke bliver idømt en tillægsstraf for yderligere lovbrud," indledte han samtalen, og så alvorligt på Fedtnissen ud under kasketten.

"Der er morgenvækning klokken fem, og sengen skal være slået op inden femten minutter. Herefter må du ikke ligge eller sidde på sengen, før lyset slukkes klokken otte, og klokken otte præcist skal der være stille. Har du forstået det?" afsluttede han bestemt og tog sig lige igen en gang i skridtet.

"Efter morgenvækningen er der gåtur og toiletbesøg inden morgenmaden. Morgenmaden serveres klokke kvart i seks og aftensmaden klokken seks præcist. Begge måltider serveres gennem spiselemmen, og du får af sikkerhedsmæssige hensyn kun en ske til at spise med. På grund af travlhed skal du nok regne med, at der går to uger, før din sag kommer for retten." Palle Ib vinkede afværgende, da Fedtnisse skulle til at protestere, hvorefter han smækkede den store dør i med ekstra kraft som en magtdemonstration.

"Har du i øvrigt et sidste ønske inden vi overlader dig til uvisheden?" spurgte han Fedtnissen ind gennem lemmen i døren, uden dog at få et svar.

"Er du sikker på, at det her er helt lovligt?" spurgte arrestforvareren forsigtigt Palle Ib

"Hvorfor skulle det byde nogen imod," spurgte han selvsikkert.

"Af sikkerhedsmæssige årsager må jeg nok hellere opbevare begge nøgler nede på stationskontoret," fortsatte han og så på arrestforvareren, som overrasket udbrød:

"Så skal du være her oppe hver dag inden klokke kvart over fem, når han skal på gåtur og have morgenmad?" spurgte han listigt, for han kendte udmærket til Palle Ibs daglige vaner.

Forbandet over sin egen dumhed rettede Palle Ib hurtigt sin fortalelse til, at arrestforvareren så skulle opbevare begge nøgler et sikkert sted i en skuffe, som kun han selv og Palle IB kendte til, hvilket arrestforvareren billigede.

"Jeg lægger begge nøgler i den højre skrivebordsskuffe i skrivebordet ovre ved vinduet, så er det kun dig og mig, der ved det."

"Perfekt! Sådan skal det være, så nu vil jeg gå hjem og skrive min rapport," sagde Palle Ib og takkede for i dag. Han havde intet begreb om, hvad den endelige sigtelse skulle gå ud på. Anholdelsen gik jo ene og alene på "mistankepådragende adfærd", som var noget, han havde fundet på, og så på de løse rygter han havde sammenflikket gennem et stykke tid. Men nu havde han endelig prøvet at foretage en anholdelse, som mange af Svanekes borgere havde bemærket, da han gik et par runder på Torvet med Fedtnissen. Han kunne altid slippe Fedtnissen ud igen efter et par dage eller sigte ham for at havde taget nogle effekter med hjem oppe fra skolen.

Vældig tilfreds med sig selv og dagens arbejde begyndte han at gå tilbage til politistationen. Nu var det kun et spørgsmål om at vente på, at Beskænkeren kom forbi med den næste sag på et fad. Da det var lørdag, ville han gå ned og slentre rundt på Torvet for at få nogle anerkendende kommentarer fra folk, som havde bemærket hans anholdelse af Fedtnissen. Da han kom ned til Torvet, gik han lige forbi Den gamle Gartners bagbutik for at få sig et par billige svale pilsneren på Gartnerens regning.

KAPITEL 20

Opklaringen

Det à hos Rønne Politi, lød det i røret på klingende jysk sagt af en myndig men lettere snøvlet stemme.

"God dag, jeg vil gerne tale med ham, der står for efterforskningen af mordet på Svaneke Havn?"

"Hvilket mord?" lød det forundret fra betjenten.

"Ja, hende kvinden der blev fundet i Svaneke Havn uden hoved," fortsatte Kjøbenhavneren lettere konfus og irriteret.

"Det kender vi sgu da ikke noget til," lød det surt fra betjenten.

"Jeg har alle beviserne på, at det var et mord og ikke en drukneulykke," sagde Kjøbenhavneren triumferende.

"Beviser som trækker sine spor helt op til toppen af hierarkiet i den lokale mafia i Svaneke og omegn. Jeg ved, at det vil komme til at gøre ondt, når mine beviser ser dagens lys for første gang, rigtigt ondt," sagde han. "Rigtigt ondt!" sagde han igen.

"Forstår du, hvad jeg siger din jyske bonderøv?" råbte han, da der ikke var en lyd i den anden ende af røret.

"Ja, ja, à har hørt, hvad du siger," snøvlede betjenten tilbage." Kan du ikke komme forbi Rønne Politietstation i eftermiddag? Vi er temmelig ophænget her til formiddag," sagde han på sit jyske modersmål, der lød, som om han kom fra Randers kanten.

"Så er der kaffe og hjemmebagt vandkringle," lød det i baggrunden.

"Hvad tid skal jeg komme? Ja, jeg mener ikke til kaffen," spurgte Kjøbenhavneren sarkastisk.

"Klokken kvart i fire og kom ikke for sent, for så er vi gået hjem. Vi går klokke fire," nævnte betjenten hurtigt.

Da Kjøbenhavneren gik ud ad døren til sit værelse, følte han sig overvåget fra stort set alle døre og vinduer på hotellet. Han trak kraven på sin jakke op omkring ørerne og satte farten op for at komme ud fra hotellet så ubemærket som muligt.

Han haltede stadig svagt på grund af det slag, han havde fået over skinnebenet, da ham Den gamle Gartner havde smækket døren til skuret oppe ved kirken over hans ben.

Hvert et skridt han tog, mindede ham derfor om Den gamle Gartner, som under dække af den værste hesteprangermentalitet havde påstået, at han i skuret havde et par fuldblods heste, som var til salg. Og tanken om, at han i stedet forsøgte at lokke ham ind i skuret for derefter at ville slå ham ihjel ved at hugge hovedet af ham med sin machete i et enkelt hug, ville heller ikke forlade ham.

Han havde hele formiddagen siddet og studeret bussens køreplan, men var kun kommet til den konklusion, at halvfems procent af indholdet i køreplanen var undtagelser, hvor bussen ikke kørte til Rønne på tidspunkter, der passede ham.

Han havde bemærket, at Beskænkeren inde på Bodegaen ved den mindste lejlighed hev køreplanen op af baglommen og smækkede de røde læsebrikker op på næsen med en hastighed som et vingeslag fra en af fluerne på stambordet for at vejlede en forkølet turist om en tur hele øen rundt, selv om turisten kun skulle en tur til Rønne. Det endte som oftest med, at turisten havnede på Torvet igen senere på dagen. "Man skal jo holde på kunderne," som han sagde.

Han nægtede sig selv at gå ind for at spørge Beskænkeren på Bodegaen om, hvilken buslinje der gik til Rønne, og om hvad tid afgangen var fra Torvet.

Han frygtede konsekvenserne, og han var ikke et sekund i tvivl om, at lige så snart han havde spurgt om bustiden, så ville han blive mødt med en lang række spørgsmål om, hvad han skulle til Rønne efter på den tid af dagen. Butikkerne i Svaneke var jo ikke lukket endnu, og der var jo også butikker i Nexø.

"Har du familie i Rønne? Rejser du? Og hvor er din bagage?"

To sekunder efter at han var gået ud ad døren, så han for sig, at Beskænkeren kastede sig ind i mellemgangen til baglokalet for at stikke hovedet ind i kassen, hvor telefonen stod sammen med en stak gamle og lasede telefonbøger, og løfte røret for at ringe til Den gamle Gartner og sætte samtlige kumpaner i højeste beredskab, så de var klar til at overvåge hans mindste skridt i byen.

I øvrigt frygtede han også at blive præsenteret for en astronomisk regning, selv om han ikke havde været der, siden han sidst blev filauteret i en grad, han aldrig havde oplevet før.

Men han havde taget sine forholdsregler inden han gik ud ad døren fra sit værelse på hotellet. Hotelværten havde i øvrigt præsenteret ham for en regning på over tre tusinde kroner for det, han kaldte hærværk på værelset. Han ville have værelset totalt istandsat på grund af en overmalet væg med blod, eller hvad det nu var.

Hans plan var at gå op ad Storegade så dreje til venstre ned ad Madvigsgade mod Torvet, så han kom oppe fra bakken. Han ville så kunne stå på hjørnet og overvåge hele Torvet, mens han ventede på, at bussen kom. I ly af bussen ville han så liste sig rundt om førerhuset og så hoppe hurtigt ind og sætte sig på et sæde modsat Bodegaens mange skumle øjne, der fulgte alle og enhver.

Da bussen endelig kom kl. 13.51, tog han sit livs beslutning og satte kurs mod bussens førerhus. Han drejede hurtigt rundt om forenden af bussen i visheden om, at ingen havde set ham. Han tog et fast greb i bussens håndtag med venstre hånd og satte hurtigt højre ben op på første trin, da han i det samme hørte en person råbe ud over hele Torvet:

"Hej, du der. Skal du have de to billeder eller hvad? Du får dem pakket ind uden beregning." Den gamle Gartner stod i døren i sin grøntbutik, som han i øvrigt selv mente, var et grønt supermarked - en oase kaldte han den. Kjøbenhavneren stivnede i et splitsekund. Det var som om, at der pludselig var is på håndtaget, men han overvandt hurtigt sin skræk og trak sig ind i bussen uden at vende sig om.

"En enkeltbillet til Rønne," bad han om og lagde en flad femmer på chaufførens møntapparat.

Chaufføren så op på ham med et blik, som om han skulle indlægges.

"Det er vist femogtyve år siden, du sidst har kørt i bus. Det bliver otteogtyve kroner," sagde chaufføren, smed hånden op på møntapparatet med et stort klask og vippede med langfingeren ligesom for at få pengene hurtigt ud af hans pung.

"Nå, Bodegapriserne er åbenbart også nået ud til bussen," mumlede Kjøbenhavneren og gav chaufføren yderligere 25 kroner.

"Enkronerne har sat sig fast, så du får dine byttepenge, når vi kommer frem," sagde chaufføren og satte bussen i første gear.

Han gik målrettet mod et sæde til venstre i bussen, så han sad så langt væk fra Bodegaen som muligt, og han lagde sig ned, så han var sikker på, at ingen kunne se ham.

"Du skal ikke ligge og sove brandert ud eller brække dig i min bus, for så er det ud her fra," sagde chaufføren vredt og så op i bakspejlet.

Han havde kun et valg, hvis han skulle forlade Torvet i forholdsvis ubemærkethed, så han lod sig langsomt glide ned ad sædet, så han sad på gulvet med næsen ind i stoleryggen foran.

"Jeg sætter mig op, når du er kørt ud fra Torvet," snøvlede han til chaufføren i håb om, at han ikke blev smidt af.

Klokken var lidt i tre, da han stod af bussen på Rønne Torv for at begive sig hen til politistationen for at anmelde mordet på Svaneke Havn og aflevere sit bevismateriale.

Da han kom ind på stationen, var der ingen at se, men han kunne høre flere stemmer, der råbte i munden på hinanden, men han gad ikke rigtig høre efter, hvad der blev sagt, men der var en med en gennemtrængende stemme, der blev ved med at sige:

"Jeg tog stikket hjem med spar bonde! Det var mit stik!"

"Jeg tog stikket hjem med spar bonde! Det var mit stik!"

gentog han endnu højere.

Da der var gået mere end femten minutter, og der tilsyneladende ikke var nogen, der havde bemærket, at han var ankommet til stationen, besluttede han sig for at gå længere ind på kontoret for at banke på døren ind det rum, hvor stemmerne kom fra.

Han bankede forsigtigt på, uden at det havde nogen effekt på de højrøstede stemmer.

Han tog mod til sig og bankede endnu hårdere end første gang, og så tog han forsigtigt i håndtaget og åbnede døren på klem. Han kunne se, at der sad fire betjente og spillede kort omkring et rundt bord. Der stod en flaske whisky og et halvfyldt glas ved hver betjent.

Selv om lokalet var fyldt med røg, fik han ud af øjenkrogen øje på en underlig skabning, som nærmest var gledet halvt ned af stolen. Han sad eller rettere lå med sine kort helt oppe mod næsen, hvilket klart antydede, at han havde særdeles gode kort på hånden.

"Undskyld at jeg forstyrrer. Det var mig, der ringede i formiddags vedrørende mordet på Svaneke Havn," sagde han undskyldende.

De vendte sig alle om mod Kjøbenhavneren med måbende blikke.

"Hov, hov! Hvad laver du inde på forbudt område? Kan du så komme ud på din plads i ventværelset. Så kommer vi ud efter dig, når vi er færdig med noget meget vigtigt opklaringsarbejde, som vi er i gang med. I øvrigt, sagde jeg ikke til dig, at du først skulle komme klokken kvart i fire?" buldrede ham den mest fede, som sad nærmest døren.

Slukøret gik han tilbage til ventværelset for at indtage pladsen, hvor han havde spildt tiden med at glo ud i luften i mere end et kvarter.

I det samme trådte Den gamle Gartner ind ad hoveddøren til stationen. Han var iført en kameluldsfarvet jakke med tre knapper, hvoraf han kun havde knappet den nederste, således at jakken dannede en stor V-formet åbning for tydeligt at henlede opmærksomheden på, at han havde en lyserød åbenstående skjorte på og en rødspraglet charmeklud om halsen. Han medbragte en stor brun pose sikkert fyldt med hans berømte gulerødder i forskellige farver, men det var tydeligt at se, at der også var en otte til ti porrer, som stak op af posen. Han nynnede veltilfreds, da han fortsatte forbi Kjøbenhavneren, og uden at værdige ham et blik gik han direkte mod døren til det rum, hvor de fire betjente sad og drak og spillede kort. Han bankede ikke på døren men gik direkte ind med en bemærkning om, at nu var der friske grøntsager til stationen. Da han havde lukket døren efter sig, blev stemmerne mere afdæmpede, og det var ikke til for Københavneren at høre, hvad de talte med Den gamle Gartner om der inde. Efter ti til femten minutter blev døren revet op, og Gartneren kom ud.

"Så har vi en plan," sagde han og skulede over til Kjøbenhavneren.

"For øvrigt, fik jeg sagt tak for hjælpen? Ja, og husk lige, at grøntsagerne er på min regning," nærmest råbte han, så det gav genlyd på hele stationen for på den måde at signalere, hvem der bestemte her. Idet han skulle til at gå ud ad døren, kom der et blomsterbud med en stor fødselsdagsbuket til Politietchefen, som fyldte år,

"Dem kan jeg tage mig af," sagde han hurtigt til buddet, hvorefter han tog buketten og skrev under på modtagelsen. Lykønskningskortet listede han hurtigt ned i lommen. Han ventede et halvt minut på, at cykelbuddet var kørt, hvorefter han tog buketten med ud og smed den ind på forsædet af sin gamle Bedford med lad og tvillingehjul. Den buket kan fru Dam sgu få til sit jubilæum. Ham Politietchefen lægger alligevel ikke mærke til, om der er en buket mere eller mindre. Han ser kun efter, hvor mange flasker han har fået, tænkte han ved sig selv.

Efter at Kjøbenhavneren havde ventet yderligere en times tid, kom den store halvfede betjent ud med et kaffekrus, der næsten var skjult i hans fede hånd.

"Ja, vi er lidt optaget af nogle alvorlige sager i denne tid men kom med denne vej," sagde han på jysk. Det var tilsyneladende ham, der stod for forsyningen af den daglige vandkringle, når man så på, hvor fed han var.

Han viste Kjøbenhavneren ind i et forhørslokale på 3 gange 2 meter, hvor der stod et lille skrivebord med to skuffer og to stole, hvoraf den ene var en gammel kontorstol med hjul, og den anden så ud, som om den tidligere havde hørt til et sæt gamle spisebordsstole.

Den fede betjent tog den slidte kontorstol med hjul på og satte sig ned med spredte ben, så hans store vom frit kunne glide ned og hvile mellem hans ben.

"Vi skal lige have taget nogle fingeraftryk," sagde han og trak ud i en af skufferne, som dog kun kunne komme 10 centimeter ud på grund af hans mave. I blinde rodede han efter en stempelpude, som han efter 4 - 5 minutter fik fisket op af skuffen sammen med et stykke papir, hvorpå der var fortrykt ti sorte firkantede felter og et større felt oppe i højre hjørne til et billede.

"Jeg skal sgu da ikke have taget fingeraftryk. Jeg er kommet for at anmelde et mord på Svaneke Havn," sagde Kjøbenhavneren febrilsk og så sig om efter en nødudgang.

"Det er meget muligt, at du har en mening om det, men vi har modtaget nogle oplysninger fra Svaneke, som vi bliver nød til at efterforske, så alle i byen er nu under mistanke," sagde betjenten halvt smaskende med en alvorlig mine, så fedtet i kinderne nærmest lukkede begge hans øjne.

"Hvad skal I efterforske? I har for helvede lige sagt her til formiddag, at I ikke kendte til noget mord i Svaneke," sagde Kjøbenhavneren lettere triumferende og tænkte: "Der fik jeg dig, dit fede dumme jyske røvhul."

"Det har ingen betydning. Der er altid noget, man kan efterforske i Svaneke," replicerede betjenten med lukkede øjne på grund af fedtet i ansigtet. Han tog Kjøbenhavnerens højre hånd og klaskede alle fingerspidserne ned på stempelpuden og derefter over på papiret med de fortrykte felter. Derefter fortsatte han med venstre hånd.

"Og så skal vi lige have taget et billede til sagen," sagde han og blændede Kjøbenhavneren med blitzen fra et gammelt Kodak Polaroidkamera.

"Så fik vi klaret det," snøvlede han og tog billedet ud af kameraet og viftede det op i ansigtet på sig selv for at få lidt kølig ventilation i ansigtet.

"Og hvad er så dit navn, om jeg må spørge? Jeg vil for øvrigt gerne se noget legitimation," fortsatte han og rakte en kødklump af en hånd frem.

"Nu forholder det sig sådan, at jeg er kommet af sted uden min pung, som ligger i min bil i København," sagde Kjøbenhavneren og så op i loftet.

"Men jeg hedder Jan Sniadecki og er kommet for at anmelde mordet på Havnen i Svaneke, som jeg omtalte i telefonen i formiddags, og jeg har taget et ethundrede procent skudsikkert bevismateriale med til jer, så det eneste I behøver, er, at tage til Svaneke og foretage en række anholdelser, nærmere bestemt en fire fem stykker. I kan nakke dem som perler på en snor. Det vil ikke tage mere end et par timer, og så vil det endda ikke gå ud over jeres formiddagskaffe," sagde han og så op på den store fede og rødmossede betjent, som nu sad lettere døsig med lukkede øjne og begge hænder hængende ned til hver side.

"Nu skal du høre. Nu overtager jeg dit bevismateriale og læser det godt og grundigt igennem, så tag du bare bussen hjem igen, så vil du høre fra os på et senere tidspunkt. Det ser i øvrigt yderst gennemarbejdet ud," sagde betjenten, idet han rejse sig med en gryntende prusten.

Han rakte ud efter Kjøbenhavnerens bevismateriale med den store kødklump og stak mappen ind under den ene arm og vraltede baglæns ud af lokalet ad samme vej, som han var kommet ind.

"Du kan vel selv finde ud? Husk at den sidste bus til Svaneke går klokken 23.30," fik han lige nævnt med hovedet så meget drejet bagud, som fedtnakken nu tillod.

KAPITEL 21

Anholdelsen

Klokken var 10 minutter i halv seks om morgenen, da det bankede kraftigt på Kjøbenhavnerens værelsesdør på Hotel Simsens, og en person uden for lod meddele med stor autoritet i stemmen:

"Det er politiet! Luk op i lovens navn!" Det var Palle Ib, der lod sin røst gjalde ud over hele hotellet i håbet om, at han vækkede de fleste af hotellets gæster, så de kunne følge med i hans professionelle adfærd.

Han havde forberedt, hvad han ville sige til alle de søvndrukne gæster, der blev vækket så tidligt på morgenen. Han ville kort beklage og så sige, at han var udset til det alvorlige hverv at håndhæve loven til alles beskyttelse. Hellere være beskyttet af loven end af dynen havde han sagt til sig selv hele morgenen godt irriteret over, at han skulle op så tidligt, så derfor skulle alle andre også op.

Lettere forskræmt vågnede Kjøbenhavneren af sin i forvejen urolige søvn.

"Det er politiet! Luk så op for fanden! Jeg ved, at du er derinde," råbte Palle Ib endnu højere end første gang.

Kjøbenhavneren tog sig god tid til at finde sine bukser og skjorte, inden han forsigtigt drejede nøglen rundt og åbnede døren på klem.

"Det er politiet," sagde Palle Ib og stak sit politiskilt op i hovedet på Kjøbenhavneren.

"Jeg skal ikke anholdes for noget her i byen," erklærede han og ville lukke døren.

Palle Ib handlede instinktivt og resolut, og med fuld kraft sparkede han døren så hårdt op, at den flækkede det nederste af karmen og rev det nederste hængsel med ud. Døren ramte Kjøbenhavneren med fuld kraft i hovedet, og slaget bevirkede, at han fløj tilbage på sengen med en stor bule i panden.

"Klokken er seks fem og fyrre. De er anholdt," sagde Palle Ib og tog sig i skridtet og nøgleknippet.

"Klokken er sgu da ikke seks fem og fyrre. Den er to minutter i halv ni, dit store fjols," vrissede Kjøbenhavneren til Palle Ib, som så febrilsk på sit ur og bankede så heftigt på glasset, at det røg af og trillede ind under Kjøbenhavnerens seng.

Palle Ib bukkede sig ned og med strakte arme i en håndstand forsøgte han langsomt at sænke sig ned, så han kunne se ind under sengen uden at røre gulvet med maven eller knæene, for han ville ikke have møg og skidt på sin skjorte og uniformsbukser, men hans egen vægt overraskede ham, så begge arme gav efter, og han landede på maven, så hans hoved med kasketten kom i spænd inde under sengen.

"Ah, Ah. Hvad har vi så her?" råbte han begejstret og fiskede sit urglas ud sammen med en gul plastic træsko, som han løftede triumferende op i luften, hvorefter han sprang op og stillede sig helt tæt op ad Kjøbenhavneren.

"Du er anholdt! Hvad var det, du sagde, at klokken den var?" spurgte han Kjøbenhavneren, som så måbende på ham.

"Det vil jeg sgu da ikke fortælle dig, dit torskedumme røvhul. Hvad fanden har jeg gjort, siden jeg skal anholdes?"

"Du er anholdt for mordet på den hovedløse kvinde nede på Havnen, og klokken er sådan cirka lidt i ni."

"Du skal fandeme ikke komme her og anholde mig for noget, jeg ikke har gjort," råbte Kjøbenhavneren og varpede Palle Ib en på siden af kasketten, så den røg gennem værelset.

Palle Ib handlede resolut. Han tog sig i skridtet med venstre hånd og flåede håndjernene ud af buksestroppen med højre hånd, selv om det betød, at hans livrem mistede sin virkning i højre side af bukselinningen med det resultat, at hans højre bukseben pludselig blev ti centimeter længere.

"I lovens navn. Jeg anholder Dem! Ræk venstre hånd frem!" kommanderede Palle Ib og tog sig lige igen en gang i skridtet.

Kjøbenhavneren rakte modvilligt venstre hånd frem, og Palle Ib smækkede det ene håndjern om hans håndled, og med en lynsnar bevægelse, som han havde set på film, smækkede han det andet håndjern om sit eget højre håndled.

"Jeg skal have noget tøj på, før jeg forlader dette værelse," sagde Kjøbenhavneren.

Palle Ib var nu totalt passiviseret, for han kunne næsten ingen ting foretage sig med venstre hånd på grund af sin store kejtethed. Venstre hånd kunne kun bruges til at stille lidt service og nogle gryder på plads i køkkenet. Han måtte følge enhver bevægelse, som Kjøbenhavneren foretog sig, og det var som om, at rollerne var byttet om, så det var Palle Ib, der var fangen og ikke omvendt.

"Jeg kan ikke få tøj på med det det her håndjern på armen." Kjøbenhavneren rakte armen frem mod Palle Ib, som grundet sin venstre hånds dårlige motorik måtte bede Kjøbenhavneren om at låse håndjernet op, så han kunne blive klædt på. Lige så snart han havde fået armen igennem venstre skjorteærme, smækkede Palle Ib håndjernet om hans arm igen med det resultat, at han måtte følge med i enhver bevægelse, som Kjøbenhavneren foretog sig i forbindelse med at tage resten af tøjet på.

Da Kjøbenhavneren skulle lede efter sine sko under sengen, lagde han sig ned på knæ og begyndte at kravle. På vej over til sengen fik han venstre knæ ind over Palle Ibs højre arm, så der først lød et skarpt smæld efterfulgt af, at Palle Ib udstødte et langstrakt hyl som en anden skrigeabe. Palle Ibs højre arm var brækket fem centimeter over håndleddet.

"Du er anholdt for vold mod tjenestemand i funktion," hulkede Palle Ib og forsøgte at få hånden op, så han kunne tage fat om bruddet og lindre smertens skærende kraft.

Kjøbenhavneren lagde sig nu helt ned på maven for at nå sin sko, som lå helt inde ved væggen. Palle Ibs højre håndled afgav nu en kvasende lyd. Smerten var så kraftig, at Palle Ib ønskede sig tilbage til den tid, hvor han kortvarigt var medhjælper i et pizzabageri i Viborg, før han søgte ind til politiet.

Efter yderligere en lille times tid var Kjøbenhavneren klar til at gå. Det havde voldt dem store problemer at få snøret hans sko, fordi Palle Ib havde skreget af smerte, hver gang han ville binde sløjfen. Da de var klar til at gå, insisterede Palle Ib på, at de skulle gå over i hotellets reception og ringe efter en mandskabsvogn fra stationen ude i Rønne.

Da de kom ind i receptionen ovre på den anden side af gårdhaven, så kvinden i receptionen på Kjøbenhavneren og udbrød:

"Nå, sådan. Jeg tænkte nok, at De var fra politiets rejsehold." Hun blinkede to gange til Kjøbenhavneren og så ned på håndjernene.

Palle Ib var på sammenbruddets rand, da han bad om at låne telefonen.

"Skal du ringe hjem og sige, at du bliver lidt forsinket?," spurgte hun og blinkede igen til Kjøbenhavneren.

"Den står der ovre," sagde hun og pegede i retning af telefonen, som stod på disken.

Palle Ib var ikke i stand til at holde røret og dreje samtidig med venstre hånd, så han måtte bede Kjøbenhavneren om at dreje nummeret til stationen i Rønne.

"Så vil jeg også have en stor fadøl på din regning." sagde Kjøbenhavneren og tilkaldte servitricen, som kom springende ude fra baglokalet.

Palle Ib indvilligede og bestilte også en stor fadøl til sig selv.

"Rønne Politi. De taler med Svendsen," lød det søvnigt i røret. Det var som om, Svendsen var meget langt væk.

"Ja, det er Palle Ib, knytnæven fra østlandet."

"Du får lige chefen," sagde Svendsen, hvorefter det lød, som om han tabte røret på gulvet.

"Ja, hallo," sagde Politichefen.

"Det er Palle Ib her. Jeg har anholdt ham Kjøbenhavneren under stort tumult, men jeg måtte overmande ham helt alene, og i kampens hede brækkede han mit højre håndled, så jeg vil gerne have sendt en fyldt mandskabsvogn til Svaneke Havn så hurtigt som overhovedet muligt," berettede han og ventede på et stort kompliment fra Rønnechefen.

"Dit store dumme fjols. Hvordan kan du anholde en mand på dette tidspunkt af formiddagen? Kofoed er lige ved at være her med vandkringle til kaffen, og vi skal også spille kort," lød det vredt fra Politichefen.

I baggrunden kunne han høre en, der sagde:

"Hvad har han nu rodet sig ud i? Hvad så med kortspillet? Der er jo to hundrede kroner i puljen."

"Vi kan først sende en vogn efter frokosten klokken halv tre. Så kan du ikke bare løslade ham, så vi kan nå at spille kort? Så kan du tage tilbage efter ham senere på eftermiddagen. Vi ses om en time, og så må du sgu holde kortene med venstre hånd," afsluttede chefen og lagde røret på.

Palle Ib havde ikke skyggen af begreb om, hvordan han skulle løse den aktuelle situation med en fange lænket med håndjern til sin brækkede højre arm, da han jo var ude af stand til at låse håndjernet op på grund af den nyttesløse kejtede venstre hånd.

Han var næsten sikker på, at hotellet ikke ville acceptere, at han med hjælp fra servitricen lænkede Kjøbenhavneren til en radiator inde i restauranten, men det var næsten umuligt for ham at tænke klart, fordi et andet problem nu begyndte at presse sig på. Den store fadøl var begyndt at gøre opmærksom på sig selv, hans blære var fyldt til bristepunktet.

"Jeg skal ud på toilettet," sagde han bedende henvendt til Kjøbenhavneren.

"Det er muligt, men det skal jeg ikke. Jeg flytter mig ikke ud af stedet," svarede Kjøbenhavneren hurtigt og så på ham med en ligegyldig mine.

Palle Ib var i panikagtig vildrede. Han stod nu op med korslagte ben for at holde på vandet, som pressede sig mere og mere på.

"Kan du så ikke hjælpe mig ud af disse håndjern og så blive siddende i sofaen, mens jeg er på toilettet?" spurgte han bedende.

"Aldrig i livet! Det må du sgu da selv klare, dit røvhul," svarede Kjøbenhavneren triumferende.

Presset fra blæren var nu så stort, at Palle Ib var ude af stand til at flytte sig bare en halv meter.

Han forsøgte at trække Kjøbenhavneren med ud på toilettet, men han holdt fast i den sofa, han sad i, så det var helt umuligt. Omkring tre meter fra sofaen stod en stor kinesisk Ming vase. Palle Ib bedømte afstanden men opgav denne oplagte mulighed for at få lettet presset, da tre tyske ægtepar kom ind i receptionen og stillede deres kufferter lige ved siden af vasen..

Da han satte sig ned i sofaen trykkede hans alt for store bæltespænde ind i maven og fordoblede presset på blæren, så han måtte lade vandet gå med det resultat, at det sivede ned gennem sofaen og efterlod en større sø på gulvet neden under.

"Skal vi ikke bede om en karklud, som du kan bruge som ble?" spurgte Kjøbenhavneren hånligt.

"Er du nervøs? Du har vel ikke tynd mave?" fortsatte han hoverende.

Palle Ib var ude af stand til at svare. Han tog sig til nøgleknippet og derefter i skridtet, men den ønskede styrkende virkning udeblev, fordi Kjøbenhavnerens hånd fulgte med, og da han tog sig i skridtet, lød der to store svup, som fik servitricen til at komme farende.

"Undskyld, med sagde De noget Hr.?" spurgte hun og så på Palle Ib, som forsøgte at skjule den store våde plet med sin uniformsjakke, som han havde fået bakset halvt af.

"Ja tak, ham der "sømanden" vil gerne bestille to store fadøl mere," svarede Kjøbenhavneren og blinkede til den smilende servitrice.

"Nå, nå, nå. Han er måske til de våde varer i dag?" Hun pegede smilende ned på søen under Palle Ib.

Palle Ib var totalt færdig. Det var det største nederlag i hans karriere, og hans hjerne kørte rundt med alle de løsningsmuligheder, han kunne finde på, men samtidig fornemmede han, at hans forfremmelse forduftede lige så hurtigt, som han havde ladet sit vand.

Da servitricen kom med de to store fadøl, så hun på Palle Ib og udbrød:

"Skal jeg hælde den ud med det samme, eller vil du lige have en tår?" Spørgsmålet blev fulgt af en rullende latter, der rev og flåede i samtlige Palle Ibs nervebaner.

"Hvis du ikke låser mig op nu med det samme, så er du anholdt," sagde Palle Ib til hende med en lille pibende stemme, som ikke efterlod megen respekt.

"Så, så, skattemand, det tror jeg ikke, at kriminalbetjenten vil synes godt om, og du skal også lige betale din regning, inden du går."

Palle Ib så op på uret i receptionen. Klokken var ikke mere end tyve minutter i et. Han turde ikke tænke på, hvad de nu sad og talte om i Rønne på grund af han udeblivelse fra kortspillet. Og hvad med de 200 kroner der var i puljen? Hvad skulle han få de sidste to timer til at gå med, indtil der kom en mandskabsvogn fra Rønne?

"Kan vi ikke lige få to store fadøl mere, og tag også to bitre med, og en til dig selv," sagde Kjøbenhavneren.

"Det kommer du også til at betale. Jeg har nemlig glemt min pung på hotelværelset," sagde Kjøbenhavneren til Palle Ib

"Vi kan lige så godt gøre os det lidt behageligt, nu vi er her," fortsatte han uden at få svar.

Palle Ib sagde ingen ting. Han havde nok at gøre med at holde vandet tilbage, idet den anden fadøl var begyndt at melde sin ankomst.

Servitricen kom svansende med de to fadøl og de tre bitre, som nu var blevet til dobbelte.

"Du har måske lært at holde dig lidt?" spurgte hun henvendt til Palle Ib og smilede til Kjøbenhavneren.

"Skål, skål, mine kære venner. Det her kan jo ende med at blive en rigtig sjov eftermiddag," sagde hun og bundede den dobbelte bitter, som hun havde skænket til sig selv.

Palle Ib kiggede ned i sit glas og mumlede noget, som godt kunne opfattes som en skål.

Servitricen sad nu på skødet af Kjøbenhavneren med ryggen til Palle Ib. Håndjernet skar sig ind i hans brækkede håndled, hver gang hun fnisende lænede sig lidt tilbage, når Kjøbenhavneren havde fortalt hende en lille sjofert.

Palle Ib følte sig holdt helt uden for selskabet, men de tre fadøl og den dobbelte bitter var begyndt sin påtrængende virkning.

"Kan vi ikke lige få tre fadøl og tre bitre? og de skal være dobbelte i lovens navn," sagde han og slog ud med den frie hånd, så han kom til at slå skærmen af en stor bordlampen, der stod på et sidebord lige op ad sofaen.

Skærmen trillede rundt og stoppede lige for fødderne af Palle Ib, som bukkede sig ned og samlede skærmen op og satte den demonstrativt oven på sin kasket.

"Nu er der ingen, der ser, at jeg drikker en lille en i tjenesten," sagde han og rakte instinktivt ud efter en af de nye fadøl, som servitricen kom med.

"Skal vi kun have dobbelte bitre?" spurgte han servitricen."Vi må lige have tre bitre mere, og det skal være seksere denne gang, som man siger i Sverige," råbte han ud over hele receptionen så højt, at det kunne høres langt inde i restauranten, og selv om mange af dem, der sad der inde var tyskere, som ikke forstod, hvad han sagde, så kunne de ud fra hans gestikulerende fagter læse, at han var mere end beruset.

Palle Ib stemte i med en sang.

"Vi har det åh åh så dejligt, åh åh åh....." han nærmest lå ned med begge ben ud fra sofaen.

Klokken var hen ad halv tre, da chefen fra Rønne ankom sammen med ham den fede betjent, der havde afhørt Kjøbenhavneren.

"Hvad helvede sker der her?" tordnede han henvendt til Palle Ib, som nu var gledet næsten helt ned på gulvet.

"Det skal du ikke blande dig en skid i," mumlede Palle Ib, som lige havde ladet sit vand ud på gulvet for tredje gang.

Han kunne ikke se, hvem han talte til på grund af lampeskærmen, som han stadig havde på hovedet.

Chefen fra Rønne gav lampeskærmen et stort dask, så den fløj gennem luften, og da det gik op for Palle Ib, hvem det var, der stod foran ham, forsøgte han at springe op i oprettstående stilling, men han havde glemt alt om, at han havde lænket sig til Kjøbenhavneren med håndjern, med det resultat, at han gled ned i sin egen sø med begge ben forrest og ind mellem benene på chefen fra Rønne.

"Jeg har brækket min arm, men jeg er på "pikken" igen i morgen klokken otte," snøvlede han mere eller minder uforståeligt.

"Få de håndjern af ham, og det skal være nu!" beordrede chefen henvendt til ham den fede rødmossede, brednakkede og halvfordrukne politiassistent, han havde taget med, selv om han ikke var i stand til at køre bil.

Med stort besvær fik de befriet Kjøbenhavneren fra håndjernet, men Palle Ib kunne ikke få sin del af det hævede brækkede håndled, og han var ude af stand til at rejse sig endsige løfte hovedet fra gulvet, og som en sidste kommentar, så væltede hans maveindhold ud på gulvet.

"Og du møder på mit kontor i morgen klokken otte præcist! Vi kan ikke have folk ansat, der har hang til umådeholdent drikkeri i tjenestetiden. Det vil få alvorlige følger det her," buldrede chefen henvendt til en halvt bevidstløs Palle Ib, selv om han fortrød i samme sekund, han havde sagt det. Hans tanker gik til den sidste gang, han havde været til fredagsfrokost i Svaneke, hvor personalet næste dag havde hvisket ham i øret, at den helt nye mørkeblå mandskabsvogn, som de havde hentet ham i, var så overpisset og overbrækket, at de måtte opgive at rengøre bilen, hvorefter de havde besluttet at skubbe den i det sydlige bassin i Rønne havn. De havde den efterfølgende morgen meldt den stjålet hos dem selv.

Politichefen havde rost personalet for stor selvstændighed og dømmekraft og havde sporenstregs givet kager til eftermiddagskaffen. Han havde personligt selv overtaget efterforskningen omkring den forsvundne mandskabsvogn, men sagen havde han lige som så mange andre biltyverier og indbrudssager syltet for derefter at henlægge den grundet mangel på beviser. Han slog tanken om at genoptage efterforskningen hen, for der er alligevel ingen, der ringer og efterlyser den bil, havde han sagt til sig selv. Men han besluttede, at det at stjæle en politibil og så endda en mandskabsvogn måtte underlægges de samme regler, som de havde for deres julefrokoster, det ville sige ingen regler.

Politichefen hankede op i Kjøbenhavneren med hjælp fra ham den fede rødmossede betjent, som nu gik og svingede sine håndjern omkring sin højre fedtklump af en pegefinger.

De havde begge totalt fejlbedømt situationen. Det kom fuldstændig bag på chefen og den fede, at Kjøbenhavneren heller ikke var i stand til at stå på sine egne ben, så de måtte slæbe ham ud til patruljevognen med begge ben hængende bagud.

"Hvad med regningen?" råbte servitricen, som kom løbende på strømpefødder med det, der mest af alt lignede en papyrusrulle.

"Det ordner min kollega i morgen. Det er ham, der ligger der." Chefen pegede på Palle Ib, som nærmest lå i sin egen sø.

"Skal vi ikke skrive sammen?" fik hun i farten spurgt Kjøbenhavneren med en sukkersød stemme.

Da de kom ud til patruljevognen, pressede de efter en del bryderi Kjøbenhavneren ind over køleren på vognen. Først på ryggen, derefter fik de med stort besvær vendt ham om på maven, så de kunne få begge håndjern på ham omme på ryggen for at passificere ham et øjeblik. Da han i et kort øjeblik fik sin venstre hånd fri, langede han ham den fede, rødmossede betjent en på kasketten, så den trillede hen over havnebryggen.

"Hvad så, dit fede læs? Hvad siger din mor til, at du render rundt her ovre på Bornholm og generer fredelige folk?" råbte han, så alt hans spyt stod ud af mundvigene, og han blev helt tør i munden. Var der noget, han trængte til, så var det en stor kold duggende fadøl.

Den fede tog fat i kravetøjet på Kjøbenhavneren og smækkede hans kotelet af en knyttet højrehånd op i ansigtet på ham.

"Jeg anmelder dig for vold mod sagesløse personer, dit store fedtøre," råbte Kjøbenhavneren.

"Så var der sgu mere format over ham den lokale betjent," råbte han med munden helt inde i hovedet på den rødmossede fedtklump.

En pludselig indskydelse fik ham til at bide den fede i det venstre øre og ruske til fra side til side som en anden sulten hund. Den fede betjent fik slået sig løs med en lige højre i mellemgulvet på Kjøbenhavneren, som knækkede sammen som en slatten ballon, hvor det sidste af luften fes ud.

"Lad os få det fulde og voldelige gespenst ind på bagsædet, så vi kan nå tilbage til eftermiddagskaffen," sagde chefen bryskt.

De fik efter stort håndgemæng flyttet håndjernene på ham, så han nu havde begge hænder foran på maven, fordi det foreskrev reglerne, når en anholdt skulle sidde inde på bagsædet af en bil.

Da de forsøgte at få Kjøbenhavneren ind på bagsædet, tog han resolut kvælertag på Politichefen, som blev ligbleg og troede, at han skulle dø. Han råbte om hjælp, så det kunne høres over hele Havnen. Det var første gang, han havde deltaget i en anholdelse, siden han var blevet sendt til Bornholm.

Ved de afsluttende prøver på politiskolen havde han som en anden skræmt jagthund gemt sig ude på toilettet i tre timer, da det første pistolskud havde lydt under skydeprøverne. Efterfølgende havde ledelsen besluttet at sende ham over til Bornholm, så han fremover slap for yderligere tumult, hvilket han også selv havde regnet med.

Imens chefen stod og tog sig til halsen med det hvide ud øjnene, fik den fede betjent endelig trukket Kjøbenhavneren ind på bagsædet af patruljevognen, og her begyndte Kjøbenhavneren at råbe helt vildt:

"Jeg ved, hvem der har dræbt den hovedløse kvinde på Svaneke Havn. Det er en flok forbandede, uhæmmede misdædere."

"Vi ved også, hvem der dræbte hende, ellers tak for hjælpen," sagde chefen og viftede ham afværgende om næsen med den gule plastictræsko, som Palle Ib havde rakt ham. Det eneste Palle Ib havde været i stand til at række politichefen, da han lå nede på gulvet.

"Jeg har afleveret de klareste beviser til jer, men I kan vel ikke læse, I to jyske torskehoveder," råbte Kjøbenhavneren ud i luften.

"Nu skal du til at passe på," sagde Politichefen, der nu havde vovet sig ind i bilen. Han tog sig til halsen stadig lettere chokeret over kvælningsforsøget og lænede sig for en sikkerhedsskyld ind over rattet for at undgå flere overfald fra Kjøbenhavnerens side.

Kjøbenhavneren fortsatte dog sine verbale overfald, så under hele turen over øen lænede Politichefen sig mere og mere fremover, så maven til sidst trykkede på hornet. De ankom således til Rønne politietstation med hornet i bund.

Den fede steg først ud af bilen, fordi Politichefen ønskede at være i sikker afstand af Kjøbenhavneren.

Den fede hev ham ud på asfalten, så han lå på maven, og med alle sine et hundrede og tyve kilo som dødvægt knaldede den fede sit højre knæ ned i ryggen på Kjøbenhavneren for derefter at lægge ham i en dobbelt benlås.

"Sådan, så kan vi drikke kaffe i fred og ro," meddelte han Politichefen, som nikkede anerkendende, da han så ned på den dobbelte benlås.

"Vi bør tænke på vores renommé. Vi smider ham ind i arresten, mens vi drikker kaffe, så vi slæber ham med ind nu," kommanderede Politichefen.

"Alle holder våbnene i ro! Vi skal ikke have noget skyderi på stationen!" sagde han henvendt til de andre betjente, der var på vagt.

De rullede Kjøbenhavneren om på ryggen og greb fat i håndjernene, så begge hans arme blev trukket op over hovedet. Der lød en underlig lyd, da den ene skulder gik ud af led på grund af de voldsomme træk i armene.

"Av, av, av. I har mishandlet en lovlydig borger, I forbandede røvhuller. Det kommer til at stå jer dyrt! Jeg indgiver en anmeldelse, så snart jeg kommer til København," råbte han stærkt lidende på grund af skulderen, og fordi baghovedet knaldede ned i stenbroen, uden at den fede og chefen lod sig mærke med det.

Da de kom ind på stationen slæbende med Kjøbenhavneren, rejste de ham op, så han kunne gå selv. På vej ned til cellerne skulle de forbi det store veldækkede kaffebord, hvor der var dækket op til otte personer med sidetallerkner. Kaffen var allerede skænket og dampede op af alle kopperne. To store lysestager med fire lys i hver var tændt, og der stod to fade med bunker af glinsende lun vandkringle i hver ende af bordet. Der var stillet to flasker bitter op midt på bordet, og der stod små glas ved alle kopperne. Selv sukker var der flere slags af, fordi chefen godt kunne lide at dyppe sukkerknalder i sin bitter.

Idet de var helt henne ved bordet, sparkede Kjøbenhavneren hårdt til det ene bordben med det resultat, at benet brækkede af og fløj gennem lokaler. Bordet brasede sammen og væltede over på den ene side, og hele kaffearrangementet knaldede mod gulvet med et kæmpe brag. Det var ikke højden af braget, der skabte ravage på stationen, det var mere lyden af de to smadrede bitterflasker, der fik samtlige betjente på stationen til at komme farende. De kendte denne for dem skrækindjagende lyd alt for godt fra alle de gange, hvor chefen var faldet ned af stolen og havde revet dugen og hele frokosten eller kaffebordet og flaskerne med ned i faldet.

Alle betjentene kastede sig over Kjøbenhavneren, og chefen, der var sprunget op på en stol, råbte:

"Fiksér ham! Fiksér ham! Læg ham i en dobbelt spændetrøje og bind han med remme til vores fikserbare transportbåre og hæng ham så op under loftet."

Det føg i luften med gode råd om, hvad de skulle stille op med Kjøbenhavneren, imens de fik ham bugseret ned til og ind i celle nummer tolv, der lå som sidste celle nede ad den gang, hvor alle cellerne var.

"Giv ham pisk," var der én, der foreslog.

"Nej, waterboarding," var der en anden, der sagde.

"Sæt strøm til hans nosser," foreslog sekretæren.

Inde fra cellen lød der nu en konstant råben og skrigen fra Kjøbenhavneren. Han bankede og sparkede på døren uden den tilsigtede virkning.

"Det er ham Den gamle Gartner og hans kumpaner, der står bag," råbte han.

"Jeg ved, hvem det er. Så forstå det dog, I dumme røvhuller," lød det fra ham igen og igen.

"Fedtøre! Jeg har afleveret alle beviserne til dig, men du kan vel ikke læse, dit fede jyske røvhul," råbte han efter ham den fede betjent.

"Luk mig ud, eller jeg smadrer hele stationen, inden jeg tager hjem," truede han.

Chefen havde indkaldt tre betroede betjente med stor anciennitet og erfaring til møde på sit kontor for at drøfte, hvordan de hurtigst muligt kunne få genetableret det ødelagte kaffebord.

Opgaverne blev fordelt, og der blev udarbejdet en tidsplan, som viste, at de ville kunne sidde ved et nyt veldækket bord klokken kvart over fire, hvis alt gik efter planen. Lidt sent men alligevel acceptabelt for alle parter.

"Hvad med ham i cellen? Skal han ikke have noget vand og lidt mad?" spurgte den ene af betjentene en smule medlidende.

"Nej, så får han bare energi til at starte en større revolution. Vi skal ikke have mere vrøvl med den halsstarrige bajads. Han er utilregnelig og vrøvler om det samme hele tiden," erklærede Politichefen. Han skulle for alt i verden ikke ud i noget klammeri med ham en gang til.

"Skal vi ikke tage spændetrøjen af ham? Han kan jo risikere at få kramper og angstanfald," var der en anden betjent, der påpegede.

"Jo mere bange han bliver, des bedre er det for os. Lad ham bare ligge. Han kan ikke fryse med den spændetrøje på." Politichefen slog over i en hånlig latter.

"Han burde sendes over til en psykolog på statshospettalet i Glostrup," sagde den fede med hævnlyst i stemmen.

"God ide. Vi får sendt ham over med fly i morgen, så er vi af med ham. Jeg får nogle over fra til at hente ham," sagde Politichefen og alle nikkede anerkendende og samtykkende og så over på den fede.

"Det er hermed besluttet. Skal vi så se at få noget kaffe stillet på bordet?" spurgte Politichefen og bad alle om at synkronisere deres ure, og han bemærkede, at personalet så anerkendende på ham.

Klokken var kvart over otte, da en betjent, som hed Svante Svendsen og en læge ved navn Gustav Pibkrads, de kom begge over fra, ankom til stationen i Rønne. De medbragte en lang række dokumenter, som de stod og viftede med som bevis på, at det var dem, der skulle hente en volds-psykopat, der var til fare for sine omgivelser, som der stod. Betjenten havde en skudsikker vest og en hjelm med visir på, og han dækkede sig hele tiden bag et stort skjold, som sad fastspændt på hans venstre arm. I højre hånd havde han en stor sort gummiknippel. Lægen, som også var psykolog, havde taget store sikkerhedsbriller og en slags gas-maske på, men ellers var han kun iført en hvid kittel og et par grå jesussandaler. Han havde ikke taget strømper på, fordi han igennem længere tid havde været plaget af vold-somme podagraanfald. For en sikkerheds skyld havde han medtaget en stor sprøjte fyldt med 200 milligram Flunet-trazepam sovemedicin, nok til at få en elefant til at sove i fem timer.

Da de tog i døren til stationen, var den låst. Der var ikke nogen, der var mødt endnu.

Omkring tyve minutter over ni dukkede betjent Kofoed op med en stor pose morgenbrød, og han så forundret på de to frysende personer, som var iført det, der lignede kamp-uniformer til brug i en blitzkrig.

"Vi har desværre ikke morgenbrød nok til, at de to herrer også kan få," beklagede Kofoed med tanke på, at han ikke ville afgive nogle af sine rundstykker og slet ikke den læk-re tebirkes, han havde købt til sig selv.

"Kan I ikke sætte jer ind i venteværelset, indtil vi er fær-dige med at drikke kaffe. Der skal nok blive en tår tilovers til jer. I kan få en Gammel Dansk til at dulme jeres nerver, så I ikke skal sidde at tænke på, hvad der kommer til at ske jer på turen over dammen med ham gorillaen der inde," sagde betjent Kofoed og slog korsets tegn.

Det gav et gib i lægen, som stillede sig bag betjent Svendsen med skjoldet.

"Hvad var det for noget, han sagde om en gorilla? Vi fik sgu da at vide, at der godt nok var tale om en lettere voldelig person, men en gorilla??? Jeg er læge og ikke dyrepasser," fremstammede han endnu mere nervøs.

"Vi svinebinder ham til en lang stang, så kan han hænge der. Vi skal ikke tage nogen chancer med ham," sagde betjent Kofoed beroligende til lægen, som hørligt åndede lettet op.

Kvart over ti dukkede chefen endelig op travlt optaget af, at han havde spildt syltetøj langt ned ad slipset og ud på skjorten. Han forsøgte ihærdigt at tørre det af med en gammel serviet.

"Ja, I må undskylde ventetiden, men jeg havde et vigtigt møde, som ikke kunne udskydes," løj han undskyldende uden at se op på lægen og betjenten.

"Var det jer, der skulle hente ham Hannibal?" spurgte han.

Det gav igen et stort gib i lægen, som nu gik om bag betjent Kofoed og stak hovedet ud under hans ene arm.

"Hvorfor… hvorfor….. øøøh øøøøh…. hvorfor kalder du ham Hannibal?" fremstammede lægen.

"Han skulle jo også have en god ven til middag, og så fordi han har forsøgt at bide det ene øre af en betjent her på stationen. Men vi har passiviseret ham med spændetrøjen og lagt ham i en dobbelt benlås, så han skulle være nogenlunde mør og medgørlig og til at tale til fornuft," svarede chefen og kiggede op i loftet.

"Du er jo også psykolog, er du ikke?" spurgte han lægen, som nikkede samtykkende stadig med hovedet under armen på betjent Kofoed.

"Så vil jeg foreslå, at du tager den første beroligende samtale med ham, så I kan få transporteret ham ud til luft

Havnen uden de helt store problemer. Vi skal nok eskortere jer på afstand for ikke at vække opsigt," sagde han og så på lægen, der nærmest var ligbleg i ansigtet.

"Nu skal vi vise dig ned til cellen, hvor vi har svinebundet ham," sagde Politichefen og gjorde tegn til Svendsen og lægen samt betjent Kofoed, som skulle gå forrest for at åbne døren ind til gangen med alle cellerne.

Kofoed åbnede døren og fik skubbet Svendsen og lægen en halv meter ind i gangen, selv om de begge strittede voldsomt imod.

"Her har du nøglen til cellen. Den ligger helt nede for enden af gangen og har nummer tolv. Vi valgte nummer tolv af sikkerhedsmæssige hensyn. Du ved, det der med at tretten er et uheldigt tal. Vi tager ingen chancer her på stationen," sagde han og gav lægen nøglen samtidig med et så kraftigt skub i ryggen, at han tumlede to store skridt fremad. Hans ene podagraplagede storetå blev brækket bagover og med et højt smæld fik den revet en sene over, så den strittede ud af siden på hans jesussandal.

"Vi holder vagt her ved døren, så han ikke kan flygte," sagde Politichefen, som ikke skulle nyde noget af at gå ned ad den gang, så længe Kjøbenhavneren befandt sig i cellen..

Lægen skubbede nu betjent Svendsen ind foran sig og rettede på sine sikkerhedsbriller og sin gasmaske. Da de kom ned til celle nummer tolv og tøvende stod uden for døren, rystede lægen så kraftigt på hænderne, at han på ingen måde kunne få nøglen ind i nøglehullet og få åbnet døren,

Han rakte nøglen til betjent Svendsen, der resolut lagde sig ned på knæ med hovedet uden for til venstre for dørkarmen. Han skulle ikke have noget af at have hovedet lige ud for døren, når den åbnede. Han forsøgte at ramme et for ham usynligt nøglehul.

Efter flere forsøg lykkedes det betjent Svendsen at få nøglen ind i låsen, så han kunne få åbnet døren. Det første skarpe klik fra låsen, da nøglen blev drejet om, fik lægen til at løbe tilbage til udgangspunktet blot for at konstatere, at Politichefen havde låst døren. Gennem den lille rude i døren kunne han se, at Kofoed stod sammen med et par andre betjente fra stationen ude på den anden side, og med store fagter pegede de ned mod celle nummer tolv som tegn på, at han skulle gå tilbage til Hannibal. Den ene betjent trak to fingre over halsen og pegede ned ad gangen.

Lægen luskede langsomt tilbage til cellen, hvor betjent Svendsen nu havde åbnet døren så meget, at de kunne få hovedet halvt ind blot for at konstatere, at Kjøbenhavneren lå svinebundet i en dobbelt benlås ude af stand til at bevæge sig så meget som et halvt næsehår.

Han var døden nær. Det eneste, der talte sit tydelige sprog om, at der stadig var lidt liv i ham, var hans bedende øjne, som signalerede ydmyghed, skyldfølelse, usikkerhed og samarbejdsvillighed. Bedende øjne som ramte lægen som et knytnæveslag i brystet. Hans øjne bad om at slippe fri af spændetrøjen, så de kunne samarbejde.

Lægen forstod budskabet, han var jo ikke psykolog for ingenting, og hans frygt var forsvundet og vendt til medfølelse lige så hurtigt, som dug forsvinder for solen. Han bukkede sig ned for først at løsne remmene, som bandt begge Kjøbenhavnerens ben sammen. Derefter rettede han benene ud for at få hans blodtilførsel tilbage til fødderne, og han gav ham lidt massage på begge fødder, så de eventuelt slap for at skulle slæbe han ud i patruljevognen og bære ham op i flyet til København.

Da han efterfølgende løsnede remmene bag på ryggen af Kjøbenhavneren, som nu stod foroverbøjet og kiggede ned på gulvet ude af stand til at rette sig op, gik han hen foran ham og forsøgte at hjælpe ham op i oprejst stilling. Men idet lægen stod foran Kjøbenhavneren, kom hans ene podagraopsvulmede storetå inden for Kjøbenhavnerens synsfelt, så der i en brøkdel af et sekund blev sendt en elektrisk impuls til Kjøbenhavnerens venstre hjernehalvdel med en ide om en flugtmulighed.

Lægen begyndte at massere hans nakkemuskler for at få gang i hans motorik med tanke på, at det ikke ville sømme sig, hvis de ankom med en tortureret og lemlæstet fange til statshospettalet. Det ville udløse for mange ubehagelige spørgsmål fra overlægen, så han måske ville lugte lunten og få færten af, at de var ved at aflevere en voldspsykopat og kannibal, som overlægen sikkert ville nægte at modtage med den begrundesle, at han ikke var chef for en Zoo. Det ville han ikke risikere for alt i verden. Han skulle ud af det her så hurtigt som muligt.

Lægen var uvidende om, hvilken risikabel situation han havde bragt sig selv i, for i det samme løftede Kjøbenhavneren højre fod en halv meter over gulvet og med en mobilisering af sammensparet hævntørst, had og med sine sidste kræfter tog han sigte mod lægens purpurfarvede og glohede storetå og hamrede hælen ned over den.

Lægen sank sammen med lukkede øjne uden at sige et ord. Der kom ikke en lyd over hans læber.

Han lå halvt bevidstløs med dirrende overlæbe på gulvet, og benet med den smadrede storetå bevægede sig i en krampelignende tilstand op og ned i hurtige bevægelser.

Kjøbenhavneren handlede hurtigt, og resolut sprang han råbende ud på gangen.

"Hjælp! Hjælp! Lægen, han er faldet død om. Han er død," råbte han for at skabe så meget forvirring som muligt og dermed åbne vejen for en flugtmulighed.

Da han kom ud af cellen, snublede han over betjent Svendsen, som lå sammenkrøbet under sit skjold uden planer om at gribe til handling. Kjøbenhavneren fortsatte råbende op mod døren til friheden.

"For fanden da.... Alle mand til celle tolv!" råbte Politichefen og sprang op på en stol.

"Vi skal ikke have nogen døde personer her på stationen. Så får vi et helvedes rend over fra Politigården i København," sagde Politichefen forskræmt. Tankerne fløj igennem hovedet på ham. Han så for sig tre til fire uger med snushaner ovrefra uden mulighed for et ordentligt morgenbord og en god frokost. Samtidig beordrede han fire betjente til igen at lægge Kjøbenhavneren i dobbelt benlås og smække et par håndjern på armene bag på ryggen, så de kunne få ham ekspederet ud af stationen rullet ind i en fiberarmeret presenning.

"Fire meter tovværk rundt omkring ham!" beordrede han.

"Vi giver ham en gang knippelsuppe først," sagde en af betjentene, hvorefter de i fuld kampuniform stormede ned ad gangen for at få fat på Kjøbenhavneren. Med høje støvletramp stormede de ned mod Kjøbenhavneren, som indtog en Kong Fu forsvarsstilling, uden at det dog nyttede noget. De to forreste betjente svingede så kraftigt med deres knipler, at den ene betjent ramte sin kollega med et totalt lammende slag på kæben. Han trillede om på gulvet, så hans makker snublede over ham, og med stor kraft røg han ind i benene på Kjøbenhavneren, så han også blev slået omkuld. Herefter var det en smal sag for anden angrebsbølge at kaste sig over Kjøbenhavneren for at tilføre ham femogtyve knippelslag over nakken og på begge arme. Da de nu havde fået lagt ham ned på gulvet i dobbelt benlås, gav de ham efterfølgende fire ekstra kraftige slag på begge kraveben, slag som lammede begge hans arme, hvorefter han samarbejdsvilligt lod sig lægge i håndjern. Derefter blev han rullet ind i presenningen, og tovværket blev snoet stramt omkring.

Da de var færdige, kom den fede betjent over til chefen og hviskede ham i øret, at han lige havde talt med Flyselskabet, og de havde sagt, at de ikke havde plads til en person, der var fikseret og rullet ind i en presenning og da slet ikke en kannibal.

"Hvorfor fanden sagde du til dem, at han var kannibal?" spurgte chefen forundret.

"Fordi de spurgte, om han skulle have noget at spise, og om han var vegetar. Så sagde jeg, at det var ikke nødvendigt, for han var kannibal, og det er vel også rigtigt, er det ikke?" Han tog sig til det øre, han var blevet bidt i, og så samtidig bedende på chefen, som nu sad og rystede opgivende på hovedet.

"Ring og sig, at han har spist," snerrede chefen rådvildt.

"Men de vil altså ikke have ham med af sikkerhedsmæssige årsager," svarede den fede betjent.

"Vi må ændre på vores planer! Af sikkerhedsmæssige årsager bliver vi nød til at sende ham over med natbåden direkte til København. Ring til færgen og sig, at vi kommer ned med en pacificeret straffefange," sagde chefen henvendt til betjent Kofoed.

"Vi får nu lidt mere tid til at planlægge transporten. De sejler jo først til midnat. Jeg indkalder ekstra mandskab for at sikre transporten ned til Havnen," tilføjede han og så sig rundt i lokalet.

"Alle mand er på arbejde," var der én, der sagde, uden at chefen dog tog notits af den bemærkning.

"Hvad fanden stiller vi op med ham lægen, som nu ligger bevidstløs nede i celle 12, for slet ikke at tale om betjent Svendsen? Han ligger stadig under sit skjold og nægter at rejse sig op."

"Hæld noget Gammel Dansk på dem begge," foreslog Politichefen, hvorefter fire mand rakte fingrene i vejret og tilbød sig til denne opgave. Chefen pegede på et skallehoved af et fedtøre, som i forvejen stod og bøvsede en ånde af Gammel Dansk ud i rummet. Men selv efter det meste af en halv flaske Gammel Dansk havde lægen nægtet at forlade celle nr. 12. Han blev ved med at spørge efter et fodbad med lunkent sæbevand. Efter 8 til 10 glas Gammel Dansk lagde Svendsen sig igen til at sove med sit skjold over sig. Det blev samstemmende besluttet, at betjent Svendsen og lægen kunne overnatte nede i celle nr. 12 for så at tage et formiddagsfly til København næste dag.

"Der er våbenkontrol klokken 22.00, og alle bedes iføre sig alt sikkerhedsudstyr, så vi kan gennemgå vores kriseberedskab, før vi eskorterer Kannibalen til færge, og vi skal have to mand med maskingevær med," råbte chefen ud over hele forsamlingen stolt over, at han nu fik lejlighed til at vise, hvem der var chefen med det store overblik.

Klokken var 22.30 da de begyndte at eskortere Kjøbenhavneren ned til Havnen i en pansret mandskabsvogn eskorteret af to almindelige patruljevogne, hvor Politichefen sad i den forreste vogn. De to mænd med maskingeværer havde han beordret ind på bagsædet af sin egen bil, og fire betjente sad i den bagerste vogn iført hjælme med visir, skjold og ekstra sikkerhedsudstyr for en sikkerheds skyld. Kjøbenhavneren havde været yderst samarbejdsvillig, og der havde kun lydt en svag mumlen som fra en dykkerklokke med dårlig forbindelse inde fra den armerede sammenrullede presenning.

Da de svingede ind på havneområdet, stod Styrmanden fra Svaneke der. Af uransagelige veje var han havnet hos Bornholmstrafikken efter sin hjemkomst fra Zanzibar. Han stod som en anden Frihedsgudinde og vinkede dem ind til en afmærket rute med rød hvide bånd på begge sider, således at de kom uden om de lange rækker af ventende biler og lastbiler, som også skulle med direkte til København. De kørte direkte ind på det underste vogndæk, hvor der allerede stod flere rækker at stinkende biler med smågrise og orner.

"Jeg er klar," sagde Styrmanden og gjorde en slags honnør for Politichefen med to fingre til kasketten. Den anden hånd holdt han op til det manglende højre øre. Det var ikke Frihedsgudindens syvtakkede krone, som symboliserer verdenshavene, han havde på hovedet. Han havde stadig en pude af gagebind på højre side, hvor hans øre manglede, og han havde fået lagt en ny forbinding på, hvor gagebindet nu var viklet neden om hagen og op omkring kasketten, og det var snoet rundt omkring fire til fem gange, sikkert for at holde på kasketten når han stak hovedet ud af vinduet oppe på broen for at se, hvor de nu var.

"Har det været en vanskelig tur?" spurgte Styrmanden Politichefen, som nikkede.

"Jeg får et par mand til at stå på kajen i København, når I fører ham fra borde og over i en TAXA, mere for en sikkerheds skyld," sagde han tydeligt lettet, efter at han nu var sluppet af med kannibalen.

"Vi tager ham med som farligt gods. Vi skal nok følge alle sikkerhedsforanstaltninger og forskrifter fra søfartsstyrelsen," sagde Styrmanden og fortsatte:

"Vi kan godt få ham mast ind et eller andet sikkert sted sammen med et par dejlige søer eller fem fede svinebasser. Eller alternativt ned til en af de store orner." Det sidste hviskede han Politichefen ind i øret med et skævt smil og blinkede til betjenten, der holdt Kjøbenhavneren nede med sit skjold og sit ene knæ over nakken på ham.

"Nå, skal han i en ornekasse eller sammen med en fem til seks pattegrise? Hvad bestemmer I jer for?" spurgte Styrmanden lavmælt Politichefen.

"Ind til ornen med svinehunden. Så får han lidt mandelugt med sig over på statshospettalet i tilgift," svarede Politichefen skadefro.

Da de forsigtigt begyndte at løsne tovværket, kunne Kjøbenhavneren mærke, at han langsomt fik blodtilførslen tilbage i benene. De rullede ham ud af presenningen ved at trække hårdt i den ene ende, så han trillede ud på vogndækket med fuld kraft.

"I kan vel ikke lade mig få armene om foran?" spurgte han bedende stadig med tanke på, at han ville udnytte enhver flugtmulighed ved at knalde en eller flere af dem en lige højre i fjæset og så stikke af så hurtigt som muligt.

"Det kan vi da godt nu," sagde Politichefen og trak sig fire skridt tilbage, idet han henvendte sig til ham den fede betjent.

"Giv ham en spændetrøje på og kryds begge arme fortil og smæk hængelåsen i bag på ryggen."

Kjøbenhavnerens planer om at stikke af forsvandt som dug for solen, da de iførte ham spændetrøjen og bandt ham til den lille luge, som de brugte til affald.

Styrmande gik søgende rundt mellem alle de store lastbiler læsset med svin for at finde en velegnet orne, han syntes, der passede til Kjøbenhavneren. Efter længere tids søgen fandt han en storsavlende avlsorne, der lå dvaskt og småsov i sin tremmekasse efter en uges hårdt arbejde på Bornholm. Han gjorde tegn til betjentene om, at de godt kunne løsne Kjøbenhavneren, hvorefter han åbnede låget på tremmekassen til ornen, og de fire betjente tog fat i Kjøbenhavneren og løftede ham op i kassen.

"Læg ham med hovedet samme vej som ornen, så kan de bedre hygge sig under overfarten," sagde Styrmanden skælmskt og så over på Politichefen, som gav ham to opadvente tommelfingre.

Lugten, savlen, snøftenen og den evindelige smasken sendte Kjøbenhavneren hinsides ind i en anden verden.

Da han vågnede igen, ville han ikke åbne øjnene med det samme, for han anede ikke, hvor han befandt sig, men han blev overmandet af en ualmindelig gennemtrængende stank og en slubrende susende lyd i venstre øre. Det var som om, han befandt sig på et større industrivaskeri.

Hans tanker kredsede om, hvor mon han havde lagt sig til at sove. Den første tanke, der slog ham, var, at han lå ude på Svaneke Bodegas lokum, selv om det ikke forekom ham, at han havde været beruset igen. Måske lå han på en mødding et eller andet sted, men hvor og hvorfor skulle han lande i en mødding, med mindre det var en del af Svanekes kupmageres nederdrægtige planer og forbryderiske hensigter?

Da han efter et par minutter alligevel åbnede det ene øje, så han direkte ind i en svinetryne, der pustede den mest modbydelige dårlige ånde direkte ind i hovedet på ham. Den våde slimede grisetryne lå konstant og kyssede ham på kinden, hver gang ornen trak luften indad.

Den lå og småsov med det ene øje halvt åbent, og han væmmedes ved at se dens halvsjofle forelskede fjæs, der lå lige op i han ansigt og konstant snøftede indbydende.

"Nååå, har man haft en rolig overfart og sovet godt?" spurgte Styrmande med et skævt smil, da han begyndte at bakse med at få ham ud af ornekassen, som han igen havde åbnet fra toppen af, for at ornen ikke skulle stikke af.

Oven på den hoverende bemærkning forsøgte Kjøbenhavneren sig med at nikke Styrmanden en skalle, men han glemte, at hans førlighed og motorik var sat totalt ud af spillet efter 7 timer i selskab med den savlende orne. Han forfejlede afstanden, og bevægelsen var så kraftig, at den rev ham omkuld, så han drejede en halv omgang og landede med hovedet nede i tremmekassen med det savlende dyr

"Nååå, skulle den lige have en sidste tungeslasker til farvel?" storgrinede Styrmanden og tog begge hænder op til ansigtet for at skjule sin skraldlatter.

"Nu må vi se, om vi kan få dig gennem tolden, uden at du skal vejes," sagen han skælmsk og førte Kjøbenhavneren over til affaldslemmen for at få ham ud den vej.

"Normalt går de efter lugten, men jeg kan forsøge at få dig uden om tolderne. Dem klarer vi sikkert uden de store problemer. Det er straks værre med veterinærmyndighederne, så vi bliver nok nød til at få dig ud gennem lemmen, som vi bruger til affaldet fra køkkenet, men det skal nok gå, skraldet har jo samme lugt som dig." Styrmanden så over på de andre sømænd, der stod med klude op foran næsen. Efter megen mumlen, som Styrmanden ikke rigtigt forstod på grund af, at ingen ville tage kluden væk fra ansigtet, besluttede han at føre Kjøbenhavneren ud samme vej som bilerne, fordi de alle sammen stod og pegede på udkørslen agter.

Styrmanden havde allerede ringet efter en TAXA, da de rundede det 20 meter høje Drogden fyr på 55° 32′ 11.4″ N, 12° 42′ 41.4″ E. Han havde meddelt omstillingen, at det var "bidende" nødvendigt, at vognen var der præcis, når færgen lagde til i Københavns havn kl. 7.00.

Den splinter nye mørkeblå Mercedes E450 TAXA holdt allerede på kajen, da de smed trossen i land. Ved siden af chaufføren stod to granvoksne betjente i fuld kampuniform med visir på hjælmen, skjold og store benskinner.

Styrmanden var den, der kom først ud på kørerampen. Han gik i en slags strækmarch med den ene hånd oppe ved forbindingen på højre øre. Han havde nogle store sorte sikkerhedssko på, og skoene larmede så meget, at man kunne foranlediges til at tro, at det var et af militærets bæltekøretøjer, der var på vej ned ad rampen. Han ville sikre sig, at der ikke var tvivl om, hvem der var ansvarlig chef om bord. Han blev efterfulgt af de fire matroser, som hver havde et fast greb i Kjøbenhavneren med den ene hånd, idet de med den anden hånd stadig havde en stor klud oppe omkring næsen. De henholdsvis hev og skubbede i Kjøbenhavneren, som fulgte modvilligt med. Men da de kom over til Taxae, nægtede chaufføren at tage ham med på grund af lugten.

"Det er ikke en TAXA, I skal have til ham der men en svinetransport," erklærede chaufføren og drejede rundt på hælene for at gå tilbage til sin nye fine bil.

"Vent, vent, vent," råbte Styrmanden efter ham.

"Jeg har løsningen på det lille problem. Vi giver ham lige en gang Waterboarding uden beregning," sagde han hurtigt og trak igen let på smilebåndet.

Styrmanden hentede resolut en af de børster, som sad på en lang teleskopstang, en af dem de brugte, når de skulle spule og vaske dækket og væggene rene, efter at lastbilerne med grise havde svinet alt til under overfarten. Han bad herefter en af matroserne om at trække en stor armeret vandslange ud gennem skibssiden og åbne op for hanen for fuld styrke, når han havde sat børstestangen på, hvorefter han begyndte at trykspule og skrubbe Kjøbenhavneren over hele kroppen. Han sluttede af med at skubbe børsten helt ind i munden på Kjøbenhavneren.

"Så, nu er det slut med mere snaveri for i dag," afsluttede han og gav lige Kjøbenhavneren en direkte spuling i munden, så hans overlæbe blafrede som et elefantøre i 48 graders varme.

"Hvad siger du så til at køre med et rensdyr?" spurgte han smilende Taxachaufføren, som nikkede anerkendende.

"Jeg må sige, at I kan jeres håndværk til perfektion," svarede han i et rosende tonefald, som fik Styrmanden til at stille sig i en positur med armene over kors parat til at modtage yderligere anerkendelse.

For en sikkerheds skyld rullede de fire matroser Kjøbenhavneren ind i den kraftige plasticpresenning, som politiet havde brugt, da de kom med ham i Rønne. Matroserne lukkede den med gaffatape i begge ender for ikke at forårsage en større vandskade på bagsædet af Taxaen på grund af den nu helt gennemblødte spændetrøje, som Kjøbenhavneren havde på. Styrmanden overrakte chaufføren politiets journal med en bemærkning om, at han ikke behøvede at tænke på "frokost" til ham, det skulle han nok selv klare.

Veltilfreds med sin nye kunde satte Taxachaufføren vognen i gear med kurs mod Statshospitalet, men allerede efter få minutter måtte han rulle alle fire vinduer ned for at stikke hovedet og den ene arm ud i den friske luft. Aldrig før havde han kørt så hasarderet gennem København, og han ænsede ikke, at han havde en patruljevogn efter sig med blå blink og udrykningshorn. Da han kom ud på Roskildevejen, var han oppe og runde 180 km i timen, og den ene betjent i patruljevognen sad konstant og viftede med et STOP skilt ud ad vinduet, uden at det havde nogen som helst virkning på Taxaen.

Han kørte over for rødt lys op til flere gange, og ved Glostrupkrydset svingede han til højre med hvinende dæk, og han snittede lige en fodgænger, der befandt midt ude i fodgængerfeltet.

På vej op til hovedindgangen til Statshospitalets Psykiatriske akutmodtagelse havde han så meget fart på, at opbremsningen var at sammenligne med en gang "Burn out" af begge bagdæk.

Han sprang ud af Taxaen og åbnede alle døre, før han gik over til den venstre bagdør og tog fat i plasticpresenningen og trak Kjøbenhavneren ud på asfalten, så han slog nakken i med et hult dunk. Han slæbte Kjøbenhavneren ind i forhallen med receptionen og slap ham midt på gulvet. Herefter løb han direkte over til receptionsdisken for at melde sin ankomst og aflevere Kjøbenhavnerens Politijournal.

"Han ligger der, og jeg skal bare have en kvittering som bevis på, at jeg har afleveret ham her. Du skal skrive under nederst på den stiplede linje," sagde han i en rasende fart til damen i receptionen, som kun lige havde hovedet oven over disken. Det var hende, der havde modtaget opkaldet fra politichefen i Rønne om, at der ville komme en Taxa med en kannibal. Hun skrev under på papirerne nede på gulvet og rakte dem til chaufføren uden at stikke hovedet op over disken.

Da chaufføren så sig om i lokalet, bemærkede han fire mænd i hvide kitler, som mere eller mindre forsøgte at skjule sig bag en større skærm på hjul, som hospitalet brugte til sengeadskillelse.

"Jeg skal ikke have noget for den lille tur, så há en god dag," afsluttede han og løb ud i Taxaen, som stadig holdt med alle døre åbne og motoren i gang. 10 sekunder efter var han ude på Glostrup Ringvej stadig med nedrullede vinduer. De to betjente i patruljevognen var blevet hægtet af ved et rødt lys på Roskildevejen.

"Vi skal have to mand ud på gulvet for at pakke ham ud," var der én, der råbte bag skærmen. Det var overlægen, som ikke skulle have noget af at nærme sig "Kannibalen", som Politichefen havde kaldt ham, da han havde ringet fra stationen i Rønne.

Der var ingen, der gjorde tegn til at pakke Kjøbenhavneren ud.

"Hjælp, hjælp!!! Jeg kan ikke få luft," lød det inde fra presenningen.

Det fik en rengøringskone, som kom kørende med sin vogn med spand og sæbe, til resolut at stoppe op for at begynde at pakke og rulle Kjøbenhavneren ud af plastpresenningen, som mest af alt mindede om en overdimensioneret plasticpose.

"Det var dog en forfærdelig stank, der er omkring dig," sagde hun og tog en gammel flitsprøjte med noget af det skrappeste grundrens rengøringsmiddel, hun havde og begyndte at sprøjte Kjøbenhavneren til over det meste af kroppen. Til sidst fik han lige to store dusch direkte i hovedet. Hun afsluttede for en sikkerheds skyld med at drysse en gang myrepulver ud over ham.

"Så er grisebassen klar," sagde hun og gik videre med sin rengøringsvogn-

Overlægens kontor var på over 145 kvadratmeter med et stort blankpoleret mødebord i valnød med plads til 24 personer. Det blev for det meste brugt hjemme hos ham selv ved alle hans større private fester og andre sammenkomster. På væggene hang der flere malerier af førende danske og udenlandske kunstnere. Kunst var overlægens store lidenskab, og han skiftede med jævne mellemrum billederne ud med sine egne kopier derhjemme fra. Skrivebordet var i Cuba mahogni og i bedste kvalitet, som var en statsminister værdigt. Bag skrivebordet stod der en nyindkøbt kontorstol af den verdensberømte amerikanske møbelarkitekt Charles Ray Eames. Den havde kostet den nette sum af 45.000 tusinde kroner men var blevet bogført under diverse inventar sammen med spændetrøjer og fikseringssenge. Bag skrivebordet stod der langs hele bagvæggen et kæmpe bogskab, som også var i Cuba mahogni. Alle lågerne var med sprossede ruder, og skabet var fyldt op med krystalkarafler og glas, Der var op til flere store kinesiske Ming vaser fra starten af Ming dynastiet under Hongwu Kejserens tid fra 1368 til 1398. Der var også et par 26,50 cm høje kinesiske figurer i elfenben af musikere fra den sene Qing tid. Han havde købt de fleste vaser og figurer på sin og konens talrige studierejser til Kina, rejser han havde foretaget under dække af, at han skulle ud og studere akupunkturens virkning på psykiske sygdomme. Antikviteterne havde kostet en formue, men det meste var købt ind og bogført som laboratorieudstyr.

Køjbenhavneren blev ført ind på overlægens kontor stadig iført spændetrøje, som krydsede hans arme fortil og låste dem bag på ryggen med en stor hængelås. Det var en betingelse fra overlægen, at spændetrøjen skulle forblive på, hvis han skulle foretage den første samtale med kannibalen.

"God dag og velkommen til Psykiatrisk akutmodtagelse. Nu skal vi lige høre lidt om, hvad du fejler, så skal vi nok få dig på ret køl inden for de nærmeste tre til fire år," indledte overlægen samtalen.

"Jeg skal lige sikre mig, har du fået noget at spise her til morgen?" spurgte han og trak begge hænder lidt tilbage, men han fik ikke noget svar.

"Jeg har nogle standardspørgsmål, som vi lige skal have på plads," fortsatte han.

"Jeg ved, hvem det er," sagde Kjøbenhavneren, men overlægen valgte at overhøre hans bemærkning og fortsatte:

"Hvad er dit rigtige navn og personnummer?"

"Jeg hedder Jan Sniadecki, og jeg ved, hvem der myrdede den hovedløse kvinde på Havnen i Svaneke. Jeg forlanger at komme til at tale med den øverste Politietchef i København, og det er med det samme," nærmest skreg han ind i hovedet på overlægen, som straks overvejede at give ham et skud med 250 milligram Flunitrazepam sovemedicin.

"Er du gift eller samboende?"

"Jeg ved, hvem det er, for helvede. Forstår du ikke det?" råbte Kjøbenhavneren helt rød i hovedet.

"Har du hund? Det skal vi vide, fordi vi har et par allergikere her på afdelingen."

"Er der nogen pårørende, vi skal underrette?" fortsatte han gabende.

"Jeg ved, hvem det er. Så fat det dog, dit dumme røvhul," råbte Kjøbenhavneren nu og spyttet sprøjtede ind i hovedet på overlægen. Han havde rejst sig op og lænede sig halvt ind over overlægens skrivebord.

"Er det ok, at jeg skriver i din journal, mens vi taler sammen? Det sparer os for en masse tid," spurgte overlægen med tanke på, at det snart var frokost.

Han skubbede instinktivt kontorstolen en halv meter længere tilbage, selv om det betød, at han havde svært ved at nå tasterne, men han følte sig virkelig på usikker grund.

"Jeg ved, hvem det er, din fladpandede idiot," råbte Kjøbenhavneren, og spyttet stod igen i en sky ind over det blankpolerede skrivebord. Han havde nu hele overkroppen inde over bordet. Overlægen skubbede med fuld kraft stolen endnu mere tilbage med begge ben med det resultat, at stolen hamrede ryglænet ind i glasskabet og smadrede en af de største Ming vaser, som han netop havde købt på sin sidste rejse til Kina. Vasen var købt for nogle penge, som han havde tiltusket sig ved at bestikke en tjener til at skrive nogle ekstra restaurations- og natklubregninger ud, som han kunne bruge som repræsentationsbilag. Bilag han efterfølgende havde taget med i rejseafregningen for turen. De øvrige regninger for hele aftenen inklusivt besøg på diverse bordeller var blevet betalt med penge fra nogle forskningsmidler. Det var en af de rejser, hvor han som så ofte før havde inviteret sin svoger med i stedet for konen.

Rød i hovedet af raseri rejste han sig og løb ud af kontoret for at tilkalde overportøren.

Kjøbenhavneren benyttede lejligheden til at dreje hans store computerskærm med hagen netop lige så meget, at han kunne læse, hvad lægen havde skrevet i rapporten.

"Voldspsykopaten fra helvede"
Journalnr. 1584p-56ft-980-txx56-dts568-2
Navn.: Jan Sniadecki (Sikkert et falsk navn)

Patienten er et interessant tilfælde, idet vi ikke tidligere har oplevet en person, der på samme tid lider af op til flere og så mange sammenhængende psykiske lidelser. Ud over sigtelsen for mord på en kvinde i Svaneke har Politiet i deres rapport skrevet, at han også er Kannibal, hvilket populært sagt betyder, at man skal holde nallerne væk, når man har med ham at gøre.
Allerede ved ankomsten og indskrivningen udviste Kannibalen en udbredt personlighedsforstyrrels med en impulsiv og ustabil selvdestruktiv identitetsfølelse. Der er ingen tvivl om, at patienten lider af en udpræget form for Borderline.
Patienten må have været udsat for nogle voldsomme og livstruende begivenheder så som voldelige overfald og mulige gentagne snyderier i f.eks. diverse former for spil. Han har uden nogen tvivl haft voldsomme 'flash backs' og mareridt, så vi kan konstatere, at han også har udviklet en svær posttraumatisk belastningsreaktion eller PTSD, som det i hans tilfælde ikke kan betale sig at gøre noget ved.
Patienten er typisk Dyssocial. Han mangler totalt evnen til at føle ansvar eller skyld for sine gerninger. Han bliver ved med at gentage "Jeg ved, hvem det er, der myrdede kvinden" i en uendelighed uden at kunne se, at det er ham selv, han taler om. Han udviser en yderst aggressiv adfærd.
Patienten er emotionel ustabil og lider som nævnt af en kraftig personlighedsforstyrrelse. Han er impulsiv og svingende fra at være yderst voldelig over til at have kannibalistiske tendenser med klaprende tænder.
Set ud fra et professionelt lægeligt synspunkt tilrådes det, at patienten forbliver iført sin spændetrøje, indtil vi har fået ham pacificeret så meget, at
vvvvvvvvvvvvvvvvvvvvvvvvvvvvvvvvvvvqqqqqqqqqqqq

qqqqqqqqqqqqqqqqqqqqqqqqxxxxxxxxxxxxxxxxxxxxxxxxxxxx xxxxxxxxxxxxxxxxxx---------

Overlægen havde samlet stort set hele personalet i det store mødelokale for at drøfte et behandlingsforløb for Kjøbenhavneren set i forhold til den foreløbige diagnose af ham, som han i mødeindkaldelsen kaldte "Voldspsykopaten fra helvede".

Med tanke på at Kjøbenhavneren også havde smadret to andre dyrt indkøbte Ming vaser, som han havde lovet sin kone, da han havde skubbet og sparket overlægen ned af kontorstolen, og på vej videre ud af kontoret havde han også sparket hans nye store 27" computerskærm på gulvet og i samme spark smadret hans nyindkøbte PH bordlampe i glas, en lampe han havde haft planer om at tage med hjem ved først kommende lejlighed som et slags langtids udlån. Med tanke på alt dette så stillede han sig selv og personalet det koncise akademiske spørgsmål:

"Hvad helvede stiller vi op med"Voldspsykopaten fra helvede?" Han stillede spørgsmålet til samtlige mødedeltagere uden at få et eneste svar.

Herefter bad han personalet en for en om at komme med deres bud på en behandling.

Efter en længere tænkepause kom det første forsigtige bud.

"Vi kunne løsne hans bånd og give ham lidt vand og lidt at spise. Så vil han sikkert forholde sig roligt," foreslog en lille kvindelig førsteårselev. Overlægen skuttede sig med kraftige trækninger i hele ansigtet.

"Glimrede forslag. Er der andre bud, inden vi serverer en tre retters menu med diverse store vine for ham?" spurgte han forsamlingen og blinkede til overportøren.

Nu gik der pludselig hul på bylden, og det væltede ind med forslag.

"Lad os fiksere ham med dobbelte remme," var der én der foreslog

"Hvad med nogle tunge jernkæder i stedet for?" blev der spurgt.

"Vi burer ham inde i tremmekassen, som vi har nede på lagret. Den vi bruger til patienternes hunde."

"Hvad med om vi gav ham en gang WaterBoarding tre gange om dagen? Det skal nok få ham til at falde til ro," kom det fra 1. reservelægen.

"Nej, nej. Det vil bare få hans tunge på gled, og så skal vi høre på ham hele dagen. Den går ikke!" Overlægen var synligt utilfreds med de forslag, der var kommet indtil videre. Han kunne ikke udholde tanken om, at han skulle have "Voldspsykopaten fra Helvede" boende på afdelingen i flere år.

"Hvad med den spanske skrue?" kom det fra førsteårs kokkeeleven.

"Det er ikke noget dårligt forslag," sagde overlægen og tog sig selv omkring halsen.

"Jeg vil foreslå otte hårde leverslag fem gange om dagen. Dræb kroppen, så dør hovedet," sagde overportøren og han virkede meget overbevisende, som han stod der 2 meter høj med kæmpe overarme. Han var overlægens yndlingsmedarbejder og hans mest betroede medarbejder på afdelingen.

"Det kan jeg godt gå ind for," erklærede overlægen og nikkede anerkendende til overportøren.

"Vi kunne også give ham en gang "Lobotomi" eller det hvide snit, som det også hedder," foreslog kaffedamen.

"Det er det bedste forslag, jeg har hørt længe. Så får vi fred for ham en rum tid. Han er jo farlig for sine omgivelser, det svineøre." Overlægen så helt glad ud.

"Hvad siger I andre til det forslag?" spurgte han og så rundt i lokalet og bemærkede, at alle nikkede samtykkende, og der var flere, der markerede med tommelfingeren opad.

"Det er hermed besluttet," proklamerede han med korslagte arme.

"Det skal jo ikke forhindre dig i at give ham tre gang otte leverslag om dagen for en sikkerheds skyld," sagde han henvendt til overportøren som en slags personalegode, og portøren nikkede anerkendende som tak.

Da det nu var vedtaget, hvad der skulle gøres, snakkede alle muntert i munden på hinanden, mens de forlod lokalet for at vende tilbage til deres respektive gøremål.

"Lokumtomi," sagde overlægen for sig selv og glædede sig til at gennemføre det, også fordi det var en behandling, som for ham var gået fuldstændig i glemmebogen. "Lokumtomi," sagde han igen for sig selv, mens han begyndte at gå tilbage til sit kontor for at færdigskrive sygejournalen og så gå i gang med at besigtige skadernes omfang og så småt begynde at udarbejde et udkast til skadesanmeldelsen.

På vej tilbage til sit kontor kunne han tilfreds med sin beslutning høre Kjøbenhavnerens sindssyge skrigen.

"Jeg ved, hvem det er! Jeg ved, hvem det er! Jeg ved, hvem det er!" Skrigeriet fortonede sig mere og mere, indtil han til sidst mistede stemmen.

KAPITEL 22

Succesen

Palle Ib havde siddet det meste af dagen og havde prøvet at forfine sin underskrift, som lignede en gang uhjælpelig skoleskrift skrevet uden på et kladdehæfte i tredje klasse, en underskrift som en grafolog ville tilskrive en person, som var motorisk analfabet.

Han havde skrevet sit navn på mere end et halvt hundrede A4 sider, hvor han på de sidste tyve sider var begyndt at afslutte underskriften med en stor krusedulle, der kørte neden om navnet og endte oppe over navnet med tre på hinanden store cirkler. Det havde altid irriteret ham, at han hed Ib til efternavn, fordi et efternavn, der endte med et g, ville give det perfekte svaj som afslutning på underskriften. Han havde altid været yderst imponeret af Beskænkerens store svingende bevægelser, når han afsluttede et ølregnskab på en af de små bonner.

Han stemplede OPKLARET og underskrev. Stemplede og underskrev med stor eller lille underskrift. Han underskrev op over stemplet, ved siden af og neden under stemplet. Alle A4 arkene havde han hængt op på endevæggen ved siden af billederne af Hendes Majestæt Dronning Margrete i farver og Kong Frederik i sort hvid, så han kunne sidde og betragte sine underskrifter på afstand. Ikke tilbagelænet for han var helt ødelagt i ryggen på grund af at stolens metalstang konstant borede sig ind i ryggen på ham, fordi det polstrede ryglæn manglede.

Men nu syntes han selv, at den var ved at være der. Han havde fundet frem til en underskrift, som han selv mente, var en værdig afslutning på hans store opklaringsarbejde og den rapportskrivning, han havde kæmpet med i de sidste fjorten dage.

Ved den sidste fredagsfrokost havde chefen fra Rønne, efter at han godt nok havde fået det meste af en hel flaske snaps, og efter at tre mænd måtte bugsere ham ud på bagsædet af den store mandskabsvogn, som de havde måttet ringe efter, da betjentene ikke mente, at de kunne få chefen ind i en normal patruljevogn, men efter det havde han sagt de ord, som betød mest af alt for Palle Ib i denne verden, ord som var alle besværlighederne med tilberedningen af frokosten værd og ord, som for altid ville være brændt fast i hans hukommelse..

"Jeg bærer ikke nag. Der venter dig en forfremmelse oven på den her frokost," havde han sagt, lige før han røg ned mellem sæderne og faldt i dyb søvn.

Sidst på eftermiddagen var Palle Ib i gang med en sidste afpudsning af sin underskrift, som han havde besluttet skulle stå oven over det store stempel, hvor der stod

OPKLARET

Palle Ib skulede hele tiden over til den færdige rapport, som var på to A4 sider. Det havde taget ham 14 dage at skrive den, men han havde bevidst skrevet den så koncist som muligt, så den overbevisende udtrykte hans meget store professionalisme og store klare overblik i forbindelse med opklaringen af denne bestialske sag.

På forsiden stod der.

Opklaring
af
Daucus Carota mordet
i
Svaneke

Til Politiledelsen i København.

Der er med stor glæde og stolthed over mig selv, at jeg herved kan meddele, at jeg efter længere tids intenst arbejde nærmest i døgndrift med opklaringen af den komplicerede mordsag i Svaneke endelig kan erklære denne bestialske mordsag for opklaret.

Jeg har lige fra starten været og er stadig overbevist om, at den anholdte Kjøbenhavnske svinehund er den skyldige i denne bestialske mordsag. Der er ingen grund til at tvivlen skal komme den tiltalte svinehund til gode, indtil det modsatte er bevist. Det er min bevisførelse for stærk til, så den regel behøver ikke at gælde i denne sag.

Gennem slidsomt arbejde har jeg samlet så mange belastende beviser på at corpus delicti peger i den rigtige retning nemlig på, at denne Københavnske svinehund er den skyldige, jeg gentager den eneste skyldige.

Hårdtarbejdende, intelligent, fireogtyve timer i døgnet har jeg arbejdet med denne sag, hvorfor beviserne taler sit eget klare sprog,

Det er min helt klare overbevisning, at det er min store flid, jeg har som bekendt arbejdet med denne sag 24 timer i døgnet, tillagt mine intelligente opklarings-teknikker for slet ikke at tale om den minutiøcitet, der har gennemsyret mit opklaringsarbejdet, der er den direkte årsag til opklaringssuccesen.

Sammenfattet som jeg selv ser det, bør opklaringen af denne sag tillagt mine multettaskingsevner danne grundlag for en forfremmelse, således at min tilførte erfaring med opklaring af denne yderst vanskelige mordsag kan komme andre kollegaer på Politietgården og resten af landet til gode.

Jeg ser for mig, at jeg inden for relativ kort tid overtager en ledende stilling som øverste chef for undervisningen af nyansatte føl på Politietskolen. Når jeg ser på den generelle opklaringsprocent i landet, er jeg overbevist om, at der også er andre betjente, der kunne trænge til en gang "brainvask" herunder også en lang række Politietchefer rundt omkring i landet.

I alle de år, hvor jeg har haft det store ansvar for distriktet Svaneke og omegn, har jeg foretaget den fornødne udrensning af diverse uroelementer og andre utilpassede personer i byen, således at jeg med stor tilfredshed og ro i sindet kan overdrage ansvaret, for hvad jeg vil kalde en ren og udrenset by, til min kommende efterfølger. Jeg står naturligvis til disposition i en overgangsperiode set i lyset af, at min efterfølger umuligt kan have samme erfaring som undertegnede på overdragelsesdagen.

Jeg medsender følgende bevismateriale:

- Gul Crocs Classic plastictræsko med hælrem fra kvinden uden hoved, fundet under sengen hos den tiltalte.

- Sort notesbog, hvor han har noteret navne på sine næste ofre, fundet hos tiltalte.

Med ærbødigst hilsen
Palle Ib
Politiassistent
Knytnæven mod øst

Nu var han klar til at stemple rapporten og skrive den under og så få den smidt i postkassen på et tidspunkt, hvor Beskænkeren sad på slagbænken inde på Bodegaen. Han ville vende kuverten, så Beskænkeren kunne se, at det var en rapport til Politihovedkvarteret i København. Når den så var sendt, kunne han læne sig tilbage, blodig i ryggen eller ej, for så var det herefter kun et spørgsmål om tid, før han fik brevet fra København om det store avancement til en lederstilling på Politigården. Væk fra De grummes By og over til det søde udfordrende job med tilhørende misundelige blikke og diætpenge samt overtidsbetaling.

Omhyggeligt lagde han rapporten frem midt på bordet og slog op på side to for at gøre klar til starten på det, der skulle blive den store ændring af hans jammerlige liv, stempling og underskrift efterfulgt af succes.

Han løftede OPKLARET stemplet op i hovedhøjde, efter at han havde trykket det grundigt ned i stempelpuden, så han var sikker på, at alle bogstaverne var sværtet med den sorte stempelfarve. Han skulle ikke risikere noget, der kunne forårsage, at han skulle skrive rapporten om igen.

Der gik en veltilfreds gysen gennem hans krop, da han startede den nedadgående bevægelse, som skulle ende op med det lysende klare ord OPKLARET. Da stemplet var halvvejs nede mod papiret, ringede telefonen. Som en flænsende flækøkse rev den hans drømme over, og det chok, der indfandt sig, fik ham til at læne sig tilbage i et så hurtigt ryk, at stålstangen på kontorstolen borede sig ind i hans ryg med den effekt, at smerten totalt ødelagde hans motorik, så hans arm ændrede retning med det resultat, at stemplet OPKLARET landede halvt ude på bordet.

Han rakte ud efter telefonen og så samtidig ned på rapporten, som nu var stemplet OPKL og et udtværet A skråt inde på siden, og RET stod nu ude på skrivebordet.

Sur og gnaven over den ødelagte rapport og med tanken på det ulidelige arbejde med at skulle skrive side to om igen tog han telefonen, efter at han havde ladet den ringe fem gange.

"Ja, det er hos politiet," vrissede Palle Ib surt og gnavent, og for en sikkerheds skyld tog han sig lige til nøgleknippet og i skridtet.

"Ja, goddag. Mit navn er Poul Jensen. Jeg står nede i Svaneke Havn, og jeg vil bare sige, at der ligger en kvinde og driver rundt i det inderste havnebassin, og hun har ikke noget hoved."

"Hallo, hvad var det du sagde du hed?"

"Hallo, hallo."

Denne bog er dedikeret til de Svanekeborgere, døde som levende, som har været med til at gøre Svaneke til en morsom og fortryllende by. Da det ikke er en historiebog, men ren fiction er ingen nævnt og ingen glemt, men alle har gennem tiden på den ene eller anden måde været med til at skabe inspirationen for tilblivelsen af denne bog.

En stor tak til Nethe, min kone, for hendes utrættelige tålmodighed med korrekturlæsningen, sproglige tilpasninger og hjælp med angivelse af steder og lokaliteter. Uden Nethes hjælp var denne bog ikke blevet trykt.

Jeg vil også takke Byforeningen Svaneke for at de åbnede Rådhuset og viste mig rundt i fængslet, så jeg ved selvsyn kunne se fængselsgården og fængselscellerne, som jeg heldigvis slap ud af.

Jeg undskylder for det jyske sprog og stavemåde, men hvor på Bornholm finder man en fisker fra Harboøre, der kan stave på jysk? Jeg har derfor måttet ty til en gammel parlør fra Thor Bryggerierne "Jysk til rejsebrug (7)", samt brugt hvad jeg kan huske om det jyske sprog fra mine drengeår, når min far og mine onkler fra Lendum nær Sindal i Nordjylland slog sig på lårene af grin, når de på ræve jysk fortalte hinanden historier og anekdoter fra deres ungdom.

Energien og lysten til at genoptage at skrive denne bog, efter at min PC med førsteskrivningen af bogen blev stjålet fra min bil, (rigtige mænd tager ikke back-up), har jeg bla. fået fra mine to bedste venner, vore børnebørn Erik og Ole, som hver gang de kunne se deres snit til det trykkede 5-8 sider med ZZZ & XXX ind på computeren, på samme måde som jeg selv gjorde, når jeg om natten faldt i søvn under skriveriet og vågnede med 15 sider med ZZZZ.

Sidst men ikke mindst vil jeg takke min datter Rikke for hendes præsice omslagdesign, som hun tegnede uden at have læst bogen på forhånd men ud fra en kort orientering om bogens indhold.
Inspirationen til skriveriet er naturligvis også kommet fra mit liv i Svaneke, fra de mennesker jeg kender og har mødt gennem tiden, fra alle historierne og anekdoterne samt fra tilfældigt opståede episoder, som jeg har oplevet dem tillagt min egen fantasi.